KB253207

새미비평신서 ❽

텍스트에서 경험으로

강웅식
평론집

새미

큰 글씨의 주제와 그것을 보완해 주는 듯한 작은 글씨의 부제, 그리고 주제와 부제의 의미를 압축해 주는 듯한 이미지… 이 책의 표지를 처음 보는 사람들은 그것이 기존의 관행을 잘 따르고 있고 하나의 전체 안에서 주제와 부제와 이미지가 조화와 균형을 이루고 있다고 생각할 것이다. 그러나 좀더 자세히 보고는 그런 조화와 균형이 피상적인 것에 불과하다는 사실을 알아차리고 의문을 제기할 것이다. 가장 큰 글씨로 되어 있어 주제처럼 보이는 〈텍스트에서 경험으로〉는 글씨의 크기에도 불구하고 중심에서 빗겨나 있고, 그보다 작은 글씨로 되어 있어 부제처럼 보이는 〈프로이트의 아들들은 지쳤는가〉는 글씨의 작기에도 불구하고 중심의 위치에 있을 뿐 아니라 검은 띠 모양의 액자에 흰 글씨로 강조되어 있다. 위치와 강조의 측면에서 보자면 둘 가운데 어느 것이 주제인지 두 언표의 주종관계가 모호하다. 게다가 그 언표들은 전혀 다른 의미의 맥락에 근거하고 있어서 의미상으로도 서로에게 종속되지 않는다. 왼편 하단의 이미지 ― 투묘점(投錨點 : anchoring point)을 찾아 이제 막 그 움직임을 멈추려는 듯한 순간에 있는 저울추 역시 그것이 환기하는 의미가 표지상의 두 언표 가운데 어느 것과도 긴밀하게 연결되지 않는다. 요컨대 이 책의 표지를 이루는 세 가지 구성 요소들이 저마다 나름의 존재를 강력히 주장하고 있는 셈이다.

〈텍스트에서 경험으로〉는 내가 추구하고자 하는 비평 전략이고, 〈프로이트의 아들들은 지쳤는가〉는 최근 5년 동안 우리 현대시에 대한 독서를 통해 얻게 된 나의 문제의식이며, 〈저울추의 이미지〉는 내 비평 행위의 근거로 삼고 싶은 관념과 연관된 것이다(그것은 '비평과 진실'이라는 문제인데 표지 디자이너가 나의 생각을 이미지로 표현해 주었다). 본문의 내용들이 그 세 가지와 얼마나 긴밀하게 연관되어 있는가 하는 것은 평가 차원의 문제이고, 나는 내가 쓴 글들이 그 세 가지와 분리되어서는 이해될 수 없다고 믿었다. 나는 어느 하나도 포기할 수 없어서 고민했고, 편집부의 여러분은 나의 고민을 모두 수용해 줄 방법을 찾지 못해 고민했다. 그런 과정에서 우리는 깨달았다 : 우리 모두 지나치게 '초월적 구도'에 사로잡혀 있다는 것을.

누구나 알고 있듯이 '초월적 구도'는 초월적인 어떤 것을 상정하여 위에서 내려오는 방식으로 모든 것을 조직한다. 개별적인 요소들을 하나의 전체로 포괄하는 구조적 틀이나 변화와 운동을 예정된 목표가 현실화되는 것으로 보는 발생론적 틀이 바로 그러한 구도의 표현들이다. 주제와 부제, 그리고 그것들을 압축하거나 강조해주는 이미지로 구성되어 있는 책표지는 구조적 틀로 표현된 초월적 구도의 작은 전형이다. 초월적 구도에 따르는 한 나는 내가 표현하고 싶은 세 가지 가운데 어느 하나만을 선택해야 했고 나머지 둘을 버려야만 했다. 그러나 우리의 깨달음으로 인해 나는 그 어느 것도 버릴 필요가 없었다. 우리의 깨달음을 촉발시킨 것은 들뢰즈(G. Deleuze)가 말한 '내재적 구도'였다. 내재적 구도에서 문제가 되는 것은 통합이나 중심을 상정하는 조직화의 평면이나 발전의 평면이 아니라 합성(composition)의 평면이다. 합성 과정은 다른 어떤 것과 관계 맺지 않고 주어진 것 그 자체에 대해서, 주어진 것을 통하여, 어떠한 보충적인 차원 없이 주어진 것 안에서 이루어진다. 합성 과정에서는 보편 주체를 비롯한 그 어떤 주체도 형성되지 않으며, 오로지 익명 의 힘에 의해 개별화되는 정서 상태만이 있을 뿐이다. 나는 함께 동시에 표현하고 싶은 세 가지가 '내재적 구도'에 따라 합성되기를 원했고, 새미의 여러분은 나의 바람을 멋지게 실현시켜 주었다. 보다시피 이 책의 표지에는 중심이 없다.

세 가지 개별 요소가 합성된 평면은 초월적 중심이 부재하는 운동과 정지, 그리고 '정서적인 역학적 부하'(charge dynamique affective)의 장소이므로.

언제부터인가 우리는 '작품'보다는 '텍스트'라는 개념을 더 선호하게 되었다. '텍스트'라는 개념은 문학 작품의 동적 체계를 이해할 수 있게 해주는 중요한 매개이다. 구성 요소들의 짜임새에 대해 우선 묻지 않는다면 우리는 어떤 대상의 체계에 대해 구체적으로 말할 수 없다. 그러나 비평의 정신은 '텍스트'의 개념만으로는 만족하지 못하고 그것을 초월하고자 한다. 비평의 정신은 언제나 어떤 만남을 욕망하기 때문이다. 그런 만남을 우리는 다른 말로 '경험'이라 표현할 수 있다. '경험'은 텍스트의 구성 요소들의 짜임관계에 의해 구축되는 것이자 거기에 스며 있는 것이기도 하다. 우리 시대는 정신분열증과 사물화의 시대이다. 정신분열증 환자에게는 언어행위의 보편적 질서가 폐쇄되어 있고, 도구처럼 사물화된 자아에게는 진정으로 새로운 경험이 폐쇄되어 있다. 사물화된 자아에게는 내면이 없고, 정신분열증 환자에게는 내면만 있다. 정신분열증과 사물화의 폐색(閉塞) 속에서는 살아 있으면서도 죽어 있는 것과 같다. 이러한 시대에는 '경험' 자체가 어렵게 된다. 바로 그러한 어려움 때문에 우리는 시간과 공간의 다양한 접근에 민감한 시인들의 경험을 주목하고 그들의 고통과 황홀을 존중하고자 한다.

관리되고 조작되는 의사소통의 장소 안에서 우리가 의존하는 보편적인 언어의 투명함과 상징적 기능은 이미 '승인된' 의미효과만을 허용한다. 시인의 정신은 스스로의 창조적 텍스트에게 그와 같이 이미 승인된 말들의 맥빠진 결합에서 탈피할 것을 강요한다. 의사소통의 언어행위가 없다면 문학 텍스트의 언어행위 역시 불가능할 것이므로 문학의 언어는 의사소통의 언어와 '더불어' 존재하면서 동시에 그것을 넘어서고자 한다. 이 시대에 시인들의 경험과 글쓰기는 기존 질서를 파괴하려는 '부정성'에 집중될 수 있다. 그런 집중은 '알 수 없는 신비'에 대한 경험을 통해 어떤 새로움을 모색하려는 시도이다. 그것은 지금 당장은 모호하고 무의미한 분열적인 모습으로 비칠 수도 있을 것이다(비평의 매개가 필요한 것도 그 때문이다). 그러나 '부정성'을 토대로 한 그런 경험이 존재하지 않는다면, 우리는 정신분열증과 사물화의 폐색에서 벗어날 수 있는 그 어떤 가능성도 모색할 수 없다. 그런 맥락에서 시(문학)는 거기에 참여하는 사람들과 우리 자신의 정신적 생존 경험에 대한 기록일 것이다. 그리고 비평가의 역할은 텍스트에 내재돼 있는 주관적이고 역사적인 그런 경험을 명백하게 밝혀주는 일일 것이다.

이 책에서 나는 사물의 물질성과 정신의 상상력이 상호 침투하는 장면에 주목하고자 하였다. 텍스트의 '부정성'은 보편적인 상징 질서의 체계 내에서 아직 상징화되지 못한 욕망과 외부 물질세계의 새로운 대상이 상호 침투할 수 있도록 해주는 촉매이다. 그런 상호 침투를 통해 대상의 새로움은 아직 결속되지 않은 욕망들을 자극하여 그것이 대상에로 투여될 수 있도록 해주며, 마찬가지로 상상력들 역시 사물의 외면을 거부하고 사물의 내면으로 자신을 투여하도록 해준다. 물질성과 상상력의 상호 침투가 이루어지는 장소가 바로 텍스트이다. 우리는 그러한 텍스트와 '더불어' 그리고 그것을 '넘어서' 시인들의 경험과 만난다. 나는 그 경험들을 해독하고 증언하고 싶었다.

카트린 클레망(Catherine Clément)이 쓴 『프로이트의 아들들은 지쳤다』(*Les Flis de Freud sont fatigué*)라는 제목의 책이 있다. 정신분석 이론이 보여주는 되풀이를 비판한 책이다. 클레망의 제목에서 '프로이트의 아들들'은 남성 이론가들을 가리킨다. 나는 그 환유를 더 확대할 수 있다고 생각했다. 다시 말해 '프로이트의 아들들'을 남성 모두의 환유로 확대할 수 있다고 생각했다. 동시에 '프로이트의 딸들'이라는 환유를 통해 여성 모두를 나타낼 수 있다고 생각했다. 정신분석에 따르면, 오이디푸스 콤플렉스 과정을 통해 인간은 욕망을 품으면서 동시에 말하는(혹은 생각하는) 존재가 된다. 이 과정은 남자아이와 여자아이 모두 똑같이 겪는 것이지만, 거세 공포와 연관된 내면의 심리적 드라마에서 남자아이와 여자아이는 서로 다른 양상을 보여준다. 페니스를 가지고 있는 남자아이는 그것이 없는 여자아이를 보고 애초부터 없는 것이 아니라 거세되었기 때문에 없는 것이라 생각한다. 여자아이처럼 중요한 것을 상실할 수도 있다는 공포감 때문에 남자아이는 자신의 성적 쾌감을 자신의 '상징적 능력'(그 자체로 하나의 상징인 남근이 환기하는 것)과 스스로 일치시키도록 해야 한다는 힘겨운 시련을 받아들이게 된다. 여자아이는 남자아이에게는 있는 것이 자신에게는 없다는 것을 알고 실망한다. 결핍 그리고 법의 상징으로서 상상계 안에서 페니스에 의해 구체화되는 남근이 여자아이에게는 낯설고 완전히 다른 것으로 인지되고 받아들여지는 것이다. 말할 수 있는 존재가 되기 위해서는 여자아이도 남근을 법과 쾌락과 힘의 상징으로 수용해야 하지만, 자신의 신체 특성 때문에 여자아이는 그러한 남근이 전부가 아닐 수 있다는 사실을 깨닫는다. 그리고 자신의 숨겨진 '감각성'을 기른다. 오이디푸스 콤플렉스의 과정에서 남자아이와 여자아이가 겪는 심리적 사건의 차이에 대한 흥미가 나로 하여금 위와 같은 환유의 확대를 시도하게 하였다.

지난 몇 년 동안 우리 현대시에 대한 독서를 통해 나는 한 가지 흥미로운 현상을 발견하였다. 통상의 언어를 최고로 완벽한 수준에 올려놓는 것과 같은 형상화와 완성도의 차원에서 남성 시인들의 많은 작품은 높은 수준의 성취를 보여주었다. 그러나 기존의 상징적 질서를 쇄신하려는 전투적 열정의 차원에서 일정한 높이의 성취를 보여주는 작품은 매우 드물었다. 반면에 여성 시인들이 생산한 작품들의 경우는 새로움의 구현이라는 측면에서는 대단한 활력으로 넘쳤다. '정신분열증과 사물화를 넘어서'와 '영혼의 기도와 사랑의 윤리'라는 부제가 각각 붙여진, 여성주의 시의 미학에 관한 두 편의 긴 글은 제목 그대로 여성 시인들의 텍스트에 스며 있는 그들만의 경험에 주목한 것들이다. 여성 시인들의 텍스트들을 검토하면서 나는 '프로이트의 아들들은 지쳤다'는 문장의 의미에 대해 생각하게 되었다. 남성 시인들은 과연 지친 것일까? 자신의 성적 쾌감을 자신의 '상징적 능력'과 스스로 일치시키도록 해야 한다는 힘겨운 시련을 받아들여만 하는 남자아이들처럼, 우리 남성 시인들은 한동안 절대적이기까지 했던 '근대화'와 '민주화'라는 가치에 자신들의 욕망을 일치시켜야 한다는 시련 속에서 자신도 모르는 사이에 지쳐버린 것은 아닐까? 그렇다면 여성 시인들은? 법과 쾌락과 힘의 상징인 남근이 전부가 아닐 수 있다는 사실을 인지하고 자신의 숨겨진 감각성을 기르는 여자아이들처럼, 여성 시인들은 '근대화'와 '민주화'의 가치가 전부가 아닐 수도 있다는 사실을 깨닫고 자신만의 감각성을 기른 것일까? 그래서 최근 여성 시인들의 작품들이 어떤 새로움을 향한 활력으로 넘치는 것일까? 자신들에게 고유한 감각성의 단련을 통해 여성 시인들은 남성들이 이룩한 '민주화'와 '근대화'의 어떤 부적절함과 불완전함을 비판하기 시작한 것일까? 〈프로이트의 아들들은 지쳤는가〉는 이러한 일련의 질문들을 검토해 보자는 하나의 제안이다. 나는 그 문장을 통해 '여성 시인들은 지치지 않았다'는 사실을 우선 공적으로 확인하고 인정하고 싶었다. 그리고 '남성 시인들'이라고 해도 될 것을 굳이 '프로이트의 아들들'이라고 한 것은 정신분석의 설명 모델이 앞에서 제기한 일련의 의문들을 풀 수 있는 단서가 될 수 있으리라는 기대 때문이다.

'진실'이라는 기호는 아무래도 낡은 느낌을 줄 것이다. 그런 느낌을 누가 모르겠는가. 오래되어 누렇게 퇴색한 책의 종이처럼 낡은 그 기호가 그럼에도 내게는 왠지 모를 매혹적인 울림으로 다가왔다. 비록 낡은 듯하기는 해도 '진실'이라는 기호 속에는 신화의 메아리가 들어 있다. 그것이 언제나 나를 두렵게 한다. 진실과 전혀 무관하다면, 비평이라는 언어행위는 그야말로 아무것도 아닐 것이다. 궁극적으로는 그 진실이 과연 무엇일 수 있는가 하는 것이 문제이겠지만…… 진실에 대한 서로 다른 생각들이 갈등을 일으키는 곳이 바로 비평의 공간이다. 비평가는 그런 갈등의 한가운데에서 균형을 잡아야 하는 게임에 참여하고 있는 사람들이다. 그 게임에서 그는 항상 지게 되어 있다. 어쩌면 그것은 비평가가 선택한 자발적 운명일 것이다.

올해로 등단한 지 10년이 된다. 책으로는 두 번째이지만 평론집으로는 첫 번째이다. 1993년에 등단하여 그 다음해에 불과 몇 편의 글을 쓰고는 무슨 퇴역 평론가처럼 되고 말았다. 한동안 읽을 수는 있어도 쓸 수는 없는 처지에 있었기 때문이다. 은사이신 최동호 선생님의 따끔한 충고로 읽을 수도 있고 쓸 수도 있는 길을 선택했다. 벗들이 다시 평론가로 호명해주었고 다시 글을 쓸 수 있게 되었다. 선생님과 벗들이 아니었다면 다시 글을 쓸 수 없었을 것이고 따라서 이 책도 호명될 수 없었을 것이다. 선생님과 벗들께 진심으로 감사의 인사를 드린다. 이 책의 원고를 꼼꼼하게 읽어준 벗들, 여러 가지 귀한 조언을 해주신 도서출판 새미의 사장님과 편집부 여러분의 고마움을 오래 간직하고 싶다.

2003년 여름의 문턱에서

강 웅 식

차
례

부정의 시학과 시의 관상학
— 오규원의 '날 이미지의 시'에 대하여

1. 이지러진 전체와 시인의 고뇌

문학이라는 제도가 특권적 위치에 있을 때, 아니면 적어도 그 자체의 안정성에 대한 회의가 야기되지 않았을 때, 글쓰기의 예술에 종사하는 사람들은 한 가지 걱정밖에 하지 않았던 것 같다. 어떻게 하면 잘 쓸 수 있을 것인가 하는 것, 다시 말해 통상의 언어를 최고로 완벽한 수준에 올려놓는 것, 또는 자신들이 말하고자 하는 것과 정확히 일치하게 만드는 것이 모든 작가와 시인들의 고민이었다. 그러한 고민의 유효성이 완전히 사라진 것은 아니지만, 오늘의 시인이나 작가는 그보다 더욱 근원적이고 심각한 고민과 마주하게 되었다. 그것은 바로 문학이라는 제도 자체에 대한 고민이다. 지난 시대에 글쓰기는 문학이라는 제도의 경계 안에서 자신만의 독특한 비밀의 건축을 생성하는 것이었다. 그러나 모든 언어와 신념이 이지러진 전체의 일부를 이루면서 타락해 있는 우리의 시대에는 문학이라는 제도도 그러한 부정적 형상으로부터 자유로울 수 없다. 그런 맥락에서, 어쩌면 우리 시대에 작가나 시인의 과제는 문학이라는 제도 자체와의 투쟁에 있는지도 모른다. 여전히 글쓰기는 언어와 양식과 문체와 같은 기존의 규칙에 따르는 것, 시처럼 보이는 것이나 소설의 관습을 따르는 어떤 것을 만드는 것이다. 동시에 그것은 그런 규칙들을 경멸하면서 그것을 초월하고자 하는 활동이기도 하다. 그 자체의 한계를 노출하고 비판하면서 기존의 것과는 다르게 쓸 때 과연 무엇이 일어날 것인지 실험하는 어두운 모색이 글쓰기의 핵심이고, 그것이 또한 작가와 시인의 본질적인 고뇌여야 하는 시대를 우리는 살고 있는 것이다.

시를 가리켜 흔히 언어 예술이라고 말한다. 이때 언어는 타자와의 의사소통의 장(場) 안에서 사용되는 보편적 언어의 명백성과 상징적 기능에 기반을 두면서도 그것의 초월을 지향하는 성질을 띤다. 그럼에도 모든 언어행위의 주체는 타자와의 의사소통의 장소 안에서 정의된다. 시인 역시 그러한 장소 안에 있고 또 그 안에서 정의된다. 그런데 모든 언어와 신념이 타락한 전체의 일부를 이루고 있는 우리의 시대에도 조작되지 않고 왜곡되지 않은 진정한 언어행위의 장소가 존재할 수 있을까? 신이나 그 밖의 다른 가치들에 대한 믿음이 허물어진 이 시대에 새로운 또는 진정한 의미를 추구할 수 있는 단위('나' 혹은 '우리')는 과연 존재할까? 이러한 의문들과 관련한 중압감이 지배하는 상황에서 시의 언어에 내재한 초월 지향은 기존의 상징적 질서를 파괴하려는 '부정성'에 집중될 수 있다. 그리고 그런 집중은 절망에 대한 우울한 탐닉에서 벗어나려는, 절망 자체의 근본화를 통해 어떤 새로움의 가능성을 모색하려는 시도이다. '부정성'의 언어는 지금 당장은 비록 모호하고 무의미한 분열적인 언어행위로 비칠 수도 있을 것이다. 그러나 '부정성'을 토대로 한 그런 실험과 모색들이 존재하지 않는다면, 보편적 언어의 명백한 의미 그 저변에 의미의 다가치성(多價値性)의 기반을 구축하고 언어행위의 주체들에게 내재되어 있는 다음성(多音性)의 심연을 열어놓을 수 있는 가능성 자체가 근원적으로 봉쇄되고 말 것이다.

아도르노의 말처럼 우리 시대는 광란적이다. 그런 시대에 조심스럽게 적응하려는 사람은 자신을 광기의 협조자로 만드는 우를 범할 수도 있다. 현대시는 이 광란적인 시대에 저항하며 시대의 광기를 저지하려 해야 할 것이다. 그러한 저항의 형상을 우리는 이 시대의 시쓰기와 관련한 오규원의 고뇌와 그 산물들에서 확인할 수 있다. 모르긴 해도 진지한 시인 치고 이 시대에 '저항'의 방법론에 대해 고민하지 않는 시인은 없을 것이다. 그럼에도 여기서 특별히 오규원의 저항에 대해 주목하고자 하는 것은 그 집요함과 일관된 지속성 때문이다.

2. 오규원의 시와 부정의 시학

오규원은 1965년 「겨울 나그네」로 1회 추천을 받고 1967년에 「우계(雨季)의 시」로 2회 추천을 받은 다음 1968년 10월에 「몇 개의 현상」으로 완료 추천을 받아 문단에 데뷔했다. 등단 이후 그는 이제까지 모두 여덟 권의 시집을 상자했다 : 『분명한 사건』(1971), 『순례』(1973), 『왕자가 아닌 한 아이에게』(1978), 『이 땅에 쓰어지는 抒情詩』(1981), 『가끔은 주목받는 生이고 싶다』(1987), 『사랑의 감옥』(1991), 『길, 골목, 호텔, 그리고 강물소리』(1995), 『토마토는 붉다 아니 달콤하다』(1999). 황현산에 따르면, 오규원은 "적어도, 자신의 전작품을 거슬러 복기할 수 있는 거의 유일한 시인"이다.[1] 그 점에서 과연 오규원이 유일한 시인인가 하는 문제는 판단을

---

1) 황현산, 「새는 새벽 하늘로 날아갔다」, 『말과 시간의 깊이』(문학과지성사, 2002), 228면.

유보한다고 하더라도, 우리는 자신의 시적 변화의 매듭점들에 대해 오규원만큼 명확하고 냉철한 인식을 소유한 시인을 좀처럼 만나기 어려울 거라는 점에는 동의할 수 있다. 자신의 시세계와 관련한 대담에서 어떤 시기에 씌어진 작품들이 논의의 대상으로 떠오를 때면, 그 시점을 전후하여 자신이 겪었던 고민의 맥락을 그는 항상 분명하게 제시한다. 그의 작품들을 구체적으로 논의하기 앞서 우선 그런 오규원이 자신의 시세계의 변화 과정에 대해 언급한 구절을 검토하기로 하자.

> 그러니까 언어를 믿고 세계를 투명하게 드러내려는 노력을 하던 시기(초기)를 거쳐, 언어와 세계에 대한 불신이 내 나름으로 관념과 현실을 해체하고 재구성하려던 시기(중기)를 지나, 명명하고 해석하는 언어의 축인 은유적 수사법을 중심축에서 주변축으로 돌려버린 지금의 위치에 서 있는 셈이다.[2]

시인 자신의 시기 구분과 그의 시집들을 연결해 보면, 초기에 『분명한 사건』(1971)과 『순례』(1973)를, 중기에 『왕자가 아닌 한 아이에게』(1978)와 『이 땅에 씌어지는 抒情詩』(1981)와 『가끔은 주목받는 生이고 싶다』(1987)와 『사랑의 감옥』(1991)을, 그리고 시인이 '지금'이라고 지칭한 시기에 『길, 골목, 호텔, 그리고 강물소리』(1995)와 『토마토는 붉다 아니 달콤하다』(1999)를 각각 배분해볼 수 있을 것이다. "언어를 믿고 세계를 투명하게 드러내려는 노력"의 시기라고 규정한 초기는, 그가 비록 언어에 대한 민감한 자의식을 선명하게 보여주고 있다 하더라도, 우리가 앞서 언급했던 전통적인 시작(詩作)의 고민에서 크게 벗어나 있지 않다 : 어떻게 하면 잘 쓸 수 있을 것인가 하는 것, 다시 말해 통상의 언어를 최고로

---

2) 오규원, 「구성과 해체」, 『오규원 깊이 읽기』(이광호 엮음, 문학과지성사, 2002), 423면.

완벽한 수준에 올려놓는 것, 또는 자신들이 말하고자 하는 것과 정확히
일치하게 만드는 것. 그렇다면 그의 초기에서 우리가 가장 눈여겨보아야
할 대목은 언어의 한계에 대한 자의식이다.

> 수면은 가장 음험한 얼굴로
> 우리를
> 길 밖에 머물게 한다
>
> 수면에 비쳐 있는 세계
> 잡을 수 없으나 가장 명확한
> 그러나
> 명확한 만큼 우리의 말을
> 정면으로 빈정대누나

　인용 부분은 시집 『순례』에 실린 「別章 3편」에 나오는 구절이다(이 시는
'1. 像', '2. 소리', '3. 말' 세 부분으로 구성되어 있다). 여기서 '우리'는 세계와
사물의 '상'(像)을 명확히 포착하려는, 나아가 그 진실에 이르려는 길을
나선 시인들이다. 시인이 보기에, 수면은 세계를 명확하게 담아낸다. 그렇
다고 수면에 비친 세계의 '상'이 세계 그 자체인 것은 아니다. 그것을 손으
로 움켜잡으려 한다면 곧 사라지고 말 것이다. 그럼에도 그 투명성만큼은
시인에게 부러움의 대상이 아닐 수 없다. '우리의 말'은 그러한 명확함(혹은
생생함)에 이를 수 없기 때문이다. 오규원은 다른 곳에서 그 당시 언어의
한계에 대한 자신의 자의식을 이렇게 고백하기도 한다.

> 그러니까 세계는 생성과 변화를 간직하고 있는 대상인데 언어는
> 개념화되어 굳어 있는 존재라는 깨달음 속에 있었던 것입니다.[3]

그의 첫시집이 발간된 해인 1971년 오규원은 태평양화학 홍보실로 근무처를 옮겼다. 그의 두 번째 시집은 1973년에 출간되었다. 그는 어느 대담에서 언어의 한계에 대한 나름의 깨달음에 이르게 된 것이 태평양화학으로 옮기고 약 2년쯤의 시간이 흐른 뒤라고 밝힌 바 있다. 여기서 시인의 개인사와 관련한 정보들을 새삼 확인하는 것은 그의 깨달음의 맥락을 강조할 필요가 있기 때문이다. 오규원은 그 점에 대해 이렇게 설명한다.

> 그 시기는 제가 자본주의의 심장인 홍보실에서 근무하며, 책 속의 자본주의나 거리의 자본주의가 아닌 현장의 한국적 자본주의의 실상을 어느 정도 파악하고 경험한 후가 되는 셈입니다. 즉, 생산 시설의 허와 실, 제품의 허와 실, 생산과정의 허와 실, 영업정책의 허와 실, 자본주의의 허와 실, 그 자본주의의 언어의 허와 실 등등을 어느 정도 알고 난 다음인 셈입니다.[4]

어째서 그는 화장품 회사의 홍보실 근무 경력을 통해 '자본주의의 언어의 허와 실'을 어느 정도 알게 되었다고 주장하는 것일까? 사실 그의 주장에는 일리가 있다. 자본주의 시장 경제 체제에서 '홍보실'은 그 메커니즘의 최종 단계를 마무리하는 곳이기 때문이다. 대중들이 전반적으로 궁핍한 생활 상태를 넘어서게 된 산업사회에서 많은 상품은 긴급하고 절박한 필요를 충족시켜 주는 것이 아니다. 대체로 대량 생산물인 그런 상품은 실제 사용가치와는 거의 무관한 것들이다. 그처럼 그다지 필요로 하지 않는 것을 사게 하려는 경우에 판매전략은 필수적인 것이 되고, 가치의 유일한 척도는 얼마나 이목을 끄는가 또는 얼마나 포장을 잘 하는

---

3) 오규원, 앞의 책, 32면.
4) 오규원, 앞의 책, 32면.

가에 달려 있게 된다. 그러한 척도에서 홍미 유발과 센세이셔널리즘은
판매전략의 가장 대표적인 방법이자 기술이라 할 수 있다. 홍보실에서
이루어지는 모든 작업의 목표는 새로운 홍미 유발과 더욱 강력한 센세이
셔널리즘의 개발이다. 기존의 틀을 벗어나지 않으면서 새로운 효과를
창출해야 한다는 부단한 압력을 받기 때문이다. 이는 홍보실이라는 기능
적 공간 안에만 닫혀져 있는 현상이 결코 아니다. 그러한 현상은 사회의
모든 조직으로 확대된다. 따라서 모든 언어와 신념이 이지러진 전체의
일부를 이루면서 타락하게 되고, 또한 부단히 조작되고 왜곡되게 된다.
이러한 맥락에서 그가 스스로 중기라 규정한 세 번째 시집 맨 처음에 수록된
「용산에서」가 다음과 같은 모습을 띠는 것은 시사적이다.

<blockquote>

詩에는 무슨 근사한 얘기가 있다고 믿는
낡은 사람들이
아직도 살고 있다. 詩에는
아무것도 없다
조금도 근사하지 않은
우리의 生밖에는.

믿고 싶어 못 버리는 사람들의
무슨 근사한 이야기의 환상밖에는.
우리의 어리석음이 우리의 의지와 이상 속에서 자라며 흔들리듯
그대의 사랑도 믿음도 나의 사기도 사기의 확실함도
확실한 그만큼 확실하지 않고
근사한 풀밭에서 잡초가 자란다

확실하지 않음이나 사랑하는 게 어떤가.
詩에는 아무것도 없다. 詩에는

</blockquote>

남아 있는 우리의 生밖에.
남아 있는 우리의 生은 우리와 늘 만난다
조금도 근사하지 않게.
믿고 싶지 않겠지만
조금도 근사하지 않게.

—「용산에서」전문

위의 시는 '신은 죽었다'는 니체의 자라투스트라적 선언의 패러디다. '신이 죽었다'는 것은 신이 누리던 절대적 가치를 상실했다는 뜻이다. 그처럼 '시는 죽었다', 아니 "시에는 아무것도 없다". 그럼에도 시인이 '우리의 生'이 시에 남아 있다고 말하는 것은 인상적이다. 모든 것이 타락해 있는 세계 상황에서 '우리의 生'이 근사할 수 없는 것은 당연하다. 그렇지만 우리는 늘 '우리의 生'과 만난다, 즉 살아간다. "시에는 아무것도 없다"는 시인의 도발적 선언은, 그러므로, 시 자체에 대한 원초적 부정이 아니다. 그것은 투명한 언어로 세계의 어떤 의미를 담아낼 수 있다는 순진한 믿음에 대한 반성이자 부정이다.

오규원은, 이미 앞에서 인용한 바 있듯이, 스스로 '중기'라고 규정한 시기를 가리켜 "언어와 세계에 대한 불신이 내 나름으로 관념과 현실을 해체하고 재구성하려던 시기"라고 진술하였다. 자신의 진술대로 그는 이 시기에 언어와 세계에 대한 불신(혹은 절망)에도 불구하고 그것들의 순수성을 회복하기 위한 시의 방법을 모색하고자 한다. 그 과정에서 그는 이상(李箱)의 방법론적 기교와 김수영(金洙暎)의 요설적(饒舌的) 화법을 자신의 시에 적극적으로 도입한다. "시란 결국 한 시인이 부닥친 세계와의 조응"5)이라고 믿는 그가 이상과 김수영에게서 받아들인 것은 단순히 기

---

5) 오규원, 앞의 책, 411면.

교와 화법이 아니었다. 그가 수용한 것은 자신이 부닥친 세계에 대한
절망에도 불구하고 앞으로 나아가고자 하는 전투적 정열이었다. 여기서
이 시기에 시도된 그의 시의 방법론들을 일일이 열거하여 분석해보는
것도 의미 있는 일이겠으나, 그보다는 그러한 모색의 핵심에 놓여 있는
언어의 문제를 살펴보는 것이 더 생산적일 것이다.

> 샤하리아르, 당신의 벌거벗은 몸이 아름답다
> 육체는 욕망의 본거지다 본적지에서 보면
> 어둠 속의 별처럼 젖꼭지도 배꼽도 반짝인다
> 나는 당신의 욕망을 내 몸으로 받고
> 당신의 죽음을 내 자궁으로 가둔다 나는
> 당신의 언어이므로 당신 속에서 일용할
> 사랑을 얻는다 사랑을 얻고 당신의 발바닥이며
> 혓바닥이며 무엇무엇이며 온몸에 불을 지른다
> 불을 질러 내 우주에 불을 밝힌다
>
> 샤하리아르, 나는 유프라테스강이다 아니다
> 티그리스강이다 아르메니아고원이다 아니다
> 아라비아의 샤하리아르 대왕이다 아니다
> 네푸드사막이다 아니다 루브알할리 라는
> 공허 지대이다 아니다 비가 와야 물이 흐르는
> 누쿠니와디이다 비샤와디이다 세헤라쟈드이다
> 아니다 아니다……………………………………………

—「세헤라쟈드의 말」제 3, 4연

'「천일야화」별곡'이라는 부제가 붙은 이 시는 1991년에 발간된 여섯
번째 시집『사랑의 감옥』맨 마지막에 실려 있는 작품이다. 어느 대담에
서 시인 자신도 밝혔다시피, 이 시는 알레고리로 이루어져 있다. 알다시

피 알레고리는 어떤 표현이 무엇을 뜻하면서 동시에 그와 다른 것을 뜻하는 의미 효과다. 계속 처음 뜻을 지니면서 차원을 달리 하여 다른 무엇을 가리킨다. 그 부제에서도 알 수 있듯이 일차적으로 이 시는 생명이 최소한 하루는 더 보장된 세헤라쟈드의 고통스런 독백이다. 밤이 지나고 아침이 되어 샤하리아르를 감동시킬 만큼 재미있는 이야기를 생각해내지 못하면 그녀는 죽게 된다. 샤하리아르를 죽이거나 그로부터 도망한다면 고통에서 벗어날 수 있겠지만, 그것은 현실적으로 불가능하다. 더욱이 그녀는 그를 사랑한다. 그녀가 살기 위해 그는 죽어야 하지만, 그녀가 그를 사랑하기에 그는 죽어서는 안 된다. 사랑 안에서 그의 죽음은 그녀의 죽음이기도 하기 때문이다. 따라서 그녀도 살고 그도 살기 위해서 그는 '다른 그'가 되어야 한다. 이 시에서 세헤라쟈드는 그의 죽음을 그녀의 자궁으로 가둔다. "나는 당신의 언어"라는 구절에서도 확인되듯이, 시인은 세헤라쟈드와 샤하리아르의 기묘한 관계 위에 현실(세계)과 시(언어)의 관계를 겹쳐 놓는다. 타락한 현실은 항상 시를 죽음으로 내몬다. 시가 그런 현실을 그대로 수용하면 생명(시의 진정성)을 잃게 된다. 그것을 단순히 부정하여 외면하면 시 자체가 소멸한다. 그럴 경우 시는 그야말로 아무것도 아닌 것이 되기 때문이다. 시는 타락한 현실에 대해 부단히 무엇인가 말하지 않으면 안 된다. 시의 '부정성'(否定性)은 타락한 현실을 부정적(否定的)으로 수용함으로써 그것을 '다른 그 무엇'으로 만들어야 한다. 그것이 바로 시와 현실의 진정한 화해이자 시의 초월이다. 이른바 중기에 이루어진 오규원 시의 다양한 실험과 모색은 그와 같은 화해와 초월의 방법을 찾기 위한 것이었다. 이 시에서 우리는 그의 실험과 모색의 저변에 깔려 있는 문제의식의 핵심과 만나게 된다. 그런데 이 시만을 놓고 볼 때 우리는 그가 추구하는 화해와 초월이 논리(방법론)의 수준에 머무르고 있다는 인상을 받는다. 이제까지 분석한 3연에 이어지는 4연에서 반복되는 '아니다'의 울림이 어딘가 공허하게 느껴지는 것도 그 때문이다. 4연에서 '이다'와 결합된 모든 형상들은 그것의 죽음(부정)을 통해 자궁에 잉태되기 전의 것들이다. 반복되는 '아니다'를 통해 '부정'이 강화되고 있긴 하지만 새로운 생성은 이루어지지 않았다(여기서 말하는 생성은 어떤 관념을 의미하지 않는다. 그것은 작품의 구성적 계기들의 짜임관계로 이루어지는 작품 자체의 형상이다). 그러한 생성은 이 시의 바깥에 있고 다른 시간으로 연기된다. 스스로 중기라고 규정한 시기에 씌어진 오규원의 시들에서는 그의 말대로 부정의 방법론에 입각한 기존 관념의 '해체'와 '재구성'은 있지만 '생성'은 없다. 다른 말로 바꾸면, 이 시기 그의 시들에는 '미적 형상'의 구축화가 결여되어 있다. 여기서 말하는 '미적 형상'은 보기에 좋은 것과 같은 소박한 의미의 아름다움이 아니다. 그것은 '미'와 '추'를 포괄하는 어떤 것이다. 부정적인 세계 상황 속에서는 '추'가 오히려 어떤 진실을 드러내주는 '미적 형상'이 될 수 있기 때문이다. 오규원이 최근에 "개념화되거나 사변화되기 이전의 의미 즉 '날[生] 이미지'로서의 현상. 그 현상으로 이루어진 시"[6]의 형상에 골몰하게 된 것도 자신의 시작(詩作)과 관련한 나름의 반성과 긴밀한 연관이 있다.

3. '날 이미지'의 현상학

최근 오규원은 시에 "'날[生] 이미지'로서의 현상"을 구축하는 작업을 지속적으로 전개하고 있다. 그러한 작업의 의미와 이유와 관련하여 그는 나름의 정치(精緻)한 시론들을 발표하기도 하였다. 여기서는 그의 시론의 논리적 맥락을 분석하기 전에 그러한 시론에 입각한 작품을 먼저 살펴보

---

6) 오규원, 앞의 책, 420면.

기로 하자.

> 작약꽃이 한창인 아파트 단지에서
> 나비 한 마리가 길을 가고 있다
> 어린 후박나무를 지나 향나무를
> 지나 목단을 넘고 화단 가장자리의
> 쥐똥나무를 넘어 밖으로 가더니
> 다시 속으로 들어와
> 한창인 작약꽃을 빙글빙글 돌더니
> 아무것도 없는 허공을
> 혼자 훌쩍 날아올라 넘더니
> 비칠대는 온몸의 균형을 바로잡고
> 날아넘은 허공을 뒤돌아본다
> 뒤돌아보며 몸을 부풀린다

— 「나비」 전문

그가 가장 최근에 펴낸 시집 『토마토는 붉다 아니 달콤하다』에 실려 있는 이 시는 객관서술을 바탕으로 나비가 날아다닌 동선(動線)을 추적한 것이다. 이 시에서 나비와 그 움직임은 다른 어떤 것에 대한 알레고리적 상관물로서 기능하지 않는다. 시인의 감정이 이입된 곳도 찾을 수 없으며, 나비의 어떤 자태나 속성이 인간적 덕성으로 치환되어 있지도 않다. 나비의 동선을 쫓아가는 과정에서 포착된 '어린 후박나무'나 '향나무'나 '목단'이나 '쥐똥나무'나 '작약꽃'의 경우도 그 자체 이외의 다른 그 무엇을 가리키거나 의미하지 않는다. 최근 오규원의 작업에서 가장 두드러진 특징은 매우 금욕적인 언어 사용이다. 그는 어떤 풍경이나 사물을 묘사하기 위해 동원한 낱말들이 기능할 수 있는 다양한 의미작용을 엄격하게 통제함으로써 그것이 가장 단순하고 기초적인 지시연관만을 갖게 한다.

이는 풍경이나 대상의 시적 수용에서 흔히 사용돼온 이른바 '선경후정'
(先景後情)의 방식에서 '후정' 부분을 탈락시키고 '선경'만을 주도적으로
활용하는 데서 일차적으로 기인한다. 다시 말해 외부의 대상이 주관의
내면으로 수용되는 과정에서 촉발될 수 있는 정서적 환기나 알레고리적
추상화의 가능성을 애초부터 배제해버리는 것이다. 보다시피 「나비」는
매우 단순한 형태로 되어 있지만, 그렇게 되기까지의 이면에는 일련의
복잡한 과정이 은폐되어 있다. 그러한 과정을 잘 보여주는 것이 아래의
두 작품이다.

내 앞에 안락의자가 있다 나는 이 안락의자의 시를 쓰고 있다
네 개의 다리 위에 두 개의 팔걸이와 하나의 등받이 사이에 한 사람
의 몸이 안락할 공간이 있다 그 공간은 작지만 아늑하다…… 아니
다 나는 인간적인 편견에 벗어나 다시 쓴다 네 개의 다리 위에 두
개의 팔걸이와 하나의 등받이 사이에 새끼 돼지 두 마리가 배를
깔고 누울 아니 까마귀 두 쌍이 울타리를 치고 능히 살림을 차릴
공간이 있다 팔걸이와 등받이는 바람을 막아 주리라 아늑한 이 작은
우주에도…… 나는 아니다 아니다라며 낭만적인 관점을 버린다 안
락의자 하나가 형광등 불빛에 폭 싸여 있다 시각을 바꾸자 안락의자
가 형광등 불빛을 가득 안고 있다 너무 많이 안고 있어 팔걸이로
등받이로 기어오르다가 다리를 타고 내리는 놈들도 있다…… 안
되겠다 좀더 현상에 충실하자

— 「안락의자와 시」 부분

나는 해변의 모래밭에 지금 있다
바다는 하나이고 모래는 헤아릴 길 없다
모래가 사랑이라면 아니 절망이라면 꿈이라면
모래는 또한 죽음, 공포, 허위, 모순, 자유이고

　　모래는 또한 반동, 혁명, 폭력, 사기, 공갈이다

　　수사적으로, 비유적으로, 존재적으로,
　　모래(사물)와 사랑, 절망(관념) ……은
　　동격이다 우리는 이를
　　원관념＝보조관념의 등식으로 표시한다
　　그래서 모래는 끝없이 다른 그 무엇이다
　　오, 그래서 모래는 끝없이, 빌어먹을

— 「나와 모래」 부분

　위에 인용한 두 작품은 모두 1995년에 펴낸 『길, 골목, 호텔, 그리고 강물소리』에 실려 있는 것들이다. 얼른 보면 단순한 말장난과도 같아 보이는 이들 작품은 기존의 시작(詩作) 관행에 대한 시인 나름의 근본적인 문제제기를 담고 있다. 시인에 따르면, "우리의 담론 체계를 지배하는 것은 관념이며, 그것은 체계이다. 이 관념 체계는 은유 구조가 주축을 이룬다. […] 은유 구조에 의하면 '나는 ○○'이다. '나는 △△'이다. '나는 ××'이다……가 모두 가능하다. 그것은 대체 관념이다. 나는 그 대체 관념, 즉 재해석·재구성이 아닌 '그 어떤 것'을 찾고 있다. 그래서 나는 '아니다'라고 부정하고 있다."[7] 시인의 문제제기는 그대로 위에 인용한 두 작품의 존재 이유가 된다. 그것들은 시인이 '그 어떤 것'을 찾는 과정의 산물이다. 시인의 문제제기대로, 어찌 보면 시란 그저 하나의 기호를 만들어 내는 방법, 어떤 것을 가리키는 동시에 그것 주위에 기호를 배열하는 방법에 불과할 뿐이다. 시쓰기는 이름 붙이는 기술, 지시적이고 장식적인 재복제(再複製)를 수단으로 하여 그 이름을 포획하는 기술이자

---

7) 오규원, 앞의 책, 421면.

그것을 봉하여 감추는 기술, 그렇게 붙여진 사물의 이름에다 그것의 비유 형상이거나 수사적 장식인 다른 이름을 차례로 붙여보는 기술일 뿐이다. 그렇다면 시가 그와 같은 지시적이고 장식적인 재복제의 무한 순환에서 벗어날 수 있는 방법은 무엇인가?

> [⋯] 인간인 '나'만이 아닌, 세계와 함께 언어를 '사는' 방법은 없을까? 만약 우리가 명명하는 것이, 즉 정(定)하는 것이 세계를 끊임없이 개념화시키는 것이라면, 명명하는 사고의 근본인 은유적 사고의 축을 버리고, 그리고 그 언어도 이차적으로 두고, 세계를 '그 세계의 현상'으로 파악하면 어떻게 되는 것일까 ─ 라는 것이 지금의 나, 나의 세계이다. 현상은 굳어 있는 개념도 아니며, 추상적인 관념도 아니다. 그것은 존재의 살아 있는 의미망 ─ 즉, '날이미지' 가 아닌가.8)

　시인의 답변 내용 가운데서 보충 설명이 없으면 이해하기 어려운 부분이 있다. 그것은 '정하는 것'과 '날이미지'의 '날'과 관련된 것이다. 시인은 『조주록』에 나오는 다음의 구절에서 그에 대한 영감을 얻었다.

> ─ 한 스님이 물었다.
> "무엇이 정한 것입니까?"
> "정(定)하지 않은 것이다."
> "무엇 때문에 정하지 않은 것입니까?"
> "살아 있는 것, 살아 있는 것이기 때문이다."9)

---

8) 오규원, 앞의 책, 423면.
9) 오규원, 앞의 책, 422면.

　　결국 시인이 찾고자 하는 것은 '존재의 살아 있는 의미망, 즉 날이미지다'. 그리고 그 방법은, 반복되는 '현상'이라는 낱말에서도 시사되다시피, 일종의 현상학적 환원이다. 위에서 인용한 「안락의자의 시」가 보여주는 것도 부단한 환원의 과정이다. 「나비」의 경우 가시적으로 드러난 작품의 형태 이면에 은폐되어 있는 것도 바로 그러한 환원의 과정이다. 대개의 경우 시쓰기는 어떤 사물이나 시적 정황 혹은 시적 사건에서 출발하여 그것에다 어떤 의미를 부여하는 방향으로 전개된다. 오규원의 경우 시쓰기는 그것들 각각의 본질인 '살아 있음'의 상태(현상)에 이를 수 있도록 부단히 환원하는 방향으로 전개된다. 현상학적 환원 역시 어떤 본질을 향해 나아가는 운동이다. 현상학에서 본질은 대상화할 수 있는 것이 아니다. 그것은 세계 그 자체이고, 내가 그 세계 속에 이미 속해 있음이며, 이미 정해져 있어서 분명한 어떤 것이 아니라 나의 실존이 세계 안에서 체험하는 세계의 모호함이자 불투명함이다. 현상학은 구체적이고 개별적인 실존의 체험을 같은 체험을 소유하고 있는 사람들에게 납득할 수 있도록 선험적인 반성을 통하여 기술하려고 한다. 오규원의 시쓰기는 이와 같은 일련의 현상학적 방법론을 창조적으로 변용한 것이라 할 수 있다. 그의 시에서 작품의 구성적 계기들은 우연한 것들이며, 그것들을 결합하는 요인은 은유적 대체 작용이나 추상적 확대 해석 없이 신체(주로 시각)에 지각된 것만을 기록하려는 관찰자(이자 서술자)의 단호하고 완강한 의지이다. 현상학적 기술에 상응하는, 신체에 지각된 것만을 기록하려는 오규원의 시적 기술은 "은유적 수사법이 아닌, 사물을 묘사하고 서술할 때 주로 사용하고 있는 환유적 수사법"을 중심축으로 한다. 그 이유는 "환유의 축은 함부로 명명하거나 해석할 수 있는 언어 체계가 아니므로 인간 중심적 사고의 횡포를 최소화할 수 있으리라는" 그 나름의 믿음 때문이다. 시인 스스로 '지금'이라고 규정한 시기에 속한 두 권의 시집,

즉『길, 골목, 호텔 그리고 강물소리』와『토마토는 붉다 아니 달콤하다』
에 수록된 작품들은 시인 나름의 부단한 환원의 산물이다. 그 작품들
대부분이 우리에게 모호하게 다가오는 것은, 그것들이 시쓰기의 제도
변경에 의해 구축된 새로운 지평 위에 놓여 있기 때문이며, 사물과 세계
의 본질인 불투명성과 모호함으로의 환원을 지향하기 때문이다. 오규원
이 구축한(아니 탈구축한!) 시적 현상들 속에서는 '호텔'이나 '불상'(佛像)
이나 '절'과 같은 인공물들도 자연물과 동등한(혹은 평등한) 수평적 지위
를 누릴 뿐이며(「호텔」,「부처」,「절과 나무」 참조), 인간 역시 그 지배적
권위를 상실한다. 오규원의 '날이미지'의 시들은 미세하지만 저마다 중
요한 차이를 내재하고 있으나, 피상적인 관찰에만 의존한다면 그것들이
다 비슷하게 보이기도 한다. 비교적 가장 최근에 발표된「아이와 망초」
(『문학과 사회』 2001년 가을호)라는 작품을 살펴보기로 하자.

> 길을 가던 아이가 허리를 굽혀
> 돌 하나를 집어 들었다
> 돌이 사라진 자리는 젖고
> 돌 없이 어두워졌다
> 아이는 한 손으로 돌을 허공으로
> 던졌다 받았다를 몇 번
> 반복했다 그때마다 날개를
> 몸 속에 넣은 돌이 허공으로 날아올랐다
> 허공은 돌이 지나갔다는 사실을
> 스스로 지웠다
> 아이의 손에 멈춘 돌은
> 잠시 혼자 빛났다
> 아이가 몇 걸음 가다
> 돌을 길가에 버렸다

돌은 길가의 망초 옆에
발을 몸 속에 넣고
멈추어 섰다

— 「아이와 망초」 전문

　이 시에서 우리가 일차적으로 발견할 수 있는 것은, 시인 자신의 용어를 빌려 말하자면 "상호 수평적 연관관계의 구조"이다. 작품에 등장하는 사물들('돌', '망초')과 공간적 배경('허공', '돌이 사라진 자리')과 '아이'는 그 어느 것도 작품에서 주도적이고 지배적인 위치를 차지하지 못한다. 시인은 그것들을 하나의 전체로서의 작품에 구성적 계기로 포섭하면서도 그것들의 자율적인 독립성을 침해하지 않는다. 길을 가던 아이가 돌 하나를 집어들어 한 손으로 던졌다 받는 동작을 반복하다가 그 돌을 길가에 다시 버리기까지 그 아이의 동선(動線)에 관한 객관서술이 바탕을 이루고 있는 이 시에서, 아이의 움직임과 연관된 사물과 공간적 배경은 시인이 의도하는 이른바 '상호 수평적 연관관계의 구조' 속에서 그 나름의 생명력으로 빛을 발한다. 보라, 돌이 사라진 자리가 젖고, 돌이 스스로의 날개로 날아올랐다 다시 내려앉으며, 허공이 돌의 지나간 자리를 스스로 지우는 모습을. 최근 오규원의 시에서 중심 화법으로 사용되는 철저한 객관서술에서 우리는 어떤 힘을 느끼게 된다. 사물들을 말로 표현하기 위해서 멀리 떨어뜨려 놓는 것 같은, 그것들이 빛나게 하기 위하여 간격을 유지하는 것 같은 힘. 변형하고 해석하는, 보이지 않는 것을 보이게 만들고 보이는 것을 투명하게 만드는 그런 힘. 그 힘은 시인이 구축한 작품이라는 하나의 공간을 생성하는데, 그 공간은 '텅 빔'과 '꽉 참'이 기묘하게 공존하는, 무한과 공기와 빛과 사물들과 인간이 상호 수평적 연관관계를 이루는 망상조직으로 짜여 있다. 오규원은 '시와 이미지'라는 제목의 글에서, '구원'이나 '해탈'이나 '진리'나 '사상'과 같은 요소들은 "인간이 문화라는 명목으로 덧칠해 놓은 지배적 관념이나 허구"의 산물이므로 시에서 제거해야 한다고 말한 바 있다. 아마도 시인은 그와 같은 관념들이 사물들과 또한 그것들의 관계를 우상이나 편견과 같은 인습적인 빛으로 비추면서 변질시킨다고 믿는 듯하다. 지난 시집을 포함하여 최근 오규원의 시쓰기는 관념의 우상과 편견으로 이지러진 세계를 해체하여 이전에 없었던 방식으로 다시 만들어내려는 의지의 표현이다. 그는 어떤 관념이나 이야기를 배제한 백색의 시적 공간으로 사물들을 초대하여 그 안에서 그것들이 진정한 형상과 내밀한 크기로 드러날 수 있게 한다. 최근에 이루어지고 있는 오규원의 일련의 작업을 지켜보면서 필자는, 그가 한국시의 시사적 맥락에서 시쓰기라는 제도 자체를 새롭게 실험하고 있다는 생각을 하게 된다.

4. 시적 관상학의 가능성과 한계

자신의 시작 초기부터 현재에 이르기까지 오규원이 시의 언어에 대한 고민의 과정에서 도달한 지점은 매우 복잡하고 미묘한 문제가 얽혀 있는 곳이다. 그곳은 인식론과 기호론과 존재론이 서로 충돌하면서 갈등을 일으키는 지점이다. 오규원이 말하는 '날이미지'는 '존재의 살아 있는 의미망'이다. 시를 통해서 그 '날이미지'에 도달한다는 것은 나름의 방법으로 그것을 인식한다는 뜻이다. 오규원에 따르면, 이름 붙이기를 통해 세계를 끊임없이 개념화시키는 사고(은유적 사고)로는 거기에 도달할 수 없다. 그가 비판하는 '은유적 사고의 축'을 확대하면 기호론의 체계가 된다. 그러한 체계에서 시쓰기는 이름 붙이는 기술, 지시적이고 장식적인

재복제(再複製)를 수단으로 하여 그 이름을 포획하는 기술이자 그것을
봉하여 감추는 기술, 그렇게 붙여진 사물의 이름에다 그것의 비유형상이
거나 수사적 장식인 다른 이름을 차례로 붙여보는 기술일 뿐이다. 그러한
시쓰기는 세계와 사물을 개념적 사유의 인식과정에 내재한 것으로 보는
관념론자들의 사유 방식과 유사하다. 현상학은 개념의 체계 안에 갇힌
관념적 주체 대신에 생생하게 살아 있는 주체, 항상 무엇을 향해 있으면
서도 이미 거기에 있는 세계 안에 거주하면서 사물과 세계의 본질인 모호
함과 불투명성 속에서 세계의 경이를 생생하게 체험하는 주체를 찾아냈
다. 오규원의 문맥에서 특히 '살아있음'이 지속해서 강조되는 것도 그의
시쓰기가 현상학적 문제의식에 뿌리를 내리고 있기 때문이다. 오규원이
말하는 '존재의 살아있는 의미망'에 이르는 것이 가능하려면 그 존재를
아무런 인식론적 전제 없이 직접 서술할 수 있어 마치 그것이 스스로
있는 것처럼 되어야 한다. 그러나 시는 언어라는 질료를 떠나서는 존재할
수 없다. 오규원이 이른바 '은유적 수사법의 축'을 완전히 배제하지 않고
다만 그것을 중심축에서 주변축으로 이동시키는 것도 그러한 사정에서
연유한다. 이제 오규원의 시쓰기에서 중심축을 차지하는 것은 "사물을
묘사하고 서술할 때 주로 사용하고 있는 환유적 수사법"이다. '환유적
수사법'이 주도하는 서술을 통해서 오규원이 드러내고자 하는 것은 사물
과 세계의 생생한(혹은 살아있는) 표정과 같은 것이다. 한 인물의 표정,
즉 성내거나 슬퍼하거나 즐거워하는 그런 표정은 그 자체로 이미 정해져
있는 개념 같은 것이 아니다. 슬퍼 보인다는 점에서는 여러 인물의 표정
이 유사할지 모르나, 그들 각각의 표정은 그 나름의 고유함을 간직하고
있으며 따라서 슬픔 자체도 다르다. 한 인물의 표정은 그의 얼굴을 구성
하고 있는 다양한 요소들의 배열을 통해서 이루어지는 것이다. 오규원은,
사람의 표정과 마찬가지로 사물들에게는 그 자체의 언어이며 스스로를

구성하고 있는 요소들의 배열에서 발생하는 저마다의 표정이 있다고 믿는 듯하다. 그런 맥락에서 오규원의 시쓰기는 사물들과 세계의 감각 가능한 요소들의 배열을 완전히 복원함으로써 그것들의 관상학을 회복하려는 시도일지도 모른다.

그런데 세계와 사물의 관상학을 복원하려는 오규원의 시도는 작품 자체에서는 자신의 의도와 다르게 굴절되는 경향이 있다. 그런 굴절은 위험하다. 앞서 우리가 살펴보았던 「아이와 망초」에서도 그러한 굴절이 포착된다. 그 작품에서 사물들('돌', '망초')과 공간적 배경('허공', '돌이 사라진 자리')과 '아이'는 시인이 의도하는 이른바 '상호 수평적 연관관계의 구조' 속에서 그 나름의 생명력으로 빛을 발한다. 그것들은 그 나름으로 생생하게 살아있다. 문제는 그 '살아있음'이 지나치게 기계적이라는 사실이다. 돌이 자신의 몸 속에 감춘 날개로 새처럼 날아오르고 허공이 보이지 않는 손으로 자신의 몸에 남겨진 돌의 행로를 스스로 지운다고 해서 '돌'과 '허공'이 진정으로 '살아있는' 어떤 것이 되지는 않을 것이다. 오규원이 『조주록』의 구절에 근거하고 있는 '살아있음'은 '정하지 않은 것'이다. 그것은 하나의 의미 방향으로 굳어져 있지 않기 때문에, 스스로의 내부에 다양한 의미화의 방향(길)을 내재하고 있기 때문에 살아 있는 것이다. 그러한 '살아있음'은 모호함과 불투명성을 통해 우리에게 어떤 경이를 체험하게 한다. 「아이와 망초」에서 세계와 사물은 '살아있음'으로 정(定)해지게 된다. 그렇게 되면 시인의 애초 의도와는 다르게 사물과 세계는 오히려 생생한 표정을 잃게 된다. '날이미지'로 이루어진 오규원의 작품들에서는 또 다른 위험도 포착된다. 시가 '날이미지'를 지향하게 되면서, 그의 사고와 시작의 중요한 작동 계기 가운데 하나인 '부정의 역학'이 자취를 보이지 않는다는 점이 그것이다. 그 때문에 '날이미지'로 구축된 작품들은 대부분 화해의 밝은 빛깔을 띠고 있다. 화해(혹은 구원)

의 가능성이 보이지 않는 현실에서 스스로 화해의 빛을 반짝이는 공간을 우리는 어떻게 받아들일 수 있을까? 그것은 이 어둡고 암울한 시대에 이른바 등대와도 같은 희망의 상징이 될 수 있을까? 대답은 시인의 몫이지만, 이 지점에서 우리는 앞서 살펴본 「세헤라쟈드의 말」을, '당신의 죽음'을 가둔 '내 자궁'을 상기하게 된다. 오규원은 시와 현실의 진정한 화해와 시의 초월이라는 본질적인 문제에 직면하여 '날이미지'의 구축이라는 작업을 통해 그 문제를 해소하고자 하였다. 다시 말해 비켜간 것이다. '날이미지'의 시 역시 조작되고 왜곡되는 언어와 세계의 현실에 맞서려는 전투적 열정의 소산임은 물론이다. 필자가 보기에, 이제 오규원의 '날이미지'는 시의 자궁 속에 다시 가두어져 그 무엇인가로 거듭나지 않으면 안 되는 지점에 이르렀다. 우리는 앞으로 오규원의 시쓰기가 어떤 방향으로 어떤 궤적을 그리며 나아갈지 알지 못한다. 그러나 그 방향이 부정적 현실과 거기에 맞서려는 전투적 열정에 의해 이루어지는 벡터가 될 것이라는 사실을 의심하지 않는다. 우리의 논의의 장으로 그를 초청하고, 또 그의 시가 부르는 호출에 우리가 응해야 하는 것도 그러한 원초적 신뢰 때문일 것이다.

말씀의 건축과 유희
―정진규의 '말씀의 집'에 대하여

1

1960년 ≪동아일보≫신춘문예에 당선되어 등단한 이래로 현재까지 무려 열 권의 시집을 펴낸 시력(詩歷) 40년의 시인 정진규의 시세계를 검토하는 일은 그 출발부터 적잖은 부담이 될 수밖에 없다. 「노래―알 57」에서 시인 스스로 밝혔듯이 6백 편이 넘는 ("끄적거리다 만 몸짓까지 합하면 1천 편도 넘"는) 그 응숭 깊은 언어의 숲에서 헤매다 보면 숲의 전체 지형도를 그려낸다는 일이 애초에 불가능한 것은 아닌가 싶을 정도이다. 하나의 작품으로 고정되어 있는 것 같지만 그것들 하나하나가 물결이 되어 파도로 출렁이는 광막한 언어의 바다에서는, 때로 잔잔한 파도 위에서 그나마 띄어놓은 부표(浮漂)들도 거센 파도를 만나면 일순간에 흔적도 없이 사라지기 일쑤이다. 크나큰 심신의 고생 끝에 시인과 얽힌 에피소드를 통해 에돌아 접근하기로 마음먹었지만, 정작 필자의 의도는 쉽사리 그 입구가 보이지 않는 정진규의 시세계에 그의 시구처럼 "直方

으로”(「몸詩86—낙산 의상대 가서」)들어가고픈 욕망에 있다.

언젠가 필자를 비롯한 젊은 평론가 몇 사람과 정진규 시인이 우연히 자리를 함께 한 적이 있었다. 문인들이 모인 자리이니만큼 자연스럽게 문학에 연관된 이런저런 이야기들이 오갔고, 그런 중에 김수영(金洙暎)이 화제에 올랐다. 다른 사람들의 이야기를 빙긋한 눈웃음으로 듣고 있던 정진규 시인이 문득 한마디 거들었다. 평소 정진규와 김수영의 영향관계에 대해 개인적으로 관심을 갖고 있던 필자로서는 내심 긴장할 수밖에. 그러나 김수영의 시에 대해 나름으로 풍성하게 이야기할 줄 알았던(아니, 그렇게 해주기를 기대했던) 그에게서 나온 말은 아주 사소한 것이었다. 그는 김수영의 시에서 ‘악동’의 이미지를 읽곤 하는데, 그의 시에 “애 밴 여자와 오입했다”는 구절이 있다는 것이다. 그 구절이 나오는 시는 필자도 기억하고 있는 「강변에서」라는 작품이었다. 그는 그 구절의 행위 주체를 시의 화자로 기억하고 있었지만, 실제로는 그렇지가 않았다. 그렇게 말한 사람은 작품 안에서 화자와 함께 동행했던 동네 사람이었다. 필자의 기대를 저버린 그에게 약간은 섭섭한 마음이 있던 차라, 그가 느낄 정도의 볼멘 목소리로 그 사실을 지적했다. 그러자 그는 ‘그런가?’ 하고는 다시 예의 그 빙긋한 눈웃음으로 돌아가 다른 사람들의 이야기에 귀기울이는 것이었다. 자리가 파하고 집으로 돌아와 확인해보니, 분명히 그가 틀렸고 내가 맞았다. 그런데, 문득, 필자와는 달리 그는 집으로 돌아가서도 그 사실을 확인하지 않았을 거란 생각이 들었다. 그러면서 문제가 된 그 구절이 갑자기 하나의 화두처럼 내 머릿속을 온통 지배하기 시작하더니, 죽어 있는 활자의 껍질을 벗어버리고는 실감으로 다가오는 것이었다. 세상에, ‘애 밴 여자와 오입을 하다’니! 김수영과 동행했던 그 동네 사람이 정말로 그렇게 했는지 하지 않았는지는 시인 정진규에게 중요하지 않았다. 그에게 중요한 것은 그 구절의 파격성, 그 섬광, 그 관능성이었다.

우리가 평소 경험적으로 자명하고 또 자연스럽다고 생각하는 일상적 인식의 근거를 뒤흔들어놓는 그런 말들의 파격성. 다른 그 무엇이 아닌 그것 자체로 이끌어들이게 하는 그런 말들의 관능적인 힘, 동시에 그렇게 자신에게로 집중되는 순간 섬광처럼 그 자신이 아닌 다른 것으로 비상하는 그런 말들의 초월성. 시인 정진규는 그런 말들에서 발전(發電)된 전류가 통과되는 순간을 놓치지 않고 반짝 불빛을 일으키게 하는 예민한 감각과 정신의 필라멘트를 소유하고 있다. 정진규의 화법에 따르면, 그런 말들은 단순히 말이 아니라 '말씀'이다. 그의 시력 40년은 바로 '말씀의 집'을 끊임없이 비워냄으로써 채우고, 세움으로써 허물어버리는 역설적인 집짓기의 기나긴 과정이었다. 정진규의 시세계를 환기하는 지표들인 바, '비우기'·'버리기'·'알몸 되기'·'속살 만나기'·'맨발로 되기' 등과 같은 행위소들은 '말씀의 집'을 짓기 위해 그가 개발해낸 독특한 건축술이며, '별'·'밥'·'뼈'·'몸'·'알' 등과 같은 주요 상징들은 '말씀의 집'이 부단히 변화해 가는 과정의 어느 한 시점에서 잠정적으로 드러난 형상이다.

2

기존의 평자들이 대체로 동의하다시피, 정진규와 그의 시를 하나의 고유명사로 자리잡게 한 것은 세 번째 시집 『들판의 비인 집이로다』(교학사, 1977)부터 그가 집중적으로 관심을 보이기 시작한 이른바 '산문시'였다. 그러한 사정 때문인지 그 이전에 씌어진 『마른 수수깡의 平和』(모음사, 1966)와 『有限의 빗장』(예술계사, 1971)의 경우는 평자들에게 그다지 큰 관심의 대상이 되지 못하였다. 그러나 필자가 보기에 그 두 권의 초기

시집들은 오늘의 정진규와 그의 시를 있게 한 발생론적 기원으로서 나름의 중요한 의미를 지니는 것 같다. 더욱이 그의 '산문시'가 그의 시적 출발점으로부터의 방향전환에 의해 성립된 것이라면, 그런 방향전환의 구체적인 의미맥락을 구성해보기 위해서라도 그의 초기시들을 면밀히 검토하는 것은 불가피한 일로 판단된다.

새롭게 등장한 신진 시인들을 우리는 크게 두 가지 부류로 분류해 볼 수 있을 것이다. 하나는 기존의 시적 전통에 입각해서 안정되고 세련된 작품을 산출하는 경우이고, 다른 하나는 비록 불안정하고 투박하지만 기존의 시적 전통에 저항하는 작품을 산출하는 경우이다. 아마도 정진규는 후자의 경우에 속한다고 볼 수 있을 것이다. 그런데 정진규가 속한 후자의 시인들의 경우, 자신들의 시적 작업의 안정된 근거와 토대를 스스로 거부하였기 때문에 그들은 어떤 불안정한 흔들림 속에 놓여 있을 수밖에 없게 된다. 역설적이게도 무근거성 혹은 결정불가능성이 그들 작업의 근거와 토대가 되는 것이다. 따라서 그 자체가 하나의 전통이자 토대로 자리잡기 이전까지 그들의 시적 작업은, 막연하고 모호한 그러나 새로운 변화를 향한 모험일 수밖에 없다.

Ⅱ
너무도 오랫동안을
空虛한 벌판, 그 텅 비인 洞窟속에
서러운 소리로만 고여온 당신은
허물어진 城터에 찌그러져 구르는 나팔.
어쩌면 意味를 잃어버린 항아리.

이제 투명한 叡智로 열려야만 할 江口의 새벽.
거기 裸裸히 뽑아올릴 金빛 목청은 없는가.

한번쯤 나뉘어질 기막힌 和音의 이야기는 없는가.
아니더라도,
참으로 숨죽이고 귀기울일 開花의 순간에
하늘로 昇華하는 音樂이 되어야 할 당신.
모두 함께 할 微笑는 없는가.

서둘 수도 없는 애탈 수도 없는 우리네 가슴 그늘.
四面壁의 洞窟속에 들앉아
또한번 무수한 節制를 외우리, 나팔
나팔이여.

— 「나팔抒情」(『마른 수수깡의 平和』, 1966)에서

'공허한', '텅 비인', '허물어진', '찌그러져 구르는', '의미를 잃어버린' 등과 같은 부정적인 의미의 수식어들과 '금빛', '개화의', '승화하는' 등과 같은 긍정적인 의미의 수식어들의 대립적 구도에 근거할 때, 우리는 이 시에서 어떤 변화에 대한 화자의 시도를 엿볼 수 있다('소리', '나팔', '음악', '목청' 등의 낱말들이 구성하는 문맥상의 의미를 고려하면, 시인의 등단작인 이 시를 시인 자신의 시쓰기와 관련된 것으로 읽어도 무방할 듯하다). 화자는 '오랫동안' 있어온 것들이 이미 그 가치를 상실했다고 평가함으로써 그 것과는 다른 어떤 것을 모색하고자 한다. 그러나 기존의 것에 대한 부정적 평가의 근거와 추구하고자 하는 변화의 내용이 구체적으로 제시되어 있지 않다는 점에서 그런 모색은 지극히 모호하다. 결국 이 시에서 확인되는 것은 변화에 대한 화자의 막연한 열정과 의지인데, 작품을 쓸 당시의 시인의 젊음을 상기할 때 그런 막연함은 오히려 자연스럽고도 필연적인 일이었을 것이다.

비록 막연하긴 하지만 정진규가 자신의 시적 출발점부터 우리 근대시

의 시사적 맥락에서 자신의 시적 새로움을 모색하고 있었다는 사실은 주목할 만하다. 40년이 넘는 그의 시작(詩作)의 행로를 좇다보면 그 길의 도처에서 우리는 자신의 시쓰기의 근거에 대한 탐문들을 확인할 수 있는데, 이는 아마도 그의 등단 시절부터 체질화된 것이 아닌가 생각된다. 다시 말해 그는 이미 주어진 체계로서의 '시' 안에서 단순히 그것에 만족한 채로 작업해온 것이 아니라, 자신의 시작의 근거가 되는 그런 체계 자체를 함께 문제삼으면서 지금까지 시작활동을 해왔다는 것이다.

정진규의 초기시를 검토의 대상으로 삼았던 평자들은 그것들이 애매하고 모호하다는 점에 대체로 동의하는 듯하다. 그처럼 그의 초기시들이 모호한 것은 당시 그의 시적 지향이 '불가시적 세계를 향한 탐닉과 모색'에 있었기 때문이며, 결과적으로 그것은 추상적이고 관념적인 형태로 표출됨으로써 시인의 의식의 혼미를 보여준다는 부정적인 평가에도 그들은 대체로 의견을 같이하는 듯하다. 정진규의 초기시들이 모호해 보이는 것은 분명한 사실인데, 평자들이 그러한 모호함을 '불가시적 세계'와 관련된 양상으로 보게 된 것은 다음과 같은 시인 자신의 발언 때문이다.

> 처음 저는 일상의 사물이나 사태가 지니고 있는 바의 지시적 의미
> 로부터의 탈출을 위한 내면적 천착을 위해 스스로 見者가 되고자
> 하였습니다. 이를테면 可視의 현실은 한낱 소유일 뿐 不可視의 세
> 계에 대한 존재론적인 파악만이 가장 진정한 詩性의 세계라는 확신
> 속에 있었던 셈입니다.[1]

위의 인용문에 제시된 "가장 진정한 시성의 세계"에 대한 정진규의

---

1) 정진규, 「母國語의 진실을 위하여」, 『따뜻한 상징』(鄭鎭圭 文學選), 나남, 1987, 447면.

'확신'은, 우리말 그 자체로서는 그 의미가 잘 들어오지 않는 '견자'라는 말의 의미에 의지하고 있다. 여기서 '견자'는, 모든 감각을 동원하여 사물에 대한 일상적이고 상투적인 인식에서 벗어나 사물의 본래 모습을 드러내는 사람을 가리키는 말로, 랭보가 '이상적인 시인'에 대한 비유로서 사용한 것이다. 랭보가 의도하는 '견자'의 의미에 근거하자면, '불가시의 세계'는 '가시의 현실' 그 배후에 잠복해 있는 진정한 현실이고, '내면적 천착'의 '내면'은 "일상의 사물이나 사태가 지니고 있는 바의 지시적 의미" 그 이면에 잠재해 있는 사물이나 사태의 진정한 모습이다. 아무튼 위의 인용문은 몇몇 평자들로 하여금 '불가시적 세계를 향한 탐닉과 모색'으로 그의 초기시를 이해하게 하는 계기가 되었지만, 실제로 그의 초기시를 검토해보면 그러한 이해에 의구심을 갖게 된다.

> 正體를 밝히려고
> 일어앉은 밤을
> 한밤내 소리가 내렸다.
> 하나님의 수염이 자라는
> 소리가 내리고 있었다.
>
> 아침엔
> 窓門이 열리고
> 시들은 꽃송이 두엇
> 地上에 던져졌다.
> 알 수가 없었다.
> 나는 食卓 앞에서
> 세 접시의 習俗을 다 휘젓기도 하였다.
> 알 수가 없었다.

세상의,
아침 거리엔
세 번째의 布告文.
사람들은
다섯 개의 단추를 모두 채우고
帽子까지 내어 쓰고 있었다.
나는 몇 포기의 채소를
새로 산 나이프로 썰었다.
잘게 자꾸 썰었을 뿐이었다.

무슨 喊聲도 머물러 있었던
몇 해 전
어느 아침
알 수가 없었다.

—「正體」(『마른 수수깡의 平和』, 1966) 전문

시인의 첫시집에 수록된 위의 작품은 '불가시적 세계를 향한 탐닉과 모색'의 예증 사례로 자주 인용되는 작품이다. 사실 위의 시는 얼른 보아서는 구체적으로 무엇을 말하고 있는지 명확하게 잘 드러나지 않는다. 작품의 그러한 모호함은 위의 시가 외관에 대한 묘사나 그 정서를 표출하고 있는 것이 아니라 자의식의 심층국면을 드러내고자 한 것은 아닌가 하는 추측을 자연스럽게 유발한다. 더욱이 세 번 반복되는 "알 수가 없었다"라는 화자의 독백은 작품의 모호함과 맞물리면서, 이상(李箱)의 저 유명한 「절벽」의 핵심구조, 즉 '꽃이 향기롭다/꽃이 보이지 않는다'라는 의식과 무의식의 숨바꼭질을 연상시키기도 한다. 그러나 작품을 곰곰이 검토해보면 위의 시는 현실의 구체적 풍경과 정황을 서술한 작품임을 알게 된다. 제1연에서 화자는 그 무엇인가의 '정체'를 밝히려고 늦은 밤에 일어나 앉아 있다. 다음에 이어지는 문장들은 그 의미가 모호한 듯하지만, "소리가 내렸다"와 "하나님의 수염이 자라는"이라는 구절에 근거할 때 모습은 볼 수 없지만 소리로써 알 수 있는, 창 밖에서 내리는 제법 굵은 빗줄기에 대한 비유임을 파악할 수 있다(소리로만 감지되는 빗줄기에 대한 묘사로서 "하나님의 수염이 자라는/소리가 내리고 있었다"라는 비유는 매우 재미있다). 제2연의 첫 문장은 지난 밤 비바람에 떨어져 있는 두어 송이의 "꽃송이"에 대한 거의 사실적인 묘사이고, 세 번째 문장에서 "세 접시의 습속"은 '하루 세 끼의 식사'를 가리키는 말로 볼 수 있다. 제3연에서 첫 번째 문장의 "세번째의 포고문"의 의미가 다소 불확실하다. 그러나 두 번째 문장의 "다섯 개의 단추"와 "모자"가 70년대 후반까지 대학생들이 입고 다녔던 교복을 연상시킨다는 점에서 그것은 시인이 대학생이었던 60년대 초반의 정치적 상황과 관련된 것으로 이해할 수 있다('포고문'이라는 낱말에서 느껴지는 위압적인 분위기와 다섯 개의 단추를 모두 채우고 모자까지 쓴 모습에서 느껴지는 경직된 분위기는 침중한 느낌을 주는 화자의 독백과 어우러지면서 작품의 전체 분위기를 무겁게 가라앉게 하는 기능을 한다. 그리고 작품의 이 지점까지 전개된 내용과 분위기는, 제2연의 두 번째 문장에서 나왔던 "시들은 꽃송이"를 당시의 정치적 상황과 관련하여 희생된 학생들에 대한 중의적 표현으로 읽을 수 있게 하는 근거가 된다). 세 번째와 네 번째 문장의 내용은 다른 그 무엇에 대한 비유가 아니라 사실적인 묘사 그 자체라고 이해해도 무방할 듯하다(필자는 그 구절들에서 자취생의 이미지가 떠오른다). 하릴없이 자꾸 채소만 써는 모습은 제2연의 세 번째 문장에서 아무 일도 없었다는 듯이 그저 습관처럼 하루 세 끼를 다 먹는 모습과 연결되면서, 어떤 심각한 상황에 대하여 적극적인 반응을 보이지 못하는 무기력한 인물을 연상하게 한다. 마지막 4연에서 "몇 해 전/어느 아침"에 있었던 "무슨 함성"은 작품 전체의 의미맥락상 구체적으로 '4·19의 함성'을 가리킨다고 봐야 할 것이다. 결국 이제까지의 분석에 근거할 때, 이 시에서 화자가 밝히려고 하고 있는 것은 화자 자신이 스스로 부끄럽게 여기는 무력감과 비겁함의 정체임을 알 수 있다. 그런 맥락에서 작품 전체에 걸쳐 세 번 반복되고 있는 "알 수가 없었다"는 자신의 그러한 무력감과 비겁함에 대한 자조로 해석해야 할 것이다.

대개의 경우 정진규의 초기시는 현실의 구체적 맥락에 뿌리를 두고 있다. 따라서 그 작품들의 해석적 약호만 제대로 읽어내면 작품의 바탕을 이루는 현실맥락을 대체로 해독해낼 수 있다. 그처럼 현실에 기반을 둔 작품들에서 우리는 추상적이고 관념적인 형태로 표출된 의식의 혼미가 아니라 20대 젊은 영혼의 순수한 열정과 진지한 고뇌를 읽을 수 있다. 문제는 작품이 실제로 놓여 있는 현실맥락을 쉽사리 읽어낼 수 없도록 교란시키는 표현의 방법인데, 그것은 당시 정진규를 비롯한 일군의 젊은 시인들이 빠져들었던 하나의 시대적 경향이라고 봐야 할 것이다. 그들은 김소월이나 청록파나 서정주로 이어지는 전통 서정시의 '서러움의 정조'나 '유장한 가락'에 기질적으로 반감을 느꼈으며, 전통 서정시의 조류 그 반대편에 놓여 있는 이상(李箱)의 시에서 보다 많은 시적 영감을 얻었던 것으로 보인다. 그들은 또한, '새로움'이나 '현대성'과 같은 낱말이 의미 연관에 매료되었으며, 시의 어법은 일상어법과는 확연히 구별되는 어떤 것이어야 한다는 거의 강박적인 믿음에 사로잡혔던 듯하다. 정진규의 초기시에서도 이상의 영향이 매우 선명하게 확인된다.

1
꽃이 없는 꽃의 內部
꽃들이 許諾없는 外出을 해버린
나의 內室

窓들이 모두 열리어 있다.
窓을 열고 나갔나, 오늘은.
나는 이제 분개하지도 않는다.

나의 꽃은
하나없이 外出을 즐기는 나의 아내들
나의 靈魂.

—「外出」(위의 책)에서

   '꽃의 내부', '외출', '나의 실내', '나의 아내들'과 같은 시어들에서 우리는 이상 시의 압도적인 영향을 보게 된다(정진규의 초기시, 특히 첫 시집에서 자주 반복되는 '나이프'의 이미지와 '자른다'는 행위소 역시 이상 시와의 영향관계에서 파악할 수 있을 듯하다). 정진규 시의 영향관계와 관련하여 위의 작품은 한 가지 더 흥미로운 사실을 알려준다. 필자가 주목하는 구절은 "나는 이제 분개하지도 않는다"이다. 필자는 그것이 김수영 시와의 영향관계를 보여준다고 생각한다. 실제로 그의 두 번째 시집에서는 이상보다는 김수영의 영향이 더 뚜렷한데, 「문단속」·「降雪」·「昏睡」·「싸움」 등과 같은 작품에서 우리는 그러한 사실을 분명히 확인할 수 있다.

   앞에서도 언급했다시피 기존의 평자들은 정진규 초기시의 모호함을 '불가시적 세계'와의 관련양상으로 이해하지만, 필자는 그렇게 보지 않는다. 그의 시를 모호하게 하는 것은, 시의 화법과 일상의 화법은 확연히 구별되어야 한다는 강박적인 믿음에 따른 돌발적인 이미지와 비유의 중첩 사용, 그리고 어떤 종류의 것이든 새로운 것의 발견을 위한 모색과 실험에서는 거의 필연적으로 야기되는 분열적 양상 때문이다(불안정하고 불확정적인 모습은 모색과 실험의 본질 구성 요인이다). 시인 스스로 언급한

'내면적 천착'이나 '불가시적 세계'라는 것도 그 수사적 장식을 벗겨내면 소박하지만 더없이 진실한 모습으로 다가온다. 그가 말하는 '불가시적 세계'란 가시적인 세계의 이면에 잠재해 있는 삶의 진실과 순수함이며, '내면적 천착'이란 그러한 진실과 순수함에 대한 집요한 추구이다. 그것은 주어져 있는 현실이나 세계의 타락과 불의를 결코 인정하지 않으려는, 그리고 허위의식에 휩싸인 세상에서도 순수함을 잃지 않으려는 완강한 의지의 표현 이외에 다른 것이 아니다. 다음과 같은 초기시들에서 발견되는 그의 시세계의 핵심 이미지들은 70년대에 이루어진 그의 시적 전환에 대해서도 좀더 깊이 생각해볼 것을 요구한다.

비오는 날
世界를 씻어내리는 빗물의 거리로
맨발로 뛰어 나가는 아이들을
내가 말리지 못하는 理由,
아이들의 맨발 바닥에서
氣絶했던 내 純粹의 質量이
찰박대는
눈뜨는
그런 情景으로
나의 家庭엔
진종일 기꺼운 銀鍾이 울리고.

— 「가을 自覺」(위의 책)에서

애기들은
좋아하는 사람의 얼굴을 걸어 나가서
庭園의 樹木들, 五月의 嫩葉들 위에서
햇볕으로 沐浴하며 발가벗고 재미있게 논다.

좋아하는 사람이여.
우리들 人生도 맨발을 벗어야 하리.

— 「맨발로Ⅱ」(위의 책)에서

　혼히 우리는 정진규 시세계의 상징인 '말씀의 집'이 70년대의 방향전환 이후에 이루어진 시적 성과물이라고 파악한다. 그러나 위의 시에서 확인되는 '맨발'과 '순수'라는 시어와 '발가벗음'과 '재미있게 놀기'라는 행위소들은, 그것이 이미 그의 초기시 시절부터 계획되고 준비된 것임을 보여준다. 그것들은 정진규가 지은 '말씀의 집'의 주요 얼개이자 구성물들이기 때문이다. 그러한 사정은 70년대에 이루어진 그의 시의 방향전환이 시세계의 핵의 변화가 아니었다는 점을 확인시켜준다. 다시 말해 그 전환은, 이제 그가 실험과 모색의 불안정하고 불확정적인 양상에서 벗어나 비로소 자신만의 고유한 시적 화법을 찾게 되었음을 알려주는 징표였던 것이다.

3

　70년대에 시작되어 오늘에 이르기까지 정진규가 이룩한 '말씀의 집'이 거듭해온 변화의 과정을 일일이 추적하는 것은 소모적일 뿐만 아니라 어쩌면 가능한 일도 아닐 것이다. 그보다는 차라리 그 '말씀의 집' 내부로 곧바로 들어가 더없이 넓은 그 공간을 유영하는 것이 우리에게는 더 생산적이리라.

　사실 '말씀의 집'이라는 조어 자체는 그렇게 특별한 것이 아니다. 말 그대로 그것은 말씀[言]의 집(절)[寺], 즉 시(詩)이다. 그러나 그러한 조어를 통하여 시인이 말하고자 하는 것은 그렇게 단순하지가 않다. 왜냐하면 '말씀의 집'은 그의 작품 자체이자 극도로 압축된 하나의 시론이기 때문이다. 이 부분에서는 작품 그 자체이면서 그의 시론이라고도 할 수 있는 작품들을 면밀히 검토함으로써 정진규의 '말씀의 집'에 대해 이해해 보고자 한다. 우선 '말씀'의 의미에 귀기울여 보자.

> 구원으로 오시는
> 당신의 깊이로 오시는
> 우연히 우연히 만나뵙는
> 가령 굴참나무 한 그루
> 바람 한 點
> 우스운 돌멩이 하나
> 그들의 말씀을 위하여
> 말씀의 살을 위하여 뼈대를 위하여
> 全生涯 모두 다 바칠 수도 있습니다.
>
> ——「말씀」(『비어 있음의 충만을 위하여』, 1983)에서

위의 인용시에서도 확인되다시피, 정진규가 말하는 '말씀'은 무슨 위대한 예언도 사상도 학설도 아니다. "굴참나무 한 그루", "바람 한 점", "우스운 돌멩이 하나"처럼 아주 평범한 것 속에 있는 것이다. 아니 그것들 자체이다. 그것들은 하나의 사물에 불과하지만 어느 순간 '우연히' 문자의 형상으로 변한다. 말을 하는 것이다. 그것은 저잣거리에서 떠도는, 이래도 좋고 저래도 좋은 그래서 아무것도 아닌 그런 말과는 본질적으로 다르다. '구원'이라는 시어가 암시하듯이, 그것은 인간이 만들어놓은 도구들과 규칙의 체계, 인간조차도 그것을 움직이게 하는 장치로 만들어버리는 그런 체계의 바깥에서 그러한 것들을 음미하고 비판하게 함으

로써 벗어날 수 있는 꿈을 꾸게 해준다. 그것이 단순히 말이 아니고 굳이 '말씀'인 이유가 바로 거기에 있다. 그러한 '말씀'은 아무나 듣는 것이 아니다. 정진규의 여러 시편들에서 부단히 반복되는 행위소들처럼, 비우고 맨발로 되고 발가벗지 않으면 그 '말씀'은 결코 들리지 않는다. 그렇다고 그것이 항상 들리는 것은 아니다. 사물들은 언제나 그 자리에 그대로 있지만 그것이 '말씀'이 되는 것은 어느 순간이다. 그 '말씀'은 그렇게 어느 한순간 반짝하고 빛을 발하지만, 그것을 물건처럼 확고부동하게 포착하려 들면 곧 사라져버린다. '말씀'의 그와 같은 순간성과 우연성을 극복하기 위해 요청되는 것이 '시'라는 '말씀의 집'이다. '시'라고 해서 언제나 쉽사리 '말씀'을 열어 보이는 것이 아님은 물론이다. 부단히 비우고 발가벗고 맨발로 서지 않으면 '시'라는 '말씀의 집'도 문을 열지 않는다.

> 보여요, 보여요, 분명히 보여요 나무가 상수리나무가 가문비나무가 오리나무가 아그베나무가 스스로 지어놓은 집, 짓고 있는 집 한 채, 절 한 채가 보여요 절 한 채의 시가 보여요 이젠 받아쓰기나 해라, 받아쓰기나 해라, 그렇게 있어요 이젠 베끼기나 해라, 나를 베끼기나 해라 따라 읽어라, 따라 읽기나 하거라, 그렇게 있어요 실은 애당초부터 그렇게 있었겠지요 내가 눈 뜬 장님이었겠지요 청맹과니였겠지요 지금 키 큰 미루나무 하나는 내가 자란 마을 어귀, 잎진 나무가지 위, 추운 까치 한 마리 앉혀놓고 저문 들녘을 바라보고 있어요 다 비워낸 가슴이기에 들녘을 들녘으로만 바라보는 눈빛, 아 소리없이 오를 줄 아는 자의 지혜, 저녁 연기 하나가 거기 있네요 그리고 하늘엔 처음 나온 별빛 하나, 스스로 짓고 있는 집, 절 한 채가 거기 있네요
>
> —「지금 키 큰 미류하무 하나는」(『뼈에 대하여』, 1986)에서

정진규의 시는 때로 지나치게 설명적이어서 건조해 보이는 경우가 있

다. 그러나 위의 시는 화자의 어조에 깃들인 어떤 일관된 감정에 의하여 그런 건조함이 흔적도 없이 용해되어 있다. 그 감정은 자연에서 포착한 것이면서 중요하다고 직관된 대상들 앞에서 화자가 느끼는 경탄이다. 화자의 그런 감정을 따라 우리는 작품으로 스며들어 사물들의 단순성과 신비성에 다가가게 된다. 위의 시는 내용 면에서는 앞서 우리가 살펴본 '말씀의 집'과 관련한 것이다. 사물(혹은 풍경)들은 그 나름의 "말씀의 집"으로 "애당초부터 그렇게 있었겠지"만, 그곳으로부터 울려나오는 '말씀'을 들을 수 없는 자는 "눈 뜬 장님"이나 "청맹과니"와 다를 바가 없을 것이다. 위에는 인용하지 않은 작품의 전반부에서, 시인은 "가지도 꺾고 토막을 내고 껍질도 벗기고 대패질을 하고 못질은 되도록 하지 않는 집짓기, 쇳소리는 가까이하지 않는 절짓기", 즉 자신의 '시 짓기'에 대해 말한다. 그런데 시인은 자신이 지은 '말씀의 집'인 '시'가 사물들(자연)이 "스스로 지어놓은 집"에 비해 훨씬 부족하다고 생각한다. 작품에서 각각 두 번씩 반복되고 있는 "받아쓰기나 해라"와 "베끼기나 해라"는, 화자 스스로가 더 우월하다고 판단한 '사물들의 말'이기도 하면서 동시에 화자의 자조 어린 독백이기도 할 것이다. 화자의 그런 독백은 자신의 '말씀의 집'이 사물들의 '말씀의 집'이 지닌 직접성을 보유하지 못하고 있다는 반성에서 비롯된 것이다. 그러한 반성은 정진규가 시와 '시 짓기'의 본질에 대해 얼마나 깊이 있게 고민하는가를 웅변적으로 보여준다. 위의 시에서 사물들은 "스스로가 지어놓은" '말씀의 집'으로 인해 그 자체로서 머무르지 않고 어떤 초월성을 지니게 된다. 이에 비해 시인은 "가지도 꺾고 토막을 내고 껍질도 벗기고 대패질을 하고 못질은 되도록 하지 않는 집짓기, 쇳소리는 가까이하지 않는 절짓기"와 같은 형상화로써 '말씀의 집'인 시를 짓고, 그렇게 이루어진 시작품은 그것을 이루는 여러 구성적 계기들의 짜임관계를 통하여 어떤 초월성을 지니게 된다. 시작품(예술)은

사물들(자연)의 '말씀의 집'(아름다움)에 내재한 우연성을 제거함으로써
그것을 필연적인 것으로 만들어놓는 대신 사물들이 지닌 직접성을 상실
하는 대가를 치르게 되는 것이다. 시작품(예술)에 있어 그와 같은 직접성
의 결여는 본질적인 숙명과도 같다. 그럼에도 만일 작품에 그런 직접성이
있는 것처럼 위장한다면 그것은 허위에 불과할 것이다. 아마도 위의 시에
서 "받아쓰기나 해라"·"베끼기나 해라"·"따라 읽기나 하거라"와 같은
말들은, 더 이상 시를 쓰지 않겠다는 것이 아니라 자신의 시에 그런 직접
성이 있는 것처럼 위장하지 않겠다는 결의의 표현일 것이다.

<blockquote>

한 사나흘
서쪽 바다에 가 있었다
혼자서 물고기를 잡았다
첫날은
내가 바다에 와 있다는
사실!
물고기라는
말!
그런 것들에 하루종일 시달렸을 뿐이고
겉돌았을 뿐이고
둘째날은
한낮의 바다에 떨어지는 햇살,
소름 돋는 절대 정적,
가만가만 핥고 있는 물결 소리에
하루종일 갇혀 있었다
셋째날!
비로소 자유가 왔다
그렇다, 모든 것은 이러하다
한 사나흘은 걸린다

</blockquote>

물고기가 한 마릴 잡았다
등이 푸르렀다 푸들거렸다
나는 소리를 질렀다
바다가 클클클 웃었다
몰래 도망가 있던 작은 물결 하나도
무슨 큰 일이나 난 줄 알고
잰 걸음으로 달려왔다
재재발렀다

무밭에서
무우 하나 뽑아 먹고 있던 너,
너도 그걸 냅다 팽개치고
달려오는 게 보였다

─「물고기 1」(『별들의 바탕은 어둠이 마땅하다』, 1990) 전문

　이 시는 시인 자신의 바다낚시 체험을 모티프로 한 것이다. 표면적으로는 사흘 동안에 이루어진 바다낚시의 과정을 단순하게 서술한 것처럼 보이지만, 중간중간에 시인이 배치해 놓은 시적 장치들이 작품을 평범한 일상체험 이상의 것으로 읽게 만든다. 특히 "그렇다, 모든 것은 이러하다/한 사나흘을 걸린다"라는 구절은, 시인이 직접 겪은 구체적인 경험을 그 자체만이 아니라 어떤 다른 것으로 해석될 수 있는 하나의 상징으로 전환하려 했다는 것을 잘 보여준다. 이제 시인이 한 마리의 물고기를 잡는 과정에 동참해 보자. 시인은 "서쪽 바다"로 물고기를 잡으러 간 첫날은 "하루종일 시달렸을 뿐이고/겉돌았을 뿐이"었다고 말한다. 그러나 그것은 추후의 회고적(초월적)관점에서 이루어진 반성에 따른 것일 뿐이다. 실제로는 일상에서 벗어나 바다로 와서 물고기를 잡는다는 그 사실만으로도 시인은 더없이 즐거웠을 것이며, 어쩌면 고기를 잡은 일

그 자체는 안중에도 없었을는지도 모른다. 시인은 그 문장에 두 개의 감탄부호를 명시함으로써 그러한 사정을 숨기지 않고 솔직하게 드러내고 있다. 당시 실제로 이루어진 심리적 상황과 추후의 회고적 관점에서 파악된 또 하나의 상황을 한 문장 안에 겹쳐놓음으로써 하나의 사태에 중첩된 두 개의 양상을 중층적으로 파악할 수 있도록 한 시인의 시적 처리 능력은 결코 평범하게 보아 넘길 성질의 것이 아니다. 이어서 시인은 "둘째날은 …(중략)… 하루종일 갇혀 있었다"고 말한다. "한낮의 바다에 떨어지는 햇살,/소름 돋는 절대 정적,/가만가만 핥고 있는 물결 소리" 등은 처음에는 낯설다는 점으로 인해 시인에게 낯익고 친숙한 일상으로부터 해방감을 느끼게 해주었을 것이다. 낯선 사물이나 풍경들은 그 첫 대면에서는 신선함을 불러일으키지만, 그 순간이 지나면 그것들은 곧 서먹서먹해져서 보는 이를 불편하게 만드는 속성이 있다. 그런 점에서 "갇혀 있었다"는 시인의 말은 매우 사실적인 서술이라 할 수 있다. 드디어 "셋째날!/비로소 자유가 왔다".[2] 그리고 "물고기 한 마릴 잡았다". "등이 푸르렀다 푸들거렸다"라는 구절에서 물고기의 생동감을 효과적으로 드러내주는 장치는 단순히 "푸르렀다"와 "푸들거렸다"라는 낱말의 의미만이 아니다. /purɨrətta/와 /putɨlkərjətta/에서 확인할 수 있는 소리의 결이 물고기이 생동감 넘치는 움직임을 생생하게 전달해주는 장치로서

---

2) 여기서 유의해야 할 것은, '자유'와 '물고기를 잡은 일'이 상호 긴밀히 연관된 것이긴 하지만 그것들을 단순히 동일시해서는 안 된다는 점이다. 다시 말해 '셋째날!'과 '자유'는 첫째 날부터 시작된 시인의 심리적 상황의 추이과정과 관련된 것으로 보아야 한다는 것이다. 시인의 말대로 그는 '셋째날'에 이르러 비로소 자유로워졌다. 시인이 말하는 '자유'는 바다의 낯선 풍경과 사물들이 처음의 신선함을 간직한 채로 자신에게 친근해졌다는 것을 의미한다. 만일 그것이 익숙해진 상태만을 단순하게 가리킨다면, 그것은 시인이 떠나온 일상에서 느꼈던 친숙함과 결국은 같은 것이 되고 말 것이다.

함께 작용하고 있는 것이다. 작품의 이 부분에서 드디어 물고기를 잡은 시인이 기쁨에 넘쳐 비명과도 같은 소리를 지르는 것은 당연하고 자연스러운 일이다. 그런데 바다가 "클클클" 하고 웃는 이유는 어디에 있는 것일까? 바다도 웃고 있다는 점에서 시인에게 적의를 가진 것으로는 보이지 않으나 그 기묘한 웃음소리가 무조건 친근하게만 들리는 것도 아니다. /kɨlkɨlkɨl/에서 각각 세 번씩 반복되는, 낮고 무겁게 가라앉는 /k/와 /ɨ/소리는 높게 갈라지는 시인의 즐거운 비명소리와 대조되기 때문이다. 필자가 보기에 바다의 그 웃음소리는 자신이 잡은 '물고기'(작품이라는 '말씀의 집'에 들어온 '말씀')에 대한 시인의 객관적 평가와 관련되어 있다. 물고기는 애초에 자연의 일부, 아니 자연 그 자체였다. 시인의 손에서도 여전히 등이 푸르고 푸들거리지만, 그것은 이미 애초에 그것이 지녔던 원초적 생동감(아름다움)의 직접성을 잃어버린 것이나 다름없다. 시인이 손에 들고 있는 것은 그러한 원초적 생동감의 흔적 혹은 가상(假象)에 불과할 따름이다. 이어지는 "무슨 큰 일이나 난 줄 알고"라는 구절은 표면적으로는 바다의 "작은 물결"의 움직임과 관련된 것이지만, 동시에 심층적으로는 "나는 소리를 질렀다"라는 시인의 행위와도 긴밀하게 연결된다. 물고기를 잡은 일(그 생동감의 포착)이 시인(인간)에게는 "무슨 큰 일"이었겠지만, 바다(자연)에게는 결코 그렇지 않았을 것이다. 바다야말로 원초적 생동감 그 자체이기 때문이다. 결국 "바다가 클클클 웃었다"라는 구절은 그러한 사실의 객관적 인식에 따른 시인의 자의식의 표현일 것이다.3) 그러나 이 작품은 결코 어둡지 않다. 작품에서 가장 무거운

---

3) 웃은 것은 바다만이 아니다. 시인은 "무슨 큰 일이나 난 줄 알고/잰 걸음으로 달려" 온 "작은 물결"하나도 "재재발렀다"고 말한다. 시인도 밝혔듯이 "재재발렀다"는 정지용의 시 「바다」에 나오는 저 유명한 구절인 "바다는 푸른 도마뱀떼같이 재재발렀다"에서 따온 것이다. "재재발렀다"가 바다 물결의 생동감 넘치는 움직임을 감각

부분은 "클클클"이지만, 그것도 중후할 뿐이지 침울한 소리는 결코 아니다. 무겁게 가라앉는 느낌을 주는 /k/와 /ɨ/소리와 함께 반복되는 /l/소리가 그 웃음소리의 전체적인 느낌을 오히려 밝게 해주기 때문이다. 바다도 작은 물결도 시인이 즐거움에 동참하고 있다. 시인도 자신이 잡은 그 물고기의 가치에 대해 근본적으로 회의하거나 좌절하는 것은 아니다. 다만 시인은 작품에 내재적이면서 동시에 작품으로부터 초월한 관점에서 자신이 잡은 물고기의 생동감(아름다움)을 객관적으로 평가하고자 할 뿐이다. 위의 시의 제2연은, 언뜻 군더더기 같은 느낌을 주기도 하나 작품 전체의 맥락에서 필연적이며 중요한 부분이다. 왜냐하면 그 부분은 바로 자신의 작품에 대한 시인의 객관적 평가의 연장이기 때문이다. 그 구절에는 자신이 잡은 물고기에 대한 신뢰와 자긍심이 담겨 있다. 시인에게 그런 신뢰와 자긍심이 없었다면, 손만 뻗으면 쉽게 뽑을 수 있는 "무밭에서 무우 하나 뽑아 먹고 있던" "너"가 "그걸 냅다 팽개치고/달려오는"것을 볼 수 없었을 것이다.

이제까지 하나의 작품이면서 그 안에 정진규의 시론을 담고 있는 시들을 검토해보았다. 작품분석의 과정에서도 확인되었듯이 정진규는 자신의 '말씀의 집'의 뿌리를 항상 구체적인 일상체험과 현실체험에 둔다. 그리고는 그것들에서 울려오는 '말씀'들에 귀를 기울이고 이윽고는 그 하나하나의 '말씀의 집'을 만들어낸다. 그 '말씀의 집'들에서는 언제나 거기에 수용된 사물들과 사태들이 그 '바알간' 속살을 드러낸다. 그러나 정진규는 그러한 속살들이 자연의 숨결 혹은 사물의 내면 그 자체라고 말하지 않는다. 그는 우리 시단에서 '자연미'와 '예술미'의 본질적 차이

적으로 묘사한 구절임은 물론이다. 그러나 그 구절이 놓인 위치와 "재재발렀다"의 소리의 결을 감안할 때 앞에 나온 "클클클"과 호응되는 "작은 물결"의 웃음소리라 파악해도 무방할 것이다.

를 가장 명확하게 인식하고 있는 시인 가운데 한 사람이다. 그는 사물과 사태의 가장 깊은 내면까지 도달하려 하고 또 아주 공들여서 그러한 것들을 '말씀의 집'에 수용하지만, 그것이 하나의 흔적이자 가상임을 누구보다도 잘 알고 있다. 그렇지만 동시에 그는 그러한 가상과 흔적을 통해서만 자연의 언어에 다시 접근할 수 있다는 사실도 누구보다 잘 알고 있다. 때로 허술해 보이기도 하는 그의 '말씀의 집'들이 그토록 엄청난 숫자로 증식하는 과정에서도 길을 잃지 않고 유연하면서도 일관된 흐름을 형성할 뿐만 아니라, 정진규와 그의 시를 견고한 고유명사로 만들어주는 것은 하나의 신비로 비쳐지기도 한다. 그러나 그 신비의 이면에는 예술로서의 시의 본질에 대한 시인의 명확한 인식과 철저한 신념이 자리잡고 있었던 것이다.

'말씀의 집'이 환기하는 건축의 이미지에 근거할 때 정진규는 자신의 시를 하나의 견고한 건축으로 만들 야심을 가질 법도 하다. 그런데 꼼꼼히 읽기가 아닌 건성건성 읽기에 더 가까운 자신의 책읽기처럼[4], 그는 자신의 시를 결코 견고한 건축으로 만들려 하지 않는다. 그의 '말씀의 집'은 견고하지 않고 대체로 공소(空疎)하다. 그것은 어떤 불안정한 흔들림 속에서 부단히 미끄러지고 부서진다. 그는 그렇게 공소하고 불안정하게 흔들리는 공간 속으로 온갖 것들을 이끌어들여 그것들과 함께 논다. 자연사물들뿐만 아니라 일상생활의 평범한 집기(什器)들과 별로 중요하지 않은 사소한 사건들도 그의 작품에 들어와 놀이의 자연스러운 율동에 흔들리면 '말씀'으로 거듭난다. 그는 어떤 사물이나 사태가 억압적인 구속에서 벗어나 그것의 존재를 활짝 개방하는 모습을 '논다'라고 표현하고, 그러한 것들과의 만남을 통해 어떤 '말씀'을 발견하는 것도 '논다'라

---

4) 정진규, 산문 「질문과 과녁」, 시집『알詩』(세계사, 1997), 104면.

고 표현한다. 심지어 그는 「몸詩 78—병에 대하여」에서 "나는 나의 병을 끝까지 데리고 가리라 그와 함께 놀리라"고 말하는데, 이는 '병'(病)이 그에게 하나의 '말씀'으로 다가왔다는, '병'이 바로 '말씀의 집'이 되었다는 뜻일 것이다. 어쩌면 정진규는 '말씀의 집'을 짓는 것 자체를 하나의 놀이로 바꾸려 하는지도 모른다. 물론 시짓기가 놀이 그 자체일 수는 없을 것이다. 그러나 놀이라는 개방적인 행위와 교섭이 근본적으로 차단된 시짓기는 그저 힘겹기만 한 사회적 노동과 크게 다를 바가 없게 된다. 시짓기 역시 어떤 생산작업이라는 점에서 물질을 가공하는 사회적 노동처럼 힘든 노동이지만, 놀이라는 무목적적인 행위와의 교섭을 통해 사회적 노동을 지배하는 예속관계로부터 스스로를 해방시킬 수 있다. 정진규가 자신의 시에 끊임없이 놀이를 이끌어들이는 것도 바로 그와 같은 사정에서 비롯하는 문제일 것이다.

　정진규의 '말씀의 집'은 마치 형적 없는 용기와도 같다. 그는 결코 전형화되고 정형화된 틀 속에 사물이나 사태를 가두어 두려 하지 않는다. 그의 시는 밥을 만나면 밥이 되고 몸을 만나면 몸이 되고 알을 만나면 알이 된다. 그렇게 자유스러운 미끄러짐 속에서 정진규의 '말씀의 집'에서는 '밥의 말씀'이 나오고 '몸의 말씀'이 나오고 '알의 말씀'이 나온다. '말씀'이라는 낱말에서도 시사되듯이 때로 그의 시가 교훈적인 내용에 대한 각성(깨달음)에 치우치는 측면이 없는 것은 아니나 언어의 관능성에 대한 거의 본능적인 감각과 작품을 조율하는 놀이의 정신이 그러한 방향으로의 경사를 제어해준다. 「별낳기」(『비어 있음의 충만을 위하야』, 1983)라는 작품에서 정진규는 "저는 별工場 주인이 되고자 결심한 사람입니다 하늘 가득 별을 낳고 싶은 사람입니다 無償으로 나누어드리고자 합니다 인사불성으로 아픔이 아픔인 줄 모를 때까지 별낳기, 별낳기로 쓰러지고 쓰러집니다"라고 하였다. '별'을 '말씀'으로만 바꾸어놓으면 그 구절은 시인 자신의 시쓰기에 대한 생각으로 읽어도 무방할 듯하다. 아마도 등단 이후 지금까지 그가 낳은 600편이 훨씬 넘는 '말씀의 집'은 "인사불성으로 아픔이 아픔인 줄 모를 때까지" 지속하고자 하는 그의 '말씀 낳기'의 구체적인 증거일 것이다.

    4

정진규는 최근에 연작시로만 이루어진 두 권의 시집 『몸詩』(1994)와 『알詩』(1997)를 펴냈다. 『몸詩』의 해설을 쓴 김인환 교수는 "『몸詩』는 인간의 신체를 더 이상 물러설 수 없는 투쟁의 교두보로 구축하려는 완강하고 치열한 실험이다"라고 하였는데, 그러한 평가는 『알詩』에도 그대로 적용될 수 있을 듯하다. 정진규가 말하는 '알'은 새알의 '알'이면서 동시에 알몸의 '알'이기 때문이다.

『몸詩』와 『알詩』의 연작시들 역시 정진규가 지은 '말씀의 집'의 근본 성격이 그렇듯이 무수한 '말씀'들이 '알'과 '몸' 속으로 들어가기도 하고 나오기도 하면서 그 하나하나가 각각 '말씀의 집'을 이루고, 또 그것들이 모여 보다 큰 규모의 '말씀의 집'을 이루고 있다. 그런데 그 두 시집에 기록된 그런 '말씀'의 길들을 좇아가다 보면 그 길들이 이루는 형상이 마치 방사상(放射狀) 모양처럼 어느 한 지점으로 집결되는 듯한 인상을 받게 된다. 그 지점에서 우리는 그 이전 시집들의 경우에는 좀처럼 만나기 어려웠던 '늙음'·'소멸'·'죽음' 등의 문제와 관련한 시인의 고뇌를 발견할 수 있다.

    새벽에 자주 잠이 깨더니 드디어 길이다 길이 다가오면 길이 두려

워 그걸 애써 지우고 있었는데 醉氣가 끝나는 시간의 적막의 물살이
여, 직전이여, 깨어남의 직전이여, 길의 직전이여, 오 적막의 무게여,
무게보다 더 넘치게 술병들 몸에다 쑤셔놓고 있었는데 적막을 지우
고 있었는데 길을 지우고 있었는데 드디어 길이다 나의 가벼움, 가
랑잎 같은 나의 등판의 두께여, 소멸이여, 나는 지금 밀려나고 있다
새벽에 자주 잠이 깨더니 드디어 길이다

—「몸詩 61—이 몸이 쑤셔넣은 술병들 한움큼의
지푸라기들로 쏟아져나오고」(『몸詩』, 1994)에서

　　어제는 안성 칠장사엘 갔다 잘생긴 늙은 소나무 한 그루 羅漢殿
뒤뜰에서 혼자 놀고 있었다 비어 있는 자리마다 골고루 잘 벋어나간
가지들이 허공을 낮게 높게 어루만지고는 있었지만, 모두 채우지는
않고 비어 있는 자리를 비어 있는 자리로 또한 채우고 있었지만,
제 몸이 허공이 되지는 않고 허공 속으로 사라지지는 않고 허공과
제 몸의 경계를 제 몸으로 만들고 있었다 그래서 허공이 있고 늙은
소나무가 있었다 서러워 말자

—「이별—알63」(『알詩』, 1997) 전문

　　위에 인용한 작품들 외에 「눈물—알19」·「감옥—알30」·「슬픔—알
44」·「슬픔—알45」 등과 같은 작품에서도 정진규는 동일한 문제를 다
루고 있다. 첫번째 인용시에서 우리는 '길'이 무엇을 뜻하는지 보충 설명
없이도 충분히 파악할 수 있는데, 빠른 리듬 속에 젖어 있는 화자의 슬픈
어조에는 감상성을 넘어선 깊은 울림이 있다. 두 번째 인용시의 경우
화자는 '경계'에 대한 생각을 통하여 '죽음'의 문제를 풀어보고 있는데,
"서러워 말자"는 다짐 어린 독백이 오히려 화자가 젖어 있는 서러움의
강도를 역설적으로 보여주고 있다. 병(病)과도 함께 놀면서 '말씀'을 이끌
어내는 시인인지라 정진규는 현재 '죽음'과도 나름의 놀이를 펼치고 있

는 듯하다. 이제까지 나온 작품들만으로는 아직 그런 놀이를 통하여 구체적인 '소멸의 말씀'이나 '죽음의 말씀'이 나왔다고는 볼 수 없다. 필자는 늙음(소멸, 죽음)을 소재로 한 그의 작품들을 보면서, 이 세상 그 무엇이라도 자신의 '말씀의 집'으로 이끌어들여 화해의 언어로 바꾸어놓는, 그래서 때로 그의 시가 지나치게 푸근한 현실긍정으로 일방통행하고 마는 것은 아닌가 하는 위구감을 불러일으키기도 하는 그가 이제 정말로 임자를 만났구나 하는 생각을 하게 된다. 그 실체를 만져볼 수 없는, 언제나 그 '직전'까지만 다가갈 수밖에 없는 죽음과의 놀이나 화해는 그의 '말씀의 집'에게 이전과는 근본적으로 다른 어떤 변화를 요구할지도 모른다. 앞으로 죽음의 문제와 관련하여 그의 시의 향방이 어떻게 전개될지 우리는 아무도 알지 못한다. 다만 우리가 아는 것은 그것이 이제 그의 '말씀의 집'의 문을 두드렸다는 사실, 그리고 거기에서 이루어지는 '죽음과의 놀이'가 하나하나 '말씀'으로 현상되는 과정에서 이제 그의 '말씀의 집'은 더욱 마당 깊은 집이 되어 가리라는 사실이다.

허무와 초월
— 조지훈의 생명시론

1

　지훈 조동탁(1920~1968)을 "얇은사 하이얀 고깔은"이란 구절로 시작
되는 「승무」의 시인, 혹은 '청록파의 한 사람'으로만 기억하는 사람들에
게 '지훈'이라는 기호표현은 대개의 경우 낡았다는 느낌을 불러일으킬
것이다. 지훈이 작고한 지 5년이 되는 1973년에 전집이 출간되고,[1] 그로
부터 다시 5년이 지난 1978년에 지훈과 관련한 그 동안의 연구 성과들을
정리한『조지훈 연구』[2]가 출간되는 등 그 시점까지만 해도 '지훈'이라는
기호표현은 매우 다양하고 풍성한 기호내용을 거느린 살아 있는 어떤
것이었다. 그러나 그 이후 지훈에 대한 학위논문이 간간이 나오긴 하였으
나,[3] '지훈'이라는 기호표현의 울림은 매우 공허해졌고 그 자체가 철지난

---

1) 1973년에 일지사에서 일곱 권으로 된 전집이 출간되었으나 절판되었으며, 그
　후 1996년에 나남에서 아홉 권으로 된 지훈 전집이 다시 출간되었다.

2) 김종길·정한모·인권환·박노준 외,『조지훈 연구』(고려대학교출판부, 1978).

느낌을 불러일으키게 되었다. 김동리와 함께 이른바 문협전통파의 이념적 지주였고, 전통적 선비의 풍류에 대한 감각과 지조에 대한 신념을 한몸에 융합하여 생활화하였으며, 훌륭한 시인이자 시론가이면서 동시에 민속학과 역사학을 두 기둥으로 하는 한국문화사라는 한국학의 토대를 마련한 탁월한 학자였던 지훈이 시대의 관심에서 멀어져온 이러한 현상은 한국근현대문학사, 더 넓게는 한국근현대사와 관련한 어떤 상처를 건드린다.

지훈의 사후 30년간은 전통의 토대 위에서 시를 쓰거나 사유하는 사람들이 시대착오적인 발상의 소유자로 퇴물 취급을 받았던 근대 지향 일색의 시대였고, 존재론이나 초월론과 같은 형이상학적 사유가 배척 당하고 유물변증법과 사적 유물론에 근거한 사회과학적 방법론이 풍미하던 시대였다. 이에 비해 지훈은 문제가 복잡하면 복잡할수록 전통으로 돌아가 해결의 실마리를 찾고자 하였고 동양적 생명론에 근거한 초월론적 형이상학을 사유의 동력으로 삼았다. 그러나 지훈은 전통주의자였음에도 불구하고 근대의 과학과 기술을 배척하지 않았으며, 초월론적 형이상학에 근거하여 사유하였음에도 불구하고 물질적·정신적·경제적·이념적인 일체의 요인들이 서로 분리될 수 없이 상호 의존 관계로 맺어져 있다는 인식을 적극적으로 수용하였다. 지훈은 우리 시대의 중심적 색조인 기술만능주의와 물질중심주의에 대해 깊이 고민하고 반성하였지만, 우리와 시대는 지훈이 사유의 토대로 삼았던 전통과 형이상학을 정당한 이유 없이 배척한 것인지도 모르겠다.

---

3) 박호영, 「조지훈 문학 연구」, 서울대 대학원 박사학위논문, 1988.
　서익환, 「조지훈 시 연구」, 한양대 대학원 박사학위논문, 1988.
　박경혜, 「조지훈 문학 연구 : 시의 변모과정을 중심으로」, 연세대 대학원 박사학위논문, 1992.

새로 출간된 지훈 전집 편집자의 말처럼 지훈은 전체가 부분의 집합보다 큰 인물이었다. 다시 말해, 한국현대정신사의 지형도에서 지훈은 단순히 문학의 범주와 관련한 시각만으로는 포착되지 않을 만큼 깊고 큰 하나의 커다란 산맥이다. 그러나 어떤 산맥의 전모를 파악하기 위해서는 우선 그 산맥과 닿아 있는 조그만 산자락으로부터 출발하지 않으면 안될 것이다. 이 글에서는 지훈의 시론이라는 산자락을 탐사함으로써 지훈의 전모에 대한 이해로 나아가는 교두보를 마련하고자 한다.

지훈의 시론에 대한 논의는 이제까지 그렇게 왕성하게 이루어졌다고 할 수는 없다. 그러나 그 동안의 논의에서 매우 생산적인 주제들이 도출되었는데, '순수시론', '유기적(체) 시론', '생명사상' 등이 그 대표적 내용 항목들이다4). '순수시론'과 관련한 논의들은 이른바 해방공간이라 불리는 시기에 지훈의 시론이 담당했던 역사적 역할과 정치적 의미에 대한 고찰에 편중됨으로써 지훈 시론의 미학적 본질에 대해서는 주의를 기울이지 않았다. '유기적 시론'과 '생명사상'에 관련한 논의들은 지훈 시론의 미학적 본질로 관심을 전환하기는 하였으나, 이들의 경우는 시에 관한 지훈의 사유의 흔적들을 코울리지의 '유기적 시론'이나 '동양의 유가적 세계관(자연관, 우주관)' 등의 도식으로 번역하는 데 치중함으로써 정작 지훈의 사유 자체에 대한 고찰은 소홀히 하였다. 본고에서는 기존의 연구

---

4) 김윤식, 「유기적 문학관」, 『한국근대문학사상사연구 I』(일지사, 1984).

　　권영민, 「조지훈과 민족시로서의 순수시론」, 『한국민족문학론연구』(민음사, 1988).

　　정효구, 「유기체시론의 의미」, 『시와 젊음』(문학과비평사, 1989).

　　박호영, 「조지훈의 시론 연구 : 유기체시론을 중심으로」, 『한국 현대 시론사』(모음사, 1992).

　　최승호, 「조지훈 순수시론의 몇 가지 이론적 근거」, 『한국적 서정의 본질 탐구』(다운샘, 1998).

　　＿＿＿, 「조지훈, 멋의 미학과 생명사상」, 『학구적 서정의 본질 탐구』(다운샘, 1998).

성과를 바탕으로 하여 지훈 시론의 핵심이라 판단되는 '초월론적 성격'에 대해 규명해보고자 한다. 지훈 시론의 '초월론적 성격'에 대한 해명은 어째서 지훈 시론이 기존의 논의에서 '순수시론'이나 '유기적 시론' 그리고 '생명사상'의 관점에서 포섭될 수 있었는가 하는 점을 밝혀 줄 수 있을 것이다.

지훈이 시에 대한 자신의 생각을 발표하기 시작한 것은 이른바 '해방공간'이라 불리는 시기이다. 이때 발표된 글들에 담긴 내용은 1953년에 피난중의 대구에서 간행되었다가 1959년에 나온 개정판 『시의 원리』에 거의 그대로 수록되어 있다. 『시의 원리』의 저자 서문에서 지훈이 그것을 기초(起草)한 것이 1947년 봄이라고 밝힌 점에 근거할 때, 시에 대한 그의 사유의 대강이 『시의 원리』에 고스란히 담겨 있다고 보아도 무방할 것이다. 『시의 원리』 개정판이 나온 이후인 1960년대에 지훈은 시작(詩作)과 시론의 전개보다는 한국문화사 연구를 통해 한국학의 토대를 마련하는 데 주력하였다. 60년대에 발표한 소수의 시론들에서도 지훈은 이전에 표명한 자신의 시관(詩觀)에 별다른 변화를 보이지 않았다. 따라서 이 글에서는 『시의 원리』를 분석의 주요 텍스트로 삼고 그 밖의 다른 글들을 보조 텍스트로 하여 지훈의 시론을 살펴보기로 하겠다.

2

지훈의 『시의 원리』는 시의 존재론의 문제를 다룬 '시의 우주', 시의 창작과정의 문제를 다룬 '시의 인식', 그리고 시의 효용과 감상의 문제를 다룬 '시의 가치' 세 부분으로 이루어져 있다. 결론부터 말하자면, 『시의 원리』는 "시는 우주의 생명적 본질이 인간의 감성적 작용을 통해 표현되는 언어의 순일(純一)한 구상(具象)이다"라는 문장을 확대해 놓은 것이다.[5] 다시 말해 지훈에게 "시는 독특한 언어의 순일한 구상을 통해서 표현되는 인간의 감성적 작용이 우주의 생명적 본질에 융합하는 길"이다.[6] '인간의 감성적 작용'과 '우주의 생명적 본질'은 지훈의 생명시론을 떠받치는 두 개의 기둥이며, 지훈의 문맥에서 '융합'은 바로 초월적 이행의 다른 표현이다. 일반적으로 초월은 주어진 삶의 부분성이나 범속성을 전체적이고 고양된 이념으로 극복하는 것을 말한다. 바꾸어 말하면 초월적 이행이란 매개적 확장과 변증적 상승, 즉 부분적인 것들을 서로 이어서 소통하게 하고, 그런 소통의 맥락 속에서 전체와 중첩시키는 것이다. 그것은 개체와 전체, 특수와 보편, 구체와 추상을 상호 매개하는 과정이다.『시의 원리』의 서문에서 지훈은 "이 글에서 나 개인의 시론만을 고집하고 강조하는 것을 피하고 그보다는 모든 대립되고 착종된 시론의 공통한 바탕으로서의 시의 통일된 자리를 찾고자 하였다"[7] 고 밝혔다. 그처럼 대립하던 것들이 배타적 갈등의 질곡에서 벗어나 일치하게 하는 고양된 이념이 바로 지훈 시론의 핵심인 바 '우주의 생명적 본질'에 근거한 초월적 이행이다.

지훈의 시론 전체에서도 그렇지만, 시의 존재론의 문제를 다룬 '시의 우주'에서 가장 중요한 용어는 '생명'이다.[8]

---

5) 조지훈,『조지훈전집 제 2 권 시의 원리』(나남출판, 1996), 165면. 나남출판사에서 나온 지훈 전집은 모두 아홉 권으로 되어 있다 :『제 1 권 시』,『제 2 권 시의 원리』,『제 3 권 문학론』,『제 4 권 수필의 미학』,『제 5 권 지조론』,『제 6 권 한국민족운동사』,『제 7 권 한국문화사서설』,『제 8 권 한국학연구』,『제 9 권 채근담』. 본고에서는 이 전집을 텍스트로 하였으며 앞으로 이를 인용할 때는 전집의 권수(로마 숫자)와 쪽수(아라비아 숫자)만 표시한다.

6) II, 165.

7) II, 15.

생명은 자라려고 하는 힘이다. 생명은 지금에 있을 뿐 아니라 장차 있어야 할 것에 대한 꿈이 있다. 이 힘과 꿈이 하나의 사랑으로 통일되어 우주에 가득 차 있는 것이 우주의 생명이 아니겠는가. 우주의 생명이 분화된 것이 개개의 생명이요, 이 개개의 생명의 총체가 우주의 생명이라 볼 것이다.[9]

지훈은 우주라는 전체성 안에서 자기를 형성해 가는 조화로운 의지를 생명으로 사유하고 있다. 이처럼 유기적 전체화가 생명의 본래적인 존재 방식인 것은, 생명을 품고 있는 우주(혹은 자연) 자체가 변화하면서도 통일적인 원리 속에 영원한 것으로서 지속하기 때문이다. 지훈의 이러한 우주관(혹은 자연관)은, '往來古今 謂之宙 四方天下 謂之宇'라는 회남자(淮南子)의 말을 빌려 '우주'는 시공의 통칭개념이라고 말하거나 "코스모스는 결코 유한한 것이 아니요, 성괴(成壞)를 되풀이하면서도 무한히 지속하는 조화와 질서의 통일"이라고 말하는 데에서도 확인되듯,[10]『주역』에서 말하는 존재의 '상관적 통합체' 혹은 '유기적 통합체'로서의 자연관에 근거한 것이다.

『주역』의 관점에서 본다면, 우주(자연) 속에서는 어떤 고립된 사물의 존재도 발견할 수가 없다.[11] 왜냐하면 한 사물의 독특한 존재적 성격 역시 상대적 상관성에 의해서 결정되기 때문이다. 상대적 상관성을『주

---

8) '시의 생명', '시의 감성', '시의 언어' 세 절로 다시 나뉘는 '시의 우주'에는 생명이라는 낱말이 무려 85회나 나온다(나남출판사에서 간행한 지훈 전집의 편집과 조판 체제에 근거할 때,『시의 원리』는 170쪽 분량, 그리고 '시의 우주'라는 첫 장은 46쪽 분량이다).

9) II, 26.

10) II, 27.

11) 이 글에서『주역』에 관한 내용은 정병석이 쓴 다음 논문의 내용을 자유간접화법으로 옮긴 것이다. 정병석, 「주역의 자연관에 나타난 생성과 가치내함의 의미」, 계명대학교 철학연구소 편, 『인간과 자연』(서광사, 1995), 53~85면.

역』에서는 시(時)와 위(位)로 표현하고 있다. 시위(時位)라는 개념은 바로 하나의 사물 존재가 가지는 '상대성'의 보편적 형식이다. 시와 위는 일반적으로 시간과 공간을 의미하는 것이나, 단순한 물리학적 시공간 개념뿐만 아니라 형이상학적 의미까지도 포함하고 있다. 시위라는 것은 바로 사물의 상대적 상관성과 관련하여 말하는 것으로, 우주로서의 자연은 사물의 상대적 상관성이 전개되는 곳이고 동시에 또한 상대적 상관성의 전개가 가능한 근거가 되는 곳이다.12) 또한『주역』에서는 건곤(乾坤)이라는 기본적 은유로 상징되는 음양(陰陽)의 상호작용으로 자연 만물의 변화와 생성을 설명한다. 즉 양의 성질인 강(剛)과 음의 성질인 유(柔)가 서로 작용하여서 변화를 일으키는 것으로 설명한다. 이것이 바로 자연의 법칙인 것이다. 이러한 자연의 법칙으로서의 천도(天道)가 드러내는 규율은 단순한 기계적 법칙이 아닌 생명의 원칙을 말하는 것이다.13) 왜냐하면 우주는 부단히 생성 변화해 가는 유기적 과정으로 파악되고 있기 때문이다. 그러므로 "생하고 또 생하는 것을 역이라고 한다"고 말하는 것이다 (「繫辭傳」上, 5장 "生生之謂易").『주역』은 이런 '생'의 개념으로 동태적인 전체로서의 우주를 설명하고 있다. 이런 생명은 건(乾)과 곤(坤)으로부터 시작된다. '건'과 '곤'은 '생'의 의미로 근원적 시작을 뜻하는데, 모든 존재는 이 '건'과 '곤'을 통하여 생성된다. 건원(乾元)의 창조능력과 곤원

---

12) 이러한 '상대적 상관성'은 지훈이 사유하는 시의 이념으로 거의 그대로 수용된다
  : "시의 생명을 이루는 개개의 생명은 각각 그 본성의 요구대로 생을 긍정하면서
  서로 사이의 생을 방해하지 않는다. 이는 다른 생을 긍정함으로써만 자신의 생을
  표현할 수 있기 때문이다"(II, 26).

13) 이러한 생명 원칙에 근거한 시의 이념을 우리는 다음과 같은 지훈의 주장에서도 확
  인할 수 있다 : "詩는 時! 되풀이하면서도 항상 새로운 天道의 순환이 바로 시의 법
  이다"(III, 177) ; "영원히 변하는 가운데 영원히 변하지 않는 그 무엇이 시에 있
  다"(II, 173).

(坤元)의 잉육능력(孕育能力)에 의하여 '생생지덕'(生生之德)을 가지게 되는 것이다. 건곤의 상대적 상관성을 통하여 무한히 전개되는 생성의 과정은 바로『주역』이 자연을 무한한 생명활동의 장으로 보고 있음을 말해주는 것이다. 이것이 바로 유기적 통합체로서의 자연관이다.[14]

이와 같이『주역』의 유기적 자연관에 근거하여 사유된 '생명'은 인간의 현실과 언어 그리고 예술작품(시) 모두를 말 그대로 살아 있게 만들어주는 원천이 된다.[15] 지훈에게 생명은 시가 궁극적으로 추구하고자 하는 의미론적 지평이며 형이상학적 모태이다.[16] 이제 시는 '우주의 삼라만상과 인간 생활의 내용 속에 편만해 있는 자연', 즉 '생명적 진실'을 구체적

---

14) 지훈의 시론을 코울리지의 유기적 시론과 관련시키는 것도 바로 이와 같은 맥락에 근거한 것이다. 최승호는 일련의 논문에서 지훈 시론의 유기적 성격이 '유가적 자연관'에서 비롯한 것임을 자세하게 논증하고 있다. 그는 지훈의 시론에 내재한 초월론적 성격에 대해서는 언급하지 않았으나 지훈의 시론에 형이상학적 충동이 작동하고 있다는 점을 포착하였다.
최승호,「조지훈 서정시학 연구」, 앞의 책, 9~34면.
______,「조지훈 시학에 있어서의 형이상론적 관점」, 앞의 책, 57~82면.
______,「조지훈의 자연시에 구현된 형이상」, 앞의 책, 83~98면.

15)『시의 원리』에서 지훈은 '유기체'라는 표현과 '유기적'이라는 표현을 각각 세 번 쓴다. 그 두 표현 모두 '생명'과 관련된 것임은 물론이다 : "(…)모든 독자성의 유기적 연락으로 이루어지는 인생총체(…)"(II, 35) ; "시는 제 2 의 자연이요, 생명의 표현이므로 하나의 유기체이다"(II, 45) ; "하나의 생명을 이루기 위해서는 먼저 모체가 살아 있어야 하고, 살아 있다는 것은 생명 전체가 유기적으로 움직인다는 말이므로(…)"(II, 46) ; "앞에서 나는 시를 새로운 생명적 자연으로서 하나의 유기체라고 하였다"(II, 57) ; "(…)화성(和聲)하는 언어를 배열함으로써 비로소 그 전체가 유기적 구성 속에 한 편의 시가 탄생하는 것이다"(II, 58);"시가 자연한 구성의 유기체가 되지 못하고 '뼈다귀의 포엠'이라는 죽은 시를 사산(死産)하게 되는 것이다"(II, 58).

16) "(…)우주의 생명적 진실을 수정(受精)함으로써 시를 생탄시키는 것은 시인의 보편한 지향이 될 것이다"(II, 26).

으로 나타나게 해야 한다. '우주의 생명적 진실'을 포착할 수 있는 능력의 소유자인 시인은 '정서적 감동'이라는 시의 작용을 통하여 '언어의 율동적 조형'이라는 시의 표현을 갖춤으로써 비로소 한 편의 시를 나타나게 하는 것이다.[17] 지훈의 시론에서 '우주의 생명적 진실'은 모든 생명체의 내재적 본성 속에 잠재되어 있는 생명의 꿈과 힘이고, '정서적 감동'은 시를 비롯한 모든 예술의 존재 근거이며, '언어의 율동적 조형'은 예술 가운데 하나인 시의 특별한 형식이다. 시에 대해 이야기하면서 '정서적 감동'과 '언어의 율동적 조형'을 강조하는 것은 그 자체로서는 그리 특별한 주장이라 할 수 없다. 그러나 그것들의 설명에 부단히 '생명의 꿈과 힘'을 삼투시킴으로써 모든 부분이 초월론으로 집중되게 한 데에 『시의 원리』의 특별한 점이 있다. 이처럼 초월론으로 집중되는 시의 이념은 우주의 생명적 진실과 시의 일치에 있다 : "시의 세계는 질서와 조화의 세계이다. 하나의 우주이다."[18]

우주적 생명과 시의 일치라는, 지훈이 사유하는 시의 이념은 우리에게 매우 흥미로운 문제를 제기한다. 이는 우주적 생명과의 일치를 통해 시 자체가 하나의 유기적 생명이 된다는 것이다. 그렇게 되면, '생명은 하나의 위대한 사랑이요, 그 사랑은 꿈과 힘을 지니고 있다'는 생명 자체의 초월적 성격으로 인해 시는 그 본성상 그것이 대상으로 삼는 현실과는 다른 어떤 것이 된다.[19]

『시의 원리』의 두 번째 장에 해당하는 '시의 인식'은, 시인이 이른바 '우주의 생명적 진실'을 잉태해서 시로써 나타내는 과정, 즉 시인의 창작

---

17) II, 60.

18) II, 27.

19) "시는(…) '가시(可視)의 세계'를 뛰어넘어 '가고(可考)의 세계'에 통하기 때문에 시는 '유한을 계기로 이루어지는 무한자의 의욕의 표상'인 것이다"(II, 27).

과정을 서술한 것이다. 이 부분에 이르러 지훈 시론은 그 초월론적 성격이 가장 강하게 드러난다. 지훈에 의하면, 시인이 '우주의 생명적 진실'을 잉태하는 것은 "생명이 특수하게 고조된 상태에서"이고, 그 이유는 "생명의 고조된 상태는 넘치는 생명력 속에 인간혼이 앙양되는 때문"이다.[20] 지훈에게는 시를 쓴다는 것 자체가 어떤 초월적 차원을 획득하는 것이다. 왜냐하면 "시를 쓴다는 것은 자기도 그 원인을 알 수 없을 정도로 고조된 힘을 느낀다든가 또 자기의 강렬한 힘이 어느 이상을 향해 느끼는 꿈을 표현하는 것"기 때문이다.[21] 생명 자체의 초월적 지향에 의해 인도되는 시작(詩作) 행위를 통해 구축되는 '시적 진실'(예술적 진리)은 어떤 통합적 진리로서의 위상을 확보한다. 시적 진실은 감성으로써 받아들이고 감성으로 표현하며 감성에 자극되는 정서적 감동을 매개로 하여 구성되는 것인데, 여기서 '시적 감성'은 '감성'을 중심으로 하여 '지성'과 '윤리'를 아우른 어떤 것이다.[22] 따라서 삶의 조화로운 통일성을 산출하는 '시적 진실'은 '학문적 진실'(이론적 진리)이나 '도덕적 진실'(실천적 진리)과 공속적 관계에 있으면서도 그들과는 구별되며 나아가 생명의 초월적 지향이라는 초점에 의해 마련되는 위계화의 좌표에서 그것들보다 우월한 지위를 차지한다. 지훈의 시론에서 '정서적 감동'은 '상상적 실현'과 동일한 의미를 내포한다. 언어를 통하여 생명의 율동이 표현되고 그 율동적 언어가 생명이 꿈꾸는 새로운 의미를 포함하는 시작 과정에서 가장 중요한 역할을 담당하는 것은 '상상력'인데, 지훈은 시인에게 주어진 상상력의 원소가 바로 '생명의 꿈과 힘'이라고 주장한다.[23] 이와 같이

---

20) II, 67.

21) II, 68.

22) "감성의 윤리는 양심의 발로요, 감성의 지혜는 사랑의 발로이다. 다만, 여기서 말하는 감성이란 지성과 이성을 포함하여 거느린 감성임을 알아야 한다"(II, 47).

시의 본질과 작품 생성의 전과정에 삼투되어 있는 생명의 초월적 이행은 시로 하여금 "항상 현실의 앞에 있게 함으로써 있는 현실보다 있어야 할 현실에로 비상하게" 한다.24)

여기서 우리는 지훈 특유의 거꾸로 뒤집어 놓은 모방론을 보게 된다. 시가 모방하는 것은 현실의 것이 아니라 현실 너머를 가리키는 것, 한마디로 말해 우주적 생명을 담고 있는 자연미인 것이다. 그것은 현실에서는 아직 존재하지 않는 것, 그럼에도 마땅히 있어야 하는 이상적 질서이다. 하나의 우주로서의 시가 존재하는 방식인 '조화'와 '통일'과 '질서'는 그 개념 자체가 모두 차이와 개성의 존엄을 내포하고 있다.25) 시라는 우주에서 이루어지는 조화와 통일은 이질적인 것, 통합할 수 없는 것, 침묵하고 있는 것들을 억압하고 배제하는 현실 세계의 피상적이며 날조된 통일성을 부정하는 것이다. 시의 우주에서는 그 어느 것도 자신의 차이와 개성으로 인해 상처받지 않는다. 거기에서는 차이와 개성을 존중하는, 다수의 비강제적 통합에 따른 '질서'와 '조화'가 이루어지기 때문이다.

『시의 원리』의 세 번째 장인 '시의 가치'는 시의 효용과 감상의 문제를 다루고 있다. 우선 지훈은, 예술은 물질적 효용과는 거리가 멀다고 생각한다. 심지어 원시 공동체 시대의 경우조차, 예술은 실질적 목적 이상으로 자기표현 내지 자기고양을 지향했을 것이라고 주장한다. 굳이 장식이 필요 없는 도구나 그릇에 공예적 장식을 가한 것은 자기표현 내지 자기고양을 통해 삶의 전체적인 조화와 고양 혹은 삶의 건전한 미적 향상을 지향했기 때문이라는 것이다. 예술의 충동은 인간의 근원적 충동이며, 이것은 인간이 자신의 삶을 창조적 기쁨으로서 또 우주적 생명의 진실과

---

23) II, 78.

24) II, 67.

25) II, 31.

의 조화로서 실현해 보려는 충동이라는 거의 신념에 가까운 생각을 지훈은『시의 원리』뿐만 아니라 시와 관련한 다른 여러 글에서도 피력하고 있다. 예술이 물질적 효용이기에는 그 창조의 의미가 너무나 잉여적이자 비실질적이라고 생각하는 지훈은, 동시에 예술이 유희이기에는 그 창조의 동기가 너무나 절실하고 심각하다고 생각한다. 이는 예술이 결코 단순한 유희적 조작의 산물일 수 없다는 신념에 근거한 것인데, 지훈이 보기에 "예술가는 실로 정신의 구원, 곧 정신의 건강을 위하여 정신적 고행과 정신적 수술을 감행"26)하는 존재이다. 여기서 예술가의 정신적 고행은 마땅히 있어야 할 어떤 이상적 질서의 전제에서 비롯하는 행위이다. 왜냐하면 주체는 하나의 전체로서의 그 이상적 질서의 부분인데, 주체 스스로 이상적 질서에로 초월하지 않으면 전체로서의 이상적 질서가 실현될 수 없을 것이기 때문이다. 이상에서 살펴본바, 예술(시)의 효용에 대한 지훈의 생각은 다음 문장 속에 압축적으로 제시되어 있다.

> 모든 예술이 우리에게 주는 효용은 우리가 예술을 창작하거나 감상함으로써 우리의 정신이 이제까지 자각하지 못하였던 진실과 선과 미를 깨닫고 그 용해융합의 정조 속에서 자아의 모순을 극복하며 정신의 파괴된 균형을 복구하고 이해득실의 염(念)을 초월할 수 있기 때문이다.27)

위의 인용 부분에서 우선 눈에 띄는 것은 '정신'이라는 낱말이다. 지훈의 문맥에서 '정신'은 사물화할 수 없는, 다시 말해 그 어떤 경우라도 결코 물질로 환원되지 않는 어떤 것이다. 그런 정신은 예술작품(시)의

---

26) II, 160.

27) II, 158.

창작이나 감상, 즉 미적 체험을 통해 전에는 자각하지 못하던 것을 깨닫고, 우주적 생명의 존재 방식인 조화와 균형을 되찾으며, 자기보존 본능의 사회적 변형태인 이해득실을 넘어설 수 있는 가능성을 인식한다. 지훈에 따르면, 시의 효용은 어떤 정치적 사상을 열변을 토함으로써 선전하는 데 있는 것이 아니라 정서적 감동을 통해 정신의 어떤 변화를 이루는 데 있는 것이다. 그리고 바로 그러한 감동과 효용만이 "공간적으로 시간적으로 확장하는 생명을 가지게 된다."[28]

3

이제까지 우리는 지훈의 『시의 원리』에 '힘과 꿈'이라는 생명의 초월적 이행이 얼마나 촘촘하게 삼투되어 있는가 하는 점을 살펴보았다. 『시의 원리』에서 '생명'이라는 말을 빼버리면 시문학에 관한 지극히 평범하고 일반적인 내용만 남게 된다. 여기서 이러한 사정에만 착안하여 지훈 시론의 본질적 성격을 생명사상으로 규정하고 그 기원이 유가적 세계관에 있다고 단정할 수도 있을 것이다. 그러나 앞서도 언급했듯이 『시의 원리』의 독특한 점은 시에 관한 모든 설명이 생명의 초월적 이행으로 집중된다는 데에 있다. 그와 같은 '집중'의 현상 이면에 놓여 있는 보다 근원적인 맥락을 검토하지 않으면 우리는 결코 지훈의 초월론적 생명시론의 본질적 성격을 제대로 파악하지 못하게 될 것이다. 지훈은 『시의 원리』의 한 부분에서 이렇게 주장한다.

　　마음속에 커다란 허무를 지님으로써 일체를 통찰하면서 퇴폐에

---

28) II, 165.

떨어지지 않아 순정으로 진실되게 살려는 심정! 이것이 시를 구성하
는 힘이 되는 것이다.[29]

『시의 원리』와 관련하여 이제까지 이루어진 우리의 이해를 근거로 할
때, '시를 구성하는 힘'이란 '자라려고 하는 힘'과 '있어야 할 것에의 꿈'
이 융합된 생명의 초월적 이행일 것이다. 그런데 지훈은 그러한 힘의
근거를 놀랍게도 '커다란 허무'에서 찾고 있다. 이 '커다란 허무'는 『시의
원리』의 문맥에서는 매우 돌발적으로 등장한 것이라서 그 의미연관을
정확히 파악하기 어렵지만, 우리는 「대도무문」이라는 수필의 다음 구절
과 관련시켜 이해해 볼 수 있다.

> 일찍이 이 무문관을 들어갔다가 나온 사람 하나 — 실달다(悉達
> 多)는 세 개의 법인을 찍고 갔다.
> '제법무아(諸法無我) 제행무상(諸行無常) 일체개고(一切皆苦)'
> 출발점은 언제나 귀착점이다. 이 염세관(厭世觀)을 보라, 이 제세
> 관(濟世觀)을 보라.[30]

위의 인용문에서도 확인되듯 지훈은 불교(혹은 실달다)에 근거하여 '염
세관'을 '제세관'과의 긴밀한 상호관련 속에서 파악한다. 다시 말해 허무
주의를 심리적 비관주의의 발생론적 뿌리로서가 아니라 유토피아로서의
휴머니즘의 객관적 조건으로 파악하는 것이다. 아마도 앞서 설펴 본 『시
의 원리』의 문장에서 지훈이 '허무'라는 말 앞에 '커다란'이라는 수식어
를 연결시킨 것도 바로 그와 같은 맥락 때문일 것이다. 지훈은 내일의
삶을 위하여 오늘을 괴로워하는 '고행주의'나 내일을 모른다고 해서 오

---

29) II, 85.

30) IV, 175.

늘에 집착하는 '쾌락주의'를 모두 부정한다.[31] 그것들은 모두 극단적인 것들이라서 자연스럽지 못하다고 보기 때문이다. 지훈은 괴로움 속에서 즐거움을 찾음으로써 그 괴로움을 즐거움으로 전화시켜야 하고, 즐거움 속에서 괴로움을 봄으로써 부자연한 극도의 쾌락을 피해야 한다고 생각한다. 아마도 지훈의 그런 생각은 불교에서 말하는 중도(中道)의 논리와도 통하는 것일 것이다. 중도의 논리는 굳이 불교와 관련시키지 않아도 누구나 쉽게 알 수 있는 논리이다. 그러나 그것은 좀처럼 실천하기는 어려운 논리라서 실제로 실천할 수 있기 위해서는 부단한 노력이 필요하다. 지훈은 그렇게 노력하는 태도와 관련하여 다음과 같이 말한다.

> 내 오늘 허무의 기반 위에 성실(誠實)의 세계를 본다.
> '제법실존(諸法實存) 제행원융(諸行圓融) 일체개락(一切皆樂)'
> 귀착점은 언제나 출발점이다.[32]

지훈이 여기서 말하는 '성실의 세계'는, 앞서 인용된 부분에서 말한 '일체를 통찰하면서 퇴폐에 떨어지지 않아 순정으로 진실되게 살려는 심정'과 동일한 뜻일 것이다. 이 '성실의 세계'는 고행주의를 통한 정신의 고공비행도 쾌락주의의 산물인 퇴폐도 인정하지 않는다.[33] 그것들은 현실과 전체적 삶의 맥락을 놓쳐버린, 부자연스러운 극단이기 때문이다.

---

31) IV, 306.

32) IV, 175.

33) 「비승비속지탄」(非僧非俗之嘆)이란 수필에서 지훈은 자신의 호인 '증곡'(曾谷)의 뜻이 '비승비속'(非僧非俗)이라고 설명한다. '증'(曾)자에 인(人) 변이 붙으면 '승'(僧)자가 되고, '곡'(谷)자에 인 변이 붙으면 '속'(俗)자가 되기 때문이라는 것이다. 비승비속의 뜻으로서의 '증곡'이란 지훈의 호 역시 정신의 고공비행과 퇴폐의 쾌락주의라는 양극단을 지양하고 현실과 전체적 삶의 맥락에서 사유하고 생활하려는 그의 정신적 지향을 보여준다고 보아도 무리한 해석은 아닐 것이다(IV, 61).

현실과 전체적 삶의 맥락 위에서 퇴폐에 떨어지지 않고 진실되게 살기 위해서는 생명의 자연스러운 율동에 따르는 수밖에 없다. 『시의 원리』에서 지훈이 "상상적 실현은 실상은 자연이라는 한 말로 돌아가지 않을 수 없다"[34]고 한 것도 그가 보기에는 자연이야말로 새로운 생명을 기르는 조화로운 협동의 장이자 바로 그 작용이기 때문이었을 것이다.

'허무를 기반으로 한 성실'이라는 지훈의 정신적 지향에서 우리는 불교적 허무주의와 유교적 현세주의의 변증법적 긴장을 목격한다. 그러나 우리는 전통을 매개로 한 그러한 긴장과 융합의 근거를 지훈이 어린 시절부터 조부에게서 한문 교육을 받았다거나 혜화전문학교를 졸업하였다는 단순한 사실의 기계적 적용에 두어서는 곤란하다. 지훈에게 있어 전통이란 역사와 운명의 공동체인 한 민족이 일정한 지역에서 오랫동안 축적해온 독특한 생명가치의 창조능력과 보존 및 해석능력 이외의 다른 것이 아니다. 따라서 그것은 공중에 매달린 두엉박처럼 따오고 싶으면 아무나 쉽게 따오고 버리고 싶으면 언제든 쉽게 버릴 수 있는 물건 같은 것이 아니다.[35] 전통은 언제나 자기 안에 숨어 있는 생명을 고심참담한 노력 속에서 창조적으로 발견하는 것이라는 것이 지훈의 근본적인 믿음이었다. 지훈은 "쓰일 곳 없는 세상이자 쓰이고 싶지도 않은 세월"이었던 '나라 잃은 시대'의 끝 무렵을 살면서도 전통의 맥락에 근거하여 "자신을 가누려는 혈투의 몸부림"을 보여주었다.[36] 단순한 사실의 적용만으로는 그의 정신적 지향의 근거를 제대로 파악할 수 없는 이유가 바로 거기에 있다.

생명가치로서의 전통에 눈을 뜸으로써 그것을 자신의 정신적 자양으

---

34) II, 69.

35) II, 20.

36) IV, 42, 43.

로 삼는 노력을 기울이기 이전에 지훈은 한때 스스로 탐미주의자라고 고백할 정도로 유미주의 문학에 깊이 이끌리기도 하였다.[37] 미적 체험에 대한 인간의 근원적 충동, 기술제일주의와 물질만능주의의 마법에 걸린 경험세계로부터 예술을 철저하게 대립시키려는 부정과 비타협주의 정신 등을 지훈은 유미주의 문학관으로부터 받아들였다. 그러나 지훈은 유미주의 문학의 범주에 포함시킬수 있는 시인들의 스타일 자체를 하나의 정전적(正典的) 규범으로 받아들이지는 않았다. 유미주의를 중심으로 한 서구문예사에 대한 성찰을 통해 지훈이 파악한 것은 세계사의 맥락에 근거한 근현대의 정신사적 지형이었다. 지훈이 보기에, 시대정신이라는 '시계추'의 운동은 신본주의와 물본주의라는 진폭의 좌우 극한 사이를 오가는 인본주의의 역학 이외의 다른 것이 아니었다 : "중세의 교권(敎權) 이라는 경향에서 인간중심에로 끌려 온 휴머니즘은 그 힘을 과학정신에 서 빌려왔기 때문에 그 힘의 타성은 인간주의 중심에서 다시 유물사관 또는 메커니즘으로 표현되는 물본주의의 극한에 이르지 않았던가."[38] 따라서 지훈은 새롭게 생탄해야 할 현대의 시대정신은 중세의 종교정신 과 근대의 과학정신을 변증법적으로 지양한 예술정신이어야 한다고 주 장한다. 왜냐하면 심미적 체험과 인식은 "이상과 현실의 생명적 창조의 조화작용이 있기 때문이다"[39]. 이처럼 지훈이 '생명적 창조의 조화작용' 을 예술정신의 본질로 파악한 것은 현대의 문제가 자연과 소통하거나 접촉하는 기회를 상실함으로써 삶의 유기적 통합성을 망각하고 있다고 보았기 때문이다. 유기체적 자연관에 근거한 자연미의 전체적 생명이야 말로 시가 작품 안에서 생성해내야 할 진리내용이자 그 생성(형상화)의

---

37) III, 68.

38) III, 174~175.

39) III, 43.

방식이라는 『시의 원리』의 핵심적 주제는 근현대의 정신사적 지형에
대한 지훈의 도저한 이해에서 비롯한 것이었다.

   4

   이상에서 우리는 『시의 원리』의 검토를 통해 지훈의 '생명시론'의 초
월론적 성격을 규명해 보았다. 지훈은 우주라는 전체성 안에서 자기를
형성해 가는 조화로운 의지를 생명으로 사유하였다. 이처럼 '시의 세계는
질서와 조화의 세계이다'라는 원리에 입각하여 시의 제반 문제를 파악하
는 지훈은 '우아한 시'(우아미)와 '비장한 시'(비장미)와 '관조하는 시'(관조
미)라는, 스스로 구분한 시의 세 가지 기본 성격 가운데 첫 번째와 세
번째의 스타일을 선호하는 듯하다. 지훈에 따르면, "우아미는 인간과 자
연 사이에 조화 융합하는 미라면 비장미는 대개 인간과 인간 사이에 모
순, 갈등되는 미"이다. 우아미는 평화로운 상태나 삶의 즐거움 같은 균형
과 조화를 내용으로 하기 때문에 초월한 자연미가 되고, 비장미는 참혹한
운명이나 파멸, 혹은 죽음과 몰락을 내용으로 하기 때문에 고통받는 인간
미가 되는 것이다. 우아미가 동양적 정신미의 한 최고 경지라면 비장미는
현대문학의 성격이 되고 있다. 관조미는 대상의 깊은 곳에 파고 들어가
그 본성을 파악하는 지적 직관, 다시 말하면 감각적이면서도 철학적, 종
교적 의미에 도달한 것을 말한다.[40] 지훈의 대표작들은 대개가 '우아미'
와 '관조미'에 기반한 것들이라 볼 수 있는데, 이처럼 조화와 균형을 강조
하는 그의 문학관과 관련하여 우리는 한 가지 의문을 제기하지 않을 수

---

40) II, 86~100.

없다.

지훈의 문맥에서 조화와 균형은 작품 안으로 수용된 무수한 타자들의 개성과 차이를 존중하는 작품의 화해적 통일의 방식이었다. 그것은 그 자체로써 작품 바깥에서 이루어지는 피상적이며 날조된 통일성, 즉 구성의 계기들을 억압하는 경험세계의 강압적 통일에 대한 부정의 기능을 하게 된다. 그것은 비진리를 부정한다는 측면에서 진리의 성격을 띤다. 그러나 작품의 내용 자체가 그런 화해적인 통일 방식으로서의 조화와 균형을 이미 이루어진 것으로 상정한다면, 그것은 여전히 그렇지 못한 현실 상황을 거짓으로 보여준다는 점에서 비진리의 성격을 띠게 된다. 물론, 우리는 그런 조화와 균형조차도 초월적 이행의 관점에서 볼 때 현실의 경험 세계를 넘어 이루어진 통일상을 선취한다는 점에서 그것 역시 진리의 성격을 띤다고 파악할 수도 있을 것이다. 그러나 그와 같은 초월적 이행을 통해 조화와 균형을 선취한 작품의 화해적 형상은 여전히 화해를 이루지 못한 사회의 추악한 형상을 가려주는 이데올로기적 보완물로 이용될 소지가 있다. 그런 점에서 지훈의 초월론적 생명시론은 한쪽의 진리와 다른 한쪽의 비진리가 뒤섞여 있는 형국이라 할 수 있다. 그 스스로도 이러한 사정을 파악하고 있었던 지훈은 1962년에 발표한 것으로 되어 있는 글에서 다음과 같이 말한다.

현대시가 상실한 문학적 지주를 회복하기까지에는 오직 서정정신과 비평정신의 고도한 융합이 있을 뿐이라고 생각한다. 시대성과 사회성을 비평성이라는 이름으로, 예술성과 주체성을 서정성이라는 이름으로 대치시킬 때 우리는 현대가 요청하는 '고절성의 지양'과 '통속성의 탈출'을 기도할 수 있으며, 이는 현대인의 어쩔 수 없는 양식의 지향이요, 안이한 절충론적 견해로 버림받을 성질의 것이 아니다. 산문의 세기에서 광대한 산문예술에 압도되는 시를

소생시키기 위해서는 산문예술에 압도되는 배리를 구명해야 할 것
이니, 그것이 바로 시의 핵심이 되는 '서정성'의 세계이다. 또 압도
적인 산문예술을 초극하고 시가 권위를 회복하기 위해서는 산문예
술의 우수한 부분을 섭취함으로써 그것을 독자적으로 방법화해야
할 것이니, 이것이 바로 근대정신의 결정이 되는 '비평성'인 것이
다.41)

여기서 지훈이 말한 '서정성'과 '비평성'이라는 것을 '형식'과 '내용'의
문제로 단순화시켜서는 곤란하다. 문맥상 지훈이 말하는 '비평성'은 근
대와 관련한 부정적 내용을 작품에서 직접적으로 비판하는 것을 의미하
지 않는다. 그것은 방법화의 문제이다. 다시 말해 작품 자체를 현실 경험
세계의 부정성과 논쟁시킬 수 있도록 하는 형식화의 계기와 관련된 것이
다. 그런데 이러한 종류의 '비평성'과 '서정성'에 관한 견해는 작품 자체
로써 제시되지 않는다면 그 속성상 '절충론적 견해'의 범주를 벗어나기
어렵게 된다. 아쉽게도 1962년 무렵에 지훈은 이미 본격적인 창작으로부
터 멀어지기 시작한다. 오늘날 서정시의 운명이나 이념과 관련하여 새로
운 논의를 촉발시킬 수 있는 잠재적 생산력에도 불구하고 지훈의 시론이
어딘지 모르게 활력을 결여한 것처럼 보이는 것은 실패와 좌절을 두려워
하지 않는 부단한 모색과 실험의 정신이 직접적인 창작과정으로 드러나
지 않은 데에서 기인하는지도 모르겠다. 그러나 분열과 고립이 운명처럼
고착화된 오늘의 상황에서 생명의 자연스러운 율동에 내재해 있는 초월
적 힘에 근거하여 조화와 균형을 꿈꾸었던 지훈의 시론은 우리에게는
하나의 준거가 될 수 있을 것이다. 문제는 그런 준거를 통해 우리가 어떤
새로운 시적 직관을 이끌어내는가 하는 점일 것이다. 그리고 그것이 '지

---

41) III, 249.

훈'이라는 기호표현이 상기시키는, 한국근현대사와 관련한 그 상처를 치
유하는 길이 될 것이다.

언어의 윤리와 시의 완성
— 김수영의 「풀」이 놓인 자리

1

　김수영이 마지막으로 발표한 것으로 알려져 있는 「풀」은 그의 문학을 이해하려는 사람들에게 매우 다양한 관심의 대상이 되어 왔다. 이러한 사정을 한 연구자는 다음과 같이 정리하였다.

　　「풀」은 논자들에 의해 김수영 문학의 극점으로 평가되는 작품이다(그런 평가를 내린 논자로는 김종철, 이시영, 황동규, 정현종, 유종호, 김주연, 오규원, 김현, 김준오, 서준섭, 정과리 등을 들 수 있다). 김수영의 시작 마지막 시기의 작품인 「풀」이 가장 완성도가 높다는 것이다. 그러나 이와 같은 한결같은 평가에도 불구하고, 그렇게 평가를 내리는 이유는 저마다 다르다. '풀'은 "사회적으로 버림받은 인간군상의 생명력," "존재의 자유"(김종철)로 평가되는가 하면, "어둠 속에 자심을 열어놓고 흔들리고 있는 풀잎의 부드러운 힘," "마음의 기운이며, 힘," "내적 자유에 이른 공간,"(정현종) "행복한 시간의 우연,"(유종호) "시인 자신을 표현한 것,"(김주연) "정신 편력의 한 극점,"(김현)

　　"민중을 감춘 실존적 상정의 의미,"(김준오) "김수영 생애의 한 귀결
　　이었으며 동시에 새로운 삶을 위한 절대적 긴장"(정과리)으로 각기
　　다르게 평가된다.[1](괄호는 필자의 것임)

　핵심만을 압축하여 제시한 까닭에 그것들이 산출된 해석의 맥락을 파
악할 수 없다는 아쉬움이 있긴 하지만, 위의 인용문은 이제까지 「풀」에
대한 논의가 얼마나 다양하게 이루어져 왔는가 하는 점을 분명하게 보여
준다. 그런데, 「풀」과 관련한 2차 문서들을 검토해 보면, 그토록 풍성하
고 다양한 논의에도 불구하고 거기에는 근본적인 문제점이 내포되어 있
다는 것을 발견하게 된다. 대부분의 논자들은 「풀」을 "김수영 문학의
극점"으로 평가하지만 정작 그 이유에 대해서는 구체적인 설명을 하지
않고 있는 것이다. 위의 인용문에서 보듯, 어떤 설명이 없는 것은 아니나
그것들은 '풀'이 가리키는 것이나 작품 「풀」에 대한 설명일 뿐이지 「풀」
이 김수영 문학의 극점이 되는 이유에 대한 설명은 결코 아니다. 「풀」이
그의 작품들 가운데 가장 완성도가 높은 것이라면, 다른 작품들과의 비교
를 통해 그 점이 해명되어야 할 터인데, 기존의 논의에서는 그러한 접근
을 찾아보기 어렵다. 이러한 사정은, 「풀」과 관련한 기존의 논의가 그
양적 풍성함에도 불구하고 매우 공허한 측면이 있다는 것을 반증해준다.
　진정한 시를 식별하는 방법은 그것의 힘의 소재를 밝혀내는 일이라고
김수영은 말한 바 있다.[2] 김수영의 문맥에서 '힘'이라는 말에만 주목하게
될 경우, 「풀」은 어떤 힘을 지니고 있고 따라서 우리는 그것을 '진정한

---

1) 김혜순, 「문학적 『장자』와 김수영의 시 담론 비교 연구」, 김승희 편, 『김수영 다시
　　읽기』(프레스21, 2000), 187면.
2) 김수영, 「생활현실과 시」, 『김수영전집② 산문』(민음사, 1981), 196면. 이 글에서 인용
　　한 김수영의 시와 산문은 2권으로 된 민음사판 전집에 근거하였다. 이하 그 책들에
　　서 인용할 경우 각각 '전집1'과 '전집2'로 약칭하여 쓰기로 한다.

시'의 반열에 올려 놓을 수도 있을 것이다. 「풀」과 관련한 이제까지 수용 양상과 평가를 고려할 때, 그것은 저자의 환경이나 의도와 같은 작품 생산의 최초의 문맥에 지나치게 속박됨 없이 다양한 독서를 야기하고 독자들의 생각을 끝없이 자극함으로써 텍스트 자체의 힘을 보여 왔기 때문이다. 그것의 분명한 의미가 어떤 것이든 「풀」은 그 어떠한 원리나 체계로 쉽사리 환원되지 않고 그 어떠한 분석 전략에도 쉽사리 공략되지 않는 작품 자체의 완강한 저항력만으로도 우리 시문학사에서 중요한 자리를 차지할 수 있을 것이다.

문학연구에서 우리가 흔히 대비하게 되는 두 가지 유형의 기획, 즉 '시학'과 '해석학'은 원칙상 매우 상이한 것이지만, 「풀」을 논의하는 자리에서는 언제나 그 두 가지 기획이 동시에 요구된다. 널리 알려진 대로, '시학'은 이미 획득된 것으로 합의된 텍스트의 어떤 의미나 효과와 관련하여 그것들이 어떻게 성취되었는가를 질문하는 기획이며, '해석학'은 특정한 시의 구절이나 행 그리고 텍스트 전체의 의미와 그것들이 궁극적으로 말하려는 인간 조건과 관련하여 항상 새롭고 보다 나은 해석을 찾으려는 기획이다. 「풀」은 이제까지 이루어진 그 모든 해석학적 관심에도 불구하고 아직 그것이 획득한 것으로 합의된 의미가 부재하기 때문에 우리는 그러한 의미를 찾으려고 노력해야 하며, 동시에 그러한 의미가 타당하다는 것을 논증하기 위해서는 그것이 어떻게 성취되었는가에 대해서도 설명을 해야 한다. 사실 개별 작품에 대한 논의에서 '시학'과 '해석학'을 결합시키는 것은 어쩌면 불가피한 일인데, 「풀」의 경우 그러한 결합의 밀도와 긴장이 최대화되지 않으면 그 어떤 것도 노출하지 않으려는 작품 자체의 저항력을 견뎌낼 수 없게 된다. 본고에서는 이러한 사정을 고려하면서 「풀」을 검토한 다음, 그것이 김수영 문학의 전체 지형도에서 차지하는 위치에 대해서도 살펴 보고자 한다.

2

「풀」은 모두 3연 18행으로 구성되어 있는, 김수영의 작품 가운데서는
비교적 짧은 편에 속하는 형태의 작품이다.

> 풀이 눕는다.
> 비를 몰아오는 동풍에 나부껴
> 풀은 눕고
> 드디어 울었다
> 날이 흐려서 더 울다가
> 다시 누웠다
>
> 풀이 눕는다
> 바람보다도 더 빨리 눕는다
> 바람보다도 더 빨리 울고
> 바람보다도 먼저 일어난다
>
> 날이 흐리고 풀이 눕는다
> 발목까지
> 발밑까지 눕는다
> 바람보다 늦게 누워도
> 바람보다 먼저 일어나고
> 바람보다 늦게 울어도
> 바람보다 먼저 웃는다
> 날이 흐리고 풀뿌리가 눕는다

—「풀」 전문

이 작품의 해석과 관련하여 최초로 제기된 견해는 이른바 민중주의자
들의 것으로 알려진 해석의 유형이다. 민중론자들은 작품에 잠재된 것으

로 보이는 알레고리적인 맥락을 포착해 내어 '풀'을 민중으로 '바람'을 외세로 파악한다. 작품 자체에 대한 응시의 귀결이면서도 작품 외부에 존재하는 관념을 지나치게 작품 내부로 이끌어들인 그 해석은 일견 분명해 보이는 장점을 지니고 있긴 하지만 다음과 같은 내재 분석에 입각한 반론의 저항에 부딪치게 된다.

> 그것은 풀이라는 생물의 생태가 "비를 몰아오는" 바람과 흐린 날을 싫어해 울 리가 없으리라는 것, "나부껴" "드디어"라는 표현을 선택한 것도 풀이 바람을 배척하는 움직임이라기보다는 긍정적인 기다림으로 볼 수 있다는 점 등이다. 또한 외세인 바람과의 관계에서도 '바람보다 더 빨리 누워 우는' 것이 꼭 바람을 물리친 의미가 되지는 못할 것이며, 일어나 웃어야 승리하는 풀이 마지막 행에서 풀뿌리까지 누워버리는 것은 풀이 곧 민중이라는 해석의 일변도에 어느 정도 제재를 가한다.[3]

모든 텍스트는 무한한 독서를 야기시키면서도 엉뚱한 독서를 허용하지는 않는다. 한 텍스트에 있어 무엇이 가장 좋은 해석이라고는 말할 수 없지만 무엇이 그릇된 해석이라고는 말할 수 있다. 가냘프면서도 끈질긴 생명력으로 질기게 견뎌나가는 민초의 이미지로 '풀'을, 외세나 정치적 압제의 의미로 동풍과 비바람을 읽어내려는 알레고리적 해석은 위와 같은 반론(결국은 작품 자체의 저항)을 견뎌낼 수 없다는 점에서 '그릇된 해석'이라고 필자는 생각한다. 따라서 우리는 관점을 전환할 필요가 있다.[4]

---

3) 이은정, 「상반된 해석」, 김승희 편, 앞의 책, 423면.
4) 이러한 전환과 관련하여 대안적 해석의 경우로 제시된 예가 바로 황동규의 견해이다. 황동규는 스스로 움직일 수 없는 풀의 움직임이 움직임의 동력이 되는 바람보

어떤 알레고리적 맥락에 연연하지 않고 우선 작품 자체에 주목하게 될 경우 우리는 이은정의 다음과 같은 진술에 동의할 수 있다. "이 시를 읽으면 우선 풀, 비, 바람이 상기하는 신선함과 습기에 찬 초록빛 등이 떠오른다. 따뜻함보다는 시원한 냉기, 정적인 풍경보다는 나부끼는 풀의 부드러운 움직임, 소리 없음 속의 흐릿한 어두움, 살아 움직임들을 감지하게 된다. 그리고는 대조되는 동사들, 반복의 기법, 리듬과 운 등에 맞추어 읽어나가다가 오히려 통사적인 의미파악을 놓치게 된다."5) 야우스(H.R.Jauss)의 '독서 지평 전환'에 근거한 이은정의 기술(記述)은, 「풀」을 읽는 것으로 가정된 독자의 순차적인 독서반응을 매우 설득력 있게 제시하고 있는데, 다음 단계의 기술도 매우 효과적으로 제시되어 있다.

> 세 개의 연은 "풀이 눕는다"를 공통 행으로 지니면서 새로운 동사를 추가한다. 1연은 '눕는다/울다', 2연은 '눕는다/울다/일어나다', 3연은 '눕는다/일어나다/울다/웃다'로 부연된다. 추가되는 동사에 의해 의미는 단조로움으로 전복되지 않고 강조와 주술의 의미를 획득한다. 즉 풀이 누워서→울다가→일어나서→웃는 과정을 반복과 대조로 점진적으로 표현하고 있으며, 마지막 행에서 다시 "풀뿌리가 눕는 것은" 풀의 연속적인 경험의 노정을 암시해준다. 그러면서 몇몇 미해결점이 상기된다. 김수영 같은 도시적 정서의 시인이

다 앞선다는 모순율이 모순으로 느껴지지 않게 되는 상태에 이르는 과정을 보여줌으로써, 생의 깊이와 관련한 어떤 감동을 맛보게 하는 시라고 주장한다. 구체적인 분석의 절차 없이 시인 특유의 직관만으로 포착해낸 까닭에 지나치게 맹목적이라는 흠은 있지만, 그의 견해는 작품의 진실과 관련하여 결코 무시할 수 없는 통찰을 보여주며, 실제로 분석의 절차를 추가한 많은 해석의 이형(異形)들을 가능하게 하는 근거가 되었다. 필자 역시 그의 견해에 크게 도움을 받았다.
황동규, 「시의 소리」, 『사랑의 뿌리』(문학과지성사, 1978), 156면~157면. 참조
5) 이은정, 앞의 논문, 김승희 편, 앞의 책, 421면~422면.

자연물을 새롭게 소재로 삼은 점은? 풀이 '눕고/일어나고' '울고/웃
는' 대조적인 의미는? 풀과 바람의 관계는? '발목/발밑'은 풀의 의인
화인가 사람이 함께하는 풍경인가? 끝행에서 풀이 풀뿌리로 전환된
의미는?[6]

　위의 인용문에서 특별히 주목되는 부분은, 작품의 구조에 대한 객관적
관찰 다음에 제시된 다섯 개의 질문들이다. 아마도 어떠한 유형의 해석학
적 접근이든 그러한 질문들에 대해 충분한 설명을 개진하지 못한다면
그 해석은 공허해지게 될 것이다. 그런데 이은정이 제기한 질문들 가운데
첫 번째 질문은 다소 무의미해 보인다. 김수영은 「풀」 이외에도 자연물
을 소재로 적지 않은 작품을 발표하였으며, 「풀」을 이해하는 데에도 그
질문이 그렇게 본질적인 것으로 판단되지 않기 때문이다. 이와 아울러
'발목/발밑'과 관련한 질문 역시 그 해답이 비교적 분명하게 제시될 수
있다는 점에서 그렇게 본질적인 것으로 보이지는 않는다. 작품에서 '풀'
은 의심할 바 없이 의인화되어 있으나 '발목'과 '발밑'을 '풀'의 그것으로
보기에는 아무래도 무리가 따른다. 사람이 눕는 동작을 묘사할 때 그것이
그 어떤 모양의 것이든 '발목까지, 발밑까지 눕는다'라고 한다면 자연스
럽지도 적절하지도 않은 표현이 될 것이기 때문이다. 그 구절은, 김현의
지적대로, 풀밭에서 풀의 움직임을 관찰하는, 나아가 풀의 움직임을 통해
어떤 것을 체험하고 그 내용을 발화하는 한 인물의 존재를 암시하는 것으
로 보아야 타당할 것이다.[7]
　그들 두 가지를 제외한 나머지 질문들은 「풀」의 해석에서 매우 본질적
인 것으로 우리는 받아들일 수 있다. 그리고 그것들은 작품 자체에 대한

---

6) 이은정, 앞의 논문, 김승희 편, 앞의 책, 422면.

7) 김현, 「웃음의 체험」, 황동규 편, 『김수영전집 별권』(민음사, 1983), 211면.

미시적 분석과 함께 풀어나가야 할 것들이지만, "풀이 '눕고/일어나고' '울고/웃는' 대조적인 의미"의 경우는 기존의 것과는 다른 관점으로 「풀」에 접근하기 위해 잠시 미리 살펴볼 필요가 있다. 작품을 검토해 보면 현실의 경험 세계의 맥락과 관련한 몇 가지 대립항들이 있음을 알게 된다. '풀'과 그 움직임의 동력원인 '바람'의 대립, 그리고 흔히 지적되어 온바, '눕고/일어나고'와 '울고/웃는'에서 동작의 양태상 대립이 바로 그것들이다. 그런데 이제까지 별로 주목된 적이 없는 대립항이 하나 더 있다. 그것은 바로 '나부끼다'와 '눕다/일어나다/울다/웃다' 사이의 대립이다.[8] 이들 다섯 개의 동사는 모두 풀의 움직임을 묘사한 것이라는 점에서는 동일하다. 차이점은 '나부끼다'가 사실적인 묘사인 반면에 그밖의 다른 것들은 의인화를 통한 비유적 묘사라는 것이다.[9] 「풀」의 분석에서 이 새로운 대립항에 대한 주목은 매우 중요하다. 왜냐하면 '눕고/일어나고'와 '울고/웃는'의 의미상 대립이 보다 심층적인 대립구도(풀의 타율적인 움직임과 자율적인 움직임의 대립) 속에서 완화되기 때문이다. '눕다, 일어나다, 울다, 웃다'라는 각각의 동작은, 그 의미상의 차이 자체가 무화되는 것은 아니지만, 적어도 상호 부정적인 차원의 대립에서는 벗어나게 되는 것이다.

이제까지 검토한 내용인바, 풀밭에 서서 풀의 움직임과 관련한 어떤 체험을 발화하고 있는 인물의 존재, 그리고 작품의 보다 심층적인 대립항인 풀의 '타율적인 움직임'(나부끼다)과 '자율적인 움직임'에 근거할 때 우리는 작품에서 또 하나의 심층 대립항을 찾아낼 수 있다. 그것은 바로 '사실'(풀의 타율적인 움직임)과 '환상'(풀의 자율적인 움직임)의 대립이다.[10]

---

8) 강웅식, 「'사실'과 '환상'의 대극적 긴장」, 『시, 위대한 거절』(청동거울, 1998), 212면~228면.

9) 전자는 수동적인 동작을, 후자는 능동적인 동작을 각각 나타낸다.

작품에서 한 인물은 풀이 바람에 나부끼는 모습을 보고 있다. 그런데 그 순간 사실의 관찰에서 촉발된 환상, 즉 바람 없이도 풀이 스스로 움직이는 것 같은 환상을 체험하고 그 인물은 그것에 대해 말한다. 더 나아가 그 인물은 그 환상을 하나의 사건으로까지 확정해 놓으려는 듯하다. 따라서 「풀」의 분석에서 관건이 되는 것은 낱말들로 만들어진 구조로서의 시와 사건으로서 시 사이에 빚어진 관계에 대한 고찰인데, 특별히 주목해야 할 것은 바로 '환상'이 시와 사건 양자에 대해 갖는 관계이다. 우리 시사의 맥락에서 「풀」이 그 어떤 독창성을 지니고 있다면 그것은 바로 그 '환상'에서 비롯한다. 바꾸어 말하면 '환상'은 「풀」의 독창성의 매체라 할 수 있다. 「풀」이라는 예술 작품을 탄생하게 한 하나의 시발점이었던 그 '환상'은 형상화 과정에서는 현실적인 요인들을 받아들여 하나의 작품이라는 결정체를 이루게 하는 구성적 계기로서 작용하게 된다.

3

　「풀」의 첫 행은 "풀이 눕는다"이다. 그리고 각 연의 첫머리에 반복되면서 화자의 이어지는 진술들을 이끌다가 작품의 결구에서는 문장의 주어가 교체되어 "풀뿌리가 눕는다"라는 형태로 전환된다. 이제까지 흔히 풀이 일어나고 웃는 움직임의 양태에 주목하였지만, 작품의 형태 자체에

---

10) 이 글에서 필자는 '환상'을 현실과는 다른 어떤 것, 즉 현실의 경험 세계에 대한 '타자'(他者)의 의미로 사용하였다. 예술 창작에서 그러한 환상은 '착상'과 같은 방식으로 작품의 주요한 구성적 계기로 참여한다. 그러나 착상으로서의 환상과 작품 자체가 동일하지 않음은 물론이다. 하나의 작품이 성립될 수 있는 주요한 계기로서 시인의 착상에 근원적인 영향을 미친 '환상'은 그 작품의 형상화 과정에서 다양한 형식적 계기를 통해 일관성과 명료함을 지닌 작품 자체로 전이될 것이다.

대한 고찰에 따르면 오히려 '풀이 눕는다'는 사실이 더욱 강조되고 있다는 느낌마저 들게 된다. 작품의 형태와 관련한 사실들 가운데 또 하나 주목해야 할 것은 풀의 움직임을 묘사한 진술들의 시제의 문제이다. 대체로 현재시제가 사용되었는데 유독 제1 연에서만 과거시제가 사용되었다. 이와 함께 풀의 움직임을 묘사한 것으로서 유일하게 사실적인 묘사라 할 수 있는 "나부껴"가 제1 연에만 나온다는 사실도 주목되는 부분이다. 이와 같은 관찰들은 이 작품이 다른 그 무엇이 아닌 '사실'과 '환상'에 기초하였다는 점을 확인하게 해준다. 바람에 의하지 않고는 스스로 움직일 수 없는, 다시 말해 바람에 나부낄 수밖에 없는 풀이 어떤 우연한 순간 풀밭에 서있는 화자에게 "벼를 터는 마당에서 바람도 안 부는데/옥수수잎이 흔들리듯 그렇게 조금"11) 풀이 스스로 움직이는 것처럼, 다시 말해 스스로 눕는 것처럼 보였다는 것이 이 작품의 착상이라고 보아도 무방할 것이다. 그러니까 제1 연에서 과거시제로 되어 있는 부분은, 화자가 풀의 자율적인 움직임이라는 환상을 체험하게 된 과정을 풀의 초점에 맞추어 압축된 이야기 형식으로 제시해 놓은 것이라 할 수 있다. 그리고 "풀이 눕는다"는 그러한 환상의 사건화이다.

'풀'의 움직임을 식물(사물)의 수동적인 것이 아닌 능동적인 것으로 바꾸기 위해서, 즉 자신의 환상을 구체적 형상으로 옮겨 놓기 위한 첫 시도로서 그것은 매우 성공적이라 할 수 있다. 정지 상태의 '풀'이 바람에 움직이게 될 경우, 바람이 어느 방향에서 불어온다 하더라도 첫 움직임은 사람이 눕는 것과 같은 모습이 된다. 그 '첫 움직임'은, 비록 시인의 환상을 통해 이루어진 것이지만, 풀의 처지에서 그것은 생태학적 숙명으로부터의 해방이다. 이로써 '풀'의 자율적인 움직임이란 환상은 작품 속

---

11) 김수영,「꽃잎(一)」, 전집1, 276면.

에 하나의 구체적 형상으로 구축됨으로써 하나의 사건이 되기 시작한다. 만약 작품이 그 형상화에 성공한다면 작품 자체가 바로 사건이 될 것이다. 따라서 작품의 형상화에서 시인에게 요구되는 작업은 작품의 내재적 일관성 속에서 '풀'의 그와 같은 자율적인 움직임에 필연성을 부여해 주는 일이다. 첫 행에 이어서 시인은 "비를 몰아오는 동풍에 나부껴 / 풀은 눕고"(제 1 연의 2행과 3행)라고 말한다. 원래는 '풀은 비를 몰아오는 동풍에 나부껴 눕고'라고 해야 했을 것을 작품의 문장 형태로 도치시킨 이면에는 시인의 여러 가지 생각과 계산이 잠재돼 있는 것으로 보인다.

　먼저, 현실에서는 결코 스스로 움직일 수 없는 풀의 자율적인 움직임이라는 환상 속의 선명한 형상을 시로써 수용하기 위해 시인은 현실의 바람에 특별한 의미를 부여해야만 했을 것이다. 자기의 의식 속에서 그 환상이 스쳐 지나가던 순간에 불었던 바람은 단순히 자연 현상으로서의 그것이 아니라 신이 불어준 입김과 같은 것으로 말이다.[12] 시인이 제 2 연과 제 3연에서는 단순히 '바람'이라고 했으나 제 1 연에서는 굳이 "비를 몰아오는 동풍"이라고 묘사한 이유는 바로 거기에 있을 것이다. 해가 뜨는 동쪽은 새로운 출발의 이미지이고 비는 생명의 근원인 물의 이미지란 점을 감안한다면, 그 구절이 갖는 의미의 효과를 충분히 인정할 수 있게 된다. 그런 이유들 때문에 그는 "비를 몰아오는 동풍"을 강조하려고 도치

---

12) "비를 몰아오는 동풍"을 '신의 입김'과도 같은 바람으로 해석한 것에 대해 혹자는 이의를 제기할지도 모르겠다. 어쩌면 시인 자신에게 물어보아도 그냥 그렇게 하는 것이 재미있을 것 같아서 그렇게 했다고 말할지도 모른다. 하지만 하나의 텍스트를 해석함에 있어 시인의 애초의 생각이 절대적으로 중요한 것은 아니다. 왜냐하면 텍스트는 시인의 의도라는 자물쇠에 의해 잠겨져 있는 것이 아니기 때문이다. 작품의 내재적 과정에 진정으로 참여하여 그것의 진리내용을 보존함으로써 우리는 시인조차도 설명할 수 없는 것을 설명해낼 수도 있기 때문이다. 문제는 그런 설명을 텍스트 자체가 허용하느냐 하지 않느냐 하는 데 있을 것이다.

시켰을 것이다.13) 다른 하나는, "나부껴"와 "눕고"의 의미 층위가 다름을 나타내려는 데 있는 것으로 보인다. 이 작품에서 '풀'은 이미 생태학적 숙명에서 벗어난 풀이다. 그러므로 작품에서는 '풀'을 '나부껴'란 움직임과 분리시켜야만 한다. 실제로 작품에서 "비를 몰아오는 동풍에 나부껴 / 풀은 눕고"의 형태가 됨으로써 '동풍에 나부껴, 풀은 눕고'의 의미 구조를 갖추게 된다. 그 구절을 산문으로 바꾸어 놓으면, '이제까지 불어왔던 바람과는 다른, 마치 신의 입김과도 같은 바람에 나부끼는 순간 풀은 스스로 움직이고'란 의미가 된다. 이 시에서, 풀의 움직임의 전개에 있어 이 지점은 매우 중요한 의미를 갖는다. 시인이 자신의 의식에 떠오른 환상을 그저 무심하게 잊고 말았다면, 우리에게는 아무런 일도 일어나지 않았을 것이다. 그렇지만 그가 애써서 자신의 그 우연한 환상을 어떤 내적 필연성의 계기에 의한 것으로 구체화함으로써 그것은 우리의 의식에도 하나의 형상으로 다가오기 시작한 것이다. 그 다음에 이어지는 행은 "드디어 울었다"이다. 풀이 스스로 움직이게 된 그 첫 체험의 순간에 느낄 수 있는 감동의 표현으로서 "울었다"란 표현은 지극히 적절하며, '드디어'라는 부사 역시 극적 순간의 강조를 위한 것으로서는 매우 타당한 선택일 것이다. 다른 것도 아니고 숙명을 넘어선 상태의 감동을 나타내려면 그와 같은 방식의 표현 이외에는 달리 없었을 것이다.

---

13) '동풍'에 대한 우리의 의미부여와 관련하여 조지훈의 '동쪽'에 대한 다음과 같은 설명은 매우 흥미롭다. "태양은 흰빛으로 상징되고, 우리의 백의(白衣) 애착도 구경 백(白)샤먼의 의장(儀裝)관습에서 온 것이다. 이러한 신앙은 높은 곳 또는 동쪽이 신의 주거지로 믿어진 것이니, 이 때문에 동쪽〔동천(東川)·동천(東泉)〕은 제천행사의 터가 되고 소로단〔소도(蘇塗)—서낭당〕의 소재지도 이와 관련된다. 설령 김수영이 단순히 재미있을 것 같아서 '동풍'이라고 하였다 하더라도 거기에는 우리 민족의 그와 같은 무의식적인 원형심상이 작용했을지도 모를 일이다". 조지훈,≪한국학연구≫(나남출판, 1996), 44면 참조.

그 감동의 순간 다음에 이어지는 구절은 "날이 흐려서 더 울다가"이다. 그것을 풀어쓰면, '풀은 날이 흐리기 때문에 더 울다가'란 의미가 된다. 이제까지 많은 연구자들이 그 두 가지 사실 사이의 연관성을 논리적으로 해명해 보려고 시도했지만 실패했었다. 그들은 환상을 논리로 풀려고 했기 때문에 실패한 것이다. 환상은 논리로는 풀 수 없는 수수께끼 그 자체이다. 앞에서 시인이 "비를 몰아오는 동풍에"란 표현을 쓴 이유는 그것에 특별한 의미를 부여하려는 데 있었을 것으로 우리는 파악했었다. 그런 거룩한 바람은 아무 때나 불지 않는다. 특별한 순간에만 불고 곧 어떤 미지의 영역으로 사라진다. 「풀」이라는 작품의 내재적 공간을 스쳐 간 그 바람의 경우도 마찬가지였을 것이다. 그러나 그 흔적만은 존재의 기억 속에 혹은 다른 그 어디에라도 남기 마련이다. 「풀」에서 '날이 흐리다'는 그런 흔적의 형상화라 봐야 한다. 시의 효과 면에서 보자면, 어떤 기적적인 일의 발생을 억압하는 현실의 파괴적인 빛을 차단하여 환상을 유지하려는 시인의 노력에 따른 표현이라 이해할 수도 있을 것이다.[14] '풀'에게 그것은 신의 입김과도 같은 그 바람이 사라진 후에도 스스로 움직일 수 있다는 약속의 상징이 된다.[15] 풀이 더 우는 것도 그 때문일 것이다.

제2연에서 '바람'은 제 1 연에서의 "비를 몰아오는 동풍"과는 구별되는 현실의 바람이다. 시인은 현실 공간에서 이루어지는 풀의 타율적인 움직임을 나타내는 "나부껴"에 '신의 입김'과도 같은 "동풍"을 연결시키고, 비록 환상이긴 하지만 스스로 움직일 수 있는 힘을 성취한 풀의 자율적인

---

14) 이러한 사정과 관련하여 김수영은 「敵(二)」라는 작품에서 "날이 흐릴 때 정신의 집중이 생긴다/神의 아량이다"라고 말하기도 한다.

15) 「풀」의 제 3 연에서도 "날이 흐리고 풀이 눕는다"란 구절이 지속적으로 반복되는 것도 그 점에 근거한다.

움직임에 현실의 바람을 연결시키고 있는 것이다. 다시 말해 사실과 환상을 끊임없이 충돌시키고 있는 것이다. 이제 '풀'은 그런 현실의 바람 속에서도 스스로 움직일 수 있게 되었다. "바람보다도 더 빨리"와 "바람보다 먼저"는 '풀'의 그러한 자율적 움직임을 나타낸다. '눕는다'·'울고'·'일어난다' 등은 모두 자율적인 움직임이란 동일한 뿌리의 다양한 줄기들이다. 시인은 제 2 연의 끝 행에 '눕는다'보다는 어감이 더 강한 '일어난다'를 배치했다. 이는 자율적인 움직임의 반복을 통해 획득된 '풀'의 자신감을 암시하기 위함일 것이다.

제3연에 이르러 '풀'의 움직임은 더욱 경쾌해진다. 현실의 바람이 아무리 거세게 몰아쳐도 "날이 흐리고"가 상징하는 자율적인 움직임의 약속(혹은 최초로 스스로 움직일 수 있었던 기억)이 있기에 '풀'은 풀밭에서 자신의 자율적인 움직임이라는 놀라운 체험에 함께 동참하여 즐거워하는 그 어떤 인물의 "발목까지 / 발밑까지 눕는다". 사실 여기서 그런 관찰자의 흔적을 슬쩍 보여준다는 것은 환상의 사건화가 그만큼 성공적으로 이루어지고 있다는 자신감의 반증일 것이다. "바람보다 늦게 누워도"와 "바람보다 늦게 울어도"는 바람에 의한 타율적인 움직임을 나타내는 것이겠지만, 그렇다고 하더라도 이제는 풀에게 그것조차 문제가 되지 않는다. 그는 언제라도 "바람보다 먼저" 일어나고 웃을 수 있기 때문이다 ('도'와 '고'로 연결된 접속법의 형태가 그러한 의미를 보증해 준다). 제 3 연에서 문제가 되는 부분은 「풀」의 끝 행인 "날이 흐리고 풀뿌리가 눕는다"이다. 그 이전까지는 모든 문장의 주어가 '풀'이었는데 갑자기 낯선 '풀뿌리'가 등장한 것이다. 풀뿌리도 풀에 속한 것으로 보면 그 문제를 단순하게 처리할 수도 있겠으나, 그 문제는 그렇게만 보아 넘길 성질의 것이 아니다. 이 부분에 이르러 시인은 명백히 모순적인 요소들을 충실히 참작하여 그것들을 새로운 통일로 몰고 갈 야심적인 시도를 하고 있기 때문이다.

「풀」의 마지막 행에 대한 이해와 관련하여 무엇보다 먼저 언급해야
할 사실은 그것이 바로 작품의 결구라는 점이다. 그리고 그것이 결구인
것은, 그 구절이 단순히 작품의 맨 끝에 배치되어 있기 때문이 아니라
작품 자체의 구조적·의미론적 매듭점이기 때문이다. 모든 성공한 작품
에는 그 나름의 성공한 결구가 있기 마련이다. "내 시는 '인찌끼'다. 이
「후란넬 저고리」는 특히 '인찌끼'다. 이 시에는 결구가 없다. '낮잠을
자고나서 들어보면 후란넬저고리도 훨씬 무거워졌다'에 基幹的인 이미
지가 걸려 있기는 하지만 이것이 과연 결구를 무시한 흠집을 커버해줄
만한 강력한 투영을 가졌는지 의심스럽다"16)에서 볼 수 있듯이, 김수영
은 결구를 매우 중요시했던 시인이다.17) 따라서 우리는 "날이 흐리고
풀이 눕는다"라는 구절이 이 작품의 핵이랄 수 있는 그 환상을 과연 하나
의 중심 이미지로 강력하게 투영한 것인지 검토해야 할 것이다.

　이 작품의 시발점은 풀의 자율적인 움직임이라는 환상이며, 그것은
현실에서 풀이 바람에 나부끼는 모습(사실)에 대한 관찰에서 비롯한 것이
다. 그리고 이 작품의 형상화를 통해 그 환상은 하나의 사건으로 구축되
고 있다. 작품에서 '풀이 눕는다'는 화자의 언표는 풀의 자율적인 움직임
의 모습을 진술한 것이지만 그 언표를 발화하는 화자의 발화행위는 언표
가 지시하는 내용을 하나의 사건으로 확정해 놓으려는 선언의 행위이기
도 하다. "풀이 눕는다"는 언표를 우리는 '풀이 눕는다(스스로 움직인다)고
이로써 단언한다'라는 심층 구조의 문맥으로 변형시킬 수가 있는데, 의인

---

16) 김수영, 전집 2, 290면.

17) 실제로 그의 작품을 보면 산문적 진술을 적극적으로 이끌들인 작품이든 그렇지 않
　　은 작품이든 결구에 대한 배려가 확인된다. 가령, 「눈」「꽃잎(一)」「꽃잎(二)」 등의
　　결구는 분명한 경우의 예이겠는데, 그만큼 분명하지 않은 작품의 경우에도 그가 의
　　식적으로 결구를 배려했다는 흔적만큼은 비교적 선명하게 확인할 수 있다.

법을 적용한 언표와 그것의 무한한 반복은 하나의 환상을 구체적인 사건으로 승화시키게 되는 것이다. 이 작품의 구성적 계기로 수용된 것들, 즉 '풀', '바람', '흐린 날', '비', 그리고 '눕다, 울다, 일어나다, 웃다'의 동사가 연상시키는 무수한 움직임의 양태들은 모두 현실의 것들이지만, 환상을 매개로 하여 작품 자체 안에서 특유한 짜임관계를 갖게 되자 그것들은 현실의 경험 세계에서와는 다른 위치를 갖게 되고 그 의미가 조금씩 변하게 된다. 움직임을 중심으로 한 바람과 풀의 관계를 '더 빨리', '먼저', '늦게' 등의 부사를 통해 교란시키고 있는 것에서도 볼 수 있듯이, 작품에서 현실의 공간이나 시간이 완전히 무시되는 것은 아니기에 그것의 힘이 근본적으로 부정되는 것도 아니다. 그러나 놀랍게도 그 구속성은 사라지게 된다. 동일한 문장형태의 반복이나 운율과 같은 비의미적 언어 조직을 통하여 시간이 압축되고, 풀이 바람에 나부끼는 모습에서 비롯한 풀의 자율적인 움직임이라는 영상을 통하여 공간이 겹쳐짐으로써 이제까지 존재하지 않았던 어떤 것이 제시되는 것이다. 그런데 만일 "날이 흐리고 풀뿌리가 눕는다"라는 형태의 결구 없이 사실에서 비롯한 환상의 반복으로 단순하게 끝을 맺었더라면, 「풀」은 이미 존재하는 것의 무력한 투사에 머물게 되고 말았을 것이며, 현재와 같은 강도를 결코 누리지 못했을 것이다. 그 문제의 구절에서 암시되는 풀의 움직임은 현실의 그 어떠한 움직임의 형상과도 교환이 성립되지 않는 것이다. 풀뿌리의 움직임이란 현실의 경험세계에서는 가시적으로는 경험할 수 없는 어떤 것이기 때문이다.

　시인이 구축해 놓은 결구의 사상은 심원하고 그 진리 내용은 깊다. 거기에는 김수영이 즐겨 사용했던 말인 '죽음'과 '자유'와 '침묵'과 '사랑'이 계기적인 요소로 함께 작용하고 있다. 우리는 시인이 그 구절에 이르러 풀의 자율적인 움직임이라는 영상을 포기했다고는 볼 수 없다.

가시적인 어떤 것과 직접 연결시킬 수는 없지만, '풀뿌리'의 움직임을 '날이 흐리고'와 연계시키고 또한 환상의 출발점이었던 '눕는다'라는 동작의 양태로 수용하고 있기 때문이다. 바람의 속박에서 벗어난 자율적인 움직임이 연상시키는 '자유'에 대한 동경이 여전히 강력하게 작용하고 있는 것이다. 문제는 그러한 자유를 추구하는 방법이다. 이 작품에는 그런 자유를 가능하게 하기 위한 죽음의 울림이 있다. 현실의 경험세계의 그것과는 교환이 되지 않는 어떤 움직임으로 나아감으로써 작품의 짜임 관계 속에서 풀은 이 부분에 이르러 비로소 현실의 그것과는 다른 풀이 된다. 다시 말해 현실적인 생명체의 죽음을 통해 그 어떤 다른 것이 되는 것이다. 이와 함께 현실에서 풀이 바람에 나부끼는 사실에 대한 체험의 직접성이 사라지게 되고, 그러한 사실에서 비롯한 환상을 성립시킨 매개였던 바람의 구속력도 함께 사라지게 된다. 그러나 그 구절은 '풀뿌리'의 움직임을 '날이 흐리고'와 연계시키고 또한 환상의 출발점이었던 '눕는다'라는 동작의 양태로 수용하고 있다는 점에서 어떤 연관 관계에 근거한 듯하지만 그러한 연관 관계를 명백히 보여주지 않는다. 경험 세계의 총체적인 속박을 부정하는 초월적 암호로서 '풀뿌리'의 자율적인 움직임의 근거에 대해서도, 그것이 가리키는 구체적인 의미에 대해서도 침묵하고 있는 것이다. 이때 침묵은 무의미한 공허가 아니라 "아무도 하지 못한 말"이 생성되기 시작하는 지반으로서의 그것이다.[18] 우리는 그 "아무도

---

18) 김수영은 「시여, 침을 뱉어라」라는 산문에서 다음과 같이 말한 바 있다 : "시도 시인도 시작하는 것이다. 나도 여러분도 시작하는 것이다. 자유의 과잉을, 혼돈을 시작하는 것이다. 모기소리보다도 더 작은 목소리로 시작하는 것이다. 모기소리보다도 더 작은 목소리로 아무도 하지 못한 말을 시작하는 것이다. 아무도 하지 못한 말을. 그것을 ―". 흔히 우리는 이 구절을 언론 자유의 행사와 같은 내용의 맥락에서 파악하는 경향이 있다. 그러나 「시여, 침을 뱉어라」라는 산문의 전체 맥락에 근거할 때, '아무도 하지 못한 말'은 내용뿐만 아니라 형식의 맥락에서도 적용되는 것이며, 더

하지 못한 말"을 듣기 위해, 그리고 그 의미를 이해하기 위해 그 마지막 구절이 인도하는 침묵의 집인 「풀」 그 자체로 끊임없이 되돌아와야 하는 것이다.

김혜순은 비록 구체적인 내재 분석의 절차를 생략했지만, 김수영의 「해동」이라는 글의 한 구절에 근거한 직관적 통찰을 통해 다음과 같이 주장한다. "「풀」은 즉자적 인식에서부터 발전하여 자기 모순을 발견해나가면서 대자적 인식에 도달한 자신의 모습을 표출한 작품이다. 스스로의 변화성(눕고, 일어나고, 울고, 웃는)으로 타물(바람)에 의존치 않고 그 존재를 성립시킨 존재자의 모습을 구현한 작품이다".19) 「풀」에 대한 우리의 해석에 근거할 때 우리는 김혜순의 주장을 충분히 수용할 수 있다. 그러나 그가 「풀」에서 읽어낸, 아니 투사해낸 '자유'에는 다음과 같은 계기가 추가되어야 할 것이다. 「풀」의 형상화 과정에서 하나의 시발점이자 질적 승화의 계기가 되었던 환상은 예술 작품의 형상화에 있어 여러 가지 기술적 해결 가능성에 대한 무제한의 처리능력을 의미하기도 한다는 점에서 자유의 파생물이라 할 수 있다. 따라서 '풀'에게 자유를 부여하는 것은 작품의 밖에서 투사한 어떤 추상적인 관념이 아니라 바로 정신의 자유로서 작품의 형상화 과정 자체이며 형식이라고 말할 수 있는데, 그런 맥락에서 그것은 사랑이라고도 말할 수 있을 것이다. 김수영은 사랑을 다음과 같이 규정하기 때문이다.

[…] 시작(詩作)은 '머리'로 하는 것이 아니고, '심장'으로 하는 것도 아니고,

나아가 구분될 수도 절충될 수 없는 내용과 형식의 '대극적 긴장'에 의한 통일인 작품 그 자체의 발화를 가리키는 것으로 보아야 할 것이다.
김수영, 전집 2, 254면.
19) 김혜순, 앞의 논문, 김승희 편, 앞의 책, 190면.

‘몸’으로 하는 것이다. ‘온몸’으로 밀고 나가는 것이다. 정확하게 말하자면, 온몸
으로 동시에 밀고 나가는 것이다.

> 그러면 온몸으로 동시에 무엇을 밀고 나가는가. 그러나 — 나의
> 모호성을 용서해 준다면 — ‘무엇을’의 대답은 ‘동시에’의 안에 이
> 미 포함되어 있다고 생각된다. 즉 온몸으로 동시에 온몸을 밀고 나
> 가는 것이 되고, 이 말은 곧 온몸으로 바로 온몸을 밀고 나가는 것이
> 된다. 그런데 시의 사변에서 볼 때, 이러한 온몸에 의한 온몸의 이행
> 이 사랑이라는 것을 알게 되고, 그것이 바로 시의 형식이라는 것을
> 알게 된다.[20]

4

　김수영 후기시의 가장 흔한 모티브의 하나는 폭로적인 자기분석이
다.[21] 「罪와 罰」, 「강가에서」, 「어느날 古宮을 나오면서」, 「식모」, 「엔카
운터誌」, 「電話이야기」, 「도적」, 「美濃印札紙」, 「性」, 「의자가 많아서
걸린다」 등 1960년대에 그가 쓴 시들은 대체로 폭로적인 자기분석에
근거하고 있다. 그리고 이러한 자기해부와 노출은 늘 꾸밈없는 직선적인
언어를 통해 이루어지고 있다. 이러한 사실은 김수영의 시를 ‘정직’이나
‘양심’ 나아가 ‘자유’와 같은 개념들을 통하여 평가하게 하였으며, 그러
한 평가들은 이른바 ‘김수영 신화’의 토대가 되었다. 이처럼 ‘폭로적인
자기분석’과 ‘꾸밈없는 직선적인 언어’가 ‘신화’라는 후광과 함께 그의
시와 산문에 대한 열렬하고 폭넓은 독서 반응 지평을 형성해 왔다는 것은

---

20) 김수영, 전집2, 250면.
21) 유종호, 「시의 자유와 관습의 굴레」, 황동규 편, 앞의 책, 252면.

그 자체만으로도 평가받을 만한 문학사의 사실일 것이다.

위와 같은 사실의 맥락에 근거한다면, '폭로적인 자기분석'에 입각한 계열의 작품들에서 멀리 떨어져 있는 김수영의 「풀」은 "행복한 시간의 우연"에 불과하게 되며, 그것이 과연 시인의 시적 발전에 있어 지속적인 구경(究境)이었을 것인가에 대해서는 불안정한 추측이 가능할 뿐이게 된다.[22] 그러나 김수영의 전체 작품들을 살펴보면, 매우 희소하긴 하지만 「풀」과 관련한 계열의 작품들을 찾을 수 있다. 대표적인 경우가 「거위 소리」와 「눈」이다.

> 거위의 울음소리는
> 밤에도 여자의 縞瑪色 원피스를 바람에 나부끼게 하고
> 강물이 흐르게 하고
> 꽃이 피게 하고
> 웃는 얼굴을 더 웃게 하고
> 죽은 사람을 되살아나게 한다
>
> —「거위 소리」 전문

1964년 3월에 발표된 이 작품은 우연히 듣게 된 거위의 울음소리와 또한 우연히 보게 된 몇 가지 풍경을 동시성과 필연성의 맥락에서 연결한 것이다. '여자의 호마색 원피스'와 '강물'과 '꽃'과 '얼굴'은 원래 거위의 울음소리와는 아무런 연관이 없는 것들이다. 거위가 울 때 마침 바람이 불어 원피스를 나부끼게 하였다면 그것은 우연한 사태일 뿐이다. 작품에서 한 인물은, 그러나 거위의 울음소리가 원피스를 바람에 나부끼게 하고, 강을 흐르게 하고, 꽃을 피우고, 웃는 얼굴을 더 웃게 했다고 주장한

---

22) 유종호, 앞의 논문, 황동규 편, 앞의 책, 257면.

다. 작품의 결구라고 할 수 있는 마지막 행에서는 심지어 그 거위 소리가 죽은 사람을 되살아나게도 한다고 주장한다. 다시 말해 화자는 거위의 울음소리로 인해 발생한 주술적 사건에 대해 보고하고 있는 것이다. 우리는 화자의 그런 주장에 동의할 수 없는데, 그 이유는 화자의 목소리가 '숭엄함'을 보유하지 못하고 있기 때문이다. 시에서 '숭엄함'이란 인간의 이해 능력을 초월하는 것이며, 경외심이나 열정적인 격정을 불러일으키면서 화자에게 인간의 능력을 초월하는 어떤 느낌을 부여하는 것과 맺는 관계를 뜻한다.23) 신이 사라져 버린 '궁핍한 시대'에 시인이나 시의 화자는 그러한 숭엄함을 직접적으로 보유할 수 없다. 현대시는 주술적 마법을 가능하게 하는 숭엄함을 확보하기 위해 언어의 비의미론적 성질 ― 소리, 리듬, 글자의 반복 ― 을 전경화한다. 현대시의 화자는 어떤 정보를 전달하기 위해서만 말을 하는 것이 아니라, 시적이고 예언적인 목소리로 자신의 정체성을 설정하기 위해서도 말을 하는 것이다. 현실의 경험세계에서는 거의 소음에 가까운 거위의 울음소리가 이 시에서는 특별한 사건의 동인이 되고 있다. 그러나 그 사건은 일관되고 지속적인 것으로 제대로 구축되지 못한다. 시의 사건을 시의 구조가 보증해주지 못하기 때문이다. '사건으로서의 시'와 '구조로서의 시' 사이에 가로놓인 단절이 작품의 결구인 "죽은 사람을 되살아나게 한다"라는 선언을 뒷받침해주지 못하고 있는 것이다.

　1966년 1월에 발표된 「눈」은 「거위 소리」와 비교할 때, '사건으로서의 시'와 '구조로서의 시'가 훨씬 더 긴밀하게 결합되어 있는 작품이다.

　　　　눈이 온 뒤에도 또 내린다

---

23) 조녀선 컬러, 『문학이론』, 이은경·임옥희 역(동문선, 1999), 124면.

생각하고 난 뒤에도 또 내린다

응아 하고 운 뒤에도 또 내릴까

한꺼번에 생각하고 또 내린다

한줄 건너 두줄 건너 또 내릴까

廢墟에 廢墟에 눈이 내릴까

—「눈」전문

「거위 소리」의 경우와 마찬가지로 이 시에서도 화자는 어떤 사건에 대해 보고하고 있다. 아니, 그 어떤 사건을 선언하고 있다. 그 사건은 '폐허에 눈이 내린다'는 것이다. 첫 행에서도 알 수 있듯이 이 시는 현실의 경험 세계에 기반하고 있다. 지속해서 눈이 내리는 모습이 작품에 수용되면서 그것은 하나의 사건으로 자리잡기 시작하는데, 그런 사건화에 기여하는 것은 바로 작품의 구조이다. 첫째 행과 둘째 행에서 두 번 반복되는 "또 내린다"에 이어지는 "또 내릴까"는 넷째 행에서 다시 반복되는 "또 내린다"로 인해 회의하는 의문이 아니라 확신하는 강조가 된다. 이어서 다섯째 행과 여섯째 행에서도 반복되는 '내릴까'는 그처럼 확신하는 강조의 문맥을 점층적으로 강화하면서 작품의 결구인 마지막 행에 이르러 마침내 '폐허에 눈이 내린다'는 사건을 성취한다. 인간의 삶의 터전으로서 기능을 상실한 '폐허'는 대지의 상처이자 세계의 상처이기도 하다. 그런 폐허에 내리는 눈은 단순한 자연 사물이 아니라 주술적 치유력을 지닌 신의 선물이 된다. 그 하얀 선물에 덮여 그 검고 황폐한 상처는 아마도 치유될 수 있을 것이다. 이 시에서 구축된 사건은, 그러므로 단순히 '폐허에 눈이 내린다'는 사실이 아니다. 쉽사리 화해될 수도 극복될 수도 없는, 폐허로 상징화되는 상처가 주술적 치유력을 지닌 눈에 의해 새하얗게 치유되는 것, 그것이 바로 이 시에서 성취된 본질적 사건이다. 시에서 성취된 사건은 현실의 경험 세계에서도 성취될 어떤 것을 환기시킨다. 시가, 나아가 예술이 양탄자와 같은 단순한 장식적인 아름다움에서 벗어나 그 어떤 진리 내용에 도달할 수 있는 근거도 이제까지 존재한 적이 없는 어떤 것의 존재 가능성을 그와 같이 작품 자체를 초월함으로써 환기시키는 데 있을 것이다.

이상의 분석에서도 확인되다시피 「눈」과 「거위 소리」는 여러 측면에서 「풀」과 동일한 계열에 놓일 수 있는 작품이다. 모르긴 해도 1967년에 발표한 「꽃잎(1)」과 「꽃잎(2)」, 그리고 「미인」도 같은 계열에 포함시킬 수 있겠는데, 그 작품들은 1960년대에 발표된 것으로 김수영 시의 주류를 이루는 이른바 '폭로적인 자기분석'의 시들과는 그 성격이 다르다. 그것들은 현실의 경험 세계에서 이끌어온 요소들을 언어의 의미론적 자질과 비의미론적 자질의 충돌과 긴장을 통해 새로운 짜임관계 속에 놓이게 함으로써 작품 그 자체의 완성으로 나아가려는 방향성을 지닌 것들이라 할 수 있다. 그런데 그러한 경향의 작품들은 매우 희소하기 때문에, 이제까지 우리는 김수영의 전체 시세계와 관련한 평가로서 다음과 같은 견해를 수용할 수 있었다.

[…] 시는 그에게 있어 그 자체가 목적이 아니라 자유의 행사를 위한 수단이며 정직성에 이르는 지름길이기도 하다. 「달나라의 장난」에서 '영원히 나 자신을 고쳐가야 할 운명과 사명에 놓여' 있다고 노래하고 실제로 그것을 실천한 자기갱신 지향은 시인으로서뿐 아니라 도덕적 존재로서의 그에게 똑같이 형성적이었다고 할 수 있다. 후기로 갈수록 시인됨과 도덕적 주체됨은 분리할 수 없는 하나로

굳어져 간다. 시를 써내기보다도 시인 자신을 살아 있는 도덕적 양
심의 시로 전환시키려는 성향이 짙어 간다. 한편 직관의 정직성과
개인적 도덕의 정직에서 시적 양심을 찾으려는 성향은 일종의 도덕
적 급진주의로 귀결된다. [⋯]
　선이 아닌 모든 것이 악이라는 도덕적 급진주의는 자유에의 갈망
과 바싹 다가 있지만 한편으로 그의 완벽성의 미학에 대한 의도적인
무관심을 더욱 조장하였다. 그에게 중요한 것은 시의 완성이 아니라
양심의 살아 있는 詩化였기 때문이다. 그런 의미에서 그의 시는 단
시적 완성의 의도적 훼손과 개칠이 없는 일회적 정직의 순간에 대한
지향이 상처 낸 선혈로 흥건하다.[24]

　"그의 시는 단시적 완성의 의도적 훼손과 개칠이 없는 일회적 정직의
순간에 대한 지향이 상처 낸 선혈로 흥건하다"는 견해는 김수영 문학에
대한 적실한 묘사가 아닐 수 없다. 그러나 김수영이 작품의 미학적 완성
도에 대해 무관심했으며 그 이유는 "그에게 중요했던 것은 시의 완성이
아니라 양심의 살아있는 詩化였기 때문이"라고 보는 견해는 분명히 수정
될 필요가 있다. 왜냐하면 "양심의 살아있는 시화"를 통하여 김수영이
궁극적으로 지향했던 것이 바로 "시의 완성"이었기 때문이다. 이러한
주장의 근거로서 우리는 김수영 자신의 다음과 같은 진술을 제시할 수
있다.

　언어의 윤리라면 좀 이상하게 들릴지 모르지만, 현대시에 있어서
언어의 순수성이 현대사회에 있어서의 시인의 순수고독과 동의어
의 관계에 있다는 것은(이것은 숄의「符號」나「詩」같은 작품을 읽어보
면 알 수 있을 것이다)두말할 것도 없이 현대의 시인이 이행하고 있는
언어의 순수성이 사회적 윤리와 인간의 윤리를 포함할 수 있을 만한

---

24) 유종호, 앞의 논문, 황동규 편, 앞의 책, 253면.

(혹은 排除할 수 있을 만한) 적극적인 것이어야 한다는 말이 된다.[25]

우리 근대문학사의 맥락에서 '참여시'와 '순수시'의 변별 기준이 되는 '언어의 순수성'은 정치성의 유무와 관련이 있다. 그러나 위의 인용문에서 김수영이 말하고 있는 '언어의 순수성'은 그것이 '사회적 윤리'와 '인간의 윤리'에 연결된다는 사실에 근거할 때, 세계나 현실의 타락과 불의에 대한 보편적 부정과 절대적 비순응주의의 표현 매체로서 언어가 갖는 순수성을 가리키는 것으로 보인다. 김수영에게 '양심의 살아있는 시화'와 '시의 완성'은 두 가지 가능한 선택 사항이 아니라 필연적 과정의 절차였던 것이다. 다시 말해, 그는 '양심의 살아있는 시화'가 전제되지 않고서는 결코 '시의 완성'에 도달할 수 없다고 보았던 것이다. 왜냐하면 '양심의 살아 있는 시화'가 전제되지 않을 때, '시의 완성'이란 한낱 고급 수사학 연습에 불과한 것이 되고 말 것이기 때문이다.

여기서 우리는 비로소 김수영의 전체 시세계에서 「풀」이 놓인 자리에 대해 규정해 볼 수 있게 된다. 앞선 논의를 통하여 우리가 확인하였듯이, 「풀」에서는 현실의 경험세계에서 비롯한 체험과 통찰에 근거하여 현실의 경험세계의 그것과는 교환이 성립되지 않는 어떤 움직임이 하나의 사건으로 구축되고 있으며, 작품 이외의 어떤 것이 아니라 작품을 이루는 다양한 구성적 계기들의 짜임관계 그 자체가 바로 그 사건화의 증인이 되고 있다.[26] 그런 「풀」이 폭로적인 자기 분석의 시편들로 이루어진 지

---

25) 김수영, 전집2, 400면.

26) 필자가 보기에, 1950년대에 씌어진 김수영의 수작 가운데 하나인 「폭포」는 「풀」의 완성도에 이르지 못한 작품이다. 「풀」에서는 오로지 작품 자체가 하나의 사건이 되고 있지만, 「폭포」의 경우는 '고매한 정신'이라는 추상적 관념을 통해 사건이 설명되고 있기 때문이다.

형도가 아닌 다른 성격의 지형도 위에 놓이게 될 경우, 「풀」에서 현재 우리가 누리고 있는 것과 같은 강도의 감동은 불가능하게 될 것이다. 폭로적인 자기분석이 아니라 시의 완성을 지향한 「풀」이 김수영의 마지막 작품이었다는 것은 그에게 하나의 행운이었다. 그러나 그것을 결코 '행복한 시간의 우연'이라고 볼 수는 없다. 김수영에게 폭로적인 자기분석을 통한 '양심의 살아있는 시화'는 '시의 완성'에 이르기 위한 필연적인 통과제의였으며, 「풀」은 그 통과제의를 통해서만 비로소 도달할 수 있었던 하나의 극점이기 때문이다.

여성주의 시의 미학과 가능성 I
— 정신분열증과 사물화를 넘어서

프롤로그

'변화하지 않으면 살아남을 수 없다'는 문장의 무수한 변주가 지난 몇 년 동안 우리 사회를 풍미하였다. 경제 분야에서 제기되어 우리 사회의 각 분야로 파급된 생존에 대한 위기의식과 그에 따른 생존 전략의 모색은 이제 우리 사회 전체의 핵심적 화두가 되어버린 것이다. 그런데 생존 전략의 모색은 문제의 심각성에도 불구하고 그 풀이의 과정과 결과에서 그다지 괄목할 만한 성과를 보이지 못하고 있는 실정이다. 문제 자체에는 모두 동의하고 있고, 또 나름으로 그 문제를 풀어보려고 노력하고 있지만, 전체적으로 공전하고 있다는 느낌을 지울 수가 없다. 이대로 가다가는 그 어떤 모색의 실마리도 아직 찾지 못했다는 초조감이 급격하게 무력감과 절망감으로 전이될 것만 같아 두렵기까지 하다.

어떤 기준에 따라 일정한 시간 단위가 설정되면 그것은 곧 하나의 공간으로 전환되고 거기에 대한 지형학적 성찰이 가능해진다. 그러한 성찰은 비록 불확정적인 성격을 좀처럼 떨쳐버릴 수 없다고 하더라도 미래에 대한 전망과 연결된다. 그렇다면 우리의 90년대 문학은 과연 어떤 것이었을까? 이 질문에 대한 대답은 보는 사람의 관점에 따라 무수히 변주될 수 있을 것이다. 그러한 변주의 한 양태로서 김정란의 다음과 같은 주장은 주목을 끌 만하다.

> (…) 훗날 한국문학은 문학사를 다시 정리하면서 1990년대 말에 특별한 문학적 현상이 한 가지 등장했다는 사실을 보고하게 될 것이다. 일종의 '상상력의 빅뱅'과 같은 현상이 목도되고 있는 것이다. 이 현상은 소설보다는 시에서, 그리고 남성시보다는 여성시에서 더욱 분명하게 감지되고 있다. (…)
> 이 흐름을 설명할 수 있는 분석틀은 여러 가지가 있을 것이다. 그러나 가능한 여러 가지 분석을 아우르는 관점은 동일하다. 그것은, 이 흐름이 1980년대의 정치편향적인 거대 서사들이 물러서고 난 자리에서 지층을 뚫고 솟아올라온 소서사의 억눌렸던 힘의 분출이라는 관점이다. '상상력의 분출'은 집단주의에 함몰되어 있었던 우리 사회의 주체 구성의 문제와 긴밀한 연관을 맺고 있다. 그것이 왜 하필 여성시의 민감한 화두가 되었었는가 하는 문제는 한국적 근대의 특수한 상황을 이해해야만 설명된다.

한 시인의 시집(노혜경의 『뜯어먹기 좋은 빵』)에 대한 해설을 수행하는 자리인지라 주장하고 있는 바의 논리적 맥락을 촘촘하게 엮어내지는 못하였지만, 김정란의 주장은 우선 도발적으로 다가오기에 충분하다. 인용문의 내용 가운데 '정치편향적 거대 서사들'의 약화와 '소서사'의 약진을 90년대 한국문학의 특징으로 지적한 부분은 결코 새롭지는 않으나 사실의 차원에서는 분명히 옳다. 그러나 "소설보다는 시에서, 그리고 남성시보다는 여성시에서" 이른바 '상상력의 분출' 혹은 '상상력의 빅뱅'과 같은 현상이 발생했다는 지적의 경우는 동의하지 않는 사람이 결코 적지 않을 것이다. 아무튼 김정란은 그러한 현상의 원인을 "한국적 근대의 특수한 상황"과 연결시키는데, 그의 주장을 자유간접화법으로 옮기면 대체로 다음과 같다.

1990년대 한국 문화의 몸은 근대와 탈근대 사이에 기이한 모습으로 끼여 있다. 다리는 탈근대 쪽으로 뻗어 있고 머리는 뒤로 젖히고 있는 것과 같은 기이한 모습의 그 몸은 머리 뒤통수 쪽이 반쯤 날아가 버린 형국이며 남아 있는 부분도 그나마 텅 비었다. 한국문화의 몸을 이처럼 기이한 형국으로 만들어 놓은 책임은 남성들에게 있는데, 그 이유는 근대가 남성들의 시대였기 때문이다. 우리 문화의 위기적 상황을 극복하기 위해서는 우선 명민한 근대적 주체를 발생시켜야 함과 동시에 탈근대적 지평 안에서 의식을 가지고, 윤리적 결단에 의하여 그 근대적 주체를 반성하고 다시 해체해야 한다. 그러한 작업은 여성들의 몫인데, 그 이유는 여성들은 결코 근대주의자였던 적이 없기 때문이다.

비유적 문맥의 모호함이 설명하고자 하는 사태의 명증한 이해에 방해가 되고 있기는 하지만, 김정란의 주장에는 하나의 문제로 관심을 집중하게 하는 도발적인 힘이 실려 있다. 그의 주장에 전적으로 동의하는 것은 아니나 90년대 '남성문학'(특히 시)에서 어떤 피로감을 읽어온 필자로서는 김정란의 그런 도발이 일종의 초대로 다가온다. 90년대 한국문학과 관련하여 '남성문인들은 너무 지쳐 있는 것은 아닐까?'하고 생각하고 있던 필자에게 김정란의 주장은 그 적절성 여부를 떠나서 '여성문인들은 전혀 지치지 않았다'는 의미로 다가왔다. 이 글은 그러한 초대에 대한 정중한 반응이라 할 수 있다.

억압된 것들의 귀환 : 김정란의『스·타·카·토 내 영혼』

　김정란의『스·타·카·토 내 영혼』(1999)은 매우 기이한 시집이다. 첫시집을 펴내면서 시인 스스로 배제해 버렸던 작품들이 첫시집이 출간된 지 10년 만에 한 권의 시집으로 세상에 그 존재를 드러내는 모습, 그것은 내게 프랑스 어의 말뜻으로 '오랜만에 다시 돌아온 자'(revenant)인 유령을 연상시킨다. 죽은 자 혹은 억압된 자의 귀환을 나타내기도 하는 그 유령의 이미지처럼 시인에게는 무언가 억압된 것, 그렇기 때문에 죽은 상태와도 다름없는 그 어떤 것이 있었던 것일까. 시인은 시집의 '자서'에서 이렇게 말하고 있다.

> 나는 '유령의 노래'로 시 쓰기를 시작했다. 당시에 유령은 나에겐 말의 비극을 살아내는 존재였다. 혀에 재갈이 물린 채 살아야 했던, 정치적으로 억압당한 타자의 상징. 분명히 존재하지만, 제도가 존재한다고 인정해주지 않는 존재, 분명히 소리내어 열심히 말하지만, 세계가 그 말을 들어주지 않는 존재.

　위에서 시인은 '유령'의 세 가지 존재론적 유형에 대해 말하고 있다. "정치적으로 억압당한" 존재로서의 유령은 70년대와 80년대라는, 한 사회의 통치자를 그 구성원 스스로가 선출한다는 최소한의 민주주의조차 지켜지지 않았던 시대를 살았던 우리 모두의 자화상일 수 있다. 그 다음 두 가지 유형의 유령은 제도, 즉 기득권을 움켜쥔 권력(심층적으로는 정치적이지만 표면적으로는 결코 정치적인 색채를 띠지 않는 그런 권력)으로부터 소외된 존재를 의미하므로, 권력과의 친소(親疎) 관계에 따라 유령일 수도 있고 아닐 수도 있을 것이다. 시인 자신은 세 가지 유형 모두 해당한다고 생각하는 듯하다. 바꾸어 말하면 자신은 그 세 가지 유형의 억압을 동시에 겪은 유령이라는 뜻일 것이다.

'유령의 노래'라는 제목으로 되어 있는 일련의 작품들(7편), 그리고 유령은 아니지만 그렇다고 인간도 아닌 괴물 프랑켄슈타인의 "시체의 말"을 사용한 작품들('젊은 프랑켄슈타인'이라는 제목을 단 9편의 작품) 이외의 작품들에서도 "창백한 죽음의 얼굴"(「진공 공간」)과 "어려서 죽은 아기들의 눈빛"(「빈 가슴에 꽃 피고」)이 번쩍이고, "죽은 아기들이 돌아와 한 줌씩 모래가 되어 잠들어 있다"(「강가에서」). 이처럼 시집 도처에서 유령이 출몰하는 이유, 즉 억압된 자 혹은 죽은 자들이 귀환하는 이유는 단순히 자신들의 원한을 호소하기 위함이 아니다. 살아남은 자의 상처, 살아 생전에는 자신들의 상처이기도 했고 또 죽어서도 치유되지 않는 그 상처의 안타까움 때문에 그들은 먼길을 방황하다 돌아오는 것이다. 그리고 그들이 그렇게 돌아오는 것은 시인이 그들을 부르기 때문이다. 시인은 어째서 그들을 호출하는가? 양심의 가책 때문이다. 그들을 위한 진혼가라도 부르지 않고서는 살아남은 자로서의 고통을 견딜 수 없으니까(그 진혼가는 작품 형식의 관능적이고 탐미적인 색채로 인해 그 성격이 잘 드러나지 않는 경우도 종종 있다). 이 시집에서 '4월'과 '5월'이 그토록 줄기차게 작품의 시간적 배경으로 스며드는 이유도 바로 거기에 있다. 따라서 죽은 자들과 살아남은 자와의 만남이 이루어지는데, 그렇기에 그들은 "상처로 만난 자들/상처로 위로 받는 천사들"(「막달라 마리아의 노래」)이다.

이 시집에 수록된 작품들이 대체로 70년대와 80년대의 정치적 억압에 대한 반응임을 우리는 작품 자체로써 충분히 파악할 수 있다. 그러나 '긴급조치 7호가 발동된 4월'이라는 부제를 달고 있는 「4월 앓이, 홀로」나 '계엄령'이라는 부제를 달고 있는 「젊은 프랑켄슈타인」처럼 작품과 시대적 상황의 연결고리를 표면에 직접 드러내고 있는 작품들조차도 정치적 억압의 현실에 정면으로 대응하는 것은 아니다. 물론, 그렇다고 해

서 '반란의 信標' 혹은 '반란의 언어'로서 그의 시에 내재한 근원적 부정
성이 무효화되는 것도 결코 아니다. 문제는 그런 부정의 언어들이 지향하
는 궁극적인 목적지인데, 그것은 "시간과 시간이 다정한 꽃처럼/우리의
지친 혼과 나란히 화해하는 그런 길"(「젊은 프랑켄슈타인— 키리에」)이다.
비록 그가 양심의 가책에서 벗어나기 위해 관례를 고발하거나 혹은 흥분
해서 그것을 파괴시키려고 하는 기법을 자신의 작시법(作詩法)의 근간으
로 삼는다고 하더라도 말이다(이러한 방법론은 뒤에서 다룰 노혜경의 경우도
매우 유사한 모습을 보여준다. 김정란이 노혜경 시의 가장 적극적이고 우호적인
이해자인 것도 그 같은 사정에서 기인하는 듯하다).
　'유령의 노래'라는 그의 작시법을 증거하듯 이 시집에는 처연하면서도
그로테스크한 이미지의 작품들이 흔히 눈에 띄지만, 정작 내 관심을 끈
것은 오히려 다음과 같은 작품이다.

　　우리는 산 위로 올라갔다. 도시의 모습을 한눈에 보고 싶었다.
　우리는 모든 것을 잘 보기를 원했다. 집집마다 가을밤에 잠들지 못
　하는 사람들과, 그들의 고독한 영혼과 그들의 불편한 잠자리를, 그
　들의 꿈과 분노를.

　　해가 우리 머리 위에서 하나씩 따로 저물었다. 지는 해는, 그것을
　향해 번쩍번쩍 일어서는 창문들 위에 너무나 처연한 빛을 남겼다.
　석양이 우리 영혼에 불을 질렀다. 사람들은 거리의 술집으로 비틀거
　리며 찾아갔고, 우리는 그들의 등뒤에서 숨죽여 울었다. 언젠가 눈
　물마저 천박해져버릴까 봐 무서웠다. 우리는 사람들 등뒤에서 우리
　의 마지막 소유인 눈물을 조심스럽게 풀어냈다.

　　하루가 저물고, 흉흉한 소문들이 유령처럼 어두운 거리를 휩쓸고
　다녔다. 우리는 밤새워 깃털에 대해 나지막하게 이야기했다. 눈물로

그것을 살 수 있을지, 막막히 알지 못하는 채로.
　　　　　　　―「우리는 밤새 깃털에 대해 이야기했다」 전문

"잠들지 못하는 사람들과, 그들의 고독한 영혼과 그들의 불편한 잠자리를, 그들의 꿈과 분노를" 더 잘 보고자 원하는 존재, 거리의 술집으로 비틀거리며 찾아가는 사람들의 등뒤에서 안타까움에 조용히 눈물 흘리는 존재인 그들은 누구인가. "깃털"이 암시하다시피 그들은 이 시대의 천사들이다. 그러나 날개를 잃어버렸기에 사람들을 현실적으로는 도와줄 수 없는 불행한 천사들. 그의 다른 시집에서도 자주 발견되는 천사의 이미지는, 이 시집의 경우 등장 빈도에서는 극히 소수이지만 그 강도에서는 이 시집의 한 축을 떠받치고도 남는다. 천사란 무엇이겠는가. 그것은 바로 사랑이다. 그리고 천사는 남성도 아니고 여성도 아니지만 그 사랑에 비추어 볼 때 "부드러운 어머니"의 이미지와 닮았다.

시와 산문에서 보여주는 그의 전투적 열정 ― 바로 그 때문에 오해의 빌미가 되기도 하는 그런 열정의 이면에 존재하는 "부드러운 어머니"를 닮은 천사의 이미지는 그의 시에 대한 이런저런 오해의 이형(異形)들을 불식시키기에 충분하다. 그러나 여기서 우리가 주의해야 할 것은, 그의 시에 내재하는 그런 모성적인 힘이 남성중심주의 사회 속에서 자행되는 강요에 따른 것이 아니라는 점이다. 그것은 그가 "산 채로 미라가 되어 생기를 버리게" 하는 남성중심주의 사회의 "겨울 벌판"에서 자발적으로 수납한 것이다. 그러한 자발성에 근거한 것이 아니라면, 「막달라 마리아의 노래」에서 보는 것처럼, 근대라는 환상에 자신의 욕망을 일치시키고자 하면 할수록 부단히 재생산되는 "갈증"으로 인해 울부짖는 "남자들"을 그토록 따뜻하게 포용하지는 못할 것이다. 이 시집의 해설을 쓴 김영민의 지적처럼 "우주적 여성주의"로 확대되는 그의 '여성성'에 대한 통찰은 남성중심주의가 퍼뜨린 여성의 운명적 수동성을 역전시키는 근거가 된다.

> 나는 네 위에서 나무를 기른다
>
> 내 나무의 뿌리가 네 살 깊이 피를 부르며 온몸을 떨 때
> 나는 본다
> 나의 나무에서 열리는 열매, 흰 열매
>
> 너는 신이다 너는 언제나 신의 드러난 살이다
>
> 그 살을 만지작거리며 나무를 심다가
> 너무 힘들어서 엉엉 흐느껴 울었어
> 울면서 쉬면서 찢어진 손으로 기른 나무
> 그러나 나무는 튼튼하다
>
> 샨티, 샨티, 나무는 열매를 맺는다
> 흰 열매
> 눈부신 신의 살 같은 열매
>
> ―「제6일 이후」전문

    구약성서에서 '제6일'은 신의 천지창조가 마무리되는 날이다. 천지창조의 마지막 날 신은 먼저 남자를 만들고 그의 갈비뼈를 취해 여자를 만든다. 그처럼 구약의 탄생신화에 내재한 여자의 운명적 수동성은 이 시에서 놀라운 창조적 능동성으로 전환된다. 이 시에서 우리는 "나"와 "너"를 각각 '여자'와 '대지'에 대한 우의적 표현으로 읽어도 무방할 것이다. '여자'와 '대지'는 생명을 품어 기른다는 점에서 동일한 속성을 내포하고 있다. 대지가 "신"이자 "신의 드러난 살"이라면 여자 역시 그렇다.

생명을 기르는 일은 신의 창조 행위를 닮았다는 점에서 성스럽기까지 한 것이지만 그것은 더없이 고통스러운 일이기도 하다. 여자와 대지는 "너무 힘들어서 엉엉 흐느껴 (…)/울면서 쉬면서 찢어진 손으로" 나무를 기른다. 그리고 마침내 나무는 자라 "흰 열매/눈부신 신의 살 같은 열매"를 맺는다.

김정란의 여성주의에서 주목할 점은, 여성의 생리적(혹은 생물학적) 구조로부터 필연적으로 발생하는 고통과 우울증을 부정하지 않는다는 것이다. 그는 그것들을 적극적으로 껴안음으로써 오히려 부단한 승화의 과정을 통해 생명의 질적 비약을 모색하고자 한다. 그의 여성주의가 단순히 사회적 불평등의 맥락에서 남자들과 대립하거나 극단적으로 부정하는 수준에 머무르지 않고 그들을 따뜻하게 감싸안을 수 있는 것도 바로 그와 같은 사정에서 기인한다. 또한, 이 시집뿐만 아니라 그의 다른 시집들에서도 흔히 목도되는 것처럼, '시' 혹은 '시작'(詩作)을 모티프로 한 일련의 작품들은 자신이 통찰한 질적 비약의 매개로서 여성성의 힘을 시작 과정에 전이시키려는 부드러운 실험이라 할 수 있을 것이다.

필자가 보기에, 이 시집은 그동안 김정란의 시를 읽으면서 "쉼표와 쉼표를 건너뛸 수 없"(「스·타·카·토 내 영혼」)었던 독자들에게 그것을 가능하게 하는 징검다리가 될 것이다. 그렇게 될 때, 김정란의 시는 시인 자신에 의해 지명된 독자들뿐만 아니라 우연히 그것을 접하게 된 독자들에게도 의사소통의 지평을 충분히 넓혀 줄 수 있게 될 것이다.

시, 그 무의식적 형식의 역사기술 : 김혜순의 시

김혜순은 1979년에 등단하여 이제까지 『또 다른 별에서』(1981), 『아버지가 세운 허수아비』(1985), 『어느 별의 지옥』(1988), 『우리들의 음화』, 『나의 우파니샤드, 서울』(1994), 『불쌍한 사랑기계』(1997), 『달력 공장 공장장님 보세요』(2000) 등 모두 일곱 권의 시집을 상재했다. 그 일곱 권이 시집 가운데 어느 것을 읽은 독자이든 대체로 그가 받게 되는 첫 번째 인상은 김혜순의 시가 관조와 절제 그리고 순연한 시정신 등과 같은 전통적인 작시법의 미덕과는 거리가 멀다는 점일 것이다. 시정신의 측면에서도 '고결하고 진지한 시정신'(횔더린)의 전통에 여전히 입각하여 오늘의 시를 바라보는 사람들에게 김혜순의 시는 심지어 지나치게 극단적이거나 진지하지 못하다는 느낌마저 주게 될지도 모른다. 그러나 김혜순의 시에는 '현대성'이라는 범주와 관련시켜 생각할 수 있는 것들 — 이를테면, 현대예술, 현대 사회 — 에 대한 매우 첨예하면서도 진지한 고뇌가 담겨 있다.

　김혜순의 시를 바로 그만의 것이게 하는 차별화의 형식은 독특한 화법이다. 그는 시에서 삶과 관련한 교술적 메시지나 관념이 아니라 어떤 감정이나 정서적 메시지가 방출되기를 원하며, 그것을 위해 직접 경험한 현실을 작품 안으로 포섭하는 과정에서 다양하게 변형시킨다. 그러한 변형은 그가 표현주의의 기법을 적극적으로 수용한 데서 일차적으로 기인한다. 그것은 그의 시를 독특한 개성으로 빛을 발하게 하는 요인이기도 하지만, 동시에 표현주의적 형상화의 기법 자체에 불편함을 느끼는 독자들에게 그의 시가 부담스럽게 여겨지게 하는 요인이기도 하다. 사실 그의 시의 독자들은 전폭적으로 지지하는 유형과 근본적으로 의심하는 유형으로 극단화된다. 그런 양극화는 김혜순 시가 형상화의 차원에서 크게 빚지고 있는 표현주의적 변용 혹은 왜곡의 결과에 대한 수용자의 호오(好惡)의 양극화에 따른 것이리라.

　김혜순에게 시의 화법이란 단순한 기법의 문제가 아니라 시인의 세계관의 문제이다. 김혜순의 어떤 시집을 읽든 우리는 거기에서 목가적인 자연 풍경을 만날 수 없으며, 그렇기에 아름답게 묘사된 풍경 속에서 순진하게 그것에 도취되어 있는 심리적 행복감을 발견할 수 없다. 아침 햇살이 밝고 가볍게 부서지는 순간이든, 하늘과 땅과 강과 바다를 온통 붉게 물들이며 장엄하게 스러지는 석양 무렵이든, 은은하고 포근한 빛이 넘실대는 보름달 아래의 풍경이든, 그의 시에서는 그러한 것들이 일상에서 경험한 그대로 작품에 수용되는 법이 없다. 그 자체가 극단적으로 해체되거나 그것 자체와는 아무런 관련이 없는 다른 장면이나 이미지와의 결합을 통해 재구됨으로써 그 장면들은 원래의 모습을 거의 알아볼 수 없을 정도로 변형된다(그러나 김혜순은 작품 자체에다 언제나 그것이 근거한 경험적 현실의 흔적을 분명하게 남겨 놓는다. 바다가 바라보이는 커피숍, 자가운전의 자동차여행, 동해 일출을 보고 돌아오는 고속버스, 공원에서 자전거 타기, 눈 내리는 날 내시경 검사, 지상과 지하를 넘나드는 전철 등).

김혜순의 시에서 독자들이 초현실주의적 환상의 장면을 자주 목도하게 되는 것도 작품의 형상화 과정에서 철저하게 수행된 변형 때문이다. 그렇다고 해서 변형의 목표가 단순히 초현실주의적 풍경의 구축에 있는 것은 아니다. 변형을 통해 그 분위기가 한껏 고조된 다양한 이미지와 장면들이 초현실주의적 몽타주 처리에 의해 포섭되기 때문에 작품에 대한 결과적이고 전체적인 인상이 초현실주의 회화를 보는 것과 같게 되는 것은 사실이지만, 정작 김혜순의 형상화가 의도하는 목표는 현실의 감추어진 본질을 드러내는 데 있다. 내가 보기에, 김혜순 특유의 왜곡과 변형은 일종의 전율과도 같은 정서적 심리적 반응을 불러일으킨다. 그러한 반응을 매개로 하여 우리는 오늘의 현실상황에서 정복당하고 억압된 것들에 대한 비참한 기억과 어떤 가능한 것에 대한 쓸쓸한 기대, 즉 아직도 삶이란 것이 가능한 것인가와 같은 삶의 곤궁함에 대한 인식과 만나게 된다.

김혜순의 시는 검은 색을 배경으로 하는 어두운 예술의 계열에 속한다고 할 수 있다. 그러한 예술은 본능적으로 작품에서 화려한 색채를 배제해버리려는 시인의 금욕적인 태도와 맞물려 있다. 작시술에서 시인이 택한 그 같은 금욕주의는 이미 보들레르가 고통스럽게 인식하였듯이 향기와 색채를 잃어버린 세계와 현실의 궁핍한 상황에 대한 진지한 고뇌의 산물이다. 시가 그러한 금욕주의에 기반을 두게 되면 예술적 수단의 빈곤화로 인해 형상화가 위축되기 마련인데, 김혜순은 전통적인 시의 문법 바깥에서 이끌어들인 다양한 형식화의 규칙들과 구체화의 방식을 통해 형상화의 금욕주의에 내재하는 그 같은 빈곤화를 극복하고자 한다. 영화나 애니메이션과 같은 영상 매체들이 소유한 강렬한 이미지 생산과 조합 기법, 포근하고 안온한 느낌을 불러일으키는 동화적 상상력과 섬뜩하고 기괴한 분위기를 연출하는 그로테스크한 상상력의 동시적 결합, 고대가요와 무가(巫歌) 그리고 심지어 비디오게임으로부터 차용해온 다양한 화소 구성방식들, 다층적인 시간과 공간의 중첩 등 마치 그 어떤 것으로부터도 규제를 전혀 받지 않는 듯한 김혜순 시의 형상화 방식들은 화려한 색채에 대한 금욕주의를 어기지 않으면서도 그의 시에 대단한 활력과 생동감을 부여한다.

이제까지는 주로 김혜순 시의 형식적 특성에 대해 살펴보았는데, 그것은 하나의 내용적 계기라 할 수 있을 만큼 그의 시에서는 본질 구성적 요인이다. 이 말은 그의 시가 아무런 내용도 없는 오로지 형식만의 공허한 유희라는 의미는 결코 아니다. 김혜순의 시에서도 어둡고 음울하며 그로테스크한 장면이나 영상의 배후에서 풍부한 의미와 형상들의 세계가 이차적으로 튀어나온다. 그러나 그러한 의미와 형상들의 세계는 주제론적인 유형으로 분류되지도 요약되지도 않는다. 김혜순의 시에서는, 내가 내 몸 밖으로 나갔다가 다시 들어오고 온갖 사물과 풍경이 또한 내 몸 안으로 들어왔다가 나가는 일련의 과정과 운동이 작품의 내용적 계기를 이룬다.

김혜순이 구축하였다가 해체하고 다시 구축하는 그 '몸'에는 참으로 많은 것들이 각인돼 있다. 그가 말하는 몸은 언제나 세 가지 층위를 함께 포함하는데, 그것은 '나'(주체)의 몸이자 '시'의 몸이며 '세계'(서울 : 사회)의 몸이다. 몸은 공간과 시간이 구성하는 좌표상의 어느 한 곳에 고정돼 있지 않다. 몸에는 과거와 미래의 모든 시간적 계기가 함께 연루되어 있으며, 또한 이곳과 저 곳의 모든 공간적 계기가 함께 연루되어 있다. 몸은 삶과 죽음, 과거와 미래, 정체성과 부정성, 법과 위반, 윤리와 충동, 의미와 무의미를 양극으로 하여 부단히 운동하는 진자(추)와도 같다. 몸에는 그러한 양극적인 가치와 힘의 경제가 마치 현란한 문신처럼 새겨져 있다. 따라서 김혜순의 시에서 몸(나 · 시 · 세계)은 고정되고 확정된 것이 아니라 형성중 혹은 과정중에 있는 어떤 것이며, 그러한 불확정적이고 미결정적인 영역 안에서 견디어내는 힘은 바로 유희 정신이다.

여러 해설자들이 김혜순의 시에서 유희(놀이)의 징후들을 포착하곤 하였는데, 그러한 유희는 대개의 경우 삶의 본능인 에로스와 죽음의 본능인 타나토스 사이에서 몸이 벌이는 일종의 공중 곡예이자 추운동이라 할 수 있을 것이다. 이러한 사정을 매우 선명하게 보여주는 작품이 「환한 걸레」(『불쌍한 사랑기계』)이다.

> 물동이 인 여자들의 가랑이 아래 눕고 싶다
> 저 아래 우물에서 동이 가득 물을 이고
> 언덕을 오르는 여자들의 가랑이 아래 눕고 싶다

땅속에서 싱싱한 영양을 퍼올려
굵은 가지들 작은 줄기들 속으로 젖물을 퍼붓는
여자들 가득 품고 서 있는 저 나무
아래 누워 그 여자들 가랑이 만지고 싶다
짓이겨진 초록 비린내 후욱 풍긴다

가파른 계단을 다 올라
더 이상 올라 갈 곳 없는
물동이들이 줄기 끝
위태로운 가지에 쏟아 부어진다
허공중에 분홍색 꽃이 한꺼번에 핀다

분홍색 꽃나무 한 그루 허공을 닦는다
겨우내 텅 비었던 그곳이 몇 나절 찬찬히 닦인다
물동이 인 여자들이 치켜든
분홍색 대걸레가 환하다

─「환한 걸레」 전문

　얼른 보면 한 폭의 초현실주의 그림을 연상하겠지만, 그러한 연상은 김혜순 특유의 변형의 결과이다. 이 작품은 김혜순의 다른 작품들보다는 구조적으로 단순하고 명료하다. 어느 날 꽃나무에서 한꺼번에 분홍색 꽃이 핀 모습을 발견한 것(현실의 경험)이 작품의 모티프인데, 그것은 작품에 단지 흔적으로서 희미하게만 남아 있을 뿐이며 시인의 상상력과 작품 자체의 내재적 형상화의 논리에 의해 크게 변형되었다. "저 아래 우물에서 동이 가득 물을 이고/언덕을 오르는 여자들"과 "땅속에서 싱싱한 영양을 퍼올려/굵은 가지들 작은 줄기들 속으로 젖물을 퍼붓는/여자들"은 나무의 내부에서 이루어지고 있는 생명 현상 이외의 다른 것이 아니다.

문제의 핵심은 시인이 그런 생명 현상의 과정을, "여자들"과 "젖물"이라는 시어에서도 확인되다시피, 모성적인 어떤 것으로 파악했다는 데 있다. 사실 "겨우내 텅 비었던 그곳"을 충만하게 채워주는, 다시 말해 죽음의 흔적을 닦아내는 "환한 걸레"인 그 "분홍색 꽃"을 피울 수 있는 것은 모성적인 힘 말고는 달리 없을 것이다. 그렇다면 그 "여자들"의 가랑이 아래 눕고 싶다는 것은 무슨 뜻일까? 작품 자체에서 시인은 "여자들의 가랑이 아래"라는 구절에 대하여 "여자들 가득 품고 서 있는 저 나무/아래"라는 주석을 달아 놓고 있다. 결국 그 구절은 '나무 아래 눕고 싶다'는, 다시 말해 '나무 아래 묻히고 싶다'는 타나토스의 충동을 가리키는 것이라고 보아도 무방할 것이다. 그러나 그러한 타나토스는 그 자체에 머무르지 않고, "그 여자들 가랑이 만지고 싶다"에서 확인되듯이 급격하게 에로스의 충동으로 전환된다. 그런 맥락에서 후욱 풍기는 "짓이겨진 초록 비린내"는 죽음을 통과한 강렬한 생명과 사랑의 구체적 표현일 것이다 (이 작품의 서두에 제시된 그 같은 죽음의 충동이 없었더라면 이 작품을 감싸고 있는 그 '환함'은 작품에서 실제로 이루어진 것과 같은 강도를 결코 누리지 못했을 것이다).

  김혜순의 시는 대체로 어둡고 음울하지만, 그 배면에는 언제나 강렬한 생명과 사랑에 대한 충동이 잠재돼 있다. 김혜순은 공식적이고 관습화된 윤리와 법과 정체성에 강력한 의문을 제기하면서, 충동과 위반과 부정성을 규칙으로 하는 놀이를 통하여 '나'와 '시'와 '세계'가 개방될 것을 요구한다. 김혜순의 시에서 거듭 확인되는 개방화의 요구는 결코 어떤 무정부의적 상태를 지향하지 않는다. 그의 요구는 죽음을 통과하는 것과 같은 고통 속에서 잉태된 사랑과 생명에 근거하고 있다. 김혜순의 시는 사랑이 아닌 것들에 의해 정복당하고 억압된 것들에 대한 기억과 사랑의 이름으로 가능한 것들에 대한 기대를 기술(記述)하고자 하는 '무의식적 형식의 역사 기술'(아도르노)을 지향하고 있는지도 모른다.

여성성의 주름과 신생의 거울 : 노혜경의 시

노혜경의 시는 어떤 양심의 가책에서 벗어나기 위해 관례를 고발하거나 혹은 흥분해서 그것을 파괴시키려는 의도의 산물인 듯하다. 노혜경에게 양심의 가책은 『뜯어먹기 좋은 빵』(1999)의 제4부 '헌신/아우슈비츠 혹은 광주'에 배치된 시극 「성모의 기사」와 관련이 있어 보인다. 정확한 사정을 파악할 수는 없지만, 시인은 시집 '자서'에서 스스로를 '가롯 유다'였다고 말한다. 아무튼 광주의 기억과 관련하여 스스로를 가롯 유다였다고 고백하는 것과 그의 시쓰기는 어떤 연관이 있는 것일까. 아마도 그는 그런 죄의식을 자신의 시쓰기의 내재적 과정에서 작동하는 하나의 본질 구성적 계기로 삼투시키려 한 것으로 보인다. 단순히 작품의 소재나 내용이 아니라 시쓰기 자체가 그 죄의식으로 인해 긴장될 수 있도록 말이다. 그런 점에서 그의 시쓰기는 '불행한 의식'의 산물이기도 하다.

밤이 온다네 아우(혹은 야호), 시를 써야지
밤의 노래를 불러야지
난 아마도 밤귀신인가 봐
반짝반짝 모든 별들이 살아나는 밤에 이야호 반짝
노랠 불러야지 소리를 지를까
으악, 꽥꽥, 끼야후
난 가슴속에 벌레를 키웠다네
자궁이 아니라
그게 문제야

그게 고민이야
낳을 수가 없거든
낳아서 고아원에 버릴 수가 없거든
어때, 리드미컬하지?
노래부를 만하지?
갑자기 배가 산만큼해지고 뱃속으로 길이 뚫리네, 까짓것
노래로 무슨 일을 못할까
밤이 다 가기 전에
아이구, 무슨 수를 쓰든 오늘밤엔
모든 별들이 번쩍
다 터지기 전에
응응 끄응 끙

—「노을이 진다」 전문

노을이 지는 장면은 아름다운 것이기도 하지만 그것은 이 작품과는 관련이 없다. 핏빛 노을은 '나'가 가슴속에 키우고 있는 벌레(죄의식)를 자극하는 매체이다. 자신의 시가 '밤의 노래'이어야 하고 '나'가 '밤귀신'인 것도 그러한 자의식과 긴밀하게 관련된다. "노랠 불러야지 소리를 지를까"에서 '노래'와 '소리'를 대응시킨 것은 기존의 관례로서 노래에 대한 시인의 불만과 불신을 나타내며, 장난기가 짙게 배어 있는 화자의 어조 역시 그러한 적의를 노골적으로 드러낸다. 그럼에도 부단히 '노래'에 대해 관심을 표명하는 것은 '소리'는 '노래'가 될 수 없다는 사실에 대한 시인의 자의식을 보여준다. 가슴속에 키우고 있는, 그래서 나날이 커지고 있는 그 '벌레'를 낳는 방식은 비록 그것이 '밤의 노래', 즉 극단적으로 어두운 예술이 된다고 하더라도 본질적으로 '노래'여야 하는 것이다. 죄 짓고도 살아남은 자로서, 그리고 그런 죄의식을 지속적으로 가슴속에 품고 살아가야 하는 자로서 그가 택한 삶의 방식은 '소리 지르기'가

아니라 ‘시쓰기’이니까.

양심의 가책을 충동의 근원으로 둔 시쓰기는 이제 아름다움을 느끼는 따위의 일에 만족할 수 없다. 그것은 근본적으로 새로운 성격의 것이어야 한다. 노혜경에게 기존의 문학적 관례가 결코 모범이 될 수 없는 이유가 바로 거기에 있다. 기존의 시쓰기에 내재되어 있는 허위는 고발과 파괴의 대상일 뿐이다. 그러나 이 시집에 수록된 작품들의 경우 극단적인 형태 파괴의 경우는 발견되지 않는다. 새로운 시쓰기의 모색과 관련하여 그가 취한 전략은 ‘빨래’이다.

> 아무리 접어도 모서리가 반듯해지지 않는다.
> 다시 펴서 쓰다듬고 당겨본다.
> 귀퉁이를 접으니 또다시 비스듬하다.
> 이 비스듬한 주름살들을 따라
> 물들이 흘러갔던 것이다
> 절대로 지워지지 않을 자잘한 눈금들,
> 잊어버리지 않을 것이다 빨래는
> 한번 두번 세번 네번, 을,
> 비비고 입히고 빨려지고 다듬어졌던 것이다
> 그리고 지금 부산한 내 손끝에서
> 새옷으로 태어나려고.
> 새옷인 듯 태어나려고.
> 오래오래 살아 비스듬한 굴곡인 채로.
> 내게 꼭 맞는 껴안음을 내게 주려고
> 기다리는 따뜻한 몸처럼.
>
> — 「빨래의 힘」 전문

그 어떤 것이든 모든 전통에는 그 나름의 역사가 있다. 거기에는 긍정과 부정의 “비스듬한 주름살들”이 새겨져 있다. “절대로 지워지지 않을

자잘한 눈금들", 그 "주름살들을 따라/물들이 흘러갔던 것이다." 그 사실
을 "잊어버리지 않"겠다는 노혜경의 다짐은 이 시집에 수록된 모든 형태
의 모색과 실험을 신뢰하게 해준다(앞서 인용한 작품과 이 작품의 어조를
비교해 보라). 그러나 그것의 전통을 인정한다고 해서 현재의 관례 그 자체
를 받아들일 수는 없는 일이다. 이제까지 "비비고 입히고 빨려지고 다듬
어져" 왔던 것처럼 "부산한 내 손끝에서" 그것은 "새옷으로", 아니 "새옷
인 듯" 다시 태어나야만 한다. 그러나 그것만으로 과연 충분한 것일까?
대상을 변화시키는 것만으로 새로움을 획득할 수 있을까? 주체 쪽에서
부단한 자기갱신의 노력이 있어야 하지 않을까?

> (…)
> 　이 반들반들한 거울은, 차돌을 갈고 갈고 갈아서 만든 투명한 동그
> 라미는, 내가 태어났다 죽고 또 태어났다 죽은 지나간 삼 백년 동안
> 그녀가 입김을 불어가며 만든 것이다.
> 　똑같이 매끄러운 살갗 밑에는 헤아릴 수 없는 주름이 있다. 그녀의
> 주름진 손에서 따뜻한 돌의 핏줄 속으로 옮겨와 앉은 이 기다림의
> 흔적은, 이제는 세월을 먹지 않을 것이다. 아니, 세월을 당겨 먹을
> 것이다, 내일, 내일, 내일로.
>
> 　나는 전재산을 털어 거울을 가진다.
> 　깊이 비추는 거울을 갖기 위하여 너무 오랫동안 이 길을 걸어왔다.
> 　미농지보다 얇은, 빠닥빠닥한, 손바닥만한 내 거울.
> 　　　── 「나의 사랑스러운 거울에 얽힌 복잡한 이야기」에서

"나는 전재산을 털어 거울을 가진다." "깊이 비추는 거울"을 갖기 위해
평생의 '전재산'을 털어 넣는 이 행위에 주목하기로 하자. 그것은 순간의
충동에 의해 이루어진 것이 아니다. 그 거울을 얻기 위해 그는 "오랫동안

이 길을 걸어왔"으며 거울 역시 오랜 세월 동안 "차돌"을 갈아서 만든 것이다. 그리고 그 "매끄러운 살갗 밑에는 헤아릴 수 없는 주름"이, 「빨래의 힘」에서 보았던, 무수한 물줄기들이 흘러갔을 "비스듬한 주름살들"과 겹쳐지는 그런 주름이 있다. 문학적 상징으로서 거울이란 자아 성찰의 매체이다. 그런데 이 시에서 차돌을 갈아서 만든 거울에는 '여성성'이라는 의미가 겹쳐진다. 자아의 통일성(그것도 상상 속에서만)을 구성하게 해주는 매체인 기존의 거울과는 달리, 여성성의 주름이 새겨진 "미농지보다 얇은, 빠닥빠닥한" 이 거울은 금이 가거나 깨어지지도 않을 뿐더러 자아만이 아니라 타자를 볼 수 있게 해주는 힘을 지니고 있다.

이상에서 살펴보았듯이 노혜경의 『뜯어먹기 좋은 빵』은 새로운 시의 모색과 관련하여 매우 주도면밀한 전략과 실천을 담고 있다. 그러한 전략과 실천은 '종말'과 '신생'의 양가적 상상력과 함께 이 시집 전체에 펼쳐져 있다.

마지막날, 세상의 동구밖에 홀로 남은 처녀처럼
나무는 그렇게
긴 뿌리를 풀어내리고 홀로 서 있었다

세상 끝 날까지
비가
내리고

달이,
하늘에 가득 차는 큰 달이
나무의 슬픈 가슴에 배고픈 아이처럼 매달렸다
　　　—「레이스마을 이야기 —동구 밖에서는 큰 나무」 전문

　　사무엘 베케트의 『고도를 기다리며』의 무대배경을 연상시키는 이 종
말의 풍경은 오늘의 상황에 대한 강력한 문학적 항의이자 경고이다. 그
풍경의 형상화는 발생 가능한 미래의 선취이면서 바로 그렇게 함으로써
발생해서는 안 될 것을 미리 확정해 놓는 부정의 정신의 산물이기 때문이
다. 그러나 또한 보라, 신생의 이 우주적 상상력을.

　　　　푸른 에메랄드의 별을 떠나 아득히
　　　　어두운 우주의 협곡을
　　　　헤쳐간다

　　　　아직 태어나지 않은 것들의 빽빽함
　　　　행간 성운, 별들의 구름이
　　　　우주의 끝까지, 한 그루 나무의 모습으로 퍼져간다

　　　　이것은 우주의 나무, 시간의 저편, 내 영혼의 자매의
　　　　배꼽 안으로 난 아득한 길

　　　　그 길 위에 홀연히 나는 서 있다
　　　　긴 그림자가 안개처럼 기울어 있다

　　　　푸른 에메랄드의
　　　　꼭 알맞은 자식들인 우리
　　　　우리가 긴 손을 늘여 맞잡는
　　　　태어나려는 별들의 탯줄

　　　　미끈미끈한

　　　　　　　　　　　　　　　　　　　　　　— 「에메랄드의 별」 전문

노혜경은 '여성성'에 관한 통찰을 통해 남성중심주의 문화에 내재한 독소들을 제거할 수 있는 어떤 가능성을 부단히 모색하고 있는 시인이다. 시인은 최근 「엄마와의 전쟁」이라는 연작을 새로이 시작하고 있다(『시와 사람』 2001년 가을호) 연작의 일련 번호를 '0'에서 시작해서 '-1, -2,…'와 같이 '마이너스'로 표시하는 방식으로 붙여 나가겠다는 시인의 말이 우선 흥미롭다. 시인은 어머니와의 화해를 위해 기억의 계단으로 내려가는 과정의 시적 기록을 의도하고 있는 것일까? 모두 네 편이 발표된 「엄마와의 전쟁」 연작 가운데 '지하실의 곳간'이라는 부제가 달려 있는 「엄마와의 전쟁 - 3」을 살펴보기로 하자.

거기, 낡은 곳간의 문을 따고 들어가면, 선반 위에 조롱조롱 엄마의 목이 걸린 것을 볼 수 있다. 피에 푸욱 절어, 때로는 잘 말라 뺨이 옴폭한 채로 여러 겹 바른 벽지처럼 무늬를 알 수 없는 미소 띤 얼굴로, 엄마가, 벽걸이 장식 같은 엄마가 있다. 엄마의 죄는 무겁고 검어서 선반은 휘어져 있고, 엄마의 눈은 어둡고 달콤한 빛으로 끈적인다. 못 올 곳을 왔구나, 라고 쉰 목소리가 말한다. 여기는 엄마들의 콜로세움이란다, 낡은 곳간, 새로 밥을 지을 수 없는 텅 빈 시체들의 장소, 왜 여기까지 왔니, 딸아, 하고 엄마들이 말한다. 나는 벌써 너를 죽여 우물에다 묻었는데, 어떻게 이곳까지 왔니, 하고 엄마가 말한다. 엄마, 엄마에게 배울 것이 있어 왔어요. 나는 아기들로 가득 찬 주머니를, 나의 부풀어오른 배꼽 아래 방을 보여준다. 여기, 이 알 수 없는 것의 운명을 엄마에게 물으러 왔어요. 엄마의 일이 왜 내게 왔는지 물으려고요. 열쇠는 우물 속에 있고 손도끼는 엄마가 가졌는데, 내 이 두 손이 뼈가 드러나도록 문을 두드려 열고 들어왔지요, 엄마에게 물으려고요. 동굴 속처럼 마른 엄마의 목소리가 말한다.

파묻어라, 너와 닮은 아이를, 이제 막 낳아 탯줄 끊어진 아이를,

쥐들만이 둥지를 트는 어두운 곳간의 구석 몇 백년 묵은 쌀기울
먼지가 침낭처럼 무덤처럼 수도원처럼 배를 열어 조용히 아이를
안아 줄 터이니 배고파 우는 아이는 어서 굶겨 죽여야 하고 말 안
듣는 아이는 허리끈으로 목을 조르고 강간당한 아이는 다시 돌로
쳐죽여야 한다고 멀리서 전쟁이 말하기 전에

　　엄마가 자기 목을 도로 잘라 선반 위에 걸어둔다. 엄마의 배에
뚫린 구멍 속으로 기차와 고함소리가 드나든다. 쌀기울 먼지가 되어
구석으로 쓸려 간다. 나는 엄마의 목을 집어들어 가슴에 안는다.

—「엄마와의 전쟁 ‒ 3」 전문

'전쟁'이란 본래 국가와 국가 사이의 무력에 의한 투쟁을 의미한다.
그렇게 보면 '엄마와의 전쟁'은 그릇된 표현일 수가 있다. 아마도 시인은
'엄마'와 연관된 어떤 투쟁의 치열함을 강조하기 위해 '전쟁'이라는 낱말
을 굳이 고른 듯하다. 그렇다면 도대체 무슨 이유로 '엄마'와 그토록 치열
한 투쟁을 벌여야 하는 것일까. 작품에서 한 인물은 지하실의 낡은 곳간
으로 들어간다("나의 부풀어오른 배꼽 아래 방을 보여준다"라는 구절에 근거할
때 그 인물은 여성으로 보인다). 그곳은 "엄마들의 콜로세움", "새로운 밥을
지을 수 없는 텅 빈 시체들의 장소"이다. 작품의 표면에 드러나는 내용만
으로도 파악할 수 있다시피 그곳은 현실의 공간이 아니다. 따라서 엄마와
의 갈등 또는 투쟁도 현실의 구체적인 일상사에서 발생한 어떤 사건과
관련된 것이 결코 아니다. 작품에서 여성인 그 인물은 "엄마들"을 만난
다. 그가 그토록 음침하고 침울한 공간으로 찾아간 것은, 마치 신전으로
가서 새로이 태어난 아이의 운명에 대한 신탁을 듣는 것처럼 "알 수 없는
것의 운명"을 "엄마들"에게 듣기 위함이다. 그 '알 수 없는 것'이란 "나의
부풀어오른 배꼽 아래 방"이다. 여기서 우리는 '엄마와의 전쟁'이란 결국

'모성'과의 전투를 뜻하는 것임을 알게 된다. 그리고 우리는 '엄마'란 과연 무엇인가 묻게 된다. '엄마'의 "배꼽 아래 방"에는 아이가 들어 있다. '엄마'는 그 스스로의 자아인가 아니면 타자(아이)인가? 임신 기간 동안 아이(타자)는 '엄마'(자아) 안에 있다. 타자는 그것의 자리에 있지 않고 주체의 자리에 있다. 과연 '엄마'의 정체성이란 무엇인가? '엄마' 역시 자신만의 고유한 죽음을 완성할 수 있는 권리를 가졌으면서 동시에 '성적-지적-육체적 열정'을 가진 살덩이의 존재가 아닌가. 다시 말해 '엄마'는 '모성이며 여성'인 존재가 아닌가. 그런 존재에게 행복은 애초에 금지돼 있는 것일까? '엄마'는 자신의 타자(아이)에 대한 윤리를 자신에 대한 의무 및 종(種)에 대한 의무로 설정하고 자신의 정체성이 상실될 수도 있는 위험을 무릅쓰고 온갖 고통을 감내할 수밖에 없는 그런 존재인가? 이러한 일련의 의문들과 관련하여 "엄마들"은 나름으로 하고 싶은 말이 있지 않을까? 각 사회의 문화와 관습에 따라 차이는 있겠지만, 여러 가지 상징 조작(이를테면 성모 마리아의 이미지)에 의해 "엄마들"의 발언은 억압된 터라 우리는 그 목소리를 제대로 들어본 적이 없었던 것은 아닐까? 노혜경의 '엄마와의 전쟁' 연작은 바로 그러한 문제를 부각시키면서 억압되고 묵살된 "엄마들"의 목소리를 불러내기 위한 고도의 시적 전략이 아닐까? 그 "엄마들"의 목소리는 침울하고 섬뜩하다. 그러나 사회와 문화, 또는 이른바 정신분석에서 말하는 '상징계'의 경계 밖에서 들려오는 그 "엄마들"의 목소리에 귀기울이지 않는다면, 우리는 우리가 거주했던 그 '모성적 육체'의 신비와 우리를 양육한 그 사랑의 힘의 비밀에 대해 알 수 없게 될 것이다. 노혜경은 '전쟁'이라고 말하고 있지만, 작품의 말미에서 그 여성 인물은 "엄마의 목을 집어들어 가슴에 안는다." 필자는, 시인이 '엄마'와의 그런 화해, '엄마'에 대한 사랑을 통해 우리에게 더욱 다양한 "엄마들"의 목소리를 들려주기를 기대한다.

도착(倒錯)의 전략과 전략의 도착 : 김언희의 시

첫시집 『트렁크』에서, 김언희는 후기산업사회와 복지민주사회라는 포장지로 위장된 세계의 부패한 그 환멸과 공포의 형상을 표현주의적 왜곡이라는 시적 전략을 통해 폭로하고자 했다. 그는, 또한, 왜곡된 성문화의 부산물과 소도구들을 일상의 정물과 풍경 그리고 자연 사물들의 모습과 자주 겹쳐 놓음으로써 대중문화의 타락상과 역겨움을 고발하고자 했다. 그의 시에서는, 살아 있는 줄, 살고 있는 줄 알았는데 "문득 보니 손가락 한 마디가 발등 위로 툭 떨어져 문득 보니 발가락 여덟 마디가 문드러지고 없어 문득 보니 뭉크러진 콧날 뻥 뚫린 구멍으로 빗물이 들이쳐 문득 보니 볼때기 위로 농해빠진 눈알이 주르륵 흘러내"린다(「복숭아」). 주체는 소스라치며 놀라 절규한다.

> 난
>
> 시체야!
>
> 내겐
> 썩는 일만 남았어!
>
> — 「4장 4절」에서

살아 있으면서도 스스로를 시체라고 여기는 것, 혹은 실제로는 이미 죽었는데도 여전히 살아 있다고 믿는 것, 이것은 극단적인 정신 분열의 끔찍스러운 양상이다. 실제로 그의 시에서는,

> 의자였는데

내가앉으니도마였다
베개였는데
내가베니작두였다
사람이었는데
내가안으니
내가안으니포장육
손톱발톱이길어나는포장육

에서 볼 수 있는 것처럼(「의자였는데」), 사물들이 그 동일성을 상실하고 미결정의 영역에서 부유하며 미끄러진다. 그처럼 부유하고 미끄러지는 가운데 주체와의 안정된 관계가 전복되고, 사물들은 나를 위협하는 흉기('도마'와 '작두')가 된다. 그의 시의 한 서정적 자아는 「아버지, 아버지」라는 작품에서 이렇게 말한다.

모든 애비는
의붓애비

아버지,

아버지,

개가죽을 쓰고 오세요……

두 번의 호칭에 이어지는 두 개의 쉼표, 경어체의 말투와 회한이 담긴 듯한 말줄임표가 "모든 애비는/의붓애비"라는 단정적 선언에 대한 망설임과 자책을 보여주긴 하지만, 결국 서정적 자아는 '아버지'라는 기호표현에 비천하고 반인륜적 이미지를 떠올리게 하는 '개가죽'이라는 기호표현을 결합시킴으로써 자신의 애초의 선언을 보다 확대하여 관철시킨다. 아버지는, 내가 어떤 심각한 위험에 빠졌을 때 자신의 목숨을 버리고서라도 나를 구하고자 하는 혈연의 본능과는 거리가 먼 존재이다. 이제 아버지는 '큰타자'(라캉)로서의 남근을 소유한, 그래서 주체가 닮고 싶은 사랑과 존경의 대상이 아니라 혐오스럽고 구역질나는 텅 빈 페니스만을 소유한 비천한 존재이다. '아버지'라는 특권적 기호 표현이 환기하는 '법'과 '권위'라는 기호 내용들을 밀쳐버리고 그 자리에 비천함과 반인륜성이라는 기호 내용을 채워놓고 고정시킨 바로 그 지점에서 김언희만의 시적 개성이 형성되는데, 동시에 그 지점은 의도적인 시적 전략의 결과로서 김언희의 정신분열증적 징후가 드러나는 곳이기도 하다.

두 번째 시집『말라죽은 앵두나무 아래 잠자는 저 여자』는 그의 그런 정신분열적 징후로 가득 차 있으며, 작품들에서 표출되는 도착적 충동은 섬뜩한 느낌을 준다. 특히 비천한 '아버지'와 비천한 '어머니'와 비천한 '나'가 함께 출연하여 공포스러운 드라마를 연출하는 '가족극장' 연작들은 '아버지'의 비천한 남근에 대한 환멸과 조롱, 그것을 욕망하는 '어머니'에 대한 증오와 경멸, 그리고 그 비천한 존재들의 일부일 수밖에 없는 자신에 대한 혐오와 모멸을 과격한 화법으로 보여준다. 이들 연작에서 확인되는 일그러진 일반적인 가족 내에서의 그것이 아님은 물론이다. '극장'이라는 말의 의미 연관이 암시하는바, 그것은 시인에 의해 연출되고 조작된 것이다. 시인은 어떤 엄청난 성적 폭력의 희생자인 듯한 여성 인물을 '아버지'와 '어머니'와 '나'가 구성하는 가족관계의 중심에 놓고 그 인물의 도착증과 분열증을 형상화한다(필자가 보기에, '가족극장' 연작들은 시인이『트렁크』에서 형상화한 바 있는 '늙은 창녀'의 이미지와 그녀의 내심 독백을 보다 요란하게 극화시킨 것이다). 그리하여 그의 시편들에서는 배설물과 폐기물을 성애화 —"내가 낳은 난자를 먹어치운다"(「가족극장, 소작된」), "이제, 내가, 아버지의/아가리에/똥을/쌀/차례죠"(「가족극장, 문고리」)—
하거나, "그래, 도마는……피를, 먹고 사는 거야…… 난도질의 현장에
서…… 셀 수도 없는 칼자국들이 피를……처가……흡반이 되지, 되고
말지……그렇게……피……없이는 못 살게……되는 거지, 그러엄……
이내 익숙해져, 도마처럼……"(「가족극장, 그러엄, 이내」)과 "쥐덫 속에/아
버지를/기르고 꼬리를/자르고 웃었어"(「가족극장, 쥐덫 속에」)에서 볼 수
있듯이 사도마조히즘에 빠진 성도착자의 이미지가 빈번하게 출몰하게
된다.

　공포에 가위눌리고 상처 입은 영혼의 목소리를 통해 끔찍한 것과 무시
무시한 것과 지저분한 것을 함께 마구 뒤섞어 놓음으로써 역겨움과 전율
을 생산하려는 듯한 김언희의 시편들은 더 이상 존재해서는 안 될 세계의
부정적 형상에 대한 폭로와 고발의 산물이다. 그러나 그것은 지나치게
어둡고 위험해 보인다. 그의 시편들에서는 주체와 사물과 타자가 모두
그 정체성을 거의 상실한다. 상징적 질서의 체계는 그것의 무수한 문제점
에도 불구하고 어떤 입장을 취하거나 판단을 내릴 가능성을 구조화하는
근거가 된다. 정체성이 부재하는 곳에서는 상징적 질서도 존재하지 않는
다. 상징적 질서가 부재하는 곳에서는 사회도 문화도 인간의 삶도 사랑도
존재하지 않는다. 그곳에서는 오직 정신이상과 정신착란 혹은 무정부주
의적 분열과 황폐함만이 존재한다. 오늘날의 부정적 세계현실과 상황에
대하여 의혹을 제기할 수 있는 본능적 감각과 환멸을 느낄 수 있는 전투
적 열정의 건강함에 신뢰를 보내면서도 김언희의 시를 경계할 수밖에
없는 사정이 바로 거기에 있다. 대체로 동의하듯이 오늘날 문학의 중심
흐름은 남의 타자성과 차이는 물론이거니와 내 자신의 그것이 억압되거
나 절멸되는 일 없이, 동시에 그 각각의 정체성이 완전히 붕괴되는 일
없이 존재할 수 있는 방법과 관련하여 새로운 형태의 담론 가능성을 모색

하고 실험하는 것이다. 김언희의 시 역시 그러한 흐름에서 벗어나 있지 않다. 그러나 그러한 모색과 실험의 과정에서 어떻게든 상징적 질서가 수용되지 않는다면, 해방을 위한 것이든 아니든 시적 담론 더 나아가 의사소통 자체가 불가능하게 될지도 모른다.

정신분열증과 사물화 사이에서 : 박서원의 시

박서원이 펴낸 네 권의 시집을 대상으로 씌어진 매우 성실한 평론의 첫 문장을 이승하는 다음과 같이 썼다. "박서원의 시집을 읽는 일은 대단히 고통스럽다"(『한국문학평론』 1999년 봄호). 그것이 고통스러운 것은, 이승하에 따르면 "비통한 어조로, 때로는 자조적인 어조로 고백하는 시인의 과거지사가 거의 예외 없이 흉터로 얼룩져 있기 때문이다". 사실 박서원의 많은 텍스트들에는 '시인의 과거지사'와 관련한 이야기들이 들어 있다. 그의 첫 시집『아무도 없어요』(1990)에 수록된 텍스트들을 통해서 짐작해볼 수 있는 '시인의 과거지사'는 사회적 인습과 법의 테두리에서는 하나의 죄로 규정될 수밖에 없는 어떤 사랑에 빠졌다는 것, 정신병적 증후로 인해 꽤 오랫동안 투병생활을 했다는 것, 투병생활의 과정에서 신앙에 의지하였으나 그 자체로도 상당한 심리적 갈등을 겪었다는 것 등이다(여기서 한 가지 생각해볼 문제는 그 어떤 사랑의 '실패'와 정신병력 사이의 연관성인데, 그것들 사이에 직접적인 연관이 있는 것 같지는 않다). 아무튼 우리는 박서원의 시를 읽는 일이 고통스럽다는 이승하의 말에 동의할 수 있다. 그런데 그 고통스러움은 이승하의 지적처럼 텍스트를 통해 추론되는 '시인의 과거지사'가 그토록 지독한 상처로 얼룩져 있기 때문만은 아니다. 그의 텍스트 자체가 매우 무질서하고 혼란스럽기 때문이다.

우리가 박서원의 텍스트들 앞에서 당혹하게 되는 것은 텍스트의 통일성이 확보되어 있지 않기 때문이다. 문장과 문장을 연결하는 인과론적 맥락의 결여, 서술 주체의 불투명함, 그리고 빈번하게 등장하는 어법에 어긋난 말들이 의미 단위 자체가 상실될 정도로 텍스트들의 통일성을 파열시키는 것이다. 어쩌면 박서원의 텍스트들은 일상의 연속을 파괴함으로써 그 어떠한 의미 연관도 만들어 내지 않으려는 의지의 산물일지도 모른다. 그런 맥락에서 초현실주의의 자동기술과 그의 텍스트들은 대단한 친화성을 보여준다. 그의 두 번째 시집(『난간 위의 고양이』, 1995)에 실렸던 「악몽」과 세 번째 시집(『이 완벽한 세계』, 1997)에 실렸던 「꿈으로 내려가는 길」은 대표적인 경우라 할 수 있다. 먼저 「악몽」을 보자.

> 매장 소리. 잠 속으로 삽이 파고들었어. 창틀이 뼈다귀로 변하고 잠옷이 찢겨져 나가고 내 유방에 원반칼이 제트기처럼 스쳐갔어[…] 각기 다른 허스키의 목소리들이 계속 같은 방으로 유인했어[…]드 디어 방을 벗어났지 거긴 거대한 정육점 창고였어 거꾸로 매달린 채 얼어붙은 인육들 12개의 문이 갑자기 나타났어 쇠를 뚫는 전기 드라이버가 내 왼쪽 눈을 후벼팠어[…] 어느새 사원으로 내려가고 있어 나는 공포를 몰랐는데 눈을 떴어. 눈을 뜨면서 다시 눈이 감기고 필름은 돌아가[…] 영사기는 꺼지지 않고 날 끝까지 사원의 사원으로 데려가는 것 같았어[…]동굴이나 벽화에 날 산 채로 새겨 넣으려고 말야[…]또 어디론가 끌려가는 나 또 찜통이었나 봐 빨래를 삶는 신형 세탁기 속 말야 빠른 속도로 회전하는 나는 오븐 속에서 알고 보니 오븐 속에서 뱅글뱅글 난 뻥튀기. 뻥,[…]
>
> —「악몽」에서

위의 인용 부분에서 보다시피 「악몽」은 공포영화에서나 나올 법한 장면들로 연결되어 있다. 그러한 장면들은 한국시의 맥락에서 볼 때는 매우 충격적인 내용들을 담고 있지만, 후기산업시대 문화산업의 맥락에서 볼 때는 그것들이 그렇게 새롭거나 충격적인 것은 아니다. 할리우드에서 찍어내는 저급한 영화들은 그러한 장면들 혹은 그보다 끔찍한 장면들을 선취하고 있기 때문이다. 그런데 「악몽」에서 흥미로운 것은 그 제목에도 불구하고 화자가 마치 그 끔찍한 장면들을 즐기기라도 하듯 장면들의 연속을 숨가쁘게 좇아가며 묘사하고 있다는 점이다. 실제로 화자는 "난 공포를 몰랐는데 눈을 떴어. 눈을 뜨면 다시 눈이 감기고 필름은 돌아가"라거나 "영사기는 꺼지지 않고 날 끝까지 사원의 사원으로 데려가는 것 같았어"라고 말하며, 심지어 "영사기에 불이 붙었어 난 기쁘지 않았어"라고도 말한다. 곧바로 이어서 화자는, 자신이 기쁘지 않은 것은 "재가 모여서 더 거대한 영사기가 되는 걸 보았"기 때문이라고 말한다. 그러나 그 두 문장 사이에 삽입된 "왜냐하면, 왜냐하면 말야,"라는 더듬는 듯한 말투의 접속어는 화자가 기쁘지 않은 이유가 실제로 무엇인지 모호하게 한다. 그러한 정보들에 근거할 때, 화자는 공포감보다는 차라리 어떤 쾌감을 느끼고 있다는 인상마저 받게 된다. 물론 텍스트를 구성하는 장면들은 화자가 희구하는 욕망의 직접적인 대상이나 내용으로 보기에는 지나치게 흉측스럽고 끔찍한 것이 사실이다. 그러나 표상된 것만으로 욕망의 대상이나 내용을 제대로 파악하기는 매우 어렵다. 그 장면들은 화자가 열망하는 대상이나 내용이 어떤 금지와 검열로 인해 극단적으로 왜곡된 것일 수 있기 때문이며, 아마도 그런 왜곡의 정도는 금지나 검열의 강도에 비례할 것이다. 이를테면, '찜통'·'신형세탁기'·'오븐'의 경우, 한 평론가처럼 "이 편리하고 조그만 기계들은 모든 형태의 억압과 폭력을 기계적으로 시스템화한 근대적 생활세계를 의미한다. 근대적 생활세계는 각각의 존재를 찌고, 삶고, 돌리고, '뺑글뺑글' '뻥튀'겨 이상한 상태로 가공한다. 이곳에 이르면 본래의 자아는 '뻥,' 소리와 함께 부풀려지고

해체되는 것이다”(김수이, 「난간 위의 사랑」, 『포에지』 창간호)라고 볼
수도 있을 것이다. 그러나 그 세 가지와 관련한 구절들에서 텍스트의
속도감과 리듬감이 가장 고조되는데, 그것들은 박서원의 텍스트들에서
가장 중요한 비중으로 다루어지는 반복 요소인 재생·소생·중생·변
신 등의 이미지와 연관된 것들이다. 그렇다고 해서 화자가 느끼는 쾌감의
원인이 그러한 장면들 자체에 있다고 단정할 수 없음도 물론이다. 필자가
보기에 화자의 쾌감은, 텍스트에 일관성을 부여해 주기도 하는 요인인바,
장면들이 지속해서 이어지면서 파생하는 연속적인 리듬감과 속도감에서
비롯하는 것 같다. 어쩌면 이 텍스트의 의미는 그 어떤 산문적인 내용이
아니라 그러한 리듬감과 속도감 자체일지도 모른다. 이질적이고 불연속
적인 장면들을 숨가쁘게 이어가는 이러한 결합의 과정은, 논리적이고
합리적인 결합규칙의 위반이기도 하다는 점에서 그러한 리듬감과 속도
감에서 파생하는 화자의 쾌감을 강화해준다. 화자의 그러한 쾌감은 연속
적인 흐름에 대한 시인의 열망을 시사해준다. 박서원의 많은 텍스트들은
시인의 그러한 열망이 표면에 드러난 의미로 노출되는 데 그치지 않고
내재적인 리듬감과 속도감으로 물질화될 때 가장 큰 활력과 매력을 발휘
한다. 시인 스스로 가장 공들인 작품들이라고 고백하는 다섯 편의 「어떤
황홀」 연작들의 경우 가장 중요한 요소는 바로 그 속도감과 리듬감이다.
박서원은 그의 세 번째 시집 자서에서 이렇게 말한다 : “이 다섯 편의
시는 ’91년에서 ’92년까지 두 해에 가까운 세월을 바쳐 썼고, 그 가운데
「어떤 황홀 2」는 ’95년에 개작을 하였으니, 도합 5년이 걸린 셈이지만,
이런 말이 무슨 소용이 있을까.” 한 인물의 내심독백으로 구성된 「어떤
황홀」 연작들에서 화자는, 각각의 언표를 발화하면서 그 어떤 ‘황홀감’을
느낀다. 그럼에도 화자는 그런 발화들을 이어가는 것을 매우 힘들어하고,
그러면서도 단절 없이 발화를 이어감으로써 그 ‘황홀감’을 강화한다. 「어

떤 황홀」 연작들은 이질적인 내용의 장면들을 나타내는 문장들이 단절될 듯하면서도 부단히 이어지고 있다는 점에서 「악몽」과도 크게 다르지 않은데, '황홀'의 동기는 각각의 문장들이 표상하는, 그러나 좀처럼 알아 듣기 어려운 어떤 의미내용 때문이기도 하겠지만, 동시에 그 문장들의 부단한 이어짐 혹은 연속적인 흐름 때문이기도 하다.

「꿈으로 내려가는 길」은 '잃어버린 유년'이라는 초현실주의의 핵심 모티프에 근거한 텍스트이다. 이 텍스트를 구성하는 것은 잃어버린 유년 의 삽화들과 주체의 리비도가 어느 한 시점에서 고착되어 형성된 '연물' (戀物)들이다. 그리고 텍스트에는 일관성을 부여해 주는 것은 주기도문의 형태이다. 작품을 보자.

아빠. 따뜻한 눈꽃으로 나를 할퀴줘
나귀에 빨간 망토와 외투를 싣고
내가 그 집 앞을 지나면 종달새 우짖게 해줘
종일토록 비가 내리면
비옷과 장화로 물의 동그라미 속에서 놀게 해줘
나는 첫닭이 홰치는 날 도토리 캐는 다람쥐
살랑살랑 엉덩이 흔드는 미풍
댓돌에 가지런히 놓여 달빛 받는 작은 신발이야
내 키는 아빠 품에서 조금도 자라지 않았어
사람들이 돌과 화살로 내 영화를 망치지 않게
감독해줘
아빠. 여긴 떠날 수 없는 낙엽의 늪지대야
잠시라도 봄날 뜨락의 병아리떼 몰고 와
내 가녀린 몸뚱어리로 엄마 되게 해줘
토담에 먼지진흙 내려 쌓여 늙은 과부의 외씨버선
만들지 말고

당신이 최초로 모종한 엄마 꽃밭에
엉겅퀴라도 좋으니 그 손길로 나를 심어줘
심해에 가라앉은 섬이 가로막고 있어
아빠. 삼나무 같은 당신 손으로 나를 흐르게 해줘
아빠.

—「꿈으로 내려가는 길」 전문

이 시에서 화자는 주기도문을 변형하여 유년의 잃어버린 행복(쾌감)을 복원해내고자 한다. 그 과정에서 '하늘에 계신 우리 아버지'는 '아빠'로 변형될 수밖에 없었는데, '아빠'라는 기호표현은 분노하고 저주하고 처벌하는 '법'(法)으로서의 아버지의 이미지보다는 양육하고 사랑하고 용서하는 모성적 아버지의 이미지를 그 기호내용으로 한다. 「꿈으로 내려가는 길」을 잃어버린 유년의 행복감의 복원과 관련한 텍스트로 읽게 되면, "따뜻한 눈꽃으로 나를 할퀴줘"라는 비논리적인 구절을 충분히 이해할 수 있게 된다. 화자는 세 번째 행과 네 번째 행에서 "종일토록 비가 내리면/비옷과 장화로 물의 동그라미 속에서 놀게 해줘"라고 말하는데, 우리는 그 구절에서 빗방울들이 물웅덩이에 떨어져 만들어내는 무수한 동심원들과 함께 마음껏 뛰노는 어린아이의 모습을 연상하게 된다. 이와 마찬가지로 "따뜻한 눈꽃으로 나를 할퀴줘"라는 구절을 통해서도 우리는 우리 모두의 유년의 한순간으로 거슬러 올라갈 수 있다. 눈이 내리는 날은 대체로 기온이 낮지만 그럼에도 어느 동요의 가사처럼 '하늘나라 선녀님들이 자꾸자꾸 뿌려주는 하얀 꽃송이'는 왠지 모르게 어린 마음을 따뜻하게 해주던 기억, 그러나 차가운 날씨 탓에 발갛게 얼은 양 볼에 눈송이가 떨어지면 마치 누가 할퀴기라도 한 것처럼 볼이 얼얼하던 그 '지각'의 기억(어쩌면 '할퀴줘'라는 표기 역시 유아어의 복원을 위한 것이리라). 이러한 기억 이외에도 '도토리를 캐는 다람쥐', '봄날 뜨락의 병아리떼',

'살랑살랑 엉덩이 흔드는 미풍' 등 동화적 상상력에 근거한 장면들로 구성된 이 텍스트에서, "당신이 최초로 모종한 엄마 꽃밭에/엉겅퀴라도 좋으니 그 손길로 나를 심어줘"는 매우 흥미로운 구절이 아닐 수 없다. 역시 유년의 동화적 상상력에 근거하고 있는 그 구절은 자궁회귀와 그에 따른 화자의 중생(重生)의 의지와 욕망을 보여주기 때문이다. 이 텍스트에서 "나를 흐르게 해줘"라는 청원은, 이미 우리가 「악몽」을 살펴보는 과정에서 확인한 바 있는, 연속적인 흐름에 대한 화자의 욕망을 다시한 번 확인시켜 준다. '봉인된 병원'이나 '창살'로 상징화되는 공간 속에서 있었던 강금 ― 설령 그것이 자발적인 것이었다고 하더라도 ― 의 기억 때문일까? 그런 강금으로 인한 가족으로부터의 소외(텍스트에서 "댓돌에 가지런히 놓여 달빛 받는 작은 신발"은 중요한 의미 작용을 한다. 댓돌 위에 놓여 있는 신발은 그 임자가 현재 그 집에 머무르고 있다는 사실을 가리키는 하나의 지표와도 같다. 대개의 경우 죽음이나 그 밖의 어떤 이유로 인해 오랫동안 집을 떠나 있는 사람의 신발은 그의 부재의 세월만큼 그 댓돌 위에서 자취를 감추게 된다. 박서원은 그러한 댓돌에 대해 상당한 애착을 갖곤 한다), 사회적 · 역사적 의미 체계로부터의 소외, 시간의 정지, 고립, 폐색(閉塞), 응고 등과 같은 것들이 두렵기 때문일까? 박서원의 많은 텍스트들에는 언제나 자연스럽고도 부단한 흐름에 대한 근원적인 갈망이 존재한다.

많은 경우 초현실주의 시와 유사해 보이는 박서원의 텍스트에는 매우 낯설고 공포스러운 장면들을 통해 독자가 받게 되는 충격으로 인한 어떤 긴장이 있다. 그것은 '정신분열증'과 '사물화' 사이의 긴장이다. 정신분열증 환자에게는 언술행위의 보편적 질서가 폐쇄되어 있고, 후기 산업사회의 치밀하고 세련된 조정 메커니즘의 지배를 받아 도구처럼 사물화된 자아에게는 새로운 경험이 폐쇄되어 있다. 박서원의 텍스트에 내재하는 긴장은 보편적인 상징 질서의 체계 내에서 아직 상징화되지 못한 욕망과 외부 물질세계의 새로운 대상이 상호작용할 수 있도록 해주는 촉매이다. 그런 긴장을 통해 대상의 새로움은 아직 결속되지 않은 욕망들을 자극하여 그것이 대상에로 투여될 수 있도록 해주며, 마찬가지로 아직 결속되지 않은 욕망들 역시 과거의 대상을 거부하고 새로운 대상 속에 자신을 투여하고자 하게 되기 때문이다.

박서원의 텍스트들은 대체로 정신분열적인 폐색과 초현실주의적 자동기술 사이에서 진자 운동을 한다. 그의 텍스트들이 대단히 난해하고, 한국시의 표준에서는 매우 전위적인 모습을 띠는 것도 바로 그러한 이유 때문이다. 그러나 바로 그렇기 때문에 후기 산업사회의 공식적인 이데올로기가 거부하는 주체와 사회의 쇄신에 궁극적 단서가 되는 '부정성'을 가장 완강한 형태로 간직할 수 있게 된다. 또한 바로 그렇기 때문에 그것들은 사회-역사적 내용의 결여라는, 이른바 전위주의의 이념적 제한(혹은 한계)을 고스란히 담고 있다. 박서원이 그러한 제한들을 극복하지 못한다면 그의 텍스트들은 '부정성'(거부, 거절)의 능력을 사회-역사와는 따로 떨어진 영역 속에, 선택된 자의 자아 속에, 그만의 내적 경험 속에, 결과적으로 신비주의 속에 한정시키게 되고 말 것이다. 이제 박서원의 텍스트들은, 주관성의 내밀한 경험을 통해 주체의 모든 지각과 인식을 쇄신시키기 위하여, 후기 산업사회의 관념체계에 의해 조작된 언어를 탕진하면서도 그와 같이 경험된 주체의 진실을 드러낼 수 있는 담론의 방식을 모색해야 할 것이다.

진행형의 개성과 새로움 : 김행숙의 시

김행숙 시의 화자는 자신이 발화한 언표의 진술적 의미가 쉽사리 노출되지 않도록 자신의 발화를 교란시킨다. 그러면서도 그는 자신의 발화를 독자들이 흥미를 갖고 경청할 수 있도록 화법에 세심한 배려를 한다. 자신의 언표에 상대방이 집중하도록 애쓰면서도 그것의 의미가 즉각적으로 해독되지 않도록 교란시키는 그런 이중성, 바로 거기에 시라는 것과 시쓰기에 대한 그의 근거 있는 고민이 잠재해 있는 것으로 보인다. 김행숙의 시들은 구체적인 일상에 근거한 흔적이 분명함에도 불구하고 대체로 모호하거나 난해하다. 김행숙은 시를 바로 시이게끔 하는 '운율'과 '비유'만으로 자립할 수 있는 이른바 '순수시'를 지향하는 것도 아니고, 무의식의 자동기술에 근거한 초현실주의를 지향하는 것도 아니다. 그럼에도 그의 시가 대체로 모호하거나 난해한 이유는 어디에 있는 것일까. 아마도 그는 시라는 형식과 관련한 어떤 믿음에서 비롯한 진퇴양난의 매우 난처한 처지에 있는 듯하다. 시는 삶의 구체성으로부터 벗어나지 않아야 한다는 생각과 시의 의미는 쉽사리 노출됨으로써 삶과 관련한 어떤 교술적 메시지로 요약되거나 그것과 교환되지 않아야 한다는 생각의 충돌이 그의 시를 불안정하고 불확정적인 영역에 머무르게 하는 것 같다.

　김행숙은 8편의 「귀신이야기」 연작(『현대시학』 2000년 10월호)과 함께 「나는 통화중이고 때때로 전쟁중이다」라는 시화(詩話)를 실었다. 여기에서 그는 자신의 개성적인 시쓰기 전략을 '시선'과 '부재의 공간'이라는 핵심어를 통해 정리해 보고자 하였다. '시선'을 언급하면서 자꾸 '부재'에 대해 말하고 싶어하고, 또한 "나는 존재의 윤곽이 아닌, 그 윤곽을 뭉개고 흩어지게 하는 존재의 힘을 드러내고 싶다"라고 말하는 것을 볼 때, 그는 가시적인 현상 너머의 것을 보려고 하고 그것을 시로써 구축하고 싶어하는 것 같다. 애초부터 '귀신이야기'라는 구도의 바탕에서 성립된 것으로 보이지 않는 작품들에 굳이 연작의 형식을 통해 그러한 질서를 부여하려 한 것에서도 우리는, 시인 자신이 "존재와 존재의 관계" 혹은 "관계와 관계의 관계"라고 묘사한 어떤 보이지 않는 진실에 대한 강력한 지향을 감지할 수 있다(그런데 '어떤 보이지 않는 진실에 대한 지향'이라는 것은, 그 방법과 성격에 있어서는 차이가 날지 모르나 모름지기 시인이라면 누구나 공유하고 있는 것이기도 하다. 그런 것은 충분히 구체적이지 않으면 지나치게 뻔한 이야기가 될 수도 있다).

'귀신이야기' 연작들은 대체로 발화 상황을 파악하기 어려운 화자들의 자기 서술이나 내심 독백으로 이루어져 있어서 그 의미가 모호한데, 다음 작품만큼은 예외적으로 그 의미가 분명하다.

> 이젠 내 손으로라도 당신 인생의 문을 닫아주고 싶어, 드디어 아들이 문을 꽝 닫고 나가더군. 옛날 얘기야.
> 그애는 착한 애였지. 내가 처음 요에 오줌을 쌌을 때 그애는 눈물을 글썽이며 웃었어. 슬펐던 거야. 그애는 나를 오랫동안 보살폈어. 역시 옛날 얘기야.
> 나는 그애에게 처녀 시절 얘기를 하곤 했어. 정말 옛날 얘기지. 엄만 지금도 예뻐요. 그애가 조그맣게 말했던 거 같아.
> 그애와 여자는 자주 싸웠어. 여자가 집을 나갔을 때 나는 여자를 이해했지만 악을 쓰고 욕을 하지 않을 순 없었어. 나는 침을 흘리는 노파였고
> 텅텅 빈 지갑 같은 입이었지. 내 말은 언제나 소용없는 것이었어. 옛날 얘기지만 몇 마리 참새를 보며 만원짜리 지폐가 팔랑거린다고 손을 휘젓던 때가 있었어.
> 새가 날아 갔을 때 나는 통곡을 했고 우는 늙은이는 재수 없다고 그애는 머리를 흔들었지. 난 언제나 그애를 이해했고
> 나는 그애를 사랑했어. 나는 그애의 슬픔과 희망을 이해하지만 내가 정말 그애를 기다리는지 잘 모르겠어. 부자도 가난뱅이도 옛날 얘기나 하는 여기서.

—「귀신이야기7」 전문

시인은 작품의 본문 앞에 보들레르의 「가난뱅이들의 죽음」에 나오는, "위로해 주는 것도 죽음, 살게 해주는 것도 죽음,/그것은 우리를 취하게 하고, 우리에게 저녁때까지/걸어갈 용기를 주는 유일한 희망"이라는 구절을 인용해 놓고 있다. 그 인용 구절에서 반복되고 있는 '죽음'이 아니더라도 우리는 작품 자체의 맥락을 통해 이 시의 화자가 이미 죽은 사람임을 알 수 있다. 다시 말해 이 시의 화자는 이른바 '귀신'인 것이다. "내가 처음 요에 오줌을 쌌을 때"란 구절에 근거할 때, 화자는 치매로 고생하다 죽은 어떤 노파인 듯하다. 이미 죽어버린, 그래서 귀신이 된 이 노파가 도대체 누구에게 어째서 이와 같은 진술들을 토로하고 있는지 명확하게 드러나지 않는다는 점에서 극적 구성의 맥락이 다소 작위적이긴 하지만, 치매 환자로 인해 벌어진 한 가족사의 서글픈 내력을 군더더기 없이 그리고 감상에 빠지지 않고 효과적으로 제시해주고 있다는 점에서 흥미롭게 읽히는 작품이다. 우리는 주위에서 치매 화자와 관련하여 이런저런 사연들을 듣곤 한다. 그런 사연들에는 설마 그렇기까지 하랴싶은 그 무시무시한 병의 증상에서부터 치매에 걸린 시부모를 박대하거나 심지어 집을 나가버리는 못된 며느리에 이르기까지 언제나 빠지지 않고 등장하는 전형적인 장치들이 있다. 마찬가지로 그와 같은 전형적인 장치들을 이용하고 있음에도 이 시에서 전하는 사연이 새롭고 감동적으로 느껴지는 이유는, 현실의 맥락에서는 소외될 수밖에 없는 환자 자신의 시점으로 그 사연이 구성될 수 있도록 했다는 점에 있다. 죽음 자체가 유일한 구원이었던, 그렇게 죽음으로써 구원되었던 한 인물이 세상의 바깥에서 세상을 회고하는 이 시는, 삶과 관련한 교술적 메시지나 관념으로 귀결되지 않고 삶에 대한 어떤 정서적 메시지나 감정이 방출되도록 하는 쪽으로 방향이 잡혀져 있는 점에서도 이채롭다. 이처럼 교술적 메시지나 관념으로의 귀결 대신 정서적 메시지나 감정의 방출을 지향한다는 점은 김행숙 시의 전반적인 특질이라고 생각된다.

하나의 닫혀진 체계 안에 있는 사람은 그 체계를 자연스럽고 자명한 것으로 생각한다. 그러나 그 체계의 바깥에 있는 사람은 그러한 자연스러움과 자명함 자체의 근거를 의심할 수 있다. 어떤 체계의 바깥이란 그것과는 다른 또 하나의 체계일 수밖에 없다. 체계의 바깥에 있다는 점에서 그것은 그 체계의 자연스러움과 자명함의 근거를 의심할 수 있는 위치를 확보하게 해주지만, 그 위치 역시 또 다른 하나의 체계 안에 있는 것에 불과하다. 이러한 딜레마에서 제기되는 것이 바로 경계선의 사유이다. 양쪽의 인력에서 벗어나 자유롭게 양쪽의 체계 자체를 의심할 수 있게 하는 위치로서의 경계선 말이다. 그러나 그러한 경계선은 하나의 체계처럼 안정되고 확정된 공간이 아니다. 그것은 어떤 불안정한 흔들림 속에서 끊임없이 미끄러지는 그런 곳이다. 그런 곳에 서 있고자 하는 사람은 스스로를 팽팽히 긴장시키지 않으면 안 된다. 그렇지 않을 경우 그는 경계선의 형식인 '불안정한 흔들림'과 '끊임없는 미끄러짐'을 견딜 수 없을 것이기 때문이다.

김행숙은 자신의 '시화'에서 "나는 언젠가 '항상 1미터 바깥에 있을 것!'이라고 일기에 쓴 일이 있다"고 고백한다. '귀신이야기'의 연작을 통해 이미 세상 바깥에 놓이게 된 자인 '귀신'의 시각으로 어떤 정황이나 극적 맥락을 재구성하고자 한 것도 그러한 메모와 긴밀한 연관이 있을 것이다. 어쩌면 김행숙은 진정으로 시적인 것이거나 시적인 발화는 바깥의 시선을 통해서만 가능하다는 것을 거의 본능적으로 파악하고 있는지도 모른다. 동시에 그는 안정되고 고정적인 바깥은 존재하지 않으며 따라서 절대적인 중심점이란 결코 존재하지 않는다는 것도 간파하고 있다. 자신의 '시화'의 마지막 부분에서 그는 "나는 바깥에 있지만 바깥에 있다고 말할 수 없다. 절대적인 당신이 없고 절대적인 내가 없듯이 절대적인 바깥은 없다"라고 말하기 때문이다. 그의 말대로 우리의 현실은 언제나 '전쟁'이고 '악몽'이다. 그리고 시인의 임무는, 역시 그의 말대로 " '전쟁' 바깥이 전쟁이고 '악몽' 바깥이 악몽이라 할지라도, '전쟁' 바깥의 전쟁에서 '악몽' 바깥의 악몽에서 '전쟁'과 '악몽'을 언어로 옮겨야" 하는 일일 것이다.

자신의 언표에 상대방이 집중하도록 애쓰면서도 그것의 의미가 즉각적으로 해독되지 않도록 교란시키는 그런 시쓰기 전략은 「대청소의 날들」(『세계의 문학』 2001년 가을호)에서도 확인된다.

가루비누 같은 눈이라면 이상할 것도 없죠. 그런데 정말 오늘은 가루비누, 칠 일을 내릴 듯이 내렸어요. 사람들의 입술에서 비눗물이 흘렀구요. 거품을 물고 말할 수밖에 없었다니까요.

검은 동자는 핏물에 빠져 있어요. 오늘은 어쩌면 눈물로 뭔가를 씻을 수 있을지도 모르죠. 그렇지만 모두들 눈을 감길 무서워해요. 오늘은 분명 異變이어서 결심하기가 매우 두렵지요.

배를 쥐고 구역질을 하는 사람들 때문에 골목이 마구 꿈틀거렸어요. 멀리 있는 강이나 바다를 생각해 봤지만 가루비누, 참 아득하게 내렸죠. 우리가 순수에 대해 생각해야 했을까요? 우리는 도무지 웃을 수가 없었어요.

가루비누, 칠일을 내릴 듯이 퍼붓고 군인들이 마침내 물청소를 시작했어요. 사람들은 얌전했지요. 그런데 더러운 강아지들이 사라지고 우리가 이윽고 발가벗은 기분이 들면, 거지와 집에서 아침저녁으로 세수하는 사람들을 구별할 수 없으면,

그때는 실종된 사람들도 보일까요? 우린 점점 유리처럼 투명해졌

어요.

— 「대청소의 날들」 전문

　작품의 첫째 연에서 시인은 독자들을 환상적인 공간으로 안내한다. 화자의 말대로 단순히 가루비누 같은 눈이 내렸다면 하나도 이상할 것이 없다. 그런데 이상하게도 눈 대신에 가루비누가 "칠 일을 내릴 듯이" 내렸다는 것이다. 화자는 그것이 "정말"임을 강조하면서 세 번째와 네 번째 문장에서는 그렇게 벌어진 사건에 따른 변화를 묘사함으로써 자신이 전달하고자 하는 이야기의 사실성을 강화한다. 가루비누는 청소하는 데 쓰이는 물건이다. 그런 가루비누가 하늘에서 쏟아진다, 마치 이 세상을 대청소라도 하려는 듯. 그럴 경우 당신은 어떻게 하겠는가? 문득 당신에게서 무엇인가를 씻어내고 싶어지지 않을까? 그러나 사람들은 실제로 그렇게 하기를 두려워한다. 정화하라는, 또는 청소하라는 명령처럼 하늘에서는 여전히 가루비누가 쏟아져 내리고, "배를 쥐고 구역질을 하는 사람들 때문에 골목이 마구 꿈틀거"린다. 그런데 정작 청소를 시작하는 것은 "군인들"이고 사람들은 얌전하기만 하다. 작품의 말미에서 화자는 "우리가 이윽고 발가벗은 기분이 들면, 거지와 집에서 아침저녁으로 세수하는 사람들을 구별할 수 없으면,//그때는 실종된 사람들도 보일까요?" 라고 묻는다. 화자의 의문처럼 우리 스스로와 세상을 근본적으로 쇄신하는 것은 과연 가능한 일일까? 이제까지 이 작품의 의미 맥락을 추적해왔지만 그럼에도 이 작품은 여전히 모호한 상태로 남아 있다. 김행숙의 시는 어떤 구체적인 발견(깨달음, 교훈)으로 나아가지 않는다. 그의 시의 화자들은 끊임없이 재잘거리지만, 그 재잘거림은 언제나 명확한 의미맥락과는 거리가 멀다. 김행숙의 재잘거림은 '시가 말하는 것'과 '시가 행하는 것' 사이의 경계에 위치한다. 그런 경계에서 빚어지는 긴장을 통해 시인은 독자들이 작품을 단순히 소비하는 것이 아니라 작품 안에서 그 나름의 의미를 생산하기를 원하는 것 같다. 그의 시들에는 기존의 시쓰기의 관습에 의존하면서도 그것을 위반하려는 충동이 잠재되어 있다. 그것이 그의 시적 개성의 요체이다. 그러나 그것은 아직은 과정중 또는 형성중에 있는 개성이다. 많은 경우 그의 시의 모호함은 단순히 모호함 그 자체에 머무르고 만다. 그 모호함이 다양한 의미의 울림을 동반하는 열린 모호함으로 나아갈 수는 없는 것일까.

'불안정한 흔들림'과 '끊임없는 미끄러짐'에 따른 현기증과 고통에도 불구하고 바깥(경계선)에 서려고 하지 않는다면, 우리는 결코 새로운 시간과 공간에 대해 꿈꾸지 못하게 될 것이다. 김행숙은 우리가 살고 있고 겪고 있는 '전쟁'과 '악몽'의 정체를 다부지게 밝히고자 하며, 또 진정으로 새로운 자기만의 화법을 발견하고자 한다. 우리는 현재의 그의 시의 모호함에 충분한 근거가 있다는 점을 잘 알고 있다. 이제 더욱 힘든 싸움을 통해 그런 모호함이 그만의 고유한 개성으로 자리잡을 수 있기를, 그리고 상승과 승화의 분명한 매듭점 위에 또 부단히 변화하는 영원한 진행형의 개성이자 새로움이 될 수 있기를 진심으로 기원한다.

에필로그

이상에서 우리는 여섯 명의 여성 시인들의 작품들을 살펴보았다. 이는 90년대 한국문학과 관련한 김정란의 언급 가운데 내가 보기에 매우 도발적이라 여겨지는 대목을 초대로 바꾸어 읽음으로써 수행된 것이었다. 90년대 한국문학, 특히 시와 관련하여 남성 시인들의 작품에서 그들이 매우 지쳐 있다는 느낌을 받았던 내게 그러한 초대는 유익하고 생산적인 것이었다.

전체 사회의 소단위들에서 자행되고 있는 권력(남성중심주의)에 대한 저항의 표현으로서 '간통'이라는 극단적인 방식을 취했던 과격성으로부터 21세기 우리 여성 문학은 이제 진정한 '여성성'의 발견으로 나아가고 있는 듯하다. 아마도 이제 여성 시인들은, 언젠가 김인환 교수가 언급했듯이, '남성은 세상의 반밖에 보지 못하지만, 여성은 세상의 전부를 볼 수 있다'는 관점에서 우리 사회와 문화를 성찰하기 시작한 것 같다. 이는 우리 문학을 위해 더없이 고무적인 사실로 평가되어야 할 것이다. 여성 시인들이 모색하고 있는 시적 새로움은 경험적으로 이미 존재하는 시적 전통의 요인을 수정하려는 강력한 의지에서 비롯한 것으로 보인다. 그리고 그 의지는 우리 시대와 스스로에 대한 존재론적 성찰에 따른 윤리적 결단을 밑바탕으로 하고 있다는 점에서 신뢰에 부응한다. 실험 자체에 내재한 불확정적 성격으로 인해 적지 않은 작품들이 다소 모호하고 추상적으로 다가오는 것은 사실이지만, 그러나 그러한 위험을 감수하지 않는다면 새로운 실험이란 아예 성립될 수조차 없을 것이다.

우리 사회의 역사적 과정에서 억압되고 왜곡된 여성성에 깊숙이 새겨진 고통의 주름들을 적극적으로 껴안으면서, 근대의 환상과 자신의 욕망을 일치시키려는 과정에서 남성들이 얻은 상처와 고통을 자신들의 고통에 대한 감각과 기억을 통해 감싸안으려는 여성 시인들의 '여성주의' ― 넓은 의미의, 그러나 이제는 이런 배려조차 실례가 되어버린 '여성주의'의 건투를 빈다.

여성주의 시의 미학과 가능성 II
― 영혼의 기도와 사랑의 윤리

1. 영혼의 기도 : 홍윤숙의 시

홍윤숙 시인은 1947년『문예신보』에「가을」을 발표하면서 등단한 이래 이제까지 열세 권의 시집을 펴냈다. 그 가운데 열세 번째 시집인『마지막 공부』를 펴낸 것은 2000년 5월이었다. 1962년에 첫 시집『麗史시집』을 상자한 이후 그는 거의 평균 3년이나 4년에 한 번 꼴로 시집을 펴낸 셈이다.

등단한 지 무려 15년 만에 펴낸 첫 시집은 10년 이상이나 되는 시작(詩作) 시기의 편차 때문인지 조금은 혼란스럽다는 느낌을 준다. 1947년 등단 직후에 쓴 시편들에서는, 한자(漢字)로 표기되어 있어서 겉으로 쉽사리 드러나지는 않으나 '고독'·'허무'·'열정'·'낭만'·'영원'·'절규' 등과 같은 소녀 취향의 낱말도 적지 않게 등장하며, 지나치게 시를 의식한 구절들이 더러는 눈에 띈다. 1960년을 전후하여 씌어진 시편들에서는 어색한 한자어들의 잦은 사용과 어절들의 부자연스러운 결합 때문에 문맥의 의미가 다소 모호하긴 하지만, 존재의 문제에 대한 지적인 성찰을 보여주고 있다. 1960년『자유문학』에 발표한 것으로 되어 있는 다음 작품은 그의 시가 지닌 지적인 성격을 잘 보여준다.

방은 밖으로 잠겨진 生活의 抑留處
密閉된 時間의 수많은 날개들이
필사의 탈출을 꾀하는 意識의 구멍
窓으로 하여
二律의 담 안에 스스로의 통곡을
안으로만 울려보고

죽은 時間의 死身들이 때와 기름으로 이겨져
오랜 세월 貝殼처럼 말라붙어 이루어진
壁이며 天井에
燐光 같은 꽃이 어린다 파란 意想의 불꽃이

하루는 가고 또 하루는……
어둡고 지리한 나날은
새발 같은 발자욱을 가슴에 그으며
태양의 그늘 거짓처럼 어둔
虛亡과 實存의 층계를 오르내린다

壁에 어리는 겹겹의 그림자
더럽혀진 歲月

어느 날인가 나의 位置하던 혼미한 좌석이
모색과 광분으로 무너져 나가던 날
방은 그 脫出에의 자유로운 時空을
가로막는 무형의 敵
무겁고 음산한 深淵의 기슭이기도 했다

때로 번져 오는 意識의 노을 같은 氾濫
못 견디게 무너져 나가는 壁
壁의 둘레를 춤추며 달아나는 時間의 哄笑
아득한 眩氣 속에 출렁거리는……

房은 都心의 바다에 浮沈하는 漂流島
한결같이 고독한 出發의 門

다만 窓은 무한한 海灣에 자리잡은
人間의 寄港地였고
門은 거기 茫茫한 세계의 바다에서
바다로 열려진 영원한 運河인 듯 일렁거렸다

— 「房」 전문

일상의 무의미한 시간의 흐름과 반성적 의식의 불화를 다룬 이 시에서 가장 인상적으로 다가오는 것은 "필사의 탈출을 꾀하는 意識의 구멍"이라는 구절과 "燐光"처럼 파랗게 타오르는 "意想의 불꽃"이라는 이미지다. 홍윤숙은 첫 시집에 수록된 다른 작품에서,

뜨거운 것은 아니올시다
불붙는 것은 더욱 아니올시다

높고 맑은 것
겨울날 두터운 얼음장 밑에 고이는
파—란 옹달샘 같은 그러한 것이
나의 태양이었습니다

— 「하나의 약속을」에서

라고 고백하는데, 서늘한 느낌을 주는 그런 푸르름은 다양하게 변주되면서 그의 시에서 하나의 중심축을 이루게 된다. 때때로 홍윤숙 시의 언어들은 어떤 것에 대해 진정으로 묻고 밝히려는 의도의 것들이 아니라 말하는 사람이 그렇게 말함으로써 스스로 위로 받으려는 의도의 것들인 경우가 종종 있다. 그 경우 시인의 유년을 복원하기 위해 구축된 낱말들, 꽃이나 나무들의 유한한 숙명을 묘사하는 낱말들은 시인이 어떤 정황 속에서 스스로 위로 받기 위해 이끌어들인 것들이다. 그런 언어의 작품들은 대체로 감상적인 성향을 띠기 마련인데, 그러한 측면을 제어해주는 것이 바로 맑고 서늘한 것에 대한 그의 지향이다. 아무튼 위의 시에서 ‘방’은 모든 공적인 책임과 의무 또는 사회적 관계의 지속을 위한 모든 의례적 행위의 광장으로부터 벗어나 밀실의 은밀한 자유를 누릴 수 있는 해방과 휴식의 공간일 것이다. 그처럼 해방과 휴식의 안락함을 제공하는 방은 바로 그 때문에 오히려 위험한 공간이기도 하다. 왜냐하면 그러한 안락함이야말로 나날의 공적이고 의례적이며 습관적인 모든 행위들을 재생산하는 토대가 되는 것이기 때문이다. 그런 맥락에서 화자는 방을 “억류처”라고 규정하는데, 그러한 인식과 함께 화자는 ‘방’을 안락한 휴식의 공간이 아니라 탈출을 꿈꾸고 새로움을 모색하는 성찰의 위태로운 공간으로 바꾸어 놓는다.

무의미하게 반복되는 일상의 생활에 불편함을 느끼는 의식, 삶의 진정한 의미를 찾기 위해 성찰하고 또 부단히 새로운 모험을 꿈꾸는 의식을 가리켜 우리는 넓고 느슨한 의미에서 실존의식이라 명명할 수도 있을 것이다. 그러한 실존의식은, 「어느 旅程」에서 볼 수 있는 것처럼, 그 의식의 주체로 하여금 “自我와 喪失의 자욱한 稜線” 위에서 “가물거리는 地平의 운무 같은 思念들을 反芻하면서” “回歸의 길 없는 天涯의 끝에” 서게 한다. 실존의식이 유도하는 ‘여정’은 결코 편안한 여행의 그것이 아니다. "天涯의 끝"이 암시하는 바와 같이 그 여정은 위험하고 위태로운 것이다. 「歷路」에서처럼, "飛翔의 꿈"을 위한 그 길은 언제나 "홀로" 가는 길이고, 이미 정해진 지도 위의 길이 아니기에 매 순간 "비수"와도 같은 위험에 노출된 채 "어디로 갈 것인가" 물어야만 하는 길이다.

홍윤숙의 초기 시편들에서 볼 수 있는 실존의식은 이른바 실존주의 철학과 직접적인 관련을 맺고 있는 것 같지는 않다. 오히려 그의 실존의식은 한 곳에서의 안정된 정주(定住)를 거부하는 방황의 감각과 열정에서 비롯하며, 바로 그러한 감각과 열정이 일상성의 세계를 자신의 존재의 뿌리를 내릴 장소로서 받아들이지 않게 한다. 그는, '약력'이라는 부제를 단 「저 혼자 눈뜨던」이라는 작품에서, 스스로에 대해 "북방 기마족의 피를 받은/조부의 역마살과/소시적부터 이름난 아비의 바람기를 타고 세상에 태어났다"고 진술한다. 『사는 法』(1983)에 수록된 다음 작품도 거의 선험적인 것이라 판단되는 그의 방황의 감각과 열정을 잘 보여준다.

> 다시 한 번
> 다시 한 번 하면서
> 나는 걸었다.
> 넘어지는 돌부리
> 떨어지는 벼랑마다
> 캄캄한 어둠으로 발을 지지며
> 한 솔기 바람으로 다시 아물며
>
> 한 생애<걷는 것밖에 믿을 것이 없었던>
> 고독한 피의 내림
> 그것은 잠들 수 없는 자의 눈물이었다
> 보이지 않는 제 얼굴을 찾아
> 들쥐처럼 헤매던 광야의 밤

캄캄한 젊의 갱도는 늘 비어 있었고
날마다 헛되이 지나가는 쓸쓸한 미명과
일몰의 설레임
불면의 奧地에선 이따금 눈보라의 예감에도
가슴 뛰었다
굶주린 자의 황폐한 허기는
파멸을 알면서도 금단의 열매로 공복을 채웠고
허망의 늪에 두 손 짚고
점점이 살을 깎는 風化의 날을 지샜다

—「知命의 겨울·5」에서

앞에서 우리는 홍윤숙 시의 핵심을 이해하는 단서로서 방황의 감각과
열정에서 비롯한 시인의 실존의식에 대해 거론하였다. 그런 성격의 의식
은 그 속성상 삶의 본질에 대한 질문과 추구로 이어지게 마련이다. 홍윤
숙의 시편들에서도 삶과 존재에 관한, 나아가 죽음과 소멸에 관한 질문이
중요한 위치를 차지한다. 그런데 우리가 그의 전체 시편들을 읽으면서
아쉽게 여기는 점은, 시인의 그러한 의식이 '존재하는 것은 어째서 존재
하며 왜 아무것도 아니지 않은가'라는 형이상(形而上)의 근본 물음으로
나아가지 못하고 동양적 순명(順命)의 지혜로 급격히 전환된다는 것이다.
20대 초반부터 30대 중반까지 씌어진 작품들을 수록한 첫 시집이 출간된
지 2년 후에 나온 두 번째 시집에 수록된 다음의 작품은 그러한 사정을
비교적 선명하게 보여준다.

가을잎 한 잎
빛나는 가지 끝에 머무는 햇살은
여름이 걸어온
해의 발자국입니다

소슬한 바람에 오스스 나부끼는
잎들의 잔잔한 아우성은
때를 알리는 시간의 손짓입니다

이제 저 많은 黃金의 작은 잎새들이
수만의 작은 새 새끼들처럼
노을 속에 부산히
먼길을 차리고 떠나려 합니다

바람 속에
불빛으로 익어온
回想의 날개를 달고
즐거웠던 이웃도 없이
그 전날의 그들의 본향
흙의 무덤으로 돌아간다 하오니

거두어 주소서
당신……
자비로운 大地의 어머니
그도 우리도 모두가 끝내는
曠野의 한 티끌 같은 목숨들이매

—「회귀」 전문

이 시는 곧 흙으로 돌아갈 낙엽들의 숙명에 대한 안타까움을 노래한 것이다. 주제는 생명의 유한성에 대한 동양적 순명(順命)의 지혜이다. 김영석 시인은 홍윤숙의 한 시선집(『放牧時代』) 해설에서 그러한 지혜를 '체관(諦觀)의 미학'이라고 정리하였는데 참으로 그 요체를 얻은 바 있다. '순명의 지혜' 혹은 '체관의 미학'에 도달한 홍윤숙의 시는 이제 죽음과 소멸에 대해 회의하지 않는다(죽음과 소멸에 대한 회의는 존재의 구원에 대한 물음이기도 하다. 우리가 앞에서 거론한 시인의 실존의식이 존재에 대한 보다 깊은 사유의 울림을 갖기 위해서는 그러한 회의를 근본화해야만 했다. 구원이란 회의를 그처럼 근본화하는 데서 얻어지는 것이기 때문이다). 홍윤숙 시인은 흔히 죽음의 이미지를 겨울과 연결하곤 하는데, 그가 터득한 '순명의 지혜'는 겨울의 싸늘함을 녹일 수 있는 사랑의 힘에 대한 발견이기도 하다.

> 밤이면
> 별들이 수런수런
> 뜰에 모였다
> 바람도 과일을 깎으며
> 함께 웃었다
>
> 십리 밖
> 먼 閭巷에서도
> 창마다 밝은 연꽃등
> 물에 어리고
> 사철나무 푸른 그늘
> 뜰에 지는 집
>
> 피리 불던 아이들
> 고운 잠들고
> 淑英娘子傳 읽으시던 어머니
>
> 깜박 조으시면
> 벽의 산수화 혼자
> 밤을 지켰다

탄피 뿌리는
겨울비 속
캄캄한 12月의 표류를 타고
마지막 차로 돌아가는 집

사랑은
내가 내 생애를 걸어서
도착하는 집이다

—「겨울, 사랑의 일기 · 3」 전문

　"밤이면/별들이 수런수런/뜰에 모"이듯이 온 가족이 모여 함께 웃으며 과일도 깎아 먹는 화목함이 넘치는 곳("바람도 과일을 깎으며"라는 구절은 뜰에 모이는 바람을 벗겨지는 과일 껍질의 모습과 연결시킨 매우 재미있는 비유이다), 아마도 행복한 집은 바로 그런 모습일 것이다. 그리고 "사랑은/내가 내 생애를 걸어서/도착하는 집이다". 홍윤숙 시인에게서 걷는다는 것은 방황의 의미이다. 결국 사랑은 생애를 건 오랜 방황을 통해 터득한 지혜의 내용일 것이다. 그런데 여기서 우리의 주목을 끄는 것은 시인이 사랑을 집의 이미지로 파악하고 있다는 점이다. 물리적 공간 자체는 인간에게 특별히 우호적인 것도 적대적인 것도 아니지만, 우리의 삶에서 집이 없으면 공간은 적대적인 모습을 띠게 된다. 집이 없다는 것은 황량한 자연 공간에 버려져 있는 것과 다르지 않다. 아무리 보잘것없는 집이라도 집을 갖는다는 것은 공간의 일부를 점유함으로써 비로소 어떤 의미가 깃들일 수 있는 삶의 초점을 마련하는 것이다. 시인이 「지난 여름 야영은 · 2」란 시에서 "가을/우주의 황혼이 오고//지구가 황금의 추억으로/술렁거릴 때//넣어둘 집이 없는/마음 하나//광야를 헤매는/바람의 끝도 보았습니다"라고 말할 때, 우리는 어째서 사랑이 집이어야 하는지 그 이유를 알게 된다.

그와 함께 우리는, 「가을 집짓기」에서 시인이,

> 돌아가야지
> 전나무 그늘이 한 겹씩 엷어지고
> 국화꽃 한두 송이 바람을 물들이면
> 흩어졌던 영혼의 양떼 모아
> 떠나온 집으로 돌아가야지
> 가서 한 생애 버려뒀던 빈집을 고쳐야지
> 수십 년 누적된 병인을 찾아
> 무너진 담을 쌓고 창을 바르고
> 성한 가지 다독여 등불 앞에 앉히면
> 만월처럼 따뜻한 밤이 오고
> 내 생애 망가진 부분들이
> 수묵으로 떠오른다
> 단비처럼 그 위에 내리는 쓸쓸한 평화
> 한때는 부서지는 열기로 날을 지새고
> 이제는 수리하는 노고로 밤을 밝히는
> 가을은 꿈도 없이 깊은 잠의
> 평안으로 온다
> 따뜻하게 손을 잡는 이별로 온다

— 「가을 집짓기」 전문

라고 토로하며 어째서 그토록 집짓기에 골몰하는지 그 이유 역시 알게 된다. '가을 집짓기'는 죽음으로 인해 저 미지의 공간에 버려지게 될지도 모를 영혼에게 거소를 마련해 주는 일이다. 아마도 사랑이라는 이름의 집이라면 저승이라는 황량한 공간에서라 할지라도 어떤 의미가 깃들일 수 있는 새로운 삶의 초점이 될 수 있을 것이다.

삶이란 기실 죽음과 더불어 모든 것이 끝나고 모든 것이 규정되는 어떤 것인지도 모른다. 그리고 누구에게나 죽음이란 끔찍한 사고일지도 모른다. 만일 죽음이 단순히 그와 같은 것이라면, 삶의 과정이란 죽음이라는 종착역에 다다르기 위한 기나긴 우회로에 불과하게 되고 말 것이다. 그리고 삶이 그와 같은 것이라면, 사회도 인생도 문화도 사랑도 혁명도 모두가 다 무의미하게 될 것이다. 그렇다면 삶의 가치란 과연 무엇이란 말인가. 그러나 가치란 어떤 사물처럼 우리의 외부에 있는 객체나 대상이 아니다. 가치란 우리가 주체적 결단을 통해 힘들여 생산하고 형성하는 과정의 이름이다. 가치 있는 삶이 어디에 따로 있는 것이 아니라 '지금, 여기에서' 가치를 형성해 나가는 사건이 곧 삶인 것이다. 우리의 모든 행동, 나아가 우리의 삶은 결단의 과정을 통해서 하나의 가치 있는 사건이 되는 것이다. 그런 맥락에서 죽음이란 끔찍한 사고나 파국이기보다는 인간의 내면에서 과일처럼 성숙하여 운명을 완성시키는 것인지도 모른다.

릴케는 죽음을 한 사람 한 사람에게 고유한 것으로 보아 누구든 어느 누구와도 다른 자기 자신의 죽음을 완성하려고 노력해야 한다고 노래하였다. 저마다 고유한 죽음을 완성시키는 일은 우리의 시선을 죽음 저 편이 아니라 이 편으로 돌리게 한다. 그러나 모든 사람의 삶의 바탕이 되는 죽음을 완성시키는 일은 우리의 시선을 죽음 저 편으로 향하게 한다. 필자가 보기에 홍윤숙 시인의 시선은 후자 쪽인 것 같다. 아니, 전자와 후자의 사이에서 그의 시선은 부단히 흔들리고 일렁거리는 것 같다. 죽음에 대한 그 나름의 관념을 피력한 「타관의 햇살」의 한 부분에서 시인은 이렇게 노래한다(「타관의 햇살」은 '麗日', '가을·都市·入口에', '내가 사는 마을', '北村 정거장에', '世界의 어디선가' 등 다섯 부분으로 구성되어 있는데, 죽음에 대한 관념을 다루고 있음에도 불구하고 "해바라기 노오란 꽃울타리/洋개와집/언덕/나비 리본 곱게 단 바람이 있다"라든가 "오늘 아침 北村 정거장에/한 떼의 바람이/汽笛을 울리며 到着했다//그 속에 쬐그만 가랑잎의 男사당이 끼어/

점점히 하늘을 亂舞하며/北村 거리를 돌아다녔다"라는 구절에서 볼 수 있는 것처럼, 개념적 범주를 사용한 성찰이나 사유의 질료가 되는 어떤 체험의 직접적 순간을 감각적으로 포착한 구절들이 작품에 구체성을 부여하고 화자의 목소리에 절실함을 제공한다는 점이 필자에게는 인상적이다).

여름은 잠시
未知로 빛나는 客地였다

아침은 어디서나
밝은 해가 떠올랐고
비가 오는 날에도
해는 어디선가
비를 긋고 있었다

사람들은 땅 위에
뜨거운 해와 꽃의 關係를 맺고
까만 꽃씨를
기억 속에 묻었다

바람이 차가운 汽笛을 울리는
새벽 驛頭에
이윽고 돌아갈 집을 생각했다

世界의 어디선가
날이 저물고
텅 빈 플랫포옴에
한 무리의 가을이 到着하고 있었다

시인이 보기에 "여름은 잠시/미지로 빛나는 客地였다". 다시 말해 이

세상에 태어나서 저 세상으로 돌아갈 때까지 그 삶의 여정이란 일종의
타향살이와 같다. 삶에 대한 이러한 생각은 동시에 죽음에 대한 어떤
생각을 드러낸다 : 죽음이란 끔찍한 사고가 아니라 고향으로 돌아가는
기차를 타는 것과 같은 것이다. 따라서 죽음이란 두려운 일이 아니라
가슴조차 설레는 일이 될 수 있으며, 삶 역시 고통과 절망의 상흔이 비록
남아 있다고 하더라도 기억의 그릇에 소중히 담을 수 있는 어떤 것이
된다. 삶이란 타향살이와 같다는, 어디선가 많이 들어본 이야기가 홍윤숙
시인의 문맥 속에서 재구되면서 그것은 매우 놀라운 치유력을 지닌 권능
을 발휘한다. 어떤 우연으로 타향살이로서의 삶이 다시는 뒤돌아보고
싶지 않을 만큼 극단적으로 불행했던 사람들에게나, 혹은 굳이 그 타향을
떠나고 싶지 않을 만큼 그곳에서도 더없이 행복했던 사람들에게나 그
누구에게도 죽음은 파국이 아니라 구원이 될 수 있을 것이기 때문이다.
전자는 망각을 통해서, 그리고 후자는 기억을 통해서. 그처럼 삶은 타향
살이와 같아서 죽음은 고향으로 돌아가는 일과 같다는 생각은 매우 흥미
롭긴 하지만, 우리는 한 가지 의문을 제기하지 않을 수 없다. 과연 죽음은
고향으로 돌아가는 일과 같은 것일까? 사실 죽음에 대한 모든 관념은
나름의 신앙고백과도 같은 것이어서 그것을 받아들이지 않는 사람들에
게는 아무런 의미가 없다. '타향살이'와 '귀향'의 구조를 통해 삶과 죽음
의 연결고리를 제시하려는 생각 역시 그러한 신앙고백의 일종이지만,
홍윤숙 시인은 거기에 주목할 만한 생각을 하나 더 덧붙인다. 그것은 바로
기억의 기능이다. 죽음의 문을 통해서 혹은 죽음이라는 기차를 타고 돌아
가게 되는 고향의 모습을 이미 우리는 알고 있는데, 그것은 바로 여름
내내 타관의 햇살 속에서 까맣게 익은 씨앗 같은 기억 속에서 선취된 것이
기 때문이다. '망향사'(望鄕詞)라는 부제를 단 연작 가운데 하나인 다음
작품에서 시인은 기억의 그런 힘과 기능을 더욱 효과적으로 보여준다.

눈 내리는 저녁길엔
목화꽃 지는 냄새가 난다
할머니 옛날 목화솜 자으시던
물레 소리가 난다
한밤에 펼치시던 오색 조각보 속
사각사각 자미사 구겨지는 소리 나고
매조 송학 오동 사꾸라
유년의 조각그림 몇 장
떨어지는 소리도 난다

어디서 그 많은 이야기를 실어오는지
어디서 그 작은 소리들을 풀어내는지

눈 내리는 저녁길엔
눈 덮인 고향집 낮은 굴뚝담 위
굴뚝새 푸득푸득 날 으는 소리 나고
한 필 삼팔명주 하얗게 삭아내린
매운 세월을 넘어
어머니 젊은날 혼자서 넘으시던
오봉산 골짜기 눈에 묻힌 길
수묵으로 풀어내는 한오백년
쇠락한 歲寒圖가 있다

사십 년 걸어도 닿지 못한 나라
눈 내리는 저녁길엔
문득 그 나라 먼 길을 다 온 것 같은
내일이나 모레면
그 집 앞에 당도할 것 같은
눈 속에 눈에 묻힌 포근한 평안

더는 상할 것 없는
백발의 평안으로 잠들 것 같다

― 「눈 내리는 저녁」 전문

　마르쿠제에 따르면, 기억의 진리 가치는 희미한 과거의 어느 한 때에 충족되었기 때문에 결코 잊을 수 없는 약속과 가능성을 보존하는 기억의 특수한 기능에 있다(그러나 기억은 성숙하고 문명화된 개인에 의해 배반당하여 그 효력을 상실하였다). 다시 말해 기억에는 자신의 가장 생생한 욕구와 소망이 원래 갖추고 있던 명료성과 힘을 되찾아주는 기능이 들어 있다는 것이다. 위의 시에서는 한 때 화자를 충족시켰던 "그 많은 이야기"와 "그 작은 소리"가 화자에게 마치 눈이 내리는 것처럼 쇄도하고 있다. 이 작품은 우리에게 어떤 것을 의미하려 하지 않고 즉각적인 공감을 요청한다. 보라, 화자의 내면에 더없이 생생한 소리들로 쇄도하는 그 무수한 기억의 편린들이 부단히 증식되면서 유년이라는 과거로 통하는 길이 놀랍게도 미구에 당도하게 될 죽음 저 편이라는 미래의 길로 연결되는 것을. 그리하여 이제 그 모든 길이 '고향'의 유토피아적 광휘 속에서 환하고도 따뜻하게 다가오는 듯한 환각을 우리는 느끼게 된다.
　시대의 정치적 억압에 따른 고통스런 절규(「사는法」 연작, 「겨울 진단」, 「두 아들의 얼굴」), 경제개발 시대의 소외된 자들에 대한 연민과 안타까움(「꿈을 찍는 소녀들」), 생명의 본질과는 자꾸 멀어지는 것만 같은 후기 자본주의 시대의 천박한 일상 풍경들에 대한 분노(「우리 동네」, 「무엇이든 물어보세요」) 등과 같이 다채로운 색깔의 작품 계열을 포함하고 있음에도, 홍윤숙 시인의 주요한 시적 관심은 죽음과의 화해라는 존재론적인 것이다. 이 글의 앞부분에서도 잠시 언급하였듯이, 그와 같은 존재론적인 탐색이 삶과 죽음의 고통과 절망에 대한 회의의 근본화로 나아가지 않고 동양적 순명(順命)의 지혜로 굴절된 것은 분명 아쉬운 일이다. 그러나 그는 50년이 넘는 세월 동안 부단한 시쓰기를 통해 존재론적인 문제와 격투를 벌여왔으며, 매우 흥미로운 의미가 들어 있는 관념들을 제시하였다. 그가 가장 최근에 펴낸 시집인 『마지막 공부』(2000)에 수록된 「정신사」는 정신사적 탐색으로서의 시쓰기라는 그의 시의 편력을 잘 보여준다.

> 그처럼 오랜 동안 먼 길을 걸어왔다
> 칭얼대며 따라오는 어린아이 같은
> 혼 하나 데리고
> 생활의 湖沼 지대
> 가시 엉겅퀴 뒤엉킨 잡초지를 돌아
> 불에 달군 자갈밭을 콩알처럼 튀며
> 많은 날을 비에 젖어 낯선 집 추녀 밑에 밤을 새웠다
> 불 밝은 창의 따스한 평안을 열망했지만
> 어디서나 그는 '단 한 사람의 타향사람이었다'
>
> 언제나 황혼의 향수 구토처럼 스미는
> 타관의 거리에서
> 돌아갈 불 밝힐 안식의 창 하나 찾지 못하는
> 영원히 방황하는 '화란인'
> 들리는 것은 아득히 먼 곳에서 부르는
> 환청의 쓸쓸한 메아리뿐이었다
>
> 눈감으면 붉은 볼, 초롱한 눈 꿈으로 채색한
> 낙원의 어린 시절 가물거리고
> 길은 안개 속이다
>
> 끝없이 어디선가 나뭇잎 지는 소리

들리는 밤

— 「정신사」 전문

　우리는 앞에서 죽음에 대한 모든 관념은 그 속성상 신앙고백과도 같은 것일지 모른다는 취지의 말을 하였다. 우리가 죽음을 어떤 형태의 관념으로 받아들여 이해한다고 할지라도 우리의 삶 자체가 직접적으로 그리고 궁극적으로 구원에 이르게 될 것인지에 대해서는 아무도 장담할 수 없다. 그러나 최소한 죽음에 대한 부단한 사유는 오히려 삶을 완성하는 과정이 될 수는 있을 것이다. 더욱이 시를 통한 사유는 개념을 통한 사유와는 달리 고통을 그 자체에 대한 체험 속에서 이해한다. 죽음에 대한 모든 관념은 일종의 신앙고백이라고 말할 수 있지만, 고통 그 자체를 통하여 고통을 이해한다는 시(예술)의 미메시스로써 구축된 죽음의 관념은 그저 단순히 습관처럼 반복되기만 할 뿐인 신앙고백과는 근본적으로 다른 어떤 것임이 분명하다. 그것은 영혼의 기도이다.

2. 견고한 응집 : 허영자의 시*

　초조함 때문일까? 삼선교 사거리 신호등의 전환이 평소보다 훨씬 느리게 느껴진다. 2002년 10월 22일, 대담을 위해 허영자 시인과 만나기로 한 '이태준 구택(舊宅)'으로 향하는 마음이 불안하다. 어른을 기다리게 하는 결례를 범하지 않기 위해 나름으로는 꽤 서둘렀건만 약속 시간인 오전 열한 시까지는 불과 5분 여밖에 남지 않았기 때문이다. '이태준

---

* 이 글은 『서정시학』 2002년 겨울호에 특집으로 실렸던 「집중조명·허영자의 시세계」에 포함된 글들 가운데 하나로 '시인을 찾아서'라는 형식에 맞춰 씌어졌던 것이다.

구택' 근처에 주차를 하고 시계를 보니 열한 시에서 이미 2분이 지났다. 종종걸음으로 입구로 달려가 문을 연다. 그런데, 그런데 문이 열리지 않는다. 깜짝 놀라며 문틈으로 살펴보니 안쪽으로 굳게 잠겨 있다. 담 너머로 보이는 집안엔 인기척마저 없다. 가슴이 철렁 내려앉는다. 밤사이 기온이 크게 떨어져 초가을답지 않게 쌀쌀한 날씨였다. 필자보다 일찍 도착하셨다면, 그랬다면? 당혹스러움에 안절부절못하면서 주위를 둘러보며 서성이는데 저쪽에서 환하게 웃는 얼굴로 나타나신다.

"미안합니다. 내가 좀 늦었지요?"

필자보다 일찍 도착하셨던 것은 아닌가보다 싶어 겨우 안도하면서 문이 잠겨 있고 집안에 인기척도 없음을 알린다. 그러나 내 옷차림을 보시며 걱정스러운 표정으로 하시는 말씀을 듣는 순간 깨닫는다, 허영자 시인이 늦으신 것은 만약의 경우를 위한 배려였다는 것을.

"이렇게 쌀쌀한데 좀 든든하게 입고 나오시지… 내 이럴 줄 알았으면 제시간에 맞춰 나왔을 것을. 집이 여기서 가깝다 보니 내가 그만 시간 대중을 잘못했군요."

사정은 알 수 없으나 대담 장소인 '이태준 구택'이 아직 열려 있지 않은 터라 일단 근처에 있는 간송미술관으로 향했다. 요즘 그곳에 추사(秋史)의 서예 명품이 전시되어 있으니 기왕에 근처로 온 김에 보고 가라는 시인의 권유 때문이었다. 사시는 곳이 지척인지라 이 가을에만 벌써 여러 번을 다녀가셨단다. 그런데도 마치 처음인 것처럼 사방을 둘러보시며 연신 감탄의 표정을 지으신다.

"저는 여기가 아주 좋아요. 여기만 오면 많은 것이 위안이 되어요. 우리 모두 일상생활에서도 이런 정취를 느끼며 살았으면 좋겠는데 그것이 여의치 않으니 참 안타까운 일예요."

비록 사람의 손이 꾸며 놓은 것이긴 하지만 아담한 정원은 자연의 숨결을 조심스럽게 간직하고 있는 듯했다. 선생님의 제5시집 『조용한 슬픔』
에 실렸던 시가 떠오른다.

애야

천만 년
말없이 솟아 있는
높은 산아래
노래하며 흘러가는
시냇물이 있는 것을
너는 알지

위로 뿜어나는
황홀한 푸름
저 눈부신 잎새들을 위하여
땅 속 깊이 길을 찾는
뿌리가 있는 것을
너는 알지

애야

낮에는
우리 몸을 덥혀주는
햇빛이 있고
밤에는
우리 마음 덥혀주는
달빛이 있는 것을
너는 알지

　　　　　　　　　—「너는 알지-뇌성마비 소녀에게」 전문

‘뇌성마비’, 즉 ‘뇌성소아마비’는 태어날 때부터 뇌에 이상이 있어 팔다리의 마비나 이상 운동·지능 장애 따위를 일으키는 병을 가리킨다. 이 시는 일차적으로 그런 병에 걸린 소녀를 위한 위로를 담고 있다. 그러면서 그 이상(以上)이다. 장애자인 소녀가 알고 있는 것은 자연으로 상징되는 근원적인 어떤 것이다. 제목의 어조에서도 확인되다시피, ‘소녀’가 아는 것은 다른 사람들도 다 아는 것이 아니다. 건강하게 보이는 다른 사람들은 모르는 어떤 것을 ‘소녀’는 안다. 이를 통해 기존의 정상-비정상(장애) 관계가 역전된다. 다시 말해, 건강해 보이는 지배 질서가 사실은 병든 것임이 판명되는 순간 이제까지 병적인 것으로 치부되던 것이 오히려 진정으로 건강한 어떤 것을 위한 회복 세포임이 드러난다. ‘소녀’는 알고 있는 것을 우리는 알지 못한다. 계산하고, 계획하고, 이용하는 것, 우리가 아는 것은 고작 그것뿐이다. 우리는 자연과 사물을 이용하기 위해 사육한다. 더 잘 이용하기 위해 사육하면서 몰아세우고 닦달한다. 그러나 ‘소녀’는 자연을 안다. 비록 낡은 듯해 보여도 그것이 지닌 치유적 권능을 안다. 시인의 많은 시에서는 언제나 자연이 그러한 치유적 권능의 빛을 발한다.

애정 어린 손길로 부드럽게 어루만지듯 이곳저곳을 둘러보며 앞서는 시인의 뒤를 따라 전시장의 입구에 다다른다. 입구로 들어가는 방향으로 왼쪽 편에 크지도 작지도 않은 감나무가 한 그루 서있고 거기에 발갛게 익어 가는 감이 달려 있다. 마치,

> 이 맑은 가을 햇살 속에선
> 누구도 어쩔 수 없다
> 그냥 나이 먹고 철이 들 수밖에는

젊은 날
떫고 비리던 내 피도
저 붉은 단감으로 익을 수밖에는…

　없다는 듯(「감」, 제2시집 『친전(親傳)』). 이 시는 감을 노래한 것이자 동시에 가을 자체를 노래한 것이다. 시인의 시편들 가운데는 계절을 소재로 한 것들 또는 그것이 중심적인 배경이 되는 것들이 참 많다.

　"저는 어릴 때부터 선병질적(腺病質的)이어서 몸이 몹시 약했어요. 어린 시절 운동회 때, 다른 아이들은 모두 일등을 하기 위해 달리는데 저는 꼴찌를 하지 않으려고 열심히 달렸지요.(웃음) 그렇게 몸이 약해서인지 성장을 해서도 계절을 남보다 일찍 느꼈어요. 어쩌면 앓았다고 표현하는 것이 더 옳을 거예요. 봄이 되면 차라리 죽고 싶을 정도로 몸이 아팠어요. 거의 밥도 먹지 못할 지경이었지요. 그런데 가을에는 조금 나았어요. 밥도 조금은 먹을 만하고…"

　그래서일까. 시인의 몸 속에는 계절을 더욱 강렬하고 예민하게 느끼게 하는 감지기가 들어 있는 듯하며, 또한 그는 자주 앓는다.

아마도 그대
이렇게 나처럼
자주 병 앓으며

몸져누운 축축한 자리
무서운 긴 밤
눈 떠 새우며

―「반려」 부분

숨이 가쁜 푸르름
둘레에 술렁여도

그리움이여
떨리는 신열이여

오히려 한여름에도
춥고 또 추워라

—「여름감기」 전문

사방에서 신음소리가 들린다
사방에서 한숨소리가 난다

—「가을」 부분

줄에 널린 빨래가
밤비에 젖고 있다

아아 추워라

—「가을 1」(제5시집 『조용한 슬픔』) 전문

계절을 미리 예감하지 못하는 자, 남보다 계절을 강렬하게 느끼지 못하는 자 어찌 시인일 수 있으랴. 그렇다면 허영자 시인의 시인됨은 체질적인 것이요 숙명적인 것이 아닐 수 없다. 그런데 시인 자신의 고백은 의외다.

"시인이 된 지 40년이 되는데 등단 무렵부터 지금까지 스스로에게 두 가지 질문을 줄곧 해왔어요. 하나는 '과연 나에게 시인이 될 자질이 있는가?' 하는 것이고, 다른 하나는 '시 쓰는 일이 한번뿐인 이 생을 바쳐 해봄직한 일인가?' 하는 것이었죠. 두 가지라고 했지만 서로 연결되는 한 가지이고, 그러면서도 다시 분리되는 두 가지라고 할 수 있을 거예요. 재능 없이 감히 예술 행위를 한다는 것은 무모한 일이라고 생각해요. 단 한번뿐인 삶이 너무나 안타깝게 소모될 수도 있기 때문이죠. 그리고 두 번째 질문은, 그렇게 평생을 바쳐 매진하는 시작(詩作)이 과연 무엇이 되어야 하는가, 라는 질문과도 통하는 것이고… 여전히 스스로의 재능을 회의하고 있고, 여전히 제가 쓰는 시는 그 무엇도 되고 있지 못하다고 생각하지만, 그래도 그 질문을 마치 명(銘)처럼 줄곧 가까이 두다 보니 시작에 더욱 열심을 내게 되고 또 시인답지 못한 일들과는 일정한 거리를 두게도 되고… 이 땅에서 태어나 모국어로 40년 동안이나 시를 쓰는 것은 감사한 일이죠. 아무튼 저는 어릴 때 책을 읽는 것은 좋아해서 닥치는 대로 읽긴 했지만 특별히 문인이 되어야겠다고 생각하지는 않았어요. 문학소녀이기는 했지만 문학지망생은 아니었던 셈이죠. 저는 무남독녀 였는데, 아버지는 법학을 전공하셨지만 실제 진로는 행정 쪽이셨어요(시 인은 스스로를 '무남독녀'라고 표현했지만, 개인사와 관련하여 시인 자신이 쓴 어느 글의 내용에 따르면 그에게는 연년생인 남동생이 있었다. 안타깝게도 하늘 은 그에게 너무 짧은 涉世의 시간만을 허락하셨다고 한다). 그런 아쉬움과 관 련한 집안 분위기를 어릴 때부터 스스로 감지한 때문인지, 사실 집안 어른 그 누구도 그렇게 권한 것 같지는 않은데, 저는 여성 법조인이 되어 야겠다고 생각했어요. 그런데 대학입시에서 좌절을 겪으면서 삶의 방향 이 크게 바뀌게 되었죠. 전공을 국어국문학과로 택하게 되고, 대학 재학 시 곽종원·김남조·정한모·조연현 선생님들처럼 훌륭한 스승들의 지 도를 받았어요. 그럼에도 어릴 때와 마찬가지로 문인이 되겠다는 생각은 하지 않았어요. 문인이 된다는 것은 매우 특별한 삶을 택하는 것이고, 그러기 위해서는 예술적 재능에 대한 최소한의 자기 암시라도 있어야 하고 그런 것을 근거로 평생 투신하겠다는 뜨거운 의지가 있어야만 한다고 생각했기 때문이죠. 제가 등단한 것은 1962년인데, 박목월 선생님께서 추천을 해주셨어요(시인은 1961년『현대문학』2월호에「도정연가(道程連歌)」로 초회 추천, 동년 9월호에「연가삼수(戀歌三首)」로 2회 추천, 그리고 1962년 2월에「사모곡(思母曲)」으로 추천을 완료하여 시단에 등단하였다). 제가 대학을 다니던 시절에는 지금과 비교할 수 없을 만큼 문학 열기가 뜨거웠는데, 국문학과에서 '문학의 밤' 행사를 하면 여러 문인들도 함께 참석해서 격려해 주실 정도였어요. 제가 다닌 숙명여대에서 '문학의 밤' 행사를 열었고, 당연히 저도 습작한 시를 낭송했어요. 그때 참석한 목월 선생님께서 제 시를 좋게 보시고는 작품을 가져와 보라고 하셨어요. 그렇게 해서 등단을 하게 되었으니 자의 반, 타의 반으로 시인이 된 셈이죠. 제가 언제나 자신의 재능과 끈기와 노력에 대해 늘 회의하면서 자신을 자책하곤 하는 것도 그런 이유 때문입니다."

아마도 겸어(謙語)이리라. 의식이 미처 살피지 못한 몸의 생리가, 비록 우연한 계기를 통해서이긴 하지만 결국 그를 시인이 되게 하였음에 틀림없다. 사시사철을 미리 느끼고 깊게 앓는 가운데 겪는 "외로운 그리움"은 존재에 대한 근원적 의문에서 비롯한 것일 터이고, 또한 존재의 완성을 향한 열정의 다른 표현이었을 것이다. 그렇지 않고서야 "천지야 천지야/목마른 내 병은/이제/꾈 대로 괴어버린/진문둥이가 다 되었다//타는 뙤약볕 밑에/숨죽인/내 외로운 그리움은/상처마다 흐르는 진물이다/가득히 날아오르는/저 검푸른 나방이 떼다"(「녹음천지」, 제3시집『어여쁨이 어찌 꽃뿐이랴』)라고 노래할 이유가 없다. 시인은「모국어」(제6시집『기타를 치는 집시의 노래』)라는 시에서, "해질녘/유년의 시장한 들판에서/'어머니' 하고 부르면/슬픔과 무섭증을 가라앉혀 주던/내 모국어"라고 노래하였는데, 시야말로 시인의 근원적 외로움과 그리움을 달래주던 영혼의 모국어였으리라. 혼자서 그런 생각을 하고 있는데 빙긋이 웃으시며 이렇게 말씀하신다.

"문학소녀였던 것은 분명해요. 시골집 문살에 내려 쌓이는 달빛을 바라보고 있노라면 그 무언가가 내게 나직한 목소리로 속살거리는 것만 같아 잠을 이루지 못하곤 했어요. 모두 깊은 잠에 빠져 있는 식구들을 보고는, '어떻게 이런 밤에 잠을 잘 수 있단 말인가? 아마도 난 우리 가족과는 근본적으로 다른 태생일지도 모른다. 이들과 비록 살을 나누기는 했지만 내 영혼의 부모는 분명 다른 곳에 계시리라' 생각했지요.(웃음) 흐르는 물소리에 시간이 함께 묻어 가는 것이 느껴지고, 또 제재소에서 나무 켜는 소리에서도…"

전시장에는 간송미술관이 수장하고 있는 추사의 명품들이 매우 체계적으로 잘 전시되어 있다. 이미 여러 번을 다녀가셨음에도 전혀 새롭다는 듯 하나하나 곰곰이 살펴보신다. 괜히 방해가 될 것 같아 나름으로 둘러보다가 서체가 담백하고 글자가 평이하여 쉽게 해독이 가능한 작품 앞에 멈춰 선다.

〈春風大雅能容物, 秋水文章不染塵〉

'대아'(大雅)는 『시경』의 편명(篇名)이고, '추수'(秋水)는 『장자』 외편(外篇)의 편명이긴 하나, 굳이 그렇게 연결하지 않고 글자 그대로만 읽어도 어떤 경계를 넘어선 정신의 넉넉함과 초연함이 느껴진다. 언제 오셨는지 내 옆에서 잠시 아무 말 없이 바라보시더니 "필의(筆意)가 고상(高尙)하지요?" 하신다. 고상함이라… 시인의 작품 가운데 문득 떠올려지는 작품이 있다.

　　돌 틈에서 솟아나는
　　싸늘한 샘물처럼

　　눈밭에 고개 드는

새파란 팟종처럼

그렇게
맑게

또한 그렇게
매읍게.

—「무제 1」(제4시집 『빈 들판을 걸어가면』) 전문

맑고 서늘하다 못해 맵기까지 한 정신의 초월적 지향은 그의 시의 대표적 특질 가운데 하나이다. 그런데 그런 지향은 그 대척점에 "출렁이는 관능"(「파도」, 제5시집 『조용한 슬픔』)을 두고 있다는 점에서 매우 이채롭다. 특히 '봄'을 소재로 한 시편들에서 다양한 모습으로 나타나는 그런 관능의 실체는 무엇일까?

"저는 처음에는 인간의 삶을 이끄는 것은 정신의 지향이라고 생각했어요. 불의를 미워하고 어려움을 견디게 하고 옳은 것 혹은 절대적인 것을 향해 나아가게 하는 그런 정신적인 삶만이 있다고 믿었던 것이지요. 그런데 어느 날 '자궁'이라는 것이 있다는 것을, 정신보다도 그것이 더 큰 힘을 지니고 있다는 것을 깨달았습니다. 그것은 막으려 해도 막을 수 없는 완강한 힘이었습니다."

시인의 말을 들으면서, 특히 '자궁'이라는 대목에서 나는 기이한 감동을 받는다. 자궁은 흔히 모성의 상징으로 통한다. 그런데 시인은 거기에 여성의 특성을 함께 부여한다. 어머니는 타자(아이)를 위한 존재이다. '모성적 육체'는 오로지 고통 속에서만 기쁨이 허용된다. 출산과 육아의 고통이 어머니에겐 기쁨이고/이어야 한다. 그러나 어머니 역시 여성이 아닌가. 다시 말해 어머니는 '모성이며 여성'(the maternal and feminine)인 존재가 아닌가. 어머니 역시 자신만의 고유한 죽음을 완성할 수 있는 권리를 가진 존재가 아닌가. 동시에 '성적-지적-육체적 열정'을 가진 살덩이의 존재가 아닌가. 문득 시인의 많은 시편들이 새롭게 읽힐 수 있겠다는 생각을 하면서 「백자」를 떠올린다.

> 불길 속에
> 머리칼 풀면
> 사내를 호리는
> 야차 같은 계집
>
> 그 불길 다스려 다스려
> 슬프도록 소슬한 몸은
> 현신하옵신 관음보살님
> — 이조 항아리.
>
> — 「백자」(제2시집 『친전』) 전문

이 시는 백자 그 자체의 어떤 속성을 노래한 것이 아니다. 백자가 만들어지는 과정을 인간과 관련한 어떤 역동적인 드라마와 겹쳐 놓은 것이 이 작품이다. "사내를 호리는/야차 같은 계집"의 형상은 항아리를 굽는 불길 속에서 시뻘겋게 달아오른 항아리 그 자체의 모습일 것이다. 그리고 "슬프도록 소슬한 몸"의 형상은 완성된 백자의 모습일 것이다. 여기서 전자와 후자 모두 '몸'의 형상이라는 점에서 그 양자를 '육체'와 '영혼'의 대립으로 보기는 어렵다. 차라리 어떤 존재의 질적 비약과 관련한 전후 단계로 파악하는 것이 더욱 타당할 것이다. 그런데 '야차 같은 계집'에 여성성을, '관음보살님의 대자대비'에 모성성을 각각 연결시켜 볼 수는 없을까. 그렇게 보는 것이 가능하다면, 이 시에서는 '모성성'이 '여성성'

보다 우월한 가치로 평가되며, 심지어 '여성성'은 부정적인 것이 된다. 시인은 어떻게 생각할까?

"저는 스스로 허무주의자라고 생각해요. 사실 삶이란, 생명이란 허무한 것입니다. 그러나 그와 같이 허무하다고 해서 그것이 근본적으로 부정되는 것은 아니지요. 삶이, 생명이 순간뿐임을 알기 때문에 오히려 그것을 긍정하고 사랑할 수 있다고 생각해요. 순간이기 때문에 소중하고 순간이기 때문에 매달릴 수 없는 것이기도 하지요. 제가 말한 '자궁'의 문제를 '여성성'과 '모성성'의 문제와 연결시켜 볼 수는 있을 거예요. 저로서는 지금 당장은 뭐라 말하기 어려운데, 아무튼 제가 말한 '자궁'은 삶 혹은 생명의 양상입니다. 그러니까 본질적으로 허무한 것이지요. 그렇다고 그 자체가 부정되는 것은 아닙니다. 아니 소중한 것이지요. 하지만 그냥 그 자체로 머무르는 것이 아니라 다른 그 무엇이 되어야 한다고 생각해요. 저는 현재를 인정하지 않는 '고행주의'나 현재에만 집착하는 '쾌락주의'를 모두 부정합니다. '자궁'과 관련해서 말하자면, 그것에만 집착하면 '쾌락주의'가 되고 그것을 지나치게 억압하면 '고행주의'가 되겠지요. 그것들은 지나치게 극단적이어서 자연스럽지 못해요. 제가 그것들을 부정하는 것도 그 때문입니다. 하지만, 초월이랄까 승화랄까 아니면 제가 「감」에서 노래했던 것처럼 익는다고 할까, 아무튼 질적으로 다른 그 무엇이 되어야 한다는 생각 때문에, 그리고 제 표현 능력이 부족해서 어떤 경우 그것을 부정적인 성격으로 드러내지 않았나 싶군요."

그렇다. 그러고 보니 시인의 작품들 가운데는 '여성성'의 문제를 경쾌하게 드러낸 작품도 있는 것 같다. "사랑이 나를 교활케 하여/이제 나는 한 마리/은빛 여호로다"로 시작하는 「은호(銀狐)」(제3시집 『어여쁨이 어찌 꽃뿐이랴』)가 대표적인 경우이겠고, 다음의 「야광충」(제5시집 『조용한 슬픔』)도 내게는 흥미롭다.

옻칠 어둠 위에
선으로 그리는 가냘픈 그림
금빛 혼신의 삶은
스스로 취하는 자홀의 춤이다 야광충

—「야광충」 부분

　　허영자 시인은 언어를 함부로 쓰지 않는 시인이다. '반딧불이'라는 고운 우리말이 있는데 굳이 '야광충'이라고 한 데에는 이유가 있다. '야광충'에는 '밤'과 '빛'과 '벌레'가 있다. 밤에 빛을 내며 날아다니는 벌레가 '야광충'이다. 어둠 속에서 "선으로 그리는 가냘픈 그림"이 그것의 존재의 흔적이다. 시인은 그것을 "금빛 혼신의 삶"이라고, "스스로 취하는 자홀의 춤"이라고 노래한다. 벌레임에도 '야광충'은 자신의 삶에 혼신의 힘을 다하여 스스로 "금빛"을 낸다. 또한 "옻칠 어둠" 같은 이 세상을 "스스로 취하는 자홀의 춤" 없이 어찌 견딜 것인가. 어쩌면 "혼신의 삶"과 "자홀의 춤"은 시인이 추구하는 보편적 인간학의 지향이면서 동시에 '모성성'과 '여성성'을 동시에 지닌 모든 여성들의 존재론적 지향일지도 모른다. 허영자 시인은 부단히 초월을 꿈꾸면서도 결코 비상하는 법이 없다. 시적 인식 혹은 시적 사유는 결코 현실을 떠난 정신의 고공 비행을 의도하지 않는다. 그가 추구하는 것은 '지금, 여기'의 삶을 받아들이고 혼신의 힘을 다해 살아냄으로써 이룩되는 '견고한 응집'이다. 「씨앗」(제7시집 『목마른 꿈으로써』)에서 그는 "가을에는/씨앗만 남는다//달콤하고 물많은/살은/탐식하는 입 속에 녹고/단단한 씨앗만 남는다//화사한/거짓 웃음/거짓말/거짓 사랑은 썩고//가을에는/까맣게 익은/고독한 혼의/씨앗만 남는다."고, 또 「정갈한 뼈」(제7시집)에서는 "맑고 싸늘한/가을하늘 아래/앙상한 가지만 남은 나무여//부끄러워라/무거운 살의 욕망/걷잡을 수 없는 피의 열기//모두 떨구고 나면/내게도 저런/정갈한 뼈다귀가 드러날 것인가”라고 노래한다. “까맣게 익은/고독한 혼의/씨앗”과 “정갈한 뼈”는 그가 추구하는 ‘견고한 응집’의 객관적 상관물이다. 그의 삶의 지향이 그러하니 그가 “한 번뿐인 생명으로” 쓰는 시 어찌 ‘견고한 응집’이 아닐 것인가.

어떤
요염한
유혹의 눈짓에도
홀려오지 않는다

심장의 피
간의 기름을
졸이고 태우는

그 처절하고
다함 없는
봉헌의 불꽃 속에

비로소 현신(現身)하는
한 점
빛나는
사리(舍利)

— 「시」(제7시집) 전문

　　<春風大雅能容物, 秋水文章不染塵> 이라는 작품이 걸려 있는 곳에서 조금 떨어진 곳에 <畵法有長江萬里, 書勢如孤松一枝> 라는 작품도

있다. 이 작품에는 큰 글자들 옆에 작은 글씨로 씌어진 것들이 있는데, 그 가운데 '强作元人荒寒簡率者, 皆自欺而欺人也'란 구절과 '蓋品格之高下, 不在跡而在意'란 구절이 특별히 눈에 들어온다. 거칠고 간략한 것을 억지로 꾸며내려 하지만 모두 자기를 속이고 남을 속이는 일이며, 대개 품격의 높고 낮음은 그 형태에 있지 않고 뜻에 있다는 것이다. 다른 작품을 보고 있는 시인 쪽으로 다가가자 돌아서며 볼만큼 보았느냐고 눈으로 물으신다. 미소로 답하자 그럼 이제 점심을 들러 가자고 하신다. 미술관에서 조금 떨어진 곳에 있는 음식점으로 간다.

식사를 하는 동안에는 '일'(?)을 하지 않기로, '재미있는 이야기'만 하기로 했다. 내 개인 신상과 관련하여 이것저것 물으신다. 속으로 '앗, 역할이 바뀌었네' 하면서 아내와 아이들에 대해, 그 아이들을 키우는 일에 대해 말씀드린다. 간간이 낮게 웃으시면서, 그리고 '그래 맞아'라고 슬쩍 맞장구도 치면서 진정으로 들어주신다. '재미있는 이야기'는 아니었지만 정치 이야기도 간혹 했다. 여러 가지 문제점들을 단호하게 지적하셨는데, 자신이 한 일에 책임을 지지 않는 행태에 대해 특히 노여워하셨다. 최근 여성 시인들의 시쓰기에 대해서도 이야기했다. 식사하는 동안에는 일을 하지 않기로 했지만 임무가 임무인지라 '여성 시인들'과 관련한 대목에서는 마음의 녹음기를 챙긴다.

"요즘 여성 시인들은 자신 있게 말을 하는 것 같아요. 그건 참 보기 좋아요. 공부들도 많이 하는 것 같고, 시에도 활력이 있고, 또 다양해요. 그런데 한 가지 아쉬움은 그네들이 쓰는 언어가 너무 거칠어요. 물론 고운 말만 골라 쓰자는 거 아니에요. 그런데 시의 언어가 아름답다고 할 때 말 자체가 아름다워서 그렇게 말하는 건가요? 작품의 전체 짜임관계 속에서 적절히 놓이고 또 적절히 골라질 때 그 말이 아름다울 수 있지요. 40년을 시를 쓰고 있지만 시라는 것은 참으로 무서운 물건이에요.

시는 언제나 내 모든 것을 버리고, 혹은 내 모든 것을 걸고 막 형성되고 있는 공간 안으로 들어오라고 요구해요. 그 안에서, 그것만이 요구하는 일관성을 이루기 위해 고치고 빼고 더하고 하는 것이지요. 시의 언어의 아름다움은 그 과정에서 생성되는 거예요. 물론 시로써 어떤 것을 비판할 수 있지요. 과격한 어조도 하나의 방법이 될 수 있겠지요. 그런데 거칠다는 것과 조악하다는 것은 다른 문제라고 생각해요. 조악한 것은 예술이 될 수 없어요. 우리가 어떤 것을 비판하는 것은 그것이 나쁜 것이니까 그것을 닮지 말자고 그렇게 하는 것입니다. 그렇지만 자칫 잘못하면 비판하는 것과 닮아지는 경우가 생겨요. 악을 비판하는 과정에서 그만 그 악을 닮아버리는 것이지요. 예술이 위대한 것은 그렇게 비판하면서도 그 비판의 대상과 결코 닮아지지 않는다는 점이에요. 예술이 그렇게 될 수 있는 것은 예술의 형상화 과정, 즉 정련하는 과정 때문이죠. 요즘 여성 시인들은 다 좋은데, 예술적 정련의 문제만큼은 심각하게 재고했으면 좋겠어요."

　식사가 끝나고 다시 일을 시작한다. 시인 모르게 나는 이미 일을 시작하고 있었지만. 시인의 시편들에는 삶의 아픔과 고독의 흔적이 진하게 묻어 있다. 사시면서 가장 힘들고 괴로웠던 일 혹은 시절과 관련하여 질문한다.

　"저라고 하는 한 여자가 살아오면서 보고 듣고 느끼고 겪은 모든 일들은 제 시 속에 모두 어떤 형태로든 담겨 있을 겁니다. 충격은 충격대로, 기쁨은 기쁨으로, 병적인 것은 또한 그 나름으로 담겨 있을 겁니다. 물론 직접적이고 구체적인 것은 은폐되어 있을지 모르지만 말입니다. 그런데 제가 살면서 가장 힘들고 괴로웠던 일들과 관련해서 말하자면, 제 개인적인 것들보다 오히려 8·15와 6·25와 4·19와 같은 역사의 전환점을 맞을 때였어요. 그것은 어느 것이나 '가치의 전도'라는 놀랍고 두려운 충격을 안겨주곤 했습니다. 인간을 비롯한 모든 것이 값이 달라지고 윤리니 도덕이니 하는 인간이 세운 모든 규범의 푯대가 하루아침에 무너지는 그런 물구나무선 세상을 본다는 것은 참으로 경악스러운 일이 아닐 수 없었지요. 그럴 때마다 저는 바닥이 없는 뿌우연 나락 속에 빠져 있는 것 같은 느낌이 들었습니다. 언젠가 다른 자리에서도 한 말이지만 저는 절대적 사랑을 믿습니다. 그것은 단순히 감상적인 차원의 이야기가 아닙니다. 거의 공포에 가까운 '가치의 전도' 현상을 목도하면서 이 세상에 믿을 것이라고는 아무것도 남아 있지 않게 되었는데, 그럼에도 그런 세상을 견뎌가며 살아야 하는데, 우리가 과연 사랑 없이 살아갈 수 있을까요?"

시인의 말의 들으면서 그의 시집들에 어째서 그토록 많은 연가(戀歌)들이 포함되어 있는지 의문이 자연스럽게 풀린다. 시인에게 연가는 낭만적 사랑의 감정을 토로하기 위한 단순한 방편이 아니다. 그것은 사랑에 이르기 위한, 삶의 순수성과 진정성을 지킬 수 있는 유일한 근거에 다다르기 위한 필연적 절차였던 것이다. 황폐한 세계 속에서는 인간의 영혼마저 황폐해진다. 그런 가운데 유지되는 삶이란 무의미한 것일 수밖에 없다. 사랑이야말로 무의미한 삶 속에서 의미가 되살아날 수 있게 하는 회복 세포일 것이다. 견디게 하고 미워하지 않게 하며, 기다리게 하고 그리워하게 하는 힘. 허영자 시인에게 사랑은 바로 그런 것이다. 그 힘을 얻고자 하는 자, 어찌 혼신의 힘을 다해 기도하지 않겠는가.

　　　이 쓸쓸한 땅에서
　　　울지 않게 해주십시오

　　　쓰거운 쓸개 입에 물고서
　　　배반자를

미워하지 않게 해주십시오

나날이 높아 가는 하늘처럼
맑은 물처럼
소슬한 기운으로 살게 해주십시오

먼 산에 타는 뜨거운 단풍
그렇게 눈멀어
진정으로 사랑하게 해주십시오

―「가을 기도」(제7시집) 전문

　식사를 마치고, 차를 세워 둔 간송미술관 옆 중학교로 간다. 시인의 댁도 그 중학교를 지나쳐야 한다. 걸으면서 앞으로의 계획에 대해 듣는다.
　"그동안 재직하고 있었던 성신여자대학교에서 내년에 정년을 맞이하게 됩니다. 뭐 그리 특별한 계획은 아닙니다만, 정년에 맞추어서 그동안 써왔던 시조(時調)들을 한 권으로 묶으려고 준비하고 있습니다. 부족한 재능으로 시인이 되어 40년 동안 시를 써왔는데, 한 번뿐인 생명으로 시 쓰는 일을 한 것을 후회하지 않습니다. 그것은 어쩌면 한없이 슬프면서도 한없이 즐거운 일이었기 때문입니다. 때로는 고통스럽게 또 때로는 행복하게 모국어를 매만지고 다듬는 일을 해왔는데, 그 '모국어'에게 감사하고 싶어요. 준비하고 있는 책은 그런 고마움의 표현이라고 할 수 있겠지요."
　서로 작별해야 할 지점에 이르렀다. 환하게 웃으시며 악수를 청하신다. 가시는 모습을 잠시 지키다가 차로 향한다. 차에 올라 시동을 걸고 잠시 하늘을 올려다본다. 날씨가 조금 쌀쌀하긴 하지만 청량하고 기분 좋은 가을날이다. 하늘 역시 이른바 '벽공'(碧空)의 바로 그 하늘이다. 저 하늘… 라산스카! 문득 김종삼 시인의 작품이 생각난다.

　　미구에 이른
　　아침

　　하늘을
　　파헤치는
　　스콥 소리

— 「라산스카」 전문

　김종삼 시인에게는 '라산스카'라는 제목의 시가 세 편 있다. 그 가운데 한 작품이다. 라산스카(Hulda Lashanska)는 뉴욕에서 활약한 미국의 소프라노 가수이다(김인환, 「소설과 시」,『상상력과 원근법』, 105면). 김인환 교수에 따르면, 그녀는 김종삼 시인에게 맑고 순수한 삶과 영혼의 상징과 같은 존재이다. '미구에 이른/아침'이란 구절에서도 확인되다시피 이 시에서는 죽음의 냄새가 난다. 그리고 죽음의 소리도… 그 냄새는 향기롭고 소리는 청아하다. 맑은 영혼의 소유자가 죽으면, 그의 살은 땅에 묻혀도 그의 영혼은 하늘에 묻히리라. 상상해 보라, 삽(schop)날이 푸른 하늘에 부딪치는 소리를, 순수한 영혼을 묻기 위해 "하늘을/파헤치는/스콥 소리"를. "까맣게 익은/고독한 혼의/씨앗"과 "정갈한 뼈"를 꿈꾸는 영혼은 하늘에 묻힐 수 있지 않을까.

3. 사랑의 경제학 : 나희덕의 시

　나희덕은 이제까지『뿌리에게』(1991),『그 말이 잎을 물들였다』(1994),

『그곳이 멀지 않다』(1997), 『어두워진다는 것』(2001) 등 네 권의 시집을 펴냈다. 1989년에 등단한 나희덕이 1991년에 펴낸 첫 번째 시집 『뿌리에게』는 그만의 독특한 시세계가 아직 채 형성되기 이전의 것이어서 필자에게는 그렇게 큰 매력적으로 다가오지는 않는다. 직접적으로 말하기보다는 에둘러 말하기가, 많은 것을 끌어모아 담아내기보다는 오히려 많은 것을 버려 비워내기가 시의 본질 구성 요인임을 감안할 때, 『뿌리에게』에 실린 작품들의 시적 담론은 지나치게 직설적이고 또한 비경제적이다. 나희덕만의 시적 개성과 문제 의식이 시 그 자체로서의 매력과 함께 개화되기 시작하는 것은 그의 두 번째 시집부터이다. 이제 그는 타자와 구별되는 자신만의 고유한 경험의 우물을 감각하고 인식하게 되었고, 그 우물에 시적인 것의 물이 고여 찰랑이는 소리를 들을 수 있게 되었으며, 정갈한 언어의 두레박으로 그것을 길어 올릴 수 있는 능력을 터득한 듯하다. 그리고 그의 작품들은 시간이 지날수록 시세계의 깊이와 시적 성취의 높이 면에서 뚜렷한 진경(進境)을 보여준다.

이미 여러 해설자들에 의해 지적된 바이지만, 나희덕의 시는 대체로 단정하다는 느낌을 준다. 60년대 김수영의 시쓰기 전략에서 촉발되었고 7,80년대를 거쳐 90년대를 통과하면서 일군의 작품들에서 거의 유행이 되다시피 했던 욕설·요설·독설 등의 과격한 화법과 극단적인 형태 파괴의 모습을 그의 시에서는 거의 발견할 수 없다. 그의 어조는 언제나 나지막하고, 그의 화법은 언제나 전통적인 시의 문법을 충실하게 따른다. 그러나 그런 단정함은 한 시인의 시적 개별성일 수는 있어도 그것 자체가 시의 미덕일 수는 없다. 단정함이란 교과서가 가르치는 덕목이자 거기에 충실한 모범생에게 주어지는 표창장의 이데올로기로 전락할 위험성을 다분히 지니고 있는데, 문학(시)은 성인(聖人)의 도덕에는 관심이 없으며 그것은 긍정의 길이면서 동시에 부정의 길이라는 점에서 '단정함'이라는 외투가 몹시 거북할 수가 있기 때문이다.

그렇다면 단정함이라는 외형상의 특징을 넘어선, 나희덕 시의 내적 특질은 무엇인가. 이러한 의문과 관련하여 필자는 그의 작품들에서 깊은 비관주의, 혹은 비극적 세계관을 읽는다. 그것은 매우 은밀하게 잠재돼 있어서 겉으로 확연히 드러나지는 않지만, 그의 시세계를 떠받치는 핵심적 저변이다. 나희덕에게 "사는 건 쐐기풀로 열두 벌의 수의를 짜는 일"(「고통에게1」)과도 같다. 삶의 과정은 고통이고 그 과정의 끝에는 절대적 종말로서의 죽음이 기다리고 있을 뿐이다. 그래서 그는, 살아남은 자가 죽어 떠난 자에게 보내는 편지의 형식을 빌린 연가(戀歌) 풍의 한 연작시(「젖지 않는 마음 — 편지 3」)에서, 연인에게 "다만 두 손 비비며 중얼거리"며,

> 그 무엇으로도 돌아오지 말기를
> 거기서 별빛으로나 그대 총총 빛나기를

바란다고 말한다. 어떤 사연에서든 이미 자신의 삶의 과정을 마감하고 우리로서는 명확히 알 수 없는 "거기"에 가 있는 "그대"에게 "그 무엇으로도 돌아오지 말기를" 바란다면, 남겨진 나의 삶은 도대체 무엇이란 말인가. 남아 있는 자의 삶의 과정에서도 여전히 그리고 무수히 "돋아나는 잎들/숨가쁘게 완성되는 꽃", "그러나 완성되는 절망이란 없다"(「고통에게 2」). 왜냐하면 절망의 완성이란 절망 자체로부터 벗어나 삶의 부정성과 근본적으로 화해하는 것인데, 그것은 적어도 현세에서는 가능한 일이 아니기 때문이다. 이와 같은 비극적 세계관에 침윤되어 있는 자에게는 고통과 절망 속에서 자신의 삶을 폭발시킴으로써 스스로 생을 마감하거나 고통과 절망에 형식과 의미를 부여함으로써 그것을 견디거나 하는 두 방향

의 길이 주어지게 된다. 나희덕은 후자의 길을 택한 것으로 보인다.

삶과 근원적으로 화해할 길이 막혀 있음에도 불구하고 살아남아 절망과 고통을 견뎌야 한다면, 그러한 견딤에는 어떤 이유가 있어야 하지 않을까. 또는 삶의 근원적 고통이나 절망과 끊임없이 대면하면서도 살아남아 그것을 견딜 수 있게 하는 어떤 디딤돌 같은 것이 있어야 하지 않을까. 나희덕에게 그것은 바로 '사랑'이다.

> (……)
> 내 생의 무게를 누군가 견디고 있다는 것
> 그것이 긴 들판을 건너게 했지요.
> 그만 두 손을 내리고 싶은
> 세상마저 내리고 싶은 밤에도
> 저를 남아 있게 했지요
>
> —「밤, 바람 속으로」에서

내가 이 세상에서 견딜 수 있는 것은 그 누군가가 "내 생의 무게"를 대신 견디고 있기 때문이라는 인식, 그것은 사랑의 발견 이외의 다른 것이 아니다. 사랑은 다른 것(타자)과 스스로를 위해 존재할 수 있는 것을 서로 보존하며 연결하는 숨결이자 힘이기 때문이다. 그런데 내가 견딜 수 있는 것은 누군가 대신 "내 생의 무게"를 견디고 있기 때문이라면, 그 누군가는 어째서 그렇게 하는가. 그 역시 그의 생의 무게를 누군가 대신 견디고 있기 때문일까. 그렇다면 나 역시 누군가의 생의 무게를 대신 견뎌야 한다. 나희덕의 시에서 사랑의 고리가 한 매듭점에서 마조히즘의 양상을 띠게 되는 이유도 바로 이 점에 근거한다. 그의 등단작이자 첫시집의 표제작인 「뿌리에게」를 보면, 그러한 사정이 분명하게 드러난다. 이 시의 화자는 어떤 식물을 품고 있는 흙이다. 그 흙은 "막 갈구어진

연한" 상태에서 "거무스레" 늙어 "슬픔만 한 두릅 꿰어 있는 껍데기"가
될 때까지 "밝은 피 뽑아 네게 흘러보내며 즐거움에" 떤다. 이 시에서
흙은 자신이 품고 있는 식물의 뿌리를 "나의 뿌리"라고 말한다. 어떻게
타자의 일부분이 나의 것이 될 수 있는가. 그것은 내(흙)가 그것(식물)을
소유하고 있기 때문이 아니라 양육하고 있기 때문이다. 사랑의 양육은
대상에게 그 어떠한 대가도 바라지 않으며, 심지어 자신의 희생조차도
즐거움으로 받아들인다. 그렇듯 나희덕의 시에서는 사랑의 이미지가 흔
히 '기르다'나 '키우다'와 같은 양육의 의미소와 겹쳐지며, 사랑의 그런
행위는 스스로를 살게(견디게) 하는 힘이 된다.

⑦ 피흘리지 않았는데
　뒤돌아 보니
　하얀 눈 위로
　상처 입은 짐승의
　발자국이
　나를 따라온다

　　저 발자국
　　내 속으로 절뚝거리며 들어와
　　한 마리 짐승을 키우리

— 「사랑」에서

⑭ 며칠째 그가 지나가지 않고
　오늘은 내가 물통을 들고 그의 밭으로 갔다
　그는 네 번 오갈 것을
　나는 두 번만에 물을 다 주었다
　잘 자라난 상추나 쑥갓, 아욱, 파, 시금치들에게

그러나 돌아서는 순간 깨달았다
푸성귀들을 키운 것은 물이 아니라는 것을
반 통의 물을 잃어버린 그의 발자국 소리였다는 것을

—「젖은 길」에서

㉯ 텃밭의 채소 몇뿌리와 더불어
무언가 기른다는 것이 아버지를 살게 하는 힘이었다
그 손에서 길러짐으로써 닭들은 아버지를 살렸다

—「양계장집 딸」에서

㉮에서는 '뒤돌아보는 나'와 '상처를 입고 뒤따라오는 나'가 등장한다. 그러니까 발자국은 어떻든 나의 것이고, 내가 바로 짐승이다. 그리고 내가 짐승인 것은 상처를 입었기 때문이다. 시에서는 "상처 입은 짐승의 발자욱"이 "내 속으로 절뚝거리며 들어"오는 것으로 되어 있는데, 기실은 '내'가 '상처 입은 나'를 끌어안은 것이리라. '사랑'은 그렇게 상처 입은 짐승을 돌보아 길러 자라게 하듯이 '상처 입은 나'를 키운다. ㉯에서는 반신이 마비된 한 노인이 불편한 몸을 이끌고 힘겹게 물을 떠다 채소밭에 물을 준다. 그리고 그 푸성귀들을 양육한 것은 몸의 부자연스러움으로 인해 정상인의 배의 노고를 기울여야 함에도 매일같이 물을 주러 가는 그 "발자국 소리", 즉 사랑의 안간힘이다. ㉰에서는 "무언가를 기른다는 것"이 스스로를 살게 하는 힘이 되고 있다(이 시는 아버지에 대한 기억을 다룬 것이다. 나희덕에게는 어머니에 대한 기억을 다룬 작품은 두 편에 불과한 데 비해 아버지에 대한 기억을 다룬 것은 여러 편이다. 그런데 흥미로운 것은 그의 시에서 아버지는 금기와 법의 상징인 동일시의 대상이자 따뜻한 모성성을 지닌 양성성의 소유자로서 나타난다는 점이다. 그가 아버지를 기억하는 시들은 밝고 따뜻한 느낌을 주지만, 어머니를 기억하는 시, 특히 「너무 많이」 같은 시는

어둡고 우울하다. 그 시에서 그는 "내 안의 어머니"에 대해 말하고 있다. 무슨 이유 때문인지는 그는 "내 안의 어머니"를 풀어놓기를 주저하고 있는데, 필자의 개인적인 욕심으로는 그 점에 대한 시적 접근이 좀더 적극적으로 이루어졌으면 한다).

세계 혹은 삶과 근본적으로 화해할 수 없다 하더라도 고통과 절망을 견딜 수 있게 하는 디딤돌로서의 사랑. 나희덕에게 그런 사랑은 하나의 의무이기도 하다. 왜냐하면 누군가 "내 생의 무게"를 견디고 있으므로 나 역시 누군가의 그것을 견뎌야 하기 때문이다. 나희덕 특유의 사랑의 경제학을 잘 보여주는 「빚은 빛이다」에서, 그는 "햇살과 바람에 붉은 살 도로 내주며/겨우내 매달려 시들어 가는" 꽃사과에게 "나도 너처럼 빚 갚으며 살고" 있다고, "빚도 오래 두고 갚다 보면/빛이 된다"고, "우리가 조금이라도 가벼워질 수 있는 건/빚이 남아 있기 때문이라"고 말한다. 그러나 과연 사랑의 그런 경제학만으로 충분한 것일까. 사랑의 의무와 성의를 다한 다음에는 과연 모든 문제가 해결될 수 있을까. 나희덕의 세 번째 시집의 해설을 쓴 황현산은, 그의 아름다운 시 「오분간」에 대해 짧게 언급하는 자리에서, "꽃그늘 아래 '기다림을 완성'하며 서성거리다 '훌쩍 날아 올라 꽃그늘을 벗어'나는 그 오분간은 아름답고 아련하지만 시인 자신에게는 너무 인색한 시간이다"라고 하였다. 그렇다. "여섯 살배기"가 "훤칠한 청년"이 되고 "어느새 나는 머리 희끗한 노파가 되"기까지 사랑의 의무와 성의로서의 기다림을 완성하는 것은 아름다운 일이지만, '나'의 실존의 관점에서 그것은 지나치게 인색하다. 나의 실존은 사랑의 의무와 성의를 작동시키는 기능으로 단순화될 위험이 있기 때문이다. 이러한 사정을 시인 역시 모르고 있는 바는 아니다. 세 번째 시집 이후에 발표된 작품들 가운데 「부서진 열쇠」와 「사과밭을 지나며」는 바로 그 문제에 대한 시인 나름의 인식을 보여준다. 길을 가다가 흙 속에서 "끝이

거의 문드러져/아무것도 열 수 없게 된 열쇠 하나"를 발견한 경험이 시작
(詩作)의 모티브로 되어 있는 「부서진 열쇠」에서, 그는 "어디로도 갈 수
없게 된", 다시 말해 아무짝에도 쓸모 없게 된 열쇠의 "미움"(절망과 회의)
에 대해 관심을 보인다. 열쇠는 도구이다. 도구의 존재 이유는 그것의
용도에 있다. 그것의 쓰임새가 그 내용과 형식을 결정한다. 그런데 그
용도를 상실했다. 존재의 근거를 상실한 것이다. 폐기처분. 그렇게 버려
져 흙 속에 뒹굴 수밖에 없는 것이 열쇠의 존재적 숙명일까. 「사과밭을
지나며」에서도 그런 사정은 반복된다.

> 가지가 휘어지도록 열매를 달았던 사과나무,
> 열매를 다 내려놓고 난 뒤에도
> 그 휘어진 빈 가지는 펴지지 않는다
> 아직 짊어질 게 남았다는 듯
>
> 그에겐 허공이 열매보다 더 무거울 것이다

  사과나무에게 허공이 열매보다 더 무거운 것은 그 빈자리를 대신한
공허의 무게 때문일 것이다. 나희덕 시의 사랑의 경제학에서 핵심적인
의미소가 되고 있는 '양육'은 고귀하고 아름다운 것이지만, 그것은 노고
와 회의를 수반하는 길이기도 하다. 노고의 의무는 누군가에게 진 빚을
갚기 위한 것이므로 당연한 것일 수도 있을 것이다. 문제는 공허의 무게,
즉 회한이다. 여기서 회한은 본질적인 것이고 보편적인 것이다. 그것이
본질적인 이유는 그럼에도 삶이 진정한 화해 혹은 구원에 이르지 못하였
기 때문이고, 그것이 보편적인 이유는 누군가에게 진 빚을 갚기 위해
또 다른 누군가의 "생의 무게"를 견디는 모두가 그 회한의 회로에 연루되
어 있기 때문이다.

앞에서 언급한 두 편의 시에서 나희덕은 사랑의 의무와 성의를 다한, 즉 이제 사랑의 기능을 상실한 두 존재에게 위로의 손길을 내민다. 「부서진 열쇠」에서는 "사람들이 밟고 가는 흙 속에서" "미움이 물처럼 맑아져 가는 그 얼굴을" 보았다고 하고, 「사과밭을 지나며」에서는 "빈 가지에 나비가 잠시 앉았다 날아"가는 보습을 보며 "무슨 축복처럼 눈앞이 환해진다"라고 말한다. 그러나 그런 위로가 적어도 필자에게는 어떤 실감으로 다가오지 않는다. 우리가 삶과의 근원적인 화해나 구원에 대한 구체적인 보장 없이도 고통과 절망을 견뎌야 하는 것은 삶을 우리 자신의 것으로 가져오기 위함이다. 고통이나 절망을 견디는 것 자체가 쾌락일 수는 없는 것이다. 기실 삶이란 죽음과 더불어 모든 것이 끝이 나고 모든 것이 규정되는 어떤 것인지도 모른다. 그러나 죽음은 자살로써 완수되어서는 안되며, 그것은 인간적 충동의 암흑을 밝혀주는 것이어야 한다. 중요한 것은 세계나 삶으로부터 고통과 절망의 주체인 자아를 끌어내는 것이 아니라 그 속에 있는 자아를 그 자신에게로 가져다주는 것이다. 그런 맥락에서 필자는 나희덕의 사랑의 경제학이 값싼 위로의 목소리로 귀결되는 것을 바라지 않는다. 그가 해야 할 일은 회의의 근본화이다. 왜냐하면 구원이란 회의를 근본화하는 데서 얻어지는 것이며, 근본적인 회의야말로 세계와 삶에 대한 그리고 고통과 절망의 견딤에 대한 회의주의적 해체의 해독제로서 작용할 수 있기 때문이다. 그리고 시가 나타내려고 하는 것은 구원의 빛 그 자체가 아니라 구원의 빛 속에 담겨진 현실이다. 필자는 나희덕의 시에 고유한 사랑의 경제학이 고통과 절망에 대한 회의를 더욱 근본화하기를 기대하며, 그의 시가 모색하는 구원의 빛이 인간적 충동과 현실의 암흑을 더욱 열정적으로 밝혀 주기를 기대한다. 고통과 절망에 대해 말할 때에도 논증적 인식의 매개적 개념에 의지할 수밖에 없는 필자는 감각적으로 수용하고 표현하며 소통하는 생명체의 행동방

식인 시적 미메시스의 도구를 소유한 그가, 또한 절망과 고통의 견딤
속에서 화해와 구원의 빛을 향해 나아가야 할 그의 비참과 영광의 길이
한없이 부럽고 안쓰럽다.

　자신의 네 번째 시집 『어두워진다는 것』에서 나희덕은 어떤 '어둠'에
대해 말하고 있다. 그 어둠의 공간은 정적에 휩싸여 있는데 거기에서
누군가가 "가만, 가만, 가만히/금이 간 갈비뼈를 혼자 쓰다듬"고 있다.
나는 그 어둠의 깊이와 그 을씨년스러운 정경이 보아서는 안 될 것이라도
되는 듯 얼른 외면해 버리려 했지만, 마치 무슨 늪에라도 빠진 것처럼
거기에서 헤어날 수가 없었다. 고통과 우울이 동굴의 습기처럼 짙게 배어
있는 어둠 속, 한 마리 상처 입은 짐승과도 같이 웅크리고 엎드려 금이
간 갈비뼈를 '혼자' 쓰다듬고 있는 그 누군가의 모습에서 나는 내 어머니
를 보았던 것일까. 아무튼 나희덕은 '어두워진다는 것'에 대해 이렇게
말한다 :

　　　5시 44분의 방이
　　　5시 45분의 방에게
　　　누워 있는 나를 넘겨주는 것
　　　슬픈 집 한 채를 들여다보듯
　　　몸을 비추던 햇살이
　　　불현듯 그 온기를 거두어가는 것
　　　멀리서 수원은사시나무 한 그루가 쓰러지고
　　　나무 껍질이 시들기 시작하는 것
　　　시든 손등이 더는 보이지 않게 되는 것
　　　5시 45분에서 기억은 멈추어 있고
　　　어둠은 더 깊어지지 않고
　　　아무도 쓰러진 나무를 거두어가지 않는 것

그토록 오래 서 있었던 뼈와 살
비로소 아프기 시작하고
가만, 가만, 가만히
금이 간 갈비뼈를 혼자 쓰다듬는 저녁

— 「어두워진다는 것」 전문

시간이란 '나'의 의지와는 상관없이 부단히 '나'를 다른 어떤 곳으로 넘겨주는 그런 것이리라. 그리고 시간의 그런 운동 속에서 "햇살이/불현 듯 그 온기를 거두어가"면, 내 몸의 온기도 사라지고 결국 '나'의 기억은 어느 시점에서 멈추게 될 것이다. 이런 정황을 죽음의 이미지와 관련된 것으로, 그래서 '어두워진다는 것' 자체를 죽음에 대한 알레고리로 보는 것은 지나친 확대해석일까. 적어도 내가 보기에는, 죽음의 순간 혹은 죽음 직전의 순간에 대한 상상에 근거한 이 텍스트의 말미에서, 화자는 자신의 상처를 쓰다듬고 있다("쓰다듬는"다는 일종의 성애적 행위로 미루어 텍스트의 마지막 두 행은 나르시시즘을 보여주는 것이라 생각할 수 있다). 그런데 화자는 어째서 그런 자기 위무가 죽음 혹은 죽음 직전의 상황에서나 가능하다고 상상하는 것일까. 오로지 "혼자" 자신의 상처를 쓰다듬고 있는 정황 그 자체의 혹독한 어둠에도 불구하고 오히려 화자가 정말 평안해 보이기까지 하는 것은 또한 무엇 때문일까.

나희덕의 시에 대해 말할 때 흔히 '모성적 사랑의 따뜻함'에 대해 말하곤 한다. 그러나 '여성적 본능'과 '모성적 사랑'을 아무런 매개 없이 동의어 관계로 놓고 나희덕의 시에 그런 것이 있다고만 말하는 것은 진실을 외면하게 될 가능성이 높다. 앞서 언급하였듯이, 나희덕에게 '모성적 사랑'은 영양을 주고 사랑하고 보호하는 '모성적 육체'에 근거하고 있다. 나희덕은 생물학적 본능일 수도 있는 모성적 육체의 사랑의 율동을 '사랑의 윤리'로 상승시킨다. 내가 이 세상을 견딜 수 있는 것은 그 누군가가 '내 생의 무게'를 대신 견디고 있기 때문이라는 인식, 그것은 '사랑의 윤리'에 대한 인식 이외의 다른 것이 아니다. 그리고 나희덕의 전체 시세계에서 그런 인식은 출산 경험을 통해 이루어진 '어머니'와의 화해에 근거하고 있다. 나희덕은 그의 초기작 가운데 하나인 「해빙」이라는 아름다운 시에서 그런 화해의 드라마를 이렇게 묘사한다 :

> 아기를 낳은 후에 젖몸살을 앓았다
> 40도를 오르내리는 열과
> 수시로 찾아드는 오한 속에서
> 밤새 뜨거운 찜질로 젖망울을 풀어주시며
> 굳었던 내 가슴을 쓸어주시며
> 기도하시던 어머니,
> 어머니의 땀이 나의 가슴을 흔들어 깨웠다
> 가장 깊은 속 완고했던 응어리들이 풀릴 때마다
> 뜨거운 눈물이 흘러내렸다
> 맺혔던 젖이 분수처럼 솟구쳤다
> 그러나 가슴 위로 흘러내리는 것은
> 눈물이 아니었다 젖이 아니었다
> 잊혀져가던 옛사랑이었다
> 어둠에서 나를 이끌어낸 것은
> 주님이 아니라 어머니 속의 어머니,
> 새벽이 되자 열이 내리고 젖이 풀리면서
> 나는 이제야 어머니가 된 것이다

—「해빙」 전문

  해산 후 필연적으로 찾아든 '젖몸살'의 체험을 통해 한 어머니가 자신의 어머니와 동일화된다. '눈물'이면서 동시에 '젖'이기도 한 그 "잊혀져

가던 옛사랑"의 회복은 잃어버린 어머니와의 쓰라리면서도 달콤한 재결합과 정확히 등가이다. 정신분석에 따르면, 아이는 독립적인 존재가 되기 위해 어머니와 분리되어야 한다. 계속해서 어머니에게 의존해 있게 되면 아이는 상징적 질서로 편입하지 못하고 결국은 독립된 주체로서 자립할 수 없게 된다. 그런데 사내아이의 경우는 이른바 오이디푸스 단계를 거치면서 어머니(모성적 육체)를 대체할 욕망의 대상을 새롭게 찾음으로써 상징적 질서로의 편입이 상대적으로 용이하게 이루어지지만, 여자아이의 경우는 모성적 육체와의 육체적 동일화 때문에 그러한 분리가 성공적으로 이루어지지 못한다. 여자아이는 어머니의 욕망의 대상인 아버지로 자신의 욕망의 대상을 전환시킴으로써 어머니와 분리되고 또 나름으로 상징적 질서로 진입하게 되지만 그것은 남자아이에 비해 상대적으로 불완전하게 이루어질 수밖에 없다. 여자아이(더 나아가 여성)는 평생, 이미 영양분을 제공하지 못하는 '모성적 육체'의 시체를 안고 살아가야만 하게 된다(크리스테바). 여기서 또 하나의 문제는, 남자아이는 아버지의 법이 허용하는, 세대를 달리한, 자신의 어머니를 닮은 여성과의 결합을 통해 어머니와의 재결합을 이루지만, 여자아이는 욕망의 대상을 아버지로 전환시켰기 때문에 상징적 질서 안에서 어머니와의 재결합을 이룰 수 없게 된다. 따라서 여성이 자신의 어머니와 재결합하는 것은 출산 경험을 통해서이다. 여성(어머니)은 자신의 어머니와의 재결합('사랑')을 통해 스스로를 타자(아이)를 위한 존재로 체험하게 되는 것이다. 나희덕의 많은 시에서 '사랑의 윤리'로써 작동되는 '사랑의 경제론'은 이와 같이 어머니 속의 어머니와의 재결합, 즉 '사랑'에 근거한다.

그런데 여기서 우리는 어머니와의 재결합을 통해 스스로를 타자(아이)를 위한 존재로 체험하게 되는 그 어머니의 사랑과 관련하여 일련의 의문을 갖게 된다. 어머니 역시 자신만의 고유한 죽음을 완성할 수 있는 권리를 가졌으면서 동시에 '성적-지적-육체적 열정'을 가진 살덩이의 존재가 아닌가. 다시 말해, 어머니는 '모성이며 여성'(the maternal and feminine)인 존재가 아닌가. 그런 존재에게 행복은 애초에 금지돼 있는 것일까. '모성적 육체'에게 오직 고통 속에서만 기쁨이 허용된다고 해서 '모성이며 여성'인 존재도 그래야 하는 것일까.

나희덕의 네 번째 시집 『어두워진다는 것』에 수록된 많은 시편들은 우리가 위에서 제기한 일련의 질문들과 관련하여 어떤 인물의 내면 풍경을 보여준다. 그리고 그 내면 풍경들은 대체로 음울한 것들이다. 「사월의 눈」이란 시에서 나희덕은 "햇빛에게조차 잊혀져 너무 깊이 잠들어버린//눈의 기억을 잃어버린//옆으로 옆으로 밀려나 그늘진 비탈 쪽으로 더 깊이 뿌리내린//흙먼지와 뒤엉켜 아래부터 조금씩 굳어가고 있는//무기력의 힘으로 너무 단단해진//다시는 물이 되어 저기 저 시냇가로 돌아갈 수 없는//어느날 아무도 모르게 먼지로 날아오를" 눈의 불행한 운명에 대해 마음 아파한다. 주변으로 밀려난, 시원으로 되돌아가는 길도 차단된, 그저 아무것도 아닌 채로 사라지는 일밖에 남지 않았으므로 구원의 가능성조차 박탈된 존재에 대한 화자의 연민에서 우리가 보게 되는 것은 그 불행한 존재와 화자의 동일시이다. 어둠에 휩싸인 혹은 어둠 그 자체인 존재에 대한 연민과 그것과의 동일시는 이 시집 전체에 걸쳐 편재해 있다. 특히 「해미읍성에 가시거든」에서 화자는 "아직 서 있으나 시커멓게 말라버린", "밧줄과 사슬의 흔적이 깊이 남아 있고/수천의 비명이 크고 작은 옹이로 박혀 있"는, "형틀의 운명을 타고난" 회화나무를 "드물게 넓고 서늘한 그늘"을 거느린 아름드리 느티나무와 대비시켜 소개하며 회화나무 "그 부러진 나뭇가지를 한번도 떠난 일 없는 어둠"을 보라고 요청한다. 내가 보기에 '회화나무'의 어둠과 '느티나무'의 그늘은 어떤 한 존재의 양면이다. 그러나 느티나무 "그 드물게 넓고 서늘한 그늘 아래서 사람들은 회화나무를 잊은 듯 웃고 있을" 뿐이다. 회화나무는 사람들 곁에 엄연히 실재하지만 사람들은 그 비천한 '회화나무'의 어둠을 시각의 경계 밖으로 밀어내고 가두어 놓는다. 「해미읍성에 가시거든」에서도 그렇지만 이 시집 전체에서 나희덕이 의도하는 것은 그처럼 상징적 질서의 경계 밖으로 내밀려 가두어진 그 '어둠'과의 대면이라고 나는 생각한다.

나희덕은 이번 시집의 자서에서 "어두워진다는 것, 그것은 스스로의 삶을 밝히려는 내 나름의 방식이자 안간힘이었던 셈이다"라고 말하고 있다. 그가 말하는 '스스로의 삶'이란, 상징적 질서의 경계 안에서 하나의 기호(주체)로서 살아가는 삶과 '모성이며 여성'인 존재로서 살아가는 삶을 당연히 함께 지칭하는 것이리라. 그리고 "어두워진다는 것"의 그 '어둠'은 자신만의 고유한 죽음에 대해 성찰해보아야 하는, 저녁이 오는 시간의 어둠이자 '모성이며 여성'인 존재의 내재적 결핍에서 비롯하는 어둠이리라. 여기서 그 '결핍'은, '여성이며 모성'인 존재가 '사랑의 윤리'에 근거하여 스스로를 '자신의 타자를 위한 존재'로서 정립할 때 그에게 제기되는 문제인바, 자신을 상실하는 것, 즉 자신의 욕망 자체를 상실하는 것으로서의 그것이다. 나희덕은 이번 시집을 통해 '어둠' 속에서 '어둠'을, 그 "금이 간 갈비뼈"를 혼자 쓰다듬고 있다. 그것은 나희덕 나름으로 존재의 절망과 고통에 대한 회의를 근본화하는 방식일 것이다. 그리고 그 회의는 세계와 삶에 대한 그리고 고통과 절망의 견딤에 대한 허무주의적 해체의 방향으로 작동되는 그런 성질의 것은 아닐 것이다. 보라, "금이 간 갈비뼈를 혼자 쓰다듬는" 저 "가만, 가만, 가만히"의 율동과 리듬을. 어쩌면 그것은 우리가 '모성적 육체' 안에서 어머니와 함께였을 때 하나이면서 둘인 살덩이들이 반응하던 그런 물질의 움직임인지도 모른다. 이제 곧 다양한 음악으로 전이될 그 율동과 리듬이야말로 허무주의적 해체에 대한 해독제가 아닐 것인가.

크리스테바는 여성적 글쓰기와 관련하여 이렇게 말한 바 있다. "여성은 남근적 남성다움을 쓰거나, 아니면 침묵의 물에 잠긴 육체를 쓸 수 있다. 전자는 법과 타협케 하고 남근적 입장과의 동일화를 강요하는 반면, 후자는 여성을 무법자로 정치나 역사 바깥쪽에 있게 만든다". 과연 나희덕은 자신이 택한 회의의 근본화와 관련하여 양극 사이에서 어떤 모습의 진자운동을 보여줄 것인가.

4. 견딤의 미학 : 권경인의 시

권경인의 첫시집 『변명은 슬프다』(1998)를 읽으면서 다른 그 무엇보다 먼저 필자에게 다가온 것은 시집 전체를 관류하는 외로움과 그리움의 물결이었다.

<blockquote>

얼마나 그리우면 마음의 재가 되느냐
얼마나 기다리면 육신의 흙이 되느냐

—「솟대를 찾아서」에서

그리운 것이 많아도 병들지 않은
무욕의 정신이여

—「슬픈 힘」에서

그리움 따라 갈래
아니면 더 그리워서
억겁을 그렇게 누워 있을래

—「킬리만자로의 표범」에서

</blockquote>

그러나 마음의 적은 무슨 그리움이 그리 커서
멀리 멀리로만 떠돌고 있으니

—「삶의 형식」에서

(……) 그리움이 붉고 더운 피를 못 견디게 만들어
지치도록 땅을 파헤치기도 했었다

—「봄날2」에서

배가 고프면 그리움도 죄인가
병이 깊으면 마침내 힘이 되는가

—「검은 고양이」에서

고통이 생명을 키우는 것이 아니라
그리움이 생명을 기르는 것이라고

—「새벽 두時의 詩」에서

정작 그리운 이 멀리 두고
온몸으로 나는 아프다

—「숨겨진 폭포」에서

홀로 등을 보이는 모든 것들 위에
빛나는 그리움을 남기고 있으니

—「일출봉」에서

떠도는 자의 힘이란 외로움이고
외로움의 바닥은 평온이라고

—「삶의 형식」에서

외로움은 오히려
극한을 견디어 낼 힘이 되는가

　　　　　　　　　—「정작 외로운 사람은 말이 없고」에서

외로움의 끝을 보려는 자 오라 지금 이 숲 속의 사막, 어둑한 눈발
속으로

　　　　　　　　　　　　—「물의 고백」에서

외롭고 외롭다는 사람의 마을

　　　　　　　　　—「무서운 자유」에서

숱한 사유와 외로움의 힘으로도
흐르는 물은 아무것도 데려갈 수 없으니
떠도는 삶의 먹이는 무엇인가

　　　　　　　　　—「잊혀진 사람」에서

삶의 허전함과 살아 있음의 외로움을
아프도록 일깨웠지

　　　　　　　　—「다시 벽소령을 지나며」에서

　권경인의 시에서 외로움과 그리움은 그의 시를 구성하는 두 개의 중심
축이다. 그의 시에서는 그리움과 외로움이 마치 전자장(電磁場)과 비슷한
물결 무늬를 그리면서 여러 가지 시적 이미지들과 미적 형상들의 주위로
퍼져나간다. 거의 범람에 가까운 물결의 파동은 이 시인의 작품들을 곰곰
이 살펴보기도 전에 감상적이라거나 추상적이라는 부정적인 인상을 받
게 한다. 그러나 그의 시는 그런 감상성이나 추상성과는 거리가 멀다.

그가 말하는 그리움과 외로움은 생의 감각에서 비롯하기 때문이다. "불면의 밤이면 전신을 흘러 다니던 허기/그렇게 많이 흔들리던 것들"(「겨울, 벽제에서」)이나 "생각도 욕망도 수치도 다 살아남은 자의 것/무엇으로 이 몹쓸 공복을 가릴 수 있으랴"(「산정의 묘지」)에서 볼 수 있는 것과 같은 '공복'과 '허기'라는 시어가 이 점을 보증해 준다(무려 10편 이상의 시에서 우리는 그런 '공복'과 '허기'와 만난다. 그것들은 외로움이나 그리움과 함께 한 문맥 속에 포섭되기도 하고 따로 떨어져 나타나기도 한다. 어느 경우든 그의 시에서 외로움과 그리움이 표면적으로 유발하는 부정적 인상을 보완해 주는 기능을 한다). 극심한 허기로 인해 현기증마저 느끼며 차갑게 식어버린 밥 한 덩어리를 향해 다가갈 때 부르르 떨리는 손의 감각을 경험해 본 사람이라면, 그가 말하는 그리움과 외로움이 얼마나 구체적인 생의 감각에 기초하고 있는지 분명하게 파악할 수 있을 것이다.

그리움과 외로움의 시인으로서 권경인의 미덕은 자신의 개인적·내적 상처에 대해 장황하게 풀어놓지 않는다는 점이다. 극심한 허기처럼 그를 고통스럽게 하고 못 견디게 하는 외로움과 그리움을 그는 자신의 숙명으로 받아들이면서 또한 그것을 넘어서고자 한다. 나아가 권경인에게 그것은 우리 모두가 놓여 있는 세계의 양의성(兩義性) ─ 하이데거의 용어로 말하자면 '고유성'과 '비고유성' ─ 속에서 진동하며 삶의 진정한 의미를 끊임없이 묻고 추구하게 하는 매개항이 된다. 신의 버림을 받은 세계, 그 어디에도 구원의 빛이 비치지 않는 극단적인 어둠의 세계, 죽음과 더불어 모든 것이 끝이 나고 모든 것이 규정되는 세계에서 자아는 다른 사람들과 같이 살고 있으며, 내일 일을 걱정하면서 눈앞의 사소한 이득을 위해 싸우려 드는 존재이다. 이러한 일상적 삶 속에서 자아는 자연적 충동의 무의미성을 결코 깨닫지 못하며 결국엔 그러한 충동의 부분에 불과하게 된다. 그러나 이와 동일한 세계 속에서도 우리가 우리의 미래

(죽음)와 대면하면서 살게 될 때 내일에 대한 걱정이나 사소한 이득과 같은 일상성의 가치는 무의미하게 된다. 이 경우 시간은 우리가 공들여 세우곤 하는 계획과 그것을 좌절시키는 삶의 온갖 장애물들을 통해 변화하는 다양한 모습을 상실하게 된다. 이제 시간은 길고 짧음 혹은 다양함과 변화와는 무관한 '지속'일 뿐이다. 그렇듯 생활 세계의 일상적인 가치가 무의미하게 되는 장소에서 자아는 삶의 본질적 가치와 인간의 고유성에 대해 근원적인 질문을 던진다. 일상성 속에 함몰되어 살아가는 장소나 고유성에 대한 근원적 질문을 던지게 되는 장소는 서로 다른 세계에 존재하는 것이 아니다. 그것들은 하나의 세계에 속한 두 개의 다른 장소일 따름이다. 권경인에게 외로움과 그리움은 바로 그러한 두 개의 장소를 오가게 하고, 궁극적으로는 '비고유성'의 장소에서 '고유성'의 장소에로 나아가는 길을 찾게 하는 추동력이 된다.

우리와 마찬가지로 시인 역시 "생존을 위하여 무수한 목숨으로 살을 삼고/뼈를 채"(「봄날 2」)울 수밖에 없으며, "억울한 청춘, 희미해진 관능"(「봄날 1」)에 속절없이 마음 아파해야 하는 장소에 거주한다. 그처럼 "바라보면 잔가지들은 바람 불어가는 쪽으로/일제히 엎드"리고 그렇게 "엎드린 채 그대로 삶의 형식이 되어버"리는 장소에서(「삶의 형식」), 시인은 "밥이 되지 않는 말들과/피가 되지 못하는 눈물과/허약한 약속들/아무것도 아닌것들"(「산정에는 잡풀도 함부로 살지 않는다」)에 대해 회의하고, "삶에서 온전한 것은 죽음뿐이니/우리는 항상 뒤늦게 깨닫는다"(「정작 외로운 사람은 말이 없고」)와 같은 일종의 비극적 세계 인식에 도달하기도 한다. 비극적 세계 인식 속에서 시인은 때로 "고통이라 이름한 지상의 모든 일들은/해골 속에 먼지보다 가볍고/속세의 안식보다 더한 통속 없으니"(「슬픈 힘」)와 같은 허무의식에 사로잡히기도 하지만, "욕망은 밤눈처럼 어둡고 모든 것은/서서히, 그러나 갑작스레 닥쳐오는데/죽음의 한가운데

삶이 있었다"(「낮은 곳에서 중얼거리다」)에서 볼 수 있는 것처럼 죽음을
생의 이면으로서, 즉 죽음을 이미 존재하고 있었고 그래서 여전히 존재하
며 앞으로도 존재하게 될 하나의 구체적 현실로 받아들인다. 죽음의 그와
같은 수용은 시인으로 하여금 "삶과 죽음까지를 제 정신으로 바라보는
일"(「솟대를 찾아서」)을 가능하게 하는 "정신의 물빛 정수리"를 찾아 헤매
는 기나긴 여정에 오르게 한다.

> 얼마나 더 헤매어야
> 헛된 것들에게서 비로소 자유로울까
> 황량할수록 더욱 초롱한 샘물 하나 숨기고 있을
> 눈부신 외길
> 사막의 길
>
> —「먼길」에서

　권경인의 시에서는 '길'과 끊임없는 '길 가기'의 이미지 역시 자주 반복
된다. 앞서 우리는 이 시인의 시에서 외로움과 그리움이 작동시키는 동력
학에 관해 언급한 바 있다. 그것은 일상성의 세계가 자신의 존재의 뿌리
를 내릴 장소가 아니라는 사실을 자각하게 해주며, 한 곳에서의 안정된
정주(定住)를 거부하는 방황의 감각과 열정을 일깨워 준다. 그렇다면 그
길이 '외길'이자 '사막의 길'인 이유는 무엇일까. 그것이 '외길'인 것은
적어도 그에게는 그것 말고는 달리 방법이 없기 때문이고, '사막의 길'인
것은 그 길을 가는 자신도 그 길이 정말 길인지 알 수 없는, 길 없는
길이기 때문이다. '사막의 길'은 하룻밤 자고 나면 이전의 길은 흔적도
없이 지워지는 길이며, 멈출 수도 되돌아 갈 수도 없는 길이다. 그곳에서
할 수 있는 일이란 희망의 부재에도 불구하고 끊임없이 나아가는 것이다.

걷지 않으면
어느 곳도 밟을 수 없으나
가진 것 없어도 살려는 자에게는
뱀의 새끼도 풋나물도 다 힘이다
눈비 내려 샘물인가 했더니
어느새 강물이고
돌고 돌아서 그 바다
바람의 채찍으로 여기 섰으니
살아라, 살아서 고통받은 자
그 고통의 힘으로 다시 태어나리

—「山」 전문

사막에서 걷기를 산행(山行)으로 전이시켜 놓은 이 시에서도 사막을 가로지르는 자의 험난한 여정의 구조는 동일하게 전개된다. 끊임없이 "걷지 않으면" 안되고, 고정된 사물들 대신에 사물의 흔적들만 동요하면서 나타났다 사라지는 사막에서처럼 산 속에서의 사물들 역시 "눈비 내려 샘물인가 했더니/어느새 강물이고/돌고 돌아서 그 바다가"가 된다. 사막에서와 마찬가지로 여기서도 쉴 새 없이 길을 지우고 사물들을 동요시키는 바람을 "채찍"으로 내면화하면서 앞으로 나아가는 수밖에 없다. 작품의 말미에서 시인은, "살아라, 살아서 고통받은 자/그 고통의 힘으로 다시 태어나리"에서 볼 수 있듯이, 고통에 대한 견인(堅忍)의 강인한 힘으로 삶의 '고유성'에 도달하려는 의지를 보여준다("다시 태어나리"에서 '다시'가 의미하는 바는 사태의 단순한 반복이 아니라 삶의 승화와 고양일 것이다). "정신의 물빛 정수리"를 찾아 헤매는 기나긴 여정에서 권경인은 「산」에서 볼 수 있는 것과 같은 '견인의 힘' 이외에도, "세상의 온갖 길을 다 뒤져도/모두 비우지 않고는 만나지 않을 것을"(「킬리만자로의 표범」)이나

“문득 다 버리고 나면 비로소 열리는 슬픔/참으로 소중한 것은 비우는 것 속에 있으니”(「허수아비」)에서 볼 수 있는 것처럼 동양의 전통적인 ‘공’(空)과 ‘허’(虛)의 지혜에 잠시 기대기도 한다. 그렇지만 이 시인의 본령은 「산」의 결미에서도 확인되는 바이지만, “자유도 덫이야/절망도 사치스럽지/그러나 살아야 해/하늘이 있으니까/내가 최후의 통로이니까”(「지하실의 새」)와 같은 그 나름의 실존의식의 구현에 있는 것으로 보인다.

권경인의 시는 단정한 행갈이에서 오는 탄력적인 운율감이 작품에 특유의 활력을 부여한다. 이는 시에서 운율이 얼마나 중요한 요소인가 하는 문제에 대한 철저한 자각과 오랜 단련의 소산으로 보인다. 그의 시를 읽는 또 하나의 즐거움은 다음과 같은 구절들의 발견에 있다.

가장 빛나던 청춘의 한때를 가지고서도
그렇듯 추운 것이냐
뼈마디 꽝꽝한 얼음장을 밟고 서 있는 오래된 나무들

—「산정의 묘지」에서

풍경 속에 폭설이 내리고
산이 한꺼번에 무너지고 있었다

—「가을 끝에서」에서

그가 자신의 기나긴 여정에서 만난 사물들이나 풍경에 대한 매우 세련되고도 참신한 시적 묘사를 그의 시에 생기를 불어넣는 요소이다. 이 시인은 작품에 잠언과 경구들을 다듬어 배치한 데 많은 노력을 기울이곤 하는데, 필자의 생각에는 사물과 풍경에 대한 새로운 발견으로서의 시적 묘사에 더 힘을 기울여야 할 것으로 보인다. 잠언과 경구의 잦은 반복은 작품의 내적 논리를 분산시키지만, 사물과 풍경에 대한 적확하고도 새로운 발견(묘사)은 작품의 내적 논리에 통일감을 가져다주기 때문이다. 권경인은 때로 비교적 긴 호흡의 시를 실험하기도 하지만 필자에게는 그의 짧은 시가 오히려 더욱 매력적으로 다가온다.

> 시간이 빨리 지나가기를 기다리며
> 어둠 속에서 머리를 빗는다
> 헝클어지기 전에 다시 빗는다
> 달빛인지 불빛인지
> 커튼을 뚫고 들어오는 희미한 빛이
> 닦아놓은 거울 속에 조용히 갇힌다
> 나는 거울을 보지 않는다

—「지옥」 전문

이 시는 권경인 시쓰기의 핵심을 보여주는 작품이다. '외로움', '그리움', '길', '길 가기'와 관련된 이미지들이 표면에 직접 등장하지는 않지만 그 모든 것들이 작품의 심층 맥락 속에 고스란히 담겨 있다. 누군가 어둠 속에서 머리를 빗고 있다. 머리를 빗는 행위는 무엇인가. 그것은 자신의 몸가짐을 단정하게 하기 위함이다. 더 나아가 자신의 마음과 정신을 단정하게 하기 위함이다. 그렇다면 그런 단정함은 어떻게 확인할 수 있는가. 물론 거울을 보아야 한다. 그 역시 거울을 닦아 놓는다. 닦아놓지 않으면 거울은 그 기능을 제대로 수행할 수 없으니까. 그렇지만 그는 그렇게 닦아놓은 거울을 보지 않는다. 거울이 아직 제 기능을 제대로 수행할 수 없기 때문이다. 거울은 빛의 도움 없이는 사물을 담아내지 못한다. "달빛인지 불빛인지/커튼을 뚫고 들어오는 희미한 빛이" 있기는 하다. 그 정도의 빛으로는 아직 거울로 하여금 제 기능을 발휘하게 할 수 없다.

여기서 시인이 할 수 있는 일이란 "헝클어지기 전에 다시 빗는" 것. 끊임없이 머리를 다시 빗는 행위는 길 없는 사막의 길을 멈추지 않고 가야만 하는 쉴 새 없는 길 가기의 변용이라 보아도 무방할 것이다. 그런 끊임없는 머리 빗기가 어찌 외롭지 않을 것이며, 또한 어떤 그리움 없이 그것이 가능이나 하겠는가. 시인은 이 시에 '지옥'이라는 제목을 붙였다. 어둠 속에서 머리를 끊임없이 빗는 일 그 자체가 어쩌면 지옥이기도 할 것이다. 그런 지옥에서 보내는 시간은 길고 짧음이나 다양함과 변화와는 상관없는 지속만의 것일지도 모른다. 그러나 그는 지옥 속에서 지옥과도 같은 머리 빗기를 반복한다. 아마도 헝클어지기 전에 다시 머리를 빗는 행위는 권경인의 시쓰기의 상징일 것이며, 그런 머리 빗기 혹은 시쓰기는 지옥 속에서도 강력한 빛의 도래를 기다리며 그 지옥을 견디려는 강인한 견인주의적 정신의 행위일 것이다.

　권경인의 시에서 핵심 모티프를 이루는 방황은 그것 이외에는 달리 선택할 길이 없기 때문에 어쩔 수 없이 취한 행동이다. 그리고 방황한다는 것은 무엇인가를 탐색한다는 것을 의미한다. 권경인이 첫시집 이후에 발표한 작품들 가운데(최근 그는 「가을 바람에 봄꽃 핀다」, 「그리고 삶은 계속되고」, 「낯선 宿泊」, 「아주 특별한 만남」, 「해리」, 「무엇을 알고 있을까」, 「노고단에서 천왕봉」 등 7편의 시를 『시와 사람』 1999년 봄호에 발표하였다), 「해리」에서는 모성적 사랑의 따뜻함을 열어 보이기도 하지만, 아무래도 그의 시는 당분간 탐색과 등가인 방황의 힘든 여정을 지속할 것으로 보인다.

　　길이 험한 것은
　　길의 끝에 길이 있기 때문이다.
　　눈이 오면 눈이 밥이고
　　비가 오면 비가 반찬인

길은 끊기지 않으려고
벼랑 끝에서 유난히 빛난다
길은 저 혼자 그렇게 있어
풀들이 조용히 제 한을 쏟아내고
바람의 말을 나무들이 고스란히 전해준다
그러면 아무것도 미워할 수가 없어진다
마음 캄캄하여 길이 험한 것을
엎어지면 자꾸만 오르는 것은
숲 속에 길이 있고
길의 끝에 또 길이 있기 때문이다.

—「노고단에서 천왕봉까지」 전문

이 시에서 시인은 "길은 끊기지 않으려고/벼랑 끝에서 유난히 빛난다"고 말한다. 어쩌면 그것은 길 없는 길을 멈추지 않고 가야만 하는 자가 그 방황의 도정에서 느끼는 고통과 위기의식에 대한 고백일 것이다. 그런 고통 속에서도 멈출 수 없는 그리고 멈추지 않는 방황, 그 탐색의 내용은 그 무엇의 도래에 대한 기다림이 아니라 방황 그 자체에 대한 견딤인지도 모른다. 권경인이 가고 있고 또한 가고자 하는 길은 기존의 지도에는 없는 길, 그래서 그의 무수한 방황 자체가 새로운 지도가 되어야 하는 그런 길이다. 권경인이 앞으로 그려 낼 지도들이 우리 시단의 넓이와 깊이를 더해주는 새로운 시적 실험의 지도로 빛날 수 있기를, 그리고 그의 방황이 지속되는 가운데 매 순간 끝이 나고 다시 시작될 그 길의 저 편에서 울려오는 사물과 풍경의 저 내밀하고 고유한 존재의 울림을 들을 수 있기를 진심으로 기대한다.

현대시와 자연미
— 자연주의 시의 낡음과 새로움

자연·문명·시

한국시에는 '마음에 감흥을 불러일으킬 만한 경치나 장면'이라는 의미에서 어떤 정경(情景)을 담고 있는 작품들이 많이 있다. 새·산·나무·꽃·강 등과 같은 자연물들이 그 자체나 또는 서로의 어우러짐을 통해보여주는 경치나 장면들에 한국 시인들이 그토록 친근하게 반응하는 것은 그것들의 시각적인 아름다움 때문만이 아니다. 한시(漢詩)나 시조와같은 전통적인 시가 양식에서 작품의 주요한 배경으로 처리되는 자연은인간 생활의 배경을 이루는 근원적이고 본질적인 배경을 환기시킨다.그러한 환기는 성가실 정도로 번거롭고 자질구레한 인간 생활의 일상사로부터 일정한 거리를 두게 함으로써 도덕적 의미를 띠게 된다. 한국시의전통에서 자연이 환기하는 그 같은 도덕적 의미는 우리 시인들에게 상상력의 주요한 원천이 되어 왔다. 그런데 자연이 갖는 도덕적 의미는 근대이전 세계에서 가장 현실적인 영향력을 발휘했다. 그것은 근대 이전의

세계가 우리의 시대와는 본질적으로 다른 선험적 지형학을 전제로 하고
있었기 때문이다.

> 별이 빛나는 창공을 보고 갈 수가 있고 도 가야만 하는 길의 지도
> 를 읽을 수 있던 시대는 얼마나 행복했던가? 그리고 별빛이 그 길을
> 훤히 밝혀 주던 시대는 얼마나 행복했던가? 이런 시대에 모든 것은
> 새로우면서도 친숙하며, 또 모험으로 가득 차 있으면서도결국은 자
> 신의 소유로 되는 것이다. 그리고 세계는 무한히 광대하지만 마치
> 자기 집에 있는 것처럼 아늑한데, 왜냐하면 영혼 속에서 타오르는
> 불꽃은 별들이 발하고 있는 빛과 본질적으로 동일하기 때문이다.[1]

위의 인용문은 근대의 문화와 비교할 때 드러나는 그리스 문화의 특성
을 기술한 것이지만, 우리는 그러한 특성을 인간과 세계 사이의 자연스러
운 통일이 가능했던 시대의 보편적 특성으로 이해해도 무방할 것이다.
아무튼 근대 이전의 세계에서 자연의 도덕적 의미는 그 어떤 경쟁관계에
대한 고려 없이도 삶의 근원적이고 보편적인 것을 환기할 수 있었다.
그러나 근대 이후로 ‘도시’나 ‘문명’이 환기하는 것들과 경쟁 관계에 놓
이게 된 자연의 그러한 의미는 불확정적이게 되었다. 우리 근대시 초창기
의 대표적 시인 가운데 한 사람인 김소월의 다음과 같은 진술은 그런
사정과 관련하여 주목할 만하다.

> 다시 한번 都會의 밝음과 지껄임이 그의 文明으로써 光輝와 勞力
> 을 다투며 자랑할 때에도, 저, 깊고 어두운 山과 숲의 그늘진 곳에서
> 는 외로운 버러지 한 마리가, 그 무슨 설움에 겨웠는지, 쉼 없이
> 울지고 있습니다. 여러분, 그 버러지 한 마리가 오히려 더 많이 우리

---

1) 게오르그 루카치, 반성완 역, 『소설의 이론』(심설당, 1985), 9면.

사람의 情操답지 않으며 난들에 말라 벌바람에 여위는 갈대 하나가
오히려 아직도 더 가까운, 우리 사람의 無常과 變轉을 설워하여
주는 살뜰한 노래의 동무가 아니며, 저 넓고 아득한 난바다의 뛰노
는 물결들이 오히려 더 좋은, 우리 사람의 자유를 사랑한다는 啓示
가 아닙니까.

위의 인용문에서 말하고자 하는 바는 도회와 문명보다는 아무래도 자
연이 인간에게 보다 친근하며 근원적인 존재라는 사실일 것이다. '도회'
와 '문명'이 인간 활동의 배경으로 새롭게 대두하긴 하였으나 그럼에도
자연이 더욱 근원적인 배경을 이룬다는 것이다. 그런데 굳이 부정 의문을
통해 그런 사실을 주장하고 있는 화자의 목소리에서 우리는 어떤 공허함
을 감지할 수 있다. '도회'·'문명'·'밝음'·'광휘'·'자랑' 등과 같은
낱말들의 계열이 형성하는 분위기와 '어둠'·'산'·'숲'·'그늘'·'외로
운'·'여위는' 등과 같은 낱말들의 계열이 형성하는 분위기의 대조 역시
주장하는 내용과 어긋남을 보여준다는 점에서 그러한 공허함을 강화한
다. 사실 김소월 문학의 핵심은 그 같은 어긋남에 있다. 자연의 근원성에
대한 변함없는 믿음과 사랑에도 불구하고 현실의 상황은 그것을 배반하
고 있다는 것, 그러한 어긋남 혹은 괴리가 소월시에서 흔히 접하게 되는
깊은 절망과 처절한 절규의 한 원인이 되고 있는 것이다(그런 절규와 절망
의 일차적 원인이 조국의 상실이라는 비극적 상황에 있음은 물론이다).

이미 1920년대의 소월에게서 나타나는 자연이 그처럼 위축된 모습으
로 드러나고 있음에도 불구하고 우리 현대시는 전통적으로 자연과의 교
섭을 편애하였다. 소월과 영랑에서 비롯하여 서정주와 유치환을 거쳐
청록파에 이르는 한국 현대시의 주류에서는 물론이거니와 최근의 젊은
시인들의 작품에서도 자연은 시인들에게 상상력의 젖줄이 되어 왔다. 그러

나 소월이 이미 막연하게나마 어떤 두려움과 절망 속에서 바라보았던 자연을 중세의 시조 제작자들과 같은 찬탄과 예찬의 관점으로 바라보고 묘사한다는 것은 시대착오적이라는 비판을 받을 소지가 있다. 이제 자연과 연관된 어떤 것을 작품의 주요한 구성적 계기로 이끌어들이는 작품들에 대한 평가는, 그것들이 '시대착오적이라는 비판'으로부터 얼마나 자유로울 수 있으며 더 나아가 어떤 성격의 새로움을 확보하였는가 하는 문제에 대한 판단에 달려 있을 것이다. 이 글에서는 그러한 '자연'의 문제와 연관된 작품들을 중심으로 '자연과 시의 새로움의 문제'를 탐색해 보기로 한다.

자연의 사도 : 이성선

이성선은 언제나 자연에서 작품의 직접적인 소재를 찾는다. 그에게 자연은 시적 탐구의 대상이자 시쓰기 자체를 가능하게 하는 본질 구성 요인이기도 하다. 그런 점에서 자연이 전제되지 않은 그의 시쓰기를 좀처럼 상상하기 어렵다. 자연을 시적 인식의 탐구 대상으로 삼은 이성선의 시는 아름답다. 그러나 그것은 자연 현상이나 풍경과 사물에 대한 묘사의 연금술에서 비롯하는 아름다움과는 본질적으로 다른 어떤 것이다. 이 시인의 눈에 포착된 자연은 그 자체 이상의 것을 말하는 듯해 보임으로써 비로소 아름다움을 확보하게 된다. 내설악에서 오세암으로 가는 설악산 야간 등반 체험이 시작(詩作)의 밑바탕에 깔려 있는 「오세암」이란 시에서 한 화자는 이렇게 말한다.

> 내설악에서
> 우주 전체가

계곡 물 속으로 들어가는 것을
보았다.

—「오세암」에서

위의 구절에는 어는 한 순간 자연에서 느끼는 절정의 행복감이 짙게 배어 있다. 그 행복은 우주적 파노라마를 연상시키는 자연의 장관에 스스로를 투사시킴으로써 얻게 된 무한함에 대한 인식과 결합돼 있다. 여기서 자연은 하나의 딱딱한 사물이 아니라 그만의 독특한 방식으로 우주의 비밀과 존재의 근원에 대한 정보를 일깨워 주는 살아 있는 존재가 된다. 바로 이러한 측면이 자연을 소재로 삼은 이성선의 시의 내재하는 아름다움의 요체이다.

이성선에게 자연은 "그대 눈부셔 아득히 먼/해지면 나 돌아가 울 수 있는"(「먼 산」) 마음의 안식처이자 "숨막히게 나를 압도하는"(「황혼 화엄 노래」) 절대적 대상이기도 하다. 그러기에 시인은,

새벽에 일어나 큰산에 절하고
저녁 자리에 들기 전에
다시 머리 숙인다

—「산문답(山問答)」에서

시인의 이러한 태도는 자연 예찬을 넘어 자연 숭배의 모습마저 보여준다. 그것은 자연이 인간의 자유를 구속하는 막강한 것으로 군림하던 신화 시대의 숭배와는 그 성격이 다르다. 그런 성격의 자연 숭배에는 전율과 공포만이 존재할 뿐 아름다움의 차원이 개입할 여지가 없었다. 이성선의 시에서 보는 자연 숭배의 모습은 자연에 대한 미적 체험에 있어 객체의

우위를 반영한 데서 비롯한 것이다. 자연의 아름다움은 인간의 이기심과 자만심을 떨쳐버리고 자연의 침묵에 겸손히 귀기울이는 자에게만 감지될 수 있다. 자연은 그런 자에게만 인간의 언어가 아닌 다른 언어를 통해 "생명의 음악소리"(「無玄琴」)와 "생명이 살아 일어서는 소리"(「낙산사 노래 4」)를 들려준다. 그러나 자연의 아름다움에 대한 찬미의 노래인 이성선의 시에는 그 미덕과 함께 부정적인 측면이 엿보이기도 한다. 때로 이성선은,

> 낮은 지붕 위에 굵은 별들이
> 소나기로 쏟아지고
> 추녀 끝으로 그 무리가
> 안개꽃처럼 피어 나를 내려다보는 밤
>
> 그 아래 누워 잠드는 것
> 이 하나로 지상에서 나는
> 행복한 사람이다
>
> ——「지상의 작은 행복」에서

에서 볼 수 있는 것처럼 화해된 상태로 설정된 자연의 조화로운 세계 속에서 느끼는 기쁨을 직접적으로 토로하기도 한다. 여기서는 조화와 화해의 상태에 대한 동경이 나르시시즘적인 만족으로 화해버린다. 이처럼 화해 상태가 이미 이루어진 것으로 위장될 경우, 그의 시는 여전히 화해되지 않은 현실의 본모습을 은폐하게 됨으로써 그러한 상태 속에서도 진정한 아름다움이나 행복이 가능하다고 정당화하는 데 도움을 주는 수단으로 떨어지게 되고 말 것이다. 그러나 다음과 같은 작품을 통해 이성선의 자연 찬미는 현대적 의미를 획득한다.

바람 자는 황철봉에
구름 깨어나 낙락장송으로 뜨는구나.

썩어 죽어가고 있는 영랑호가
외롭게 이 모습
몸에 담아 껴안고
지친 듯 누워 신음한다.

속초의 영안실에서
오토바이 사고로 먼저 간 제자 앞에
무릎 꿇고 절하고
죽음을 뒤로 막 문 열고 나오다가

이 광경에 깜짝 놀라
그 자리에 굳어 섰다.

아아
저렇게 썩어 죽어 가는 몸뚱이도
흰구름 품은 거울로 누우면
몸에 번진 암세포가 목화꽃 음악처럼
보석 향기로 세상을 때리는구나

—「영안실을 나오다가」 전문

　제자가 오토바이 사고로 먼저 갔다. 죽음에 대한 아득함과 알 수 없는
삶의 신비를 재삼 확인하며 고인의 빈소에서 "무릎을 꿇고 절하고/죽음
을 뒤로 막 문 열고 나오다가" 어떤 광경을 보고 시의 화자는 "깜짝 놀라/
그 자리에 굳어 섰다." 썩어서 죽어가고 있는 '영랑호'가 "바람 자는 황철
봉에/구름 깨어나 낙락장송으로 뜨는" 모습을 "몸에 담아 껴안고/지친
듯 누워 신음"하고 있는 것이 아닌가. 근대의 합리주의가 약속한 진보가

실용주의적으로 기형화됨으로써 지구의 표면에 폭력을 가해지고 있다. 시에서 "썩어 죽어 가고 있는" 호수의 신음 소리는 황폐해진 이 가난한 지구 위에서 모든 생명이 느끼는 고통을 대변한다. 그런데 "낙락장송"이란 구절에서 연상되듯이 낡은 듯하기는 해도 자연에는 이 지구라는 "썩어 죽어 가는 몸뚱이"에 번진 암세포조차 치유할 수 있는 능력이 들어 있다. 이성선은 자연에로의 부단한 몰입을 통해 자연에 내재하는 그러한 능력을 읽어낸다. 아마도 "세상을 때리는" 목화꽃의 음악과 향기는 자연의 치유 능력에 의해 도달한 화해 상태의 알레고리일 것이다. 오늘날 우리의 삶을 지배하는 노동과 상품의 체계 그 피안에 위치하는 어떤 화해 상태에 대한 알레고리인 점에서 이성선의 시는 독특한 현대적 의미를 확보한다.

청산의 노래 : 이기철의 「길의 노래」

이기철의 시 가운데 「청산행」(靑山行)이라는 작품이 있다. 그는 이 '청산행'을 자신의 두 번째 시집의 표제로 삼았을 뿐만 아니라, 1982년 그 시점까지 펴낸 여덟 권의 시집들을 아우르는 시선집의 제목으로도 삼았다. 고려 속요 가운데 하나인 「청산별곡」에서 이미 등장할 정도로 낡은 이 말을 우리 근대문학사의 맥락 속으로 이끌어들인 사람은 김동리이다. 「청산과의 거리」라는 글에서 그는 김소월의 시 「산유화」 제2연 "산에/산에/피는 꽃은/저만치 혼자서 피어있네"라는 구절을 해석하면서 "소월이 '저만치'라고 지적한 거리는 인간과 청산의 거리인 것이며 이 말은 다시 인간의 자연 혹은 '신'에 대한 향수의 거리라고도 볼 수 있다"라고 하였다. '청산'과 '자연'과 '신'을 동질적인 것으로 파악한 김동리의 문맥에 따르면, ‘청산’은 절대적인 것, ‘근원적인 것, ’지고(至高)의 것에 대한 상징이다. 여기에 ‘향수’라는 말의 의미까지 고려한다면, ‘청산’은 저 머나먼 과거의 거기에는 존재했으나 ‘지금-여기’에는 존재하지 않는 곳, 그래서 갈 수 없는 곳, 혹은 도달할 수 없는 곳이 된다. 그렇다면 김동리가 말하는 ‘청산’과 이기철이 말하는 ‘청산’은 동일한 의미일까? 이기철은 그의 시 「청산행」의 첫 다섯 행에서 이렇게 노래한다.

> 손 흔들고 떠날 미련은 없다
> 며칠째 靑山에 와 발을 푸니
> 흐리던 산 길이 잘 보인다
> 상수리 열매를 주우며 人家를 내려다보고
> 쓰다 둔 편지 구절과 버린 칫솔을 생각한다
>
> —「청산행」에서

이기철이 말하는 ‘청산’은 절대적이거나 근원적인 것도 아니고, ‘갈 수 없는 곳’이나 ‘도달할 수 없는 곳’도 아니다. 그곳은 우리 나라 조그마한 야산 어디에서고 흔히 보는 상수리나무가 있고 인가(人家)도 보이는 시골일 뿐이다. 그곳은 마음만 먹으면 쉽사리 갈 수 있는 곳이다.
　그의 시세계를 단적으로 보여준다는 점에서 이기철의 「길의 노래」를 우리는 그의 대표작 가운데 하나로 꼽을 수 있을 것이다.

> 내 마지막으로 들 집이 비옷나무 우거진 기슭이 아니면 또 어디겠
> 는가
> 연지새 짝지어 하늘 날다가 깃털 하나 떨어뜨린 곳
> 어욱새 속새 덮인 흙산 아니고 또 어디겠는가

마음은 늘 욕심 많은 몸을 꾸짖어도
몸은 제 길들여온 욕심 한 가닥도 놓지 않고 붙든다
도시 삶들 두릅나무 베어내고 그곳에 채색된 丹靑 올려서
다람쥐 들쥐들 제 짧은 잠, 추운 꿈 꿀 穴居마저 줄어든다

먼 곳으로 갈수록 햇빛도 더 멀리 따라와
내 여린 어깨를 토닥이는 걸 보면
내 어제 분필과 칠판 앞에서만 열렬했던 말들이
가시 되어 일어선다

산골 처녀야, 눈 시린 十字繡 그만 두고
여치 메뚜기 날개 접은 들판 콩밭 누렁잎 보아라
길 끝에 무지가 차라리 편안인 산들이 누워 있고
산 끝에 예지도 거추장스러워 피라미들에게 맡겨버린
물이 마음 풀고 흐르고 있다

내 이 길 억새 속으로 걸어가면
배춧잎 같은 정맥 돋은 손을 쉬고
늘 내일로만 가는 신발을 벗어 한 사흘 나뭇가지에 걸어둘 수
있을까
내 늑골 밑에서 보채던 달력과 일과표와
눈 닿으면 풍금 소리를 내며 일어서던 글자들도
등 두드려 한 열흘 잠재울 수 있을까

먼저 간 발자국들이 내 발길에 지워지고
내 발자국 또한 뒤이은 발길에 이내 지워지고 말
한쪽 끝에는 大邱를 달고 다른 쪽에는 銀海寺 솔바람 소리를 달고
있는 길

—「길의 노래」 전문

최근에 펴낸 『유리의 나날』(1998)을 포함하여 이제까지 그가 펴낸 아홉 권의 시집을 일별해 볼 때, 그의 시들에서 우리가 가장 자주 만나게 되는 명사는 '길'과 '노래'이고 가장 빈번하게 등장하는 행위소는 '가다'이다. 이 시에서도 화자는 지금 "한쪽 끝에는 大邱를 달고 다른 쪽에는 銀海寺 솔바람 소리를 달고 있는" 어느 산길을 가고 있다. 여기서 '산길'이란 우리가 앞서 살펴본 그 '청산행'의 산길이다. 그렇게 깊은 산 속은 아니기 에 그곳에서 만나는 자연의 풍경이나 사물들은 우리에게 공포감이나 숭 고함에 대한 감정을 불러일으키지 않는다. 그곳은 우리 인간의 생활공간 에서 그다지 멀리 떨어져 있지 않은, 그러나 현대의 도시 공간에서 보게 되는 광기 어린 속도와 잡박(雜駁)함으로부터는 어느 정도 떨어져 있는 공간이다. 시인은 그런 산길을 걸으면서 이런저런 상념에 사로잡히는데. 상념이란 것의 속성 자체가 논리적 일관성이나 맥락을 결여한 것이기에 각 연의 내용을 이루는 각각의 상념들 역시 표면상으로는 아무런 일관성 을 보여주지 않는다. 그러나 좀더 꼼꼼히 각 연들을 검토해 보면 각각의 상념들은 그 심층의 맥락에서 긴밀하게 연관되어 있다.

첫 번째 연에서 화자는 인간의 죽음에 대해 생각한다. "어욱새 속새 덮인 흙산"은 그가 걸으면서 바라보는 산의 모습을 객관적으로 서술한 것이지만, 동시에 그것은 그 산 어느 자락에 묻혀 있는 누군가의 무덤의 모습과 겹쳐진다. 아마도 화자가 산행을 하면서 갑자기 죽음에 상념을 떠올린 것은 누군가 들어 있는 사자의 집, 즉 무덤을 보았기 때문이리라. 죽음에 대한 상념은 언제나 우리로 하여금 종국에는 흙으로 돌아갈 육신 과 그 욕망에 대해 반성적 거리를 유지하게 한다. 이 시의 두 번째 연에서 네 번째 연까지 상념의 내용들은 그와 같은 반성적 거리에 근거하고 있다.

두 번째 연에서는 우선 '마음'과 '몸'이 대조적으로 등장하는데, 여기서 흥미로운 것은 죽으면 흙으로 돌아가고 말 육신이 그렇게 쉽사리 지양되지 못한다는 점이다. 죽음이라는 절대적 사태 앞에서도 몸은 "제 길들여 온 욕심 한 가닥도 놓지 안소 붙든다." 죽음에 대한 상념은 몸을 버리고 마음을 지킬 것을 요구하지만 몸의 완강한 현실성이란 그처럼 손쉽게 버릴 수 있는 것이 아니다. 시인은 그러한 난처함을 그대로 둔 채 이어지는 행에서 조심스럽게 문명 비판과 관련한 상념으로 나아간다. 피상적인 관점에서 볼 때 이러한 전환이 매우 돌발적으로 여겨지기도 한다. 그러나 그 전환은 분명한 매개를 통해 이루어져 있는데, 그것은 바로 욕심이다. 도시 사람들이 "두릅나무 베어내고 거기에" 올린 "채색된 단청"은 어떤 건물에 대한 환유이다. "채색된 단청"으로 미루어 짐작하건대 그 건물은 최소한 인간다운 삶을 위한 절실한 바람막이가 아니라 잉여적인 것이며 심지어 장식적인 과시를 위한 것이다. 그런데 그러한 건축의 결과는 어떠한가? 만들어질 수는 없어도 한순간에 파괴될 수는 있는 자연(지구) 속에서 함께 살아가는 '다람쥐와 들쥐들의 절실한 생존공간이 그 욕심과 낭비의 산물들에 의해 파괴되고 있지 않은가? 앞에서 문명비판과 관련한 그의 상념을 조심스럽다고 한 이유가 여기에 있다. 그는 인간이 이룩한 문명 자체를 비판하거나 부정하지 않는다. 그가 경계하는 것은 인간의 문명화 과정에 내재되어 있는 인간중심적 이기심이다. 그의 시에 포섭된 자연(청산)은 인간의 원초적 시원으로서의 본원적 고향이 아니라 인간의 문명화 과정을 돌이켜 봄으로써 문명화에 내재하는 계몽의 논리를 다시 계몽하는 '계몽의 계몽'을 위한 참조의 대상이다.

세 번째 연에서는 산행의 행보가 다시 이어지면서 시인은 또 다른 상념에 빠진다. 그것은 '열렬했던 말'에 관한 것이다. '분필'과 '칠판'이라는 말을 통해 우리는 화자가 어떤 직업의 소유자인지 추론할 수 있다. 모든 것이 제도화된 현대 사회의 '교실' 혹은 '강의실' 공간에 이루어지는 의사소통의 내용은 구체적이며 효율적인 정보나 기술에 관한 담론이 아니

면 허망해지기 십상이다. 인간과 세계의 마땅한 진리에 대한 당위론적
요청은 제한된 아카데미즘의 공간에서는 뜨거운 열기를 띨 수 있으나
'만인에 의한 만인의 투쟁'이 지배하는 현실 공간에서는 그 열렬함을
읽고 곧바로 냉각되어 버리는 것이 오늘의 상황이다. 시인의 마음속에서
가시가 되어 일어서는 그 '열렬했던 말들'에 대한 상념과 그에 따른 마음
의 통증은 두 번째 연에서 제시된 바 있는 반성적 거리에 의한 자아성찰
과 조심스러운 문명비판에 대한 것이기도 하다. 진리 혹은 진실과 관련한
열정적 발언에 대한 회의는 이어지는 네 번째 연에서 시인으로 하여금
'무위'(無爲)에 관한 상념으로 빠져들게 하는 직접적인 계기가 되고 있다.

　네 번째 연에서 강조되고 있는 것은 인간적 지혜와 힘에 대한 무조건적
인 거부가 아니라 마음을 풀어놓은 상태의 편안함에 대한 희구이다. 이러
한 지향과 희구는 다섯 번째 연에서 '무위'의 상태와 관련한 구체적 형상
의 제시로 이어진다. 그것에서 우리는 시인이 기대고 있는 노장적인 사유
의 일단을 엿볼 수도 있는데, 그렇다고 시인의 생각이 그쪽으로 급격하게
경사된 것은 아니다. '한 사흘'과 '한 열흘'의 시간 제한과 두 번 반복되는
'있을까'라는 회의적 종결어미에서 보듯이 그것은 그렇게 강력한 형상으
로 제시되어 있지 않다. 여기서 우리는 이기철 시의 특징적 양상과 만나
게 된다. 이 시인이 말하는 '청산'은 조선조 선비들의 '강호한정가'(江湖
閑情歌)에 나오는 '강호'나 '산촌'의 의미와 매우 닮아 보이는 것이 사실
이다. 그러나 세속적인 기쁨에 대한 집착을 떨쳐버리고 자연으로 돌아가
마음의 자유를 얻고, 자연과의 자유로운 교감을 통해 일층 승화되고 고양
된 삶의 기쁨을 누리는 구조로 되어 있는 '강호한정가'와는 달리 이기철
의 시에서는 자연과 교감의 과정은 있으나 승화되고 고양된 삶의 기쁨은
부재한다. 「길의 노래」에서 시인의 산행은 작품이 진행될수록 '청산' 깊
숙이 진입하고, 그에 따라 자연과의 자유로운 교감을 통해 얻어지는 마음

의 평안을 더욱 강렬하게 희구하지만, 그것의 성취가능성에 대한 회의도 함께 고조된다. 전통적인 자연서정시에 기대어 있음에도 그의 시가 현대성과 현실성을 확보하게 되는 근거는 현실 속에서 확보된 유토피아적 공간 혹은 유토피아적 순간의 부재에 있다.

어쩌면 당시의 지식인이자 가인(歌人)이었던 선비들은 중세의 통합체적 세계 안에 설정된 '강호'나 '산촌'에서 유토피아적 광휘의 순간을 심미적으로나마 체험하는 일이 가능했을지도 모른다. 그러나 오늘과 같은 세계에서도 그런 것이 가능하다고 주장하는 것은 허위의식의 소산일 뿐이다. 「길의 노래」의 마지막 연은 현대의 상황 속에서 그의 시가 놓여 있는 존재론적 지반을 분명하게 보여준다. 세속적인 욕망과 근대적 도시의 잡박함에 연루되어 있긴 하지만 그곳을 떠나서는 결코 살아갈 수 없는 직접적인 생활 세계의 환유인 '대구'와 조선조 선비들의 심미적 체험과 선적 깨달음의 등가적 매개물이었던 '솔바람 소리'가 양쪽 끝에서 날카롭게 대립하는 중간 지점에 그의 시는 존재한다. 이기철 시의 현대성은 이러한 분열과 대립을 지양된 것으로 작품에 위장하지 않고 그것을 고통스럽게 수용하여 드러냄에 있다. 그러한 드러냄의 방식이 바로 '청산행'이며 '길의 노래'이다. 그 노래는 미쳐버리지 않고 이 시대를 살아 견디게 하는 부드러운 힘일 것이다.

자연의 구체적 신비를 위하여 : 고재종의 시

비교적 최근에 펴낸 시집(『앞 강도 야위는 그리움』, 1999)의 자서에서 고재종이 "(⋯)삼가 생명의 우주율 속에 내 한 숨결 불어넣는 일을 찾기 시작했으니 이것은 기쁨이 아니고 무엇이랴. 나는 아직도 초록 들판에서 휘파람을 부는 쪽에 서고 싶다"라고 말할 때, 그의 진술은 자연에 내재한 도덕적 의미에 대한 지향을 보여 준다. 그의 시에서 자연은 원시적 생명력으로 꿈틀거리거나 혹은 따뜻하게 빛나는 조화와 화해의 성좌를 이루기도 한다.

『시와 시학』 2000년 겨울호에 실린 '신작소시집'에 수록된 고재종의 시들은 새로운 변화를 시도하고 있어서 주목된다. 대체로 24행 안팎의, 짧아도 거의 언제나 12행 이상을 유지했던 시의 길이가 이번 소시집에서 모두 12행 이하로 짧아졌다는 것은 그가 어떤 변화를 시도하고 있음을 시사해주는 것이라 하겠다.

석모도 방죽, 그 아득한 억새밭에 섰더니
일몰에 젖은 네 눈동자는
되레 무슨 깊고 푸른 수만 리로 일렁거렸다
억새 때문만도 아니게 길 하나 보이지 않고
내 눈은 내 눈동자를 보지 못할 때
네 눈동자에서 터져 나오는 광채는
저 수평선까지를 黃紅으로 물들여 놓곤
되레 넌 깊고 푸른 네 심연으로 잦아들었다

억새꽃이 금발금발 하염없이 반짝거렸다

—「光彩」 전문

많은 경우 고재종 시의 배경 정조는 쓸쓸함이다. 쓸쓸해 보이는 것들에 대한 연민이 그의 시적 발화의 동기가 되어 어조 역시 그런 쓸쓸함의 정조에 휩싸이게 하는 것이다. 때로 그런 쓸쓸함의 정조는 작품의 전면으로 지나치게 전경화됨으로써 작품의 긴장을 다소 잃게 만드는 경우조차 없지 않다. 이 작품의 경우는 그런 쓸쓸함의 정조를 작품에서 의도적으로 억누르려 한 흔적이 역력하다. "일몰에 젖은 네 눈동자는"이라는 시행에서도 확인되듯이 이 작품 역시 황혼에 물든 하늘을 바라보는 과정에서 촉발된 쓸쓸함이 작품의 동기가 되고 있다. 작품에서 석양은 누군가의 커다란 눈동자이다. "젖은 네 눈동자"라는 구절이 환기하다시피 그 '누군가'는 슬픔에 잠겨 있다. 시인은 황혼 무렵의 하늘을 누군가의 '젖은' 눈으로 파악하고 있는 것이다. 그런데 이 시에서 인상적인 것은 그처럼 젖은 눈에서 나오는 것이 눈물이 아니라 '광채'라는 점이다. 그 광채는 "석모도 방죽, 그 아득한 억새밭"뿐만 아니라 "저 수평선까지를 黃紅으로 물들여 놓"는다. 고재종의 많은 다른 시와 마찬가지로 이 시에서도 하나의 정경이 작품의 주요한 구성적 계기를 이루고 있다. 그러나 그러한 정경을 쓸쓸한 정조와 함께 인간 삶의 신산한 문맥으로 번역해 놓곤 하던 그의 대부분의 작품들과는 달리, 이 작품에서 시인은 그러한 정경 자체를 충실하고 생생하게 묘사하려 한다. "억새꽃이 금발금발 하염없이 반짝거렸다"는 이 시의 결구이다. 그것은 이 작품의 의미론적 논리적 매듭이기도 하다. 시인은 "석모도 방죽"에서 만난 그 장엄한 황혼이 불러일으키는 무수한 연상을 억제하고 체험 순간의 그 직접성과 순수성에 충실하려 한 것이다. "억새꽃이 금발금발 하염없이 반짝거렸다"라는 결구는 어떤 에너지를 담고 있다. 그 에너지는 시의 언어를 통하여 재생되는 것이지만, 그것은 애초에 사물의 것이었다. 그리고 "금발금발"이라는 부사는 그러한 사물의 에너지에 대한 시인의 지각을 언어로 드러낸 것이다. 우리가 사물의 에너지를 지각하면서 갖게 되는 그 순간의 어떤 느낌은 적어도 우리에게 있어 그 순간만큼은 유일한 것이라 말할 수 있다. 바로 그러한 느낌의 유일성과 순수성이 아니라면 우리가 굳이 어떤 순간의 체험을 시로써 구축해 놓아야 할 이유도 없게 된다. 그리고 그런 유일성과 순수성이 바로 새로움의 바탕을 이룬다. 여기서 새로움이란 시만의 새로움을 의미하는 것이 아니다. 지각과 느낌의 새로움은 생각과 행동의 새로움으로 연결되고, 그러한 새로움을 담고 있는 개체들이 함께 어우러질 때 사회와 역사가 근원적으로 새로워질 수 있을 것이다.

고재종의 시는 언제나 일정한 수준을 확보한다. 그것은 그의 시를 전반적으로 신뢰하게 하는 근거가 된다. 그러나 불성실함의 결과인 태작이 없다는 점에서 믿을 만한 시인이지만, 새로운 변화의 시도에 다소 소홀하다는 점에서 고재종은 조금은 아쉬운 시인이기도 하다. 그런 그가 새로운 변화를 모색하고 있다는 것은 그의 시에 지속적인 관심과 애정을 갖고 있는 필자에게는 우선 반가운 사실이 아닐 수 없다. 앞에서 「광채」라는 작품을 통하여 시인이 의도하는 변화의 방향을 잠시 엿보긴 하였지만, 소시집에 실린 다섯 작품들만으로는 아직 그러한 변화의 구체적인 모습을 감지하기가 어렵다. 그런데 이들 작품들을 읽으면서 필자가 나름으로 확인한 것은, 앞으로 그가 새로운 변화를 모색하는 과정에서 경계해야만 할 것들이다.

차랑차랑 순금 이삭 일렁이는
추분의 들판에서
아득아득 먼 지평으로 허리를 펴는
어머니의 수정 눈물을 읽는다

쇠리쇠리 순금 햇살 쏟아져선
따글따글 빛나는 눈물의 알알들,

저 시리게는 신선한
秋毫不犯의 경전을 하늘에 아뢴다

―「經典」 전문

　위의 시에서 우선 주목되는 것은 "차랑차랑"·"아득아득"·"쇠리쇠리"·"따글따글" 등의 부사어들이다(고재종은 그러한 부사어의 사용을 매우 즐긴다). 이들 부사어들은, 리듬감의 부여와 같이 작품에 기여하는 바가 없지 않으나, 궁극적으로는 작품에 부정적인 요인으로 작용한다. 그것들은 앞서 살펴 본 「광채」에서 "금발금발"의 경우와 마찬가지로 사물들의 에너지를 수용한 것들이어서 단순한 수식의 기능을 하는 부사어와는 그 성격이 다르다. 작품의 운율적인 맥락에서도 기능을 하긴 하지만 그 특성상 작품의 비유적 맥락에서 더욱 큰 기능을 하는 것이 바로 그 부사어들이다. 그것들은 작품에 하나나 많아야 둘 정도가 적당하다. 그것들은 작품에서 중심 이미지와도 같은 핵심적 기능을 하기 때문이다. 그런데 위의 시에서는 거의 매 행마다 등장함으로써 작품의 힘을 분산할 뿐만 아니라 애써 포착하여 수용한 사물의 그 에너지조차 사소한 것으로 만들어 버리고 있다. "추분의 들판"에서 포착한 정경들을 통해 "어머니의 수정 눈물"을 읽어낸 이 시는, '수정 눈물'처럼 아름답고 '경전'처럼 경건하지만, 특별한 부사어들의 남용과 관념의 노출로 인해 작품의 완성도에서 흠집이 생기고 말았다. 시인의 말대로 "어머니의 수정 눈물"은 "秋毫不犯의 경전"임에 틀림없다. 동시에 '수정 눈물'은 하나의 물질성을 지닌 사물이다. 그런 맥락에서 시인은 '추분의 들판'을 구성하고 있는 사물들의 물질성과 '수정 눈물'의 물질성이 만날 수 있는 보다 깊고 내밀한 교통로를 마련했어야 했다.

　필자는 「광채」에서도 확인하였던 것처럼 고재종의 변화의 시도에서 사물의 물질성으로 깊이 침투하려는 열렬한 의지를 읽는다. 사물의 물질성으로 침투하려는 것은 사물의 구체적 신비를 보존하기 위함이다. 사물의 구체적 신비가 보존되지 않으면 인간의 내면에 있는 중요한 의미도 보존되지 못한다. 우리는 그런 침투를 통하여 세계에 대한 지각과 우리

내면에 대한 인식을 근본적으로 쇄신할 수 있을 것이다. 지각과 인식의 쇄신 없이는 시의 새로움도 세계의 새로움도 약속할 수 없게 된다. 우리가 고재종의 시에서 기대하는 것은 관습화된 상위 규범으로서의 경전적 교훈이 아니라 우리의 지각과 인식을 쇄신시킬 수 있는 사물의 광채 그 에너지이다. 고재종의 시적 상상력의 젖줄이 되고 있는 자연도 그런 광채 속에서 그 깊이를 드러낼 때 시인이 의도하는 치유의 권능을 비로소 발휘할 수 있게 될 것이다.

은자의 고요와 국외자의 슬픔 : 유승도의 『작은 침묵들을 위하여』

유승도의 첫시집 『작은 침묵들을 위하여』(1999)는 독자들로 하여금 매우 서늘하고 투명한 공간을 만나게 해준다. 유승도의 그와 같은 시적 공간에서는 철쭉꽃이 선녀로서 현현한다.

숲은 적막 속으로 가라앉는다 홀연히 세상을 가르는 새소리도 운무의 심연을 휘돌다 이내 잦아들어 삶과 죽음을 가를 수 없다.
어디서 흘러온 바람인가 운무를 휘휘 몰아 노니는 곳에 홍조 띤 얼굴들이 드러나며 신선바위 주위를 어른거리니, 선녀를 보지 못했다 말하지 못하겠다

—「운무 깊은 골에 철쭉꽃」 전문

과학문명의 시대에 선녀 운운하는 발언은 동화적 발상의 순진함을 초과하여 심지어 시대착오적 발상으로 비칠 수도 있을 것이다(작품 말미의 부정 어법이 그러한 것을 방지해줌은 물론이다). 그러나 「작은 침묵들을 위하여」의 특이한 공간 속에서는 그런 비판의 칼날이 베어야 할 대상을 찾지

못하고 허공에서 바람을 일으키기 십상이다. 사실 방법이 없다, 칼을 놓고 삶과 죽음조차 가를 수 없게 하는 "운무의 심연" 속으로 그 "적막" 속으로 잦아들어 은자(隱者)의 목소리에 귀기울이는 수밖에.

일단 그 "적막" 속에 젖어들게 되면, 물위를 날아가다가 날개를 꺾으며 수면에 내려앉아 허적허적 날개로 물을 치며 한낮의 한가로움을 즐기는 "오색 영롱한 빛깔로 빚어진 새"가 보인다(「어느 바람이 잔잔히 불던 날 오후」). 수면 위를 몰려다니던 바람이 만들어내는 동그라미 잔물결들과, 새가 파닥이며 만들어낸 물의 무늬와 바람이 일으킨 파문이 겹치면서 이루어지는 물결 고리들과, 고개를 숙여 물 속에 머리를 넣었다 꺼내는 동작을 반복하며 한낮의 한가로운 즐거움에 어쩔 줄 몰라하는 새의 모습을 보고 있노라면, "세상살이란 모름지기 때때로 즐기며 가슴 가득한 희열에 몸둘 바를 모를 때도 있어야 하는 법이지"와 같은 순진한 발언도 바람결에 스치는 무슨 잠언처럼 들린다('이데올로기'니 '허위의식'이니 '기만성'이니 하는 것들에 대한 일종의 강박신경증에 시달리는 필자는 그와 같은 발언에서 어느 여행사의 기만적인 광고 카피를 연상하거나 '그럼에도 삶은 행복한 것이고 세상은 아름다운 것'이라는 식의, 허울뿐인 복지사회가 조장하는 이데올로기를 연상하곤 한다).

일견 순진해 보이는 그의 시적 발언들이 이 시대 이데올로기의 날카로운 발톱에서 놓여나 어떤 진실성을 확보하는 근거는 어디에 있는 것일까. 그것은 이 시집의 해설을 맡은 김명인 시인이 전해준 바와 같이 "세간의 바닥을 헤매며 짧지 않은 방황을 거듭해온" 시인의 생애 이력에 있는 듯하다. 도대체 그 어떤 고독과 허무가 시인을 "노가다판이며, 농가의 머슴으로, 다시 옥돔잡이 연안어선의 선원으로, 그리고 탄광의 채탄부로…… 캄캄한 세파를 지치도록 헤쳐오"게 하고, 급기야는 솔가하여 영월 근처에서 자리잡고 "시 쓰는 농사꾼"이 되게 했는지 필자로서는 알 수 없다. 그리고 모르긴 해도 "세간의 바닥을 헤매며" "캄캄한 세파를 지치도록 헤쳐"온 삶의 이력이 시 자체의 미덕으로 직접적으로 전환되는 것도 아닐 것이다. 그럼에도 그의 고통과 방황 속에서 잉태된 어떤 정신이 그의 시를 적어도 기만성이나 허위의식과 같은 것으로부터는 일정한 거리를 두게 하는 것만은 분명한다(다만 아쉬운 것은 그런 정신을 담아낼 그만의 언어와 형식을 그가 아직 소유하고 있지 못하다는 점이다).

시인 황인숙은 유승도의 이 시집에서 "은자와 국외자가 미묘하게 겹친 듯한 영상"을 발견하였는데, 유승도의 시를 이해하는 데 매우 유효하고도 적절한 통찰로 보인다. 사실 그의 시에서는 은자적 고요와 국외자적 슬픔이 적막한 물결무늬를 이루며 시집 전체로 번져나간다. 그 물결무늬가 번져 나가다 닿은 어느 한곳에서 필자는 의미심장한 "붉은 소리"를 듣는다.

매미소리가 나뭇잎에서 떨어져 치솟아오르다 되떨어지고, 아이들
의 노래가 골짜기를 건너오다 사라졌다. 그 어느 시간 속에 있었던
새의 소리인지, 아스라이 다가오던 물소리도 끊어졌다

붉은 소리의 뒤를 따라, 적막이 왔다

— 「어느 한 인간의 울음소리에」 전문

제목이 암시하다시피 작품에서 "붉은 소리"는 "어느 한 인간의 울음소리"일 것이다. 그 울음의 임자가 누구이고 울음의 이유가 무엇인지에 대해서는 작품에 제시되어 있지 않다. 그러나 그 '붉은 소리'는 무한한 연상을 불러일으키며 그것에 집중하게 할뿐만 아니라 그것이 그친 적막 속에서도 기나긴 여운을 남긴다. 이번 시집에서 "다리를 절룩이며 따라 나와 방 밖의 외등을 켜"고 "빛을 등진 채 내내 바라보"는 훈훈한 마음이

나(「가을」), "어제 저녁, 찬은 뭘로 만들어 먹냐고 묻던 할머니"가 갖다 놓은 "처마 밑 댓돌 위에 애호박 셋"(「아침 햇살」)을 느끼고 발견하는 것도 즐거운 일이지만, "바람도 발을 멈춰 풀잎 하나 사각거리지 않는 곳에서, 적막에 싸여 울고 있"는 다람쥐의 울음소리와(「기억」) 어느 한 인간의 울음소리인 그 "붉은 소리"를 듣는 것이 더욱 즐겁다. 그 소리들을 들으면서, "은자와 국외자가 미묘하게 겹친 듯한 영상"이, 은자와 국외자로서 살아가는 시인의 장소가 하나의 '바깥'으로서 기능할 수도 있겠구나 하는 생각을 하게 된다. 이 시대와 사회를 등지거나 초월한 신비주의적 공간이 아니라 이 시대와 사회가 경험적으로 자명하고 또 자연스럽다고 생각하는 그러나 진리와는 거리가 먼 그런 믿음의 조건들을 음미하고 비판할 수 있는 바깥(내재적 소외 공간)으로서…….

서른여섯에 등단한 늦깎이 신인이 등단 4년여 만에 펴낸 이번 첫시집의 가장 큰 미덕은 허세나 강박이 없다는 것이다. 그것이 그의 시를 신뢰하게 만든다. 실험과 새로움이니 혹은 문명비판과 현실비판이니 하는 것도 그 이전에 시적 진실성이 확보되지 않으면 공염불에 불과하게 되고 말 것이다. 그런 점에서 그는 아직 실현되지 않은 인류와 세계의 변화된 형상을 자신의 개성으로 수놓을 수 있는 흰 바탕을 마련하고 있는 것인지도 모른다, 행복하게도.

자연과 여성성 : 김선우와 김명리의 시

첫시집 『내 혀가 입 속에 갇혀 있길 거부한다면』(2000)에서도 확인되었듯이 김선우는 분방한 상상력과 능청스러운 입심의 소유자이다. 그는 상상력을 통해 여성의 몸과 공간에 새겨진 기억의 지도들을 세밀히 탐사하고 그러한 탐사의 내용을 매력적인 시의 형식에 담아 놓는다. 첫시집 이후의 작품들 가운데서 필자는 「능소화」(2001년 『창작과비평』 가을호)를 가장 흥미롭게 읽었는데, 이 시는 시인의 그런 개성을 잘 보여주는 작품이다.

꽃 피우기 좋은 계절 앙다물어 보내놓고 당신이나 나나 참 이리 더디 늙는지 독하기로는 당신이 나보다 더한 셈 꽃시절 지날 동안 당신은 깊이깊이 대궁 속으로만 찾아들어 나팔관 지나고 자궁을 거슬러 당신이 태어나지 않을 운명을 찾아 아직 태어나지 않은 어머니를 죽이러 우주 어딘가 시간을 삼킨 구멍을 찾아가다 그러다 염천을 딱! 만난 것인데 이글거리는 밀랍 같은, 끓는 용암 같은, 염천을 능멸하며 붉은 웃음 퍼올려 몸 풀고 꽃술 달고 쟁쟁한 열기를 빨아들이기 시작한 凌霄야 凌霄야, 모루에 올려진 시뻘건 쇳덩어리 찌챙찌챙 두드려 소리를 깨우고 갓 깨워놓은 소리가 하늘을 태울라 찌챙찌챙 담그고 두드려 울음을 잡는 장이처럼이야 쇠의 호흡 따라 뭉친 소리 풀어주고 성근 소리 묶어주며 깨워놓은 소리 다듬어내는 장이처럼이야 아니되어도 凌霄야 凌霄야, 염천을 능멸하는 제 몸의 소리 스스로 깨뜨려 고수레 — 던져올리는 사잣밥처럼 뭉텅뭉텅 햇살 베어 선연한 주홍빛 속내로만 오는 꽃대궁 속 나팔관을 지나고 자궁을 가로질러 우주 어딘가 시간을 삼킨 구멍을 찾아가는 당신 타는 울음 들어낼 귀가 딱 한순간은 어두운 내게도 오는 법, 덩굴 마디마다 못을 치며 당신이 염천 아래 자꾸만 아기 울음소리로 번져갈 때 나는 듣고 있었던 거라 향기마저 봉인하여 끌어안고 꽃받침째 툭, 툭, 떨어져 내리는 붉디붉은 징소리를 듣고 있었던 거라

—「능소화」 전문

‘능소화’는 가지에 흡착근이 있어 벽에 붙어서 올라가고 낙엽성 덩굴식물로 그 길이가 10미터에 달한다. 꽃은 8월에서 9월에 피고 꽃부리는

깔때기와 비슷한 종(鐘) 모양으로 되어 있다. 김선우는 능소화의 생리와 모양에 대한 섬세한 관찰을 통해 매우 흥미로운 상상력을 보여준다. 능소화의 꽃을 본 경험이 있는 사람이라면 시인의 연상에 공감하게 될 텐데, 시인은 능소화의 꽃에 여성 생식기의 나팔관과 종(鐘)의 이미지를 겹쳐놓았다. 이 시에서 필자의 관심을 끄는 것은 '여성성'과 연관된 것이다. 이른바 봄이라 불리는 "꽃 피우기 좋은 계절" 다 보내고 염천의 하늘 아래에서 피는 능소화의 생리와 나팔관을 닮은 꽃부리의 모양에서 시인은 "깊이 깊이 대궁 속으로만 찾아들어 나팔관 지나고 자궁을 거슬러 당신이 태어나지 않을 운명을 찾아 아직 태어나지 않은 어머니를 죽이러 우주 어딘가 시간을 삼킨 구멍을 찾아가"는 능소화의 내밀한 모험을 상상하고, 염천의 뜨거운 태양 아래 붉은 빛깔로 피어나는 꽃의 모습을 통해 "시뻘건 쇳덩어리"가 대장장이의 담금질과 망치질을 거쳐 하나의 종으로 되어 가는 과정을 상상한다.

정신분석 이론에 따르면, 아이가 자율적인 주체로 독립하기 위해서는 어머니로부터 분리되어야 한다. 이미 탄생 자체가 어머니로부터의 그런 분리인데, 그와 같이 육체상으로 분리된 이후에 심리의 차원에서도 분리가 일어나야 한다. 아이의 심리 속에서 어머니는 부정(혹은 살해)되어야만 하는 것이다. 정신분석 학자들은 '어머니 죽이기'가 우리 생명의 필수조건이라고 말한다. 모성적 육체가 살해되어야만 반대로 아이가 산다. 그러한 부정(negation)을 통해 모성적 육체로부터 떠남으로써 아이는 '어머니를 상상하고 어머니의 이름을 부를 수 있게 된다'(언어능력을 획득하게 된다). 그러한 분리의 과정에서 남자아이의 경우는 나중에 어머니를 닮은 제3자를 사랑함으로써 궁극적으로는 어머니와 관계를 다시 회복한다. 그러나 여자아이의 경우는 사랑의 대상을 아버지로 바꾸게 되어 나중에도 어머니와의 관계를 회복하지 못한다. 가부장적 상징 질서의 체계 안에서는 동성애가 금지되어 있기 때문이다. 정체성의 확립과 연관된 이와 같은 이야기를 전제한 것인지는 확신할 수 없으나 이 시의 화자는 '어머니 살해'에 관한 언급을 하고 있어 흥미롭다: "태어나지 않을 운명을 찾아 아직 태어나지 않은 어머니를 죽이러 우주 어딘가 시간을 삼킨 구멍을 찾아가다". 화자는 상상 속에서 능소화에 인격을 부여하고는 그것이 "어머니를 죽이러" 내밀한 여행을 한다고 생각한다. 문맥상 어머니를 죽이면 '나'(능소화)도 함께 죽게 되어 있다. 정신분석학에 의하면, 아이가 어머니(모성적 육체)를 죽이는 것은 스스로의 죽음, 즉 자살을 피하기 위함이다. 그런데 여자아이의 경우는 어머니와의 육체적 동일화 때문에 자기를 함께 죽이지 않고서는 어머니를 살해하기 어렵다. 어머니 살해가 남자아이의 경우는 자살을 피하기 위한 것이나 여자아이의 경우는 오히려 자살의 한 형태가 되고 마는 것이다. 이와 같이 자기 정체성을 확립하는 과정에서 오히려 자기를 상실할 위험을 안고 있는 것이 여성 정체성의 슬픈 모순이다. 여성 정체성의 문제와 관련하여 크리스테바는 자기 자신을 상실하는 것, 욕망 자체를 상실하는 것, 스스로가 바로 결핍이 되는 것이 여성에게 가장 큰 문제라고 지적한다. 따라서 여성은 자신을 살해하지 않고 모성적 육체를 욕망의 대상으로 전환시키는 방법을 찾아야 하며 정신분석의 '분석'이 바로 그러한 방법이 될 수 있다고 그는 주장한다.

크리스테바와는 달리 「능소화」의 화자는 '분석'이 아닌 '노래'를 그러한 전환의 방법으로 제시하는 듯하다. 화자는 '능소화'의 내부로부터 울려 퍼지는 "제 몸의 소리"와 "붉디붉은 징소리"를 듣고 있지만, 정작 그 소리들은 화자 자신의 내면으로부터 울려오는 것이기도 할 것이다. 작품에서 시인은 두 부분에서 의도적으로 '능소'를 한자(漢字)로 표기하고 있다. '凌霄'의 의미는 '하늘을 능멸한다'는 뜻이다. 남성적이고 강력하고 절대적인 어떤 것을 상징한다는 점에서 '하늘'은 정신분석에서 말하는 '큰상징계의 축' 또는 '남근'과 같은 것으로 이해해도 큰 무리는 없을 것이다. 여성의 육체와 욕망에 갇혀 있는 비밀의 시간과 그 안에 들어 있는 격렬한 고통과 분노를 제대로 형상화하기 위해서는 남성적 글쓰기의 규칙들을 부단히 위반하지 않으면 안 될 것이다. 그렇다고 시인이 규칙이나 체계 자체를 근본적으로 부정하는 것 같지는 않아 보인다. "쇠의 호흡 따라 뭉친 소리 풀어주고 성근 소리 묶어주며 깨워놓은 소리 다듬어내는 장이"의 단련 과정을 부정하지 않기 때문이다. 어쩌면 이 작품을 통해 시인이 포착한 능소화의 이미지는 여성적 글쓰기의 모색에 대한 하나의 상징일지도 모른다. 그리고 능소화에서 울려 퍼지는 "붉디 붉은 징소리"는 여성만이 감지할 수 있는 그런 소리일 것이다. '징소리'는 단순한 소리가 아니라 이미 '음악'이자 '노래'이다. 김선우는 자연에서 어떤 원초적인 결핍으로 인한 고통의 신음과 거기에서 벗어나려는 의지의 노래를 듣는다. 말없는 자연에서 포착한 그런 소리와 노래의 형식이 앞으로 더욱 정련됨으로써 여성의 결핍을, 더 나아가 모든 존재의 결핍을 메워줄 수 있기를 기대한다.

최근 왕성한 시작 활동을 하는 여성 시인들, 특히 여성 정체성의 문제를 매우 과격한 화법을 통해 드러내고자 하는 시인들과 비교할 때, 김명리는 전통적 시쓰기의 규범을 충실히 따르는 시인이다. 일상의 체험을 통한 어떤 발견을 핵으로 삼는 그의 시들은 때로 낡았다는 느낌을 불러일으키기도 한다(여기서 낡았다는 것은 시의 화법과 연관된 것이지 발견의 내용과 연관된 것은 아니다). 그는 자연 사물들에 대한 다양한 관찰의 결과를 지적이면서도 서정성이 풍부한 언어와 리듬으로 재구성한다. 특히 가장 최근에 나온 『불멸의 샘이 여기 있다』(2002)를 펼치면서 독자들은 시집 여기저기에 마치 성좌처럼 배열되어 있는 무수한 풀꽃들의 이름과 만나

게 될 것이다: 얼레지, 호제비꽃, 쇠별꽃, 깽깽이풀, 개망초, 백일홍, 애기나리, 회오리바람꽃 등. 이름은 낯이 익어도 그 형상은 얼른 떠올릴 수 없거나 형상은 고사하고 그 이름마저도 낯선 그런 풀꽃들은 김명리의 시가 놓여 있는 좌표를 단적으로 보여준다. 우리는 앞에서 인간 생활의 배경을 이루는 근원적이고 본질적인 어떤 것을 환기하는 자연의 도덕적 의미에 대해 언급한 바 있다. 그런데 자연을 통한 도덕적 의미의 발견은 때로 정신의 고공비행으로만 일방적으로 치달아 삶의 구체성으로부터 멀어지거나 안이한 교훈주의로 전락할 수도 있다. 김명리의 네 번째 시집 『불멸의 샘이 여기 있다』에 실린 시편들은 정신의 고공비행이나 안이한 교훈주의와는 거리가 먼 것들이다. 그의 시에서 우리가 발견하는 자연은 일상적 삶과 긴밀하게 결부되어 있는 것들이며, 그것들은 판에 박힌 듯한 교과서적 '삶의 지혜'를 제시하지 않는다. 이러한 양상을 가장 잘 보여주는 작품으로 「월출 - 생의, 한가운데」를 들 수 있다.

시월의 해질머리 건널목을 지나는 기차는
땅의 음습한 늑골 속을 항행하는 중앙선이다

다만 쓸쓸한 가을 기찻길 앞에
빛 바랜 선혈의 나뭇잎 몇 장

대지의 메마른 목구멍 속으로 넘어가려는
아주 잠시, 그토록 짧은 순간
선로의 차단기가
슬몃 내 앞에서 내려선 것뿐인데

이 길 위에서
그토록 오래 병들었던

육체의 간난과 설움과 또다시 어리석음과

그리하여 최후로 나는
내 1992년식 엘란트라의 뻑뻑한 변속 기어를
4단으로 바꾸고

저, 生의, 迷惑의,
음습한 한가운데를 고속 질주하는 중앙선의
쇄빙선 같은 옆구리를 한 번

정통으로 들이받아버릴까
어쩔까 한순간 망설였던 것인데

울긋불긋 내 안의 또 다른 前代와 未聞의
發病한 권속들이
저 절멸의 천길 낭떠러지 앞뒤로
서둘러 배수진을 치네
급전직하의 가을해
안 보이네
텅 빈 레일 위를―
偏光으로 뒹구는 빛 바랜 선혈 같은 달빛

해질머리 건널목 閭巷의 서쪽으로
봄빛도곤 더, 더, 붉은 달이 떴네

―「月出―生의, 한가운데」 전문

    시의 제목에서도 드러나다시피 이 작품은 달이 뜨는 순간의 풍경을
묘사한 것이다. 서정시의 소재로서 매우 오랜 전통을 간직한 '월출'을
소재로 하여 시인은 매우 새롭고도 독특한 풍경을 그려내고 있다. 작품에

서 한 인물은 석양 무렵에 차를 몰고 가다가 건널목을 만난다. 순간 선로의 차단기가 내려간다. 그리고 기차가 지나간다. 기차가 지나가자 가을해는 이미 져버리고 "해질머리 건널목 閭巷의 서쪽으로 봄꽃도곤 더, 더, 붉은 달"이 뜬다. 석양, 달, 자동차, 건널목, 기차, 그리고 우연한 교차의 순간 등은 상업 광고가 애호하는 것들이다. 상업광고는 시의 전통적인 자연 소재들을 승용차나 기차와 같은 문명의 산물들과 기술적으로 결합시켜 그것을 사소한 나르시시즘과 심리적 무가치함을 내용으로 하는 감상성으로 포장해 놓는다. 김명리는 그와 같은 상업 광고의 재료들을 작품에 포섭하면서도 상업 광고가 도달할 수 없는 어떤 지점으로 작품을 고양시킨다. 육체의 간난과 설움과 또다시 어리석음으로 이어지는 생(生)과 그럼에도 동시에 그 생에 부단히 미혹되곤 하는 자신에 대한 환멸의 표현인 죽음에의 충동이, 삶의 충동으로서의 에로스를 환기하는 봄꽃보다 더 붉은 달빛에 해소되는 과정을 시인은 고통을 동반한 우울함이라는 정조를 통해 형상화한다. 이 작품의 핵심은 자연에 내재하는 치유 능력의 회복에 있다. 김명리의 시편들이 정신의 고공비행이나 안이한 교훈주의와는 거리가 먼 것들이라고 하는 이유도 바로 그 점에 있다.

　작품에서 달은 "生의 한가운데"로 뜨며, "텅 빈 레일 위를—/偏光으로 뒹구는 빛 바랜 선혈 같은 달빛"은 비록 의심쩍고 낡은 듯하기는 해도 어떤 치유의 계기로서 작용한다. 그 '달빛'에는 빛 바랜 선혈 같은 고통의 흔적이 묻어 있지만, 서정적 주체로 하여금 고통 속에서도 삶에 대한 어떤 동경을 포기하지 않게 해주는 힘도 들어 있기 때문이다. 필자는 김명리의 「月出—生의 한가운데」에서 자연 서정시의 새로운 가능성을 엿본다.

다른 시간을 위하여

자연에서 직접적인 소재를 얻거나 자연 체험을 다룬 작품들을 모더니즘 시인들이 무조건 시대착오적인 것으로 간주하던 시절이 있었다. 그러나 최근 많은 시인들의 작품에서 우리는 자연 친화의 경향을 자주 발견하며, 그러한 작품들이 오히려 모더니즘 시인들이 의도했던 이른바 문명 비판을 수행하기도 한다. 이러한 사정은 우리 사회 자체가 과거보다 더욱 문명화되었다는 것을 보여주는 반증이기도 할 것이다. 아마도 오늘날처럼 전체가 관리되는 사회 속에서 예민한 감수성의 소유자인 시인들이 느끼는 부자유와 고통은 가중될 것이며, 이는 시인들로 하여금 자연으로 도피하게 하는 원동력이 될 것이다. 여기서 그런 도피 자체를 부정적인 것으로 단죄할 필요는 없다. 현대시의 임무가 오늘날의 세계 상황과 관련하여 더 이상 존재해서는 안 될 것들에 대한 도저한 부정과 이제까지 존재한 것과는 다른 어떤 상황에 대한 모색이라면, 자연이 약속하는 바에 대한 본질적 이해를 통해 그런 임무를 훨씬 더 효과적으로 수행할 수도 있을 것이기 때문이다.

자연의 풍경과 사물을 소재로 한 작품들 가운데 자연의 조화로운 모습에서 환기되는 어떤 화해 상태를 이미 이루어진 것으로 설정하고 그 속에서 누리는 기쁨을 직접적으로 토로한 작품들이 있다. 이 경우 애초에 시인과 불화를 일으켰던 현실의 화해되지 않은 본래 모습은 작품에서 달성된 것으로 묘사된 화해 상태에 의해 은폐되고 만다. 그런 은폐는 대상에만 국한되지 않고 서정적 자아의 내면에서도 동시에 진행되어 지옥도(地獄圖)와도 같은 현실의 어둠에 순응하게 된다. 시에 형상화된 자연의 활력과 아름다움은 우리가 결코 화해할 수 없는 현실의 부정적 상태에 대한 안티테제로서 의미를 갖는다. 다시 말해 자연의 조화로운 화해 상태는 현실의 부정적 속성에 대해 비판 기능을 발휘할 때 비로소 의미를 갖게 되는 것이다. 시가 단순히 자연 현상이나 경물(景物)의 아름다움에 대한 직접적인 묘사에 그치게 된다면, 그것은 외국인을 상대로 한 관광 안내 팜플렛의 선전 문구와 본질적으로 다를 바가 없게 된다. 그럴 경우 시는 오늘날 우리 사회를 지배하는 상품의 교환 관계 속에 포괄됨에 따라 현실의 부정적 모습에 대한 비판의 날카로움을 상실하게 되어 결국에는 중립적이고 변명적인 것으로 변질되고 말 것이다.

우리가 시의 형상화를 통해 말없는 자연으로 하여금 부단히 말을 하게 하려는 것은, 오늘날 현실의 극단적인 어둠에도 불구하고 모든 것이 사라진 것은 아니며 다시 훌륭한 상황이 이루어지리라는, 진정한 실천의 계기만 마련된다면 이제까지 존재한 것보다 더 나은 상태의 삶을 실현할 수도 있으리라는 믿음 때문일 것이다. 낡은 자연을 소재로 했음에도 우리에게 감동을 주는 작품들에는 바로 그런 믿음을 유발시키는 새로운 힘이 내재되어 있다.

기억의 지평과 시간의 깊이
―화해와 변혁에 대한 몽상을 위하여*

1. 죽음과 통일에 대한 몽상 : 신경림의 『뿔』

신경림 시인의 아홉 번째 시집 제목은 '뿔'이다. 예외도 있겠지만 뿔이
불러일으키는 연상은 비교적 분명하다 : 예리함, 견고함, 공격, 저항, 부
정, 반감, 풍자, 비순응주의 등. 표제작 「뿔」은 그러한 연상과 긴밀하게
부합하지도 않지만 그렇다고 전혀 부합하지 않는 작품도 아니다. "사나
운 뿔은 아무렇게나 쓰레기통에 버려질 것이다"라는 작품의 결구에서도
시사되는바, 이 시는 부단히 이용만 당하면서도 그 사실을 결코 알지
못하는, 그래서 "사나운 뿔을 갖고도 한번도 쓴 일이 없"고 쓸 줄도 모르
다가 결국엔 죽고 마는 소의 그런 삶에 대한 연민을 보여주면서, 동시에

---

* 이 글에서는 사물의 물질성과 정신의 상상력의 상호작용 ―사물의 물질성은 아직
  결속되지 않은 상상력을 자극하여 그것이 사물의 내면으로 투여될 수 있도록 해주
  며, 마찬가지로 아직 결속되지 않은 상상력들 역시 사물의 외면을 거부하고 사물의
  내면으로 자신을 투여하고자 하게 해주는 그런 상호작용을 언어의 형식을 통해 수
  용하려는 작업으로 '몽상'의 의미를 이해하기로 한다.

소로 하여금 오로지 그렇게 살다가 죽을 수밖에 없게 하는 어떤 힘 혹은 구조를 풍자하고 있다. 이 시집 전체에서 「뿔」과 같은 계열에 속하는 작품으로는 "서라면 서고 앉으라면 앉았다. 가라면 가고 오라면 왔다"라는 구절로 시작하여 "그 개는 죽어서 헐값의 가죽밖에 남긴 것이 없다. 가죽보다 더 값진 교훈을 남겼다는 거짓과 함께"라는 구절로 끝맺는 「개」가 있다. 어째서 이 시집의 제목이 굳이 '뿔'이어야 했는지는 알 수 없으나, 이 계열에 속한 작품들은 시적 성취에서 시집의 중심에 위치할 수 없는 것들이며 그 분량마저 적다.

신경림은 민중시인 혹은 참여시인이다, 라는 주장에 이의를 제기할 사람은 그렇게 많지 않을 것이다. 그러한 표현을 시인 자신이 거북히 여긴다고 할지라도 말이다. 신경림은 이성에 근거하여 현실을 변화시킬 수 있다고 믿는 이성주의자이자 현실주의자이다. 그는, 또한, 민중(나아가 인류)의 문제를 자기의 문제처럼 생각하고, 그들의 고민을 자기의 고민으로 받아들여 고민하며, 그런 생각과 고민의 과정과 결과를 대외적으로 발언하고 어떤 문제들이 해결되도록 나름으로 투쟁하는 지식인이다. 지난 30여 년 동안의 그 엄청난 시대적 격변 앞에서 절망하고 회의하면서도 그는 항상 자신의 출발점에 다시 서고자 했으며, 그런 일관된 모습을 견지하고자 노력해 왔다. 그런 까닭에 지금까지 그의 시에는 시인 자신보다는 다른 사람들의 모습이 더 많이 담겨 있었다. 이런 사정들을 고려한다면, 신경림 시인의 이번 시집은 매우 예외적인 것이라 할 수 있다. 이 시집에서 시인은 다른 사람이 아닌 자기 자신에 대해서, 자신의 마음속에 있는 고독과 적막의 세계에 대해 솔직하게 토로한다. '호치민에서'라는 부제가 붙은 「소녀행(小女行) 1」에서 시인은 이렇게 노래한다.

갑자기 소나기가 쏟아졌다.

　　백 여 명 혼다를 타고 가던 소녀들의 날씬한 허리와 어깨가 하얀
아오자이 위로 발갛게 드러났다. 파파야 같기도 하고 망고 같기도
한 짙은 향내가 온통 거리를 메운다.
　　나는 어지러워 잠시
　　이마를 짚고 빗속에 쭈그리고 앉는다.

　　이 시에서 호치민의 어느 거리를 온통 메우고 있는 '짙은 향내'는 소녀들
의 몸에서 뿜어진 것이다. 그것은 젊음의 열기이자 생명의 향기이다. 화자
로 하여금 "이마를 짚고 빗속에 쭈그리고 앉"을 수밖에 없도록 만든 현기
증도 바로 그 향내 때문이다. 그런데 어째서 화자는 생명의 향기를 맡고
현기증을 일으키는 것일까 ? 이 질문에 답하기 위해서 우리는 이 시집의
내적 공간을 좀더 탐사할 필요가 있다. '보고타에서'라는 부제가 붙은 「빛」
이라는 작품은 앞서 살펴 본 「소녀행 1」과 매우 유사한 구조를 보여준다.
이 시에서 한 인물은 노을이 지고 어둠이 깔리기 시작하는 보고타의 어느
숙소에서 서울을 생각하며 "을씨년스럽게" 웅크리고 앉아 있다. 그때 숙소
의 종업원으로 보이는 한 소녀가 키가 큰 산국(山菊)의 일종인 '크리산디멈'
을 들고 들어와 "잉어무늬 일본 꽃병"에 꽂는다. 소녀의 무릎은 하얗고
샌들은 신은 맨발에 저녁 이슬이 묻어 있으며 젖은 입술에 웃음이 밝다.
그런 일련의 모습들을 보면서 시인은 이렇게 주장한다.

　　이윽고

　　온 실내가 빛으로 일렁이더니 온통 실내가 흔들리기 시작한다 꽃
병도 흔들리고 꽃병에 꽂힌 꽃도 흔들린다 다탁도 의자도 들썩인다
을씨년스럽게 웅크렸던 나도 흔들리고 파란 눈의 소녀도 들썩인다
소녀로부터 솟은 빛이 세상을 흔들고 있다

— 「빛」에서

  일렁임, 들썩임, 흔들림! 작품에 직접적으로 드러나지는 않았지만 「소녀행 1」에서와 마찬가지로 이 시에서도 화자가 느끼는 현기증이 있다. 「소녀행 1」에서 화자가 현기증을 느낀 것은 소녀들의 몸에서 뿜어진 '짙은 향내' 그 자체 때문이라기보다는 그 향내가 촉발한 거리(세계)의 흔들림 때문일 것이다. 여기서 우리는 소녀들로부터 솟은 빛과 짙은 향내가 야기한 세계의 흔들림과 대비되는 화자의 '을씨년스러운 웅크림'에 주목할 필요가 있다. '을씨년스러움'은 웅크린 화자의 모습 자체에 대한 묘사이면서 동시에 자신의 그런 모습과 연관된 화자의 정서적 반응이기도 하다. '웅크림'은 몹시 춥거나 겁이 나서 몸을 잔뜩 우그리어 작아지게 한 모습이다. '호치민'이나 '보고타'는 물리적 추위와는 직접적인 관련이 없는 곳이므로 화자가 몸을 잔뜩 움츠린 것은 심리적인 추위 때문이거나 아니면 모종의 두려움 때문일 것이다. 화자로 하여금 심리적 추위나 모종의 두려움에 떨게 한 것, 그것은 바로 죽음이다. 여기서 죽음은 관념적인 것이 아니다. 그것은 이제까지 살아온 날보다 앞으로 살아갈 날이 훨씬 더 적게 남아 있는 자들이 손이 닿을 만큼 가까운 거리에서 바라보고 있는 실체적인 것이다.

이제 그만둘까보다, 낯선 곳 헤매는 오랜 방황도.
황홀하리라, 잊었던 옛 항구를 찾아가
발에 익은 거리와 골목을 느릿느릿 밟는다면.
차가운 빗발이 흩뿌리리, 가로수와 전선을 울리면서.
꽁치 꼼장어 타는 냄새 비릿한 목로에서는
낯익은 얼굴도 만나리, 귀에 익은 목소리도 들리리.
이내 어둠은 옛날의 소꿉동무처럼 다가오고,
발길 따라 깊숙한 골목 여인숙 찾아 들어가면
눅눅하고 퀴퀴해서 한결 편해지는 잠자리.

꿈인 듯 생시인 듯 들리리, 네가 가 잠들 곳 또한
이같이 익숙한 곳 편안한 곳이라는 소리가, 먼데서.

— 「누항요(陋巷遙)」 전문

‘누항’은 ‘좁고 누추한 거리’ 혹은 ‘속된 세상’을 가리키는 말이면서 동시에 ‘자기가 사는 곳’을 낮추어 부르는 말이다. 이 시에서 화자는, "낯선 곳 헤매는 오랜 방황"을 그만 두는 것이 마치 자신의 자율적인 의지에 따른 것이기라고 한 것처럼, "이제 그만둘까보다"라고 말한다. 그러나 자신의 의지와는 상관없이 그 방황은 미구에 그만두지 않으면 안 되게 되어 있다. 낯익은 거리와 골목을 느릿느릿 밟는 발의 황홀함, 흩뿌리는 빗발의 차가운 감촉, 꽁치와 ‘꼼장어’가 타는 비릿한 냄새, 그 모든 얼굴과 목소리의 친근함…… 이 모든 것들은 미구에 닥칠 죽음을 미리 보았기에 더 없이 아쉽고 안타깝게 다가오는, 그 죽음과 함께 더 이상 누릴 수 없게 될 생의 감각들이다. 생명의 빛과 짙은 향내에서 비롯하는 세계의 흔들림과는 인연을 멀게 할 죽음의 ‘어둠’이 "이내" 다가올 터인데, 화자는 그 어둠을 아득히 멀지만 바로 어제 본 것처럼 생생한 "소꿉동무"의 모습으로 묘사한다. 어쩌면 죽음의 얼굴이란 오래도록 잊고 있었지만 그럼에도 친근하기 그지없는 그런 것인지도 모른다. 깊숙한 골목에 자리잡고 있는 여인숙의 "눅눅하고 퀴퀴해서 한결 편해지는 잠자리"의 모습은, "이승과의 인연을 외면하여 밀폐된 검은 관"이 들어 있는 "뗏장이 입혀진 어둡고 축축한 무덤"(「저 소리는 어디에서」)의 이미지와 중첩되어 있다. 그러매 죽음 저편의 공간이란 그렇게 "익숙한 곳 편안한 곳"일지도 모른다.

죽음의 얼굴을 소꿉동무의 얼굴처럼 친근한 것으로, 죽음 저편의 공간을 죽음 이편의 공간처럼 익숙하고 편안한 곳으로 받아들임으로써 죽음

이라는 절대적 사태가 야기한 두려움으로부터 벗어나려는 시도는 「누항
요」 이외의 작품들에서도 자주 나타난다. 그 대표적인 경우가 「강 저편」
과 「저 소리는 어디에서」이다. 「강 저편」에서 화자는 자신보다 먼저 '강
저편'으로 건너간 인물들의 특징적인 모습들을 열거한 다음, 작품의 말미
에서 "저승인들 무어 다르랴 아옹다옹 얽혀 살던/내 가족 내 이웃이 다
거기 가 살고 있는데"라고 말한다. 「저 소리는 어디에서」의 경우에는,
" '어머니' 부르면 '그래' 대답하는 저 맑고 담담한 소리는", 다시 말해
저 세상으로 먼저 가신 어머니의 목소리가 들려오는 그 어딘가는, 뗏장이
입혀진 무덤 속처럼 어둡고 축축한 곳이 아니라 "나비가 떼지어 나는
소리도 함께 들리는/가지각색 꽃들의 빛깔과 향기도 따라 보이는" 그런
곳일 거라고 상상한다. 죽음과 죽음 저 편의 공간이 그처럼 친근하고
편안한 곳일 수도 있다는 생각에 다다르자, 우리가 「소녀행 1」이나 「빛」
에서 보았던 세계의 흔들림은 견딜 만한 것이 되고, 현기증은 전혀 다른
성격의 '취기' 혹은 '들뜸'으로 변형된다. 이러한 사정을 잘 보여주는
작품이 「봄날」이다.

새벽 안개에 떠밀려서 봄바람에 취해서
갈 곳도 없이 버스를 타고 가다가
불현듯 내리니 이곳은 소읍, 짙은 복사꽃 내음.
언제 한번 살았던 곳일까,
눈에 익은 골목, 소음들도 낯설지 않고.
무엇이었을까, 내가 찾아 헤매던 것이.
낯익은 얼굴들은 내가 불러도
내 목소리를 듣지 못하고.
복사꽃 내음 짙은 이곳은 소읍,
먼 나라에서 온 외톨이가 되어

거리를 휘청대다가
봄 햇살에 취해서 새싹 향기에 들떠서
다시 버스에 올라. 잊어버리고,
내가 무엇을 찾아 헤맸는가를.
쥐어보면 빈 손, 잊어버리고, 내가
어디로 가고 있는지 어디서 내릴지도.

　이 시의 공간은 생의 감각을 일깨우는 "봄 햇살"과 "새싹 향기"와 "짙은 복사꽃 내음"이 넘쳐흐르는 죽음 이 편의 공간이다. 화자 역시 이미 죽은 자가 아니라 아직 살아있는 자이다. 그러나 그는 죽음 이 편과 저 편이 어떤 유사성에 의해 연접되어 있는 그런 공간을 소유한 자이기에 여전히 살아있지만 동시에 이미 죽은 자이기도 하다. 그런 인물에게 세상의 모든 곳은 언젠가 한번쯤 살았던 곳일 수 있으며, 이전에는 결코 걸어보지 못했던 세상의 모든 거리와 이전에는 결코 들어보지 못했던 세상의 모든 소음들이라 할지라도 오히려 낯익은 것으로 다가올 수 있다 : "언제 한번 살았던 곳일까,/눈에 익은 골목, 소음들은 낯설지 않고". 그러나 죽음 이 편의 공간만을 소유한 자들에게 그는 전혀 낯선 자일 수 있다 : "낯익은 얼굴들은 내가 불러도/내 목소리를 듣지 못하고". 그러매 역설적이게도 그 어디라도 낯설지 않은 죽음 이 편의 공간이 "불현듯" 우주의 이향(異鄉)으로 다가오게 된다 : "먼 나라에서 온 외톨이가 되어/거리를 휘청대다가". 이 시의 매력은 그처럼 죽음을 앞서 경험한 자에게 새롭게 열리게 된 지평에서 그 인물이 체험하는 황홀한 '휘청거림'의 독특한 절주(節奏)에 있다. 그런데 여기서 한 가지 지적해야 할 것은, 그가 죽음 이 편의 세계에서 자신이 가지고 있었던 방향설정의 모든 기준점들을 상실한다는 점이다. 왜냐하면 더 이상 대립들이 존재하지 않기 때문이다. 자신이 찾아 헤매던 것이 무엇이었을까 반문할 뿐만 아니라, 심지어 무엇을 찾아 헤매었는지 잊었다고 말하는 것도 바로 그러한 사정과 긴밀히 연관된다. 여전히 화자는 죽음 이 편의 세계에 속해 있지만, 이제 그의 삶은 죽음 저 편의 세계로 급격히 기울기 시작한다.

> 가볍게 걸어가고 싶다, 석양 비낀 산길을.
> 땅거미 속에 긴 그림자를 묻으면서.
> 주머니에 두 손을 찌르고
> 콧노래 부르는 것도 좋을 게다.
> 지나고 보면 한결같이 빛 바랜 수채화 같은 것,
> 거리를 메우고 도시에 넘치던 함성도,
> 물러서지 않으리라 굳게 잡았던 손들도.
> 모두가 살갗에 묻은 가벼운 티끌 같은 것,
> 수백 밤을 눈물로 새운 아픔도,
> 가슴에 피로 새긴 증오도.
> 가볍게 걸어가고 싶다, 그것들 모두
> 땅거미 속에 묻으면서.
> 내가 스쳐온 모든 것들을 묻으면서,
> 마침내 나 스스로 그 속에 묻히면서.
> 집으로 가는 석양 비낀 산길을.

─「집으로 가는 길」 전문

"집으로 가는 석양 비낀 산길을"이라는 마지막 구절과 '묻는다'는 동사의 반복에 근거할 때, 우리는 이 시에서 '집'을 사자의 집인 '무덤'의 비유로 이해해도 무방할 것이다. 그런 맥락에서 이 시는 죽음과 연관된 시인 나름의 포즈를 보여주는 것이라 볼 수 있다. 가장 무거운 죽음을 그토록 가볍게 맞을 수 있다는 것, 죽음 저 편으로 가는 길을 마치 산책하듯 "주머니에 두 손을 찌르고/콧노래 부르"며 갈 수 있다는 것은, 사실

여부와는 무관하게, 결코 낮은 수준의 포즈는 아니다. 그런데, 과연, 죽음
이란 이승에서의 그 모든 것들을 "빛 바랜 수채화"나 "살갗에 묻은 가벼
운 티끌"처럼 아무것도 아닌 것으로 만들어버리는 것일까? "거리를 메우
고 도시에 넘치던 함성", "물러서지 않으리라 굳게 잡았던 손들", "수백
밤을 눈물로 새운 아픔", "가슴에 피로 새긴 증오"…… 이 모든 것들은
신경림이라는 한 이성주의자의 삶을 지탱해주고 또 그것에 어떤 방향성
을 제공해주던 것들이었다. 죽음과 더불어 그 모든 것이 끝난다고 할지라
도, 그런 것들과 관련한 어떤 소망마저도 죽음과 함께 묻혀버리고 말아야
하는 것일까? 「활엽수」와 「바람」은 우리의 그 질문들에 대한 시인의
간접적인 대답이라 볼 수 있다.

소꿉동무의 눈웃음이 있다, 내게 삼잎을 말아 피우는 법을 가르치
던 고사리 손이 있다, 문구멍을 뚫어 젊은 신혼방을 훔쳐보던 샛별
처럼 빛나는 눈이 있다, 이웃집 누나의 노랫소리가 있다, 저녁이슬
을 머금은 브라우스 밖의 하얀 목덜미가 있다, 교정에서 환한 달빛
아래 덜 익은 나의 성을 꽃봉오리로 피우던 뜨거운 숨결이 있다,
친구의 술주정이 있다, 언젠가는 오리라는 새 세상에 대한 헛된 꿈
이 있다, 눅눅한 유치장에서 힘없이 들어 보이던 야윈 주먹이 있다,
어둠 속에.

손을 뻗으면 고사리 손이 만져진다,
매끄러운 다리가 만져지고 야윈 주먹이 만져진다,
당기면 끌려나올 것이다, 나와서는 빛 속에서
활엽수들처럼 싱싱하게 살아날 것이다.

나를 뒤덮고 세상을 뒤덮을 것이다.

—「활엽수」 전문

이 시의 전반부는 어느 시점에서 화자가 떠올린 기억들을 그 내용으로 하고 있다. 각각의 문장은, 화자의 배려로 인해 우리 자신의 경험에 대한 기억들과 구조적으로 연관시켜 볼 수 있게 되긴 하였지만 그럼에도 그 내밀함과 전모를 온전히 다 드러내지는 않는, 화자 자신의 기억 속에 간직된 그 어떤 특별한 사건들을 묘사한 것들이다. 그것들에 대한 기억은 마치 필름처럼 둘둘 말려 있어서 어느 한쪽 끝을 잡아당기면 연이어 끌려 오게 되어 있다. 그리고 전체적 맥락에서 그것들은 어느 하나라도 소중하지 않은 것이 없다. 아마도 그런 기억들이 소중해지는 것은 '죽음'이라는 어떤 종말에 대한 인식 때문일 것이다. 다시 말해 화자는 그러한 단절 혹은 소멸에도 불구하고 그 어떤 존재의 흔적이 "생생하게" 지속되기를 바란다. 과연 그것들이 현실의 빛 속에서 활엽수들처럼 싱싱하게 살아나 세상을 뒤덮을 수 있을 것인가에 대해 자신 있게 말할 수 있는 처지에 우리는 있지 못하다. 그것은 신의 영역에 속하는 일이기 때문이다. 그럼에도 그런 활엽수들의 싱싱한 이미지가 이승에서의 삶을 살아 견뎌야 하는 사람들에게 적어도 힘이 되리라고는 분명히 말할 수 있다. 그런데 이 시에서 드러난 화자의 그런 소망에도 불구하고, 거기에는 무언가 결정적으로 빠진 것이 있는 듯하다. 그것은 바로 '나'다. 이 시에서 어떤 가능성의 씨앗들이 활엽수처럼 싱싱하게 살아나 뒤덮게 될지도 모를 세상에 '나'는 부재한다. 그리고 그러한 부재는 필연적인 것이다. 그럼에도 그런 부재를 넘어 이 세상에 간여하고픈 '나'의 소망 같은 것이 이 시인에게는 존재하지 않는 것일까? 죽음의 수용과 관련하여 「집으로 가는 길」에서 보여주었던 포즈의 수준에서 보자면 부질없는 것일 수도 있는 소망의 속내를 시인은 다음의 시에서 솔직하게 보여준다.

산기슭을 돌아서 언 강을 건너서 기름집을 들러 떡볶이집을 들러

처녀애들 맨살의 종아리에 감겼다가 만화방도 기웃대고 비디오방
도 들여다보고

　　큰길을 지나서 장골목을 들어서서 봄나물 두어 무더기 좌판 차린
할머니 스웨터를 들추고 마른 젖가슴을 간질이고 흙먼지를 날리고
종잇조각을 날리고

　　가로수에 매달려 광고판에 달라붙어 쓸쓸한 소리로 축축한 소리
로 울면서 얼어붙은 거리를 녹이고 팍팍하게 메마른 말들을 적시고

—「바람」 전문

　이 시는 여러 개의 절들을 거느린 단 하나의 문장으로 되어 있다. 그런
데 그 하나의 문장은 미완인 채로 남아 있다. 시인이 괄호로 남겨둔 그
마지막 어절과 관련하여 우리는 두 가지 가능성을 추론해 볼 수 있다.
하나는 '있다'이고 다른 하나는 '싶다'이다. 전자의 경우 시의 제목은
바람[風]이 될 것이고, 후자의 경우에는 바람[望]이 될 것이다. 시인은
작품 그 자체인 하나의 문장을 미완으로 처리했다. 그로 인해 작품의
제목인 '바람'은 바람[風]이면서 동시에 바람[望]인 중의적인 것이 되
었다. 바람[風]의 행로가 보여주는 장면들은 시인이 이제까지 써온 작품
이며 또 앞으로 그가 쓸 작품일 것이다. 그리고 자신의 모든 노래가 얼어
붙은 것들을 녹이고 메마른 것들을 적시는 부드러운 힘이 될 수 있기를
바람[望]은 모든 것을 아무것도 아닌 것으로 만들어버리는 죽음의 힘에
맞서고자 하는 시인의 가장 강렬한 소망일 것이다.
　릴케는 죽음을 사람들 저마다에게 고유한 것으로 묘사하였으며, 사람
은 누구나 어느 누구와도 다른 저만의 죽음을 완성하려 노력해야 한다고
노래하였다. 릴케의 영향을 받으면서도 김춘수는 릴케와는 달리 죽음을

'무명의 얼굴'이라 불렀다. 무명의 죽음이 황금의 나무로 변모한다는, 황금의 나무에 가득 차 있는 빛과 물, 그러니까 죽음의 빛과 샘이 인간을 너그럽고 의젓하게 살 수 있도록 도와준다는 것이 죽음에 대한 김춘수의 생각(관념)이었다. 나의 죽음에 빛을 주는 것은 바로 나 자신이라고 생각한 것이 릴케라면, 만인에게 공통된 미지의 죽음이 나의 삶에 빛을 준다고 생각한 것이 김춘수이다. 신경림의 이번 시집에 실린 많은 작품들에도 죽음과 연관된 시인의 느낌이나 인식이 개입되어 있다. 그러나 그 어디에서도 우리는 죽음 그 자체에 대한 시인 나름의 어떤 관념을 엿볼 수 있는 인상적인 구절을 발견할 수 없다. 신경림은 이 시집에서 죽음과 관련한 그 나름의 관념을 노래하지 않는다. 그러나 그는 죽음과 관련하여 세 가지 종류의 소망을 노래하였다. 「집으로 가는 길」이 실존적 존재의 소망이라면, 「활엽수」는 이성주의자로서의 소망일 것이고, 「바람」은 시인으로서의 소망일 것이다.

   이 시집에는 매우 특이한 작품이 하나 실려 있다. 「겨울날」이라는 작품이다.

        우리들
        깨끗해지라고
        함박눈 하얗게
        내려 쌓이고

        우리들
        튼튼해지라고
        겨울 바람
        밤새껏

창문을 흔들더니

새벽 하늘에
초록별
다닥다닥 붙었다

우리들
가슴에 아름다운 꿈
지니라고

— 「겨울날」 전문

　위의 시는 특별한 분석이나 주석의 절차 없이도 투명하게 다가온다. 굳이 말하자면 이 시는 동시(童詩)를 연상시킨다. 동시는 동화(童話)의 정신을 통해 이해할 수 있다. '그리고 그들은 그 후에도 행복하게 잘 살았단다'라는 말로 동화는 끝난다. 동화의 매력은 어떤 과정의 끝에 획득한 행복감의 지속에 있다. 동화 속에서는 세계의 그 어떤 폭력과 악몽으로부터도 삶의 아름다움이 끝내는 보존되고 이어서 지속된다(동화의 그와 같은 소박하고 순진한 세계는 현실의 폭력을 경험한 사람들에게는 유치한 것으로 비칠 수 있을 뿐만 아니라 그 어떤 이데올로기에 쉽사리 이용될 수 있는 위험천만한 것으로 보일 수도 있음은 물론이다). 이 시에서 자연은 '우리' 인간의 편에 서서 인간과 어울리면서 인간에게 유익한 조언을 해주고 또 힘을 주기도 하는 동화 속의 조력자의 이미지와 닮아 있다. 작품의 화자는 그러한 자연에 대한, 더 나아가 그 배후에 있을지도 모를 어떤 선한 의지에 대한 공감과 함께, 그러한 의지가 이끄는 단련의 과정을 통해 어떤 악한 의지에도 맞설 수 있는 정신의 힘마저 획득될 수 있으리라는 기대를 보여준다. 이 시는 시집 전체를 관류하는 어떤 힘의 진원지이다. 그 힘은 바로 공감의 그것이다. 그것은 이질적이어서 대립적이기까지 한 집단이나 차원들에 내재한 유사성을 발견하여 양자가 서로 소통할 수 있는 교통로를 마련해준다. 그리고 그러한 공감의 작용을 신뢰하는 한 인물의 내면세계 안에서 서로 이질적인 차원들의 극적인 **화해**가 이루어진다(우리는 앞에서 이미 이승과 저승의 차원이 한 인물의 내면세계 안에서 자연스럽게 소통되는 모습을 살펴 본 바 있다).

> 눈을 감고도 나는 찾아갈 수가 있다,
> 장골목을 지나면 양조장,
> 뿌연 저녁 연기 속, 된장국 끓는 냄새,
> 밥 먹으라고 아이를 부르는 소리, 대문을 여닫는 소리,
> 반찬가게 주인 아주머니 호들갑스런 웃음소리,
> 휘파람 소리, 라디오 소리,
> 그 끝에 집앞 가로수까지 반들거리는 기름집……
>
> 고향보다도 더 눈에 선한 강 건너 남쪽
> 텅 빈 소도시의 저녁 하늘에
> 노을이 발갛다.
>
> ——「강 건너 남쪽」 전문

'도문(圖們)에서'라는 부제가 붙어 있는 이 시는 '단동(丹東)에서'라는 부제가 붙어 있는 「신의주」와 자매편을 이루는 작품이다('도문'은 두만강을 건너 북한의 남양과 마주하고 있는 도시이고, '단동'은 압록강 하구의 신의주 대안에 자리하여 신의주와는 철교로 연결되는 도시이다). 이 시에서 한 인물은 찾아 갈 수 없는 강 건너 편에 대해 상상한다. 그런데 흥미롭게도 그 인물의 상상은 자신이 가본 적이 없는 어떤 장소에 대한 그것이기보다는 자신이 이미 잘 알고 있는 어떤 장소의 과거의 정경에 대한 회상과 차라

리 더 가깝다. 그처럼 회상에 더 가까운 상상을 통해 그 낯선 공간은 오히려 "고향보다 더 눈에 선한" 모습으로 다가오게 된다. 그리고 그 "텅 빈 소도시"의 저녁 하늘이 붉게 물든 것은 노을 때문이기도 하지만 동시에 어떤 특별한 순간의 정서적 격동으로 인해 붉게 물든 화자의 눈빛이 투영된 때문이기도 할 것이다. 이 시에서 우리는 어떤 절대적 화해에 대한 시인의 열망을 읽는다. 시인은 분단체제 자체에 대해서는 단 한 마디도 하지 않으면서도 그것을 비판한다.

"통일을 방해하고 분단체제를 고착시키는 요인 가운데 가장 중요한 것은 남과 북의 서로 다른 전쟁의 기억이다"(김인환, 『기억의 계단』). 1950년의 전쟁을 남한에서는 6·25동란 또는 '경인년 김괴 난동'(庚寅年 金魁亂動)이라 부르고 북한에서는 미국에 의해 강요되어 3년 동안 계속된 조선 인민의 위대한 조국해방전쟁이라고 부른다. 이와 같이 서로 다른 호칭의 이면에 잠재되어 있는 서로 다른 기억의 내용은 분단체제를 나날이 더욱 공고하게 구축하게 할 것이다. 이 문제와 관련하여 시인은 「강 건너 남쪽」을 통해 우리에게 기억의 지평을 확대하고 시간의 보다 깊은 심층으로 진입해 보라고 권고하는 듯하다. 전쟁 이전의 기억이 전쟁에 대한 기억의 차이를 극복할 수 있으리라는 기대와 소망이 이 작품에는 담겨 있다. 논증적 인식으로 볼 때 그러한 기대와 소망의 피력은 순진한 동화적 환상에 불과한 것일지도 모른다. 그러나 이 시에는 신화적 격언의 메아리가 울려 퍼진다. 그 메아리는 화해적이다. 뿌연 저녁 연기, 된장국 끓는 냄새, 대문을 여는 소리와 여인네의 웃음소리와 휘파람소리와 라디오 소리, 그리고 기름집과 그 집 앞 가로수의 그 반들거리는 촉감… 기억이 과거에서 불러낸 그 모든 감각적 지각의 내용들은 동시에 화해를 알리는 메아리를 통해 미래에 이루어질 어떤 순간의 내용들을 선취한 것이기도 하다.

2. 한결같은 정성에 대한 몽상 : 박찬의 시

박찬 시인의 제4시집『먼지 속 이슬』(2001)에 대한 해설에서 이희중은 시인의 시세계를 다음과 같이 '해찰의 미학'으로 규정한 바 있다.

> 박찬 시인의 시세계를 해찰의 미학이라고 불러도 좋다면, 이때 '해찰'은 여러 가지 뜻으로 쓰인 것이다. 그의 시세계가 불교적 사유와 관찰을 통해 깨달음과 초월의 언어를 추구해왔다는 사실에 주목한다면 여기서 '해찰'은 집착에서 벗어남을 의미할 수 있다. 또 언어적 외연을 살펴 그의 시가 연모와 그리움의 몸짓에 오래 머물러 있음을 염두에 둔다면 '해찰'이 연모의 각별한 표현이자 방법임을 수긍할 수 있다. 어느 쪽이든 바로 눈앞의 일보다는 잘 보이지 않는 먼 곳을 보려는 이 특징적인 버릇은 시집 전체에 걸쳐 두루 발견된다. 그는 자신과 대상이 멀리 떨어져 있다는 사실을 잊지 않으며, 그 거리 자체가 가져온 긴장 또는 심상치 않은 정황을 유심히 살피고자 한다.

사전의 정의에 따르면, '해찰'은 "물건을 부질없이 집적이어 해치는 짓"을 뜻하고, '해찰하다'는 "일에는 정신을 두지 않고 쓸데없는 짓만 하다"는 뜻이다. 이희중이 이러한 의미의 낱말을 박찬 시인의 시세계를 규정하는 핵심용어로 삼은 것은 시인의 다음과 같은 작품 때문이다.

> 여길 봐!
> 딴 데 보지 말고
> 여길 봐! 아우성쳐도
> 나는 자꾸만 해찰한다
> 눈앞에 보이는 것만으론 재미가 없다
> 어디 먼 데쯤 다른 곳에

혹, 재미가 있을 것만 같아
나는 잘도 해찰한다
눈앞에 보이는 건
하나도 재미가 없다!

— 「나는 잘도 해찰한다」에서

　이 작품에 근거하여 이희중은, 박찬 시인이 이해하고 있는 '해찰'은 위에서 살펴 본 사전의 풀이와는 다른 것이라고 주장한다. 이희중이 보기에, "박찬 유의 '해찰'은 눈앞의 물건이 아니라 멀리 떨어져 있는 무엇을 향해 있다. 그는 먼 데 있는 것을 해찰한다, 또는 그리워한다". 위에 인용되지 않은 부분을 포함한 작품 자체에 근거할 때 이희중의 주장은 설득력이 있고, 나아가 박찬 시인의 시세계와 관련하여 매우 흥미로운 시사를 준다(이희중의 주장에 공감하면서도 우리는 시인이 이해하고 있는 '해찰'이 사전의 풀이와 다르지만은 않다는 점도 확인해 두고 싶다. 앞서 살펴보았듯이, '해찰하다'는 "일에는 정신을 두지 않고 쓸데없는 짓만 하다"는 뜻이다. 우리 생각에 문제의 핵심은 "쓸데없는 짓만 하다"라는 부분에 있다. 시인이 "나는 잘도 해찰한다"라고 말할 때, 우리는 그 말을 '나는 잘도 쓸데없는 짓만 한다'는 뜻으로 받아들여도 무방할 것이다. 이른바 '일', 사회나 문화가 공식적으로 중요하다고 규정해 놓은 눈앞의 그런 일이 아니라는 점에서 그 어떤 것은 '쓸데없는' 것이지만, 사회나 문화의 공식적인 규정이 문제적이고 병들어 있는 것임이 드러날 때 그 '쓸데없는' 어떤 것은 진정으로 중요한 것이 된다. 따라서 시인이 "나는 잘도 해찰한다"라고 말할 때, 우리는 그것을 공식적인 규정의 문제적 성격에 대한 시인의 부정과 비순응주의를 표현한 것이라고 볼 수도 있을 것이다. 여기서 우리 나름으로 이해한 '해찰'의 의미는 이희중이 설명한 '해찰'과 결합되어야 함은 물론이다).

　위에 인용한 부분에서 이희중은, 박찬에게 '해찰'은 "집착에서 벗어남"

을 의미하기도 하고 "연모의 각별한 표현이자 방법"이기도 하다고 말한
다. 이희중이 '해찰'을 그와 같이 두 가지 다른 양상으로 이해하는 것은,
박찬의 시가 한편으로는 불교적 사유와 관찰을 통해 깨달음과 초월의
언어를 추구해왔으며, 다른 한편으로는 연모와 그리움의 몸짓에 오래
머물고 있다고 보기 때문이다. 여기서 우리는 한 가지 의문을 갖게 되는
데, 그것은 '깨달음과 초월의 언어'가 지향하고자 하는 마음의 상태와
'연모와 그리움의 몸짓'이 수반할 수밖에 없는 마음의 동요와 고통이
서로 어긋나 보인다는 점이다.

　깨달음이란 깨닫지 못함에서 깨달음으로 나아가는 과정이다. 감각적
지각에 집착하지 않게 되고, 개념적 사고의 본질과 한계를 파악할 수
있게 되어 자아를 내세우려는 의도와 동기가 소멸하여 언제 어디서나
한결같은 마음을 유지할 수 있게 된 어떤 상태를 우리는 깨달음의 상태라
고 말할 수 있을 것이다. 그와 같은 깨달음을 추구하는 언어는 순간적
통찰 혹은 직접적 관조를 통해 대상과 사물의 구속으로부터 해방되고자
한다(제4시집에 실린 「불영사에 가서 보다」에서 시인이 "불영사 방죽가에 앉아,
달개비꽃대 끊어 날리네./이명처럼 들려오는 산 소리에 일렁이는 물비늘,/어디에
도 그림자는 없네./적요 속, 눈 뜬 듯, 감은 듯,/산 울음소리 들으며 그림자 생각하
다,/오체 투지하는 사미니 생각하다, 그마저 잊어버리네./푸른 하늘, 산 그림자,
설핏 보이다 사라지네."라고 말할 때, 우리는 시인의 언어가 그 성취 여부와는
상관없이 어떤 깨달음의 상태를 지향하고 있음을 확인한다). 그런데 연모와
그리움의 감정은, 이희중의 적실한 표현대로, 수많은 '몸짓'을 만들어낸
다. 사랑을 받고자 하는 또는 사랑하는 대상을 가진 사람은 도처에서,
심지어 아무것도 아닌 것에서 항상 의미를 만들어내며, 그런 의미가 그/
그녀를 전율하게 한다. 사랑하는 사람의 관점에서 볼 때 세상은 해석해내
야만 하는 기호의 덩어리와도 같다. 그리움의 대상과의 관계에서 발생하

는 어떤 울림 때문에 세상의 온갖 것들이 곧바로 기호로 변형되며, 그것은 기호이기에 어떤 의미로 해석되어야만 한다. 그런 해석의 과정 그 자체 또는 해석의 결과에 따른 대답이 다양한 종류의 몸짓을 만들어내는 것이다(그 몸짓이 수반하는 것은 마음의 고통이나 동요이다).

박찬의 시세계는 서로 어긋나 보이는 두 가지 흐름, 즉 '깨달음과 초월의 언어'와 '연모와 그리움의 몸짓'이 서로 겯고 트는 과정의 모습을 보여준다. '깨달음과 초월의 언어'는 편향된 인식과 왜곡된 대상으로부터 해방되게 함으로써 주체가 지각과 사고를 쇄신하게 해줄 수도 있지만(그와 같은 쇄신을 통해 주체는 마음의 신선한 생기를 회복하게 되고 그런 생기를 통해 세계는 생생한 이미지로 가득 차게 된다), 정신의 고공 비행으로만 일방적으로 치달아 삶의 구체성으로부터 멀어지거나 안이한 교훈주의로 전락할 수도 있다. 이에 비해 '연모와 그리움의 몸짓'은 사소한 나르시시즘과 심리적 무가치함을 내용으로 하는 감상성으로 함몰될 수도 있지만, 사랑에 대한 새롭고도 독특한 관념을 감각적이고 구체적으로 제시해줄 수도 있다. 이러한 맥락에서 박찬 시의 과제는 양쪽 모두에 내재하는 위험을 경계하면서 각각의 가능성이 행복하게 조우할 수 있는 어떤 지평에 대한 모색일 것이다. 그런 모색과 관련하여 지난 시집에 실렸던 다음 작품은 우리에게 몇 가지 시사를 준다.

깊을수록 푸른 것이 하늘만은 아니었습니다. 생각도 깊어지면 푸르러지고, 푸르러지면, 다 하늘이고 바다였습니다. 어떻게 알 수나 있을까요. 이슬처럼 마알간 생각이 모여, 방울방울 맺힌 생각이 모여, 저처럼 깊어 푸르러짐을. 깊어 푸른 상념 위로 정처 없는 그리움 하나 뜹니다. 역마살 뻗친 바람은 구름을 몰아가고, 서산에 새들도 날아갔습니다.

서산에 해 지고 새들도 날아간 빈자리,
　이제, 여운의 푸른 상념이 서리면, 푸른 하늘가로, 끝없는 그리움
도 깊어갈 것입니다.

— 「그리움」 전문

　지난 시집의 해설에서 이희중이 이미 지적한 바와 같이, "박찬 시인은 파란색을 각별히 아낀다". 위에 인용한 시의 경우도 온통 푸른색의 이미지로 가득 차 있다. 이 시에서 우선 주목되는 부분은 "깊어 푸르러짐"과 "깊어 푸른 상념"이라는 구절이다. 박찬에게 '푸르름'은 단순히 빛깔을 의미하는 것이 아니다. 그것은 어떤 것이 깊어져서 이르게 된 상태를 가리킨다. "깊어 푸른 상념"은 이슬처럼 맑은 생각이 모여 깊어진 것이다. 이슬방울처럼 방울방울 맺힌 생각이 모이는 과정은 한마음으로 한결같이 공들이는 정성이 쌓이는 과정과도 같으며, 그렇게 "깊어 푸르러짐"은 그 정성의 밀도와 강도가 최고조에 이른 상태와도 같다. 이러한 맥락에서 본다면, "깊어 푸른 상념"은 생각의 밀도와 강도가 최고조에 이른 상태라고도 할 수 있다. 깊어 푸른 상념, 상념이 깊어져서 하늘과 바다처럼 넓고 푸르게 되는 상태, 시인은 그와 같은 상태를 통해 결국 상념에서 벗어난 마음의 근원을 지향하고자 했는지도 모른다. 우리는 모든 것을 상념으로 파악하려 하지만 상념으로 파악할 수 있는 것은 아무것도 없다. 상념이 세계의 모든 사물을 이지러지게 함으로써 온갖 그릇된 견해를 낳기 때문이다. 상념에서 벗어나지 못하는 한 우리는 온갖 형태의 차별과 집착, 독단과 기만, 고통과 번뇌의 소용돌이에 휩싸일 수밖에 없게 된다. 그렇다면 "깊어 푸른 상념"에는 사물과 대상의 구속으로부터 해방된 마음의 어떤 근원에 대한 상징으로 기능할 수 있는 힘이 있을까? 시인은 그것을 희구하지만 작품 자체는 그러한 힘을 확보하는 데 실패한다. "정

처 없는 그리움"이라는 부분에서 보는 것과 같은 감상성의 기미가 완전히 탈각되어 있지 못하기 때문이다. 그럼에도 이 시는 매우 중요한 것에 대한 발견과 인식을 보여준다. 그것은 바로 한마음으로 한결같이 공들이는 정성과 관련한 것이다. 앞서도 언급했다시피, 이슬처럼 맑은 생각이 방울방울 맺혀 모이고 그것들이 깊어 푸르러지는 과정은 한마음으로 한결같이 공들이는 정성이 그 밀도와 강도를 더해 가는 과정과도 같다. 깨달음과 깨닫지 못함은 다른 상태이지만, 깨달은 사람의 공들임과 깨닫지 못한 사람의 공들임이 그 정성의 밀도나 강도에서 동일한 경우를 우리는 얼마든지 생각해 볼 수 있다. 어쩌면 한마음으로 한결같이 공들이는 정성이 깨달음과 깨닫지 못함의 차이보다 더 중요할지도 모른다.

'깨달음과 초월의 언어'와 '연모와 그리움의 몸짓', 그 양쪽 모두에 내재하는 위험성을 경계하면서 각각의 가능성이 행복하게 조우할 수 있는 어떤 지평의 모색과 관련한 박찬 시인의 고뇌와 방황은 이번에 발표한 신작시들(『현대시』2001년 11월호)에서도 다시 한번 확인된다. 시인은 "백담사 계곡 물 흐르는 소리"를 순간적 통찰 또는 직접적 관조의 매개로 삼아 "아직도 허상만 쫓아 사는" 스스로를 꾸짖기도 하고(「백담사에서」), "깊은 산과 바다가 그렇듯 가까이 한 경계를 이루고 있"는 백봉령 고개에서, 가쁜 숨을 몰아쉬며, 가파르게 살아온 삶의 아스라한 저편 풍경들을 뒤돌아보기도 한다(「백봉령을 넘으며」). 시인은, 또한, "장마 한창이던 여름날 화단에 붉게 피어오르던 칸나, 그 불타는 꽃잎"처럼 타올랐던 낭만적 열정이 지나간 망각의 뒤안길에서 "마음속 쓸쓸함, 어찌하지 못해 가을비 내리는 창 밖을 무심한 듯" 서성이며 연모와 그리움의 정념에 사로잡힌 자의 몸짓을 보여주기도 하고(「칸나꽃 질 무렵」), 고요히 흐르면서, 산과 하늘은 물론이거니와 "하늘을 떠가는 구름"과 "구름이 지나간 자리"까지 비추고 심지어 자신의 모습까지 비추는 물처럼 맑은 사랑의 관념을 제시하기도 하며(「사랑이여」), 「절름발이」에서는 사랑하는 "그대"조차 궁극적으로는 함께 할 수 없는 존재의 근원적 고독의 상황을 "절름발이"의 비유를 통해 보여주기도 한다(이상은 「날개」와 몇 편의 시에서 어떤 한 인물과 그의 아내와의 불구적인 관계를 '절름발이'의 형상을 통해 보여주는데, 박찬은 그런 이상과는 달리 어떤 관계의 형상에 대해서가 아니라 존재 자체의 형상을 '절름발이'에 비유하고 있다). 이상에서 개괄적으로 살펴본 작품들은 앞에서 박찬의 시가 경계해야 할 요소로 지적된 바 있는, 사소한 나르시시즘과 심리적 무가치함을 내용으로 하는 감상성 그리고 안이한 교훈주의와의 격투를 보여주면서 동시에 그런 격투에 따른 상처의 흔적들을 거짓 없이 보여준다. 이번에 발표한 작품들 가운데 특별히 필자의 관심을 끈 것은 다음 작품이다.

> 헝클어진 마음의 갈피를 편다. 풀 먹어 뻣뻣한 옥양목 긴 천을 이슬 내린 풀새밭에 널어 편다. 밤새 별이 흘린 눈물 머금으면 올곧게 펴질 수 있을까.
> 마루 끝에서 다리미에 불을 피우는 할머니, 부채 바람에 하얀 재가 날린다. 타닥거리며 타오르는 숯불. 이제 저 늙은 손끝에서 구겨진 마음이 펴질 것이다. 하늘빛 돋아날 것이다.

—「心詞·3」 전문

이 시에서는 숯불을 채워 넣은 다리미로 다림질을 하는 할머니의 모습이 묘사되어 있는데, 다림질을 하는 과정은 동시에 화자가 "헝클어진 마음"을 정리하는 과정과 중첩되어 있다. 다림질을 하는 할머니의 모습은 '이슬'을 "밤새 별이 흘린 눈물"이라고 생각하는 동화적 상상력에서도 암시되다시피, 화자의 유년의 기억에 근거한 것이다. 화자는 "구겨진 마음"을 펴기 위해 유년의 층위로 내려가는 기억의 계단을 밟았던 것일까, 아니면 기억의 계단을 밟고 내려가는 가운데 자신의 마음을 펼 수 있었던 것일까. 아무튼 기억의 계단을 밟고 내려간 유년의 층위에서 화자는 할머니를 만난다. 할머니는 풀 먹어 빳빳한 옥양목 긴 천을 다리기 위해 마루 끝에서 다리미에 불을 피우고 계신다. 할머니가 부치는 부채 바람에 날리는 하얀 재를 보면서 화자는 깨닫는다 : 부채 바람에 날리는 것은 하얀 재만이 아니라는 것을, 할머니는 부채질을 통해 당신의 마음의 동요와 고통을 함께 날려보내시곤 하셨다는 것을. 결국 할머니는 옥양목을 다리시면서 당신의 마음도 함께 다리셨던 것이다. 밤새 별이 흘린 눈물을 머금은 옥양목, 할머니가 당신의 마음의 동요와 고통을 날려보내시고 그 마음과 함께 다린 옥양목은 거울과 같다면 같다고 할 수 있지 않을까. 아무 영상도 비추지 않는 거울, 온갖 현상을 두루 포함하고 있으면서도 특정한 대상을 비추지 않는 그런 거울, 아무것도 비추지 않으나 모든 사물이 없어지지 않고 깨뜨려지지 않도록 보존하는 거울. 그것은 사물과 대상에 좌우되지 않고 사물을 좌우하는 정신의 상징과 같은 것이 아닐까. 동시에 화자가 기억의 계단을 내려가서 만난 할머니의 다림질은 한마음으로 한결같이 공들이는 정성의 상징이 아닐까.

　필자는 「心詞·3」에서 박찬 시의 가능성, '깨달음과 초월의 언어'가 '연모와 그리움의 몸짓'과 어우러져 깊어 푸르러진 "하늘빛"을 엿본다. 그리고 기대한다, 우리의 기억을 쇄신하고 우리의 기억 속에 희망의 자리를 마련해줄 "하늘빛"이 지금 시인이 서랍 속에 감추어 놓고 다듬고 있는 다른 새로운 작품들 속에서 더욱 깊어 푸르러지기를.

3. 부정(否定)이라는 몽상 : 박용하의 시

　박용하는, 우리 시단에서, 아마도, '몽상'(夢想)이라는 기호표현을 가장 적절하게 그리고 가장 강렬하게 발음할 수 있는 시인일 것이다. 박용하는, 또한, '몽상'을 문학적 글쓰기의 근원으로 파악하여 자신의 시쓰기의 토대로 삼았던 일군의 시인들 가운데서 가장 오래도록 생생하게 살아남아 있는 시인이기도 하다. 박용하의 스무살 때, 그가 보기에 "마르크스나 프로이트를 무슨 이데올로기처럼 마빡에 껌처럼 붙이고 다니던 군상들이 한둘이 아니었던 시절," 한국현대문학사에서 이른바 '시의 시대'였다고 기억되는 80년대, 그가 바슐라르를 '우상'으로 삼아 "참으로 외롭고 쓸쓸한 촛불 아래서 시의 연금술을 숙고하고 있었"던 바로 그 시절,[1] 이미 시단에서는 섬세하고 예민한 문학적 감각과 감수성 그리고 정확하고 세련된 문장 구사력의 소유자들이 그 서슬 푸르던 사회경제학의 시대에 바슐라르의 '몽상'의 깃발 아래 결집하여 고투를 벌이고 있었다.[2] 박용하가 등단한 1989년 무렵은, 처음부터 전후좌우의 무차별한 공세에 시달리던 그들이 문학적 전투력과 자신들의 결집력을 상실하고는 그만 흐지부지 흩어지던 시점이었다. 바슐라르를 기치로 전선에 참가했던 '몽상'의 전사들이 그 전선에서 거의 떠나갈 무렵, 박용하는 섬세하고 세련됐지만 왠지 유약해 보이던 그의 선배들과는 달리 강력한 전투적 열정과 심지어 투박해 보이기까지 하는 박력을 무기로 매우 강렬한 빛을 발하며 문단에 나타났던 것이다. 그러나, 따지고 보면, '몽상'이라는 기호표현이 그들로 하여금 가슴 시리게 할 정도의 어떤 향수에 젖게 하리라는 공통점 말고는 박용하와 그의 선배들에게는 공통점이 그리 많은 것처럼 보이지는 않는다. 그들에게는 공통점보다는 차라리 차이점이 더 많은 것이 사실

---

1) 인용 부분은 박용하의 세 번째 시집 『영혼의 북쪽』에 실린 「단편들」에 나오는 구절이다.

2) 필자의 판단으로는, '시운동' 동인이 벌였던 그 고투의 역사에 대해서 이제 비로소 객관적으로 평가해야 할 시점에 충분히 이르렀다고 본다.

이다. 그들의 가장 큰 차이점은, 그의 선배들이 '몽상'을 문학의 방법론으로 여겼던 반면에, 박용하는 '몽상'을 삶 자체의 방법론으로 삼았다는 것이다. 그에게 '몽상'은 삶에 대해 생각하는 방식이 아니라 그만의 삶을 살아내는 방식이며, 그의 말대로 '더럽혀진' 인간과 세계의 불의와 천박함을 결코 인정하지 않으려는 보편적 부정과 절대적 비순응주의의 다른 표현이다. 박용하에게 '몽상'은 '부정'과 그 역학을 함께 한다.

박용하의 세 번째 시집의 해설을 쓴 황현산 교수의 표현처럼, '박용하는 나무가 되어 살던 때가 있었다'. 그의 첫시집 『나무들은 폭포처럼 타오른다』는 그 시절 박용하의 삶의 기록이다. 거기에서 우리는 상상력의 폭발이라고 할 수 있는 어떤 격정의 분출을 확인할 수 있다. 나무의 생리는 깊이와 높이를 확보하려는 상승과 하강의 수직운동으로 표현된다. 나무의 그런 수직운동은 높이로의 '초월'과 깊이로의 '침잠'이라는 내면적 움직임으로 전이될 수 있다. '침잠'은 시각적으로는 하강하는 움직이지만 심리적으로는 상승하는 움직임이다. 결과적으로 나무의 수직운동은 상승의 역학으로 초점화된다. '타오른다'는 묘사는, 그러므로, 나무의 생리에 내재하는 그런 움직임의 역학에 대한 요약적 표현일 것이다. 황현산 교수의 적확한 지적처럼, "타오르는 나무"는 그 시절 그가 자신에게 붙여야 했던 이름이었다. 그리고 상승의 역학으로 귀결되는 나무의 생리는, 그 이후 박용하의 텍스트에 나오는 인물들의 목소리에 내면적으로 남보다 높은 위치에 있다는 어떤 심리적 우월감이 배어나게 하는 근거가 되었다.

두 번째 시집 『바다로 가는 서른세 번째 길』부터 박용하의 텍스트에서는 '길'과 '항구'에 대한 몽상이 펼쳐지고 '배회'와 '항해'의 수평운동의 역학이 작동되기 시작한다. 이처럼 수직운동에 수평운동이 겹쳐져야 하는 데에는 박용하의 시적 생리와 관련하여 나름의 필연적인 이유가 있다.

박용하의 텍스트에 등장하는 인물들은 생리적으로 파국적 구성의 소설에 나오는 주인공과 닮았기 때문이다 : 3) "파국적 구성은 질문과 공허, 추구와 좌절을 구조의 두 핵으로 삼는다. 파국적 구성에 따르는 작품에서 주인공은 삶의 다양성 또는 양면성을 간과하고 언제나 최상의 것, 궁극의 것을 추구한다. 신들의 싸움터에서 하나의 신을 섬긴다는 사실은 파국의 원인이 된다."4) 종종 박용하의 텍스트에서는 마치 파국적 구성에 따르는 소설의 인물이 토로하는 듯한 외침이 울려퍼진다 : "교회에 가고 절에 가는 사람들을 나는 이해하지 않는다. 내 어머니까지도. [⋯] 아직도 나는 국경을 긋고 국가라는 감옥에서 정부에 편입하려는 자들을 이해하지 않는다. 공장에 가고 학교에 가는 자를 이해하지 않는다"(「항구」, 『영혼의 북쪽』) ; "대한민국에서는 깨친 표정 짓는 인간도 여럿 보긴 했지만 내 눈엔 헛구역질 같은 것이다"(「흐드러진 왕벚꽃나무 아래서」, 『영혼의 북쪽』). 그것들은 더럽혀진 세계에 대한 분노에서 발화된 것들이긴 하지만, 아무튼 박용의 텍스트에 나오는 인물들이 그 외적 신분에 관계없이 내면적으로는 남보다 높은 위치에 서 있는 것은 분명하다. 스스로 '타오르는 나무'이든 아니면 그저 '나무를 보는 사람'이든, 그 인물들은 언제나 상승의 역학으로 귀결되는 나무의 생리를 삶의 절대적 원칙으로 삼은 자들이다.

> 내가 지은 궁전이란 궁전은
> 새털보다 가볍게 상승한다
>
> 새털보다 가벼운 몸통,

---

3) 파국적 구성의 소설에 대해서는 김인환 교수의 다음 책을 참조하기 바란다.
　김인환, 『비평의 원리』(나남출판, 1994), 211면～252면.
4) 김인환, 앞의책, 232면.

있을 수 있는 일이다

새털보다 가벼운 인생은
어디까지나 새에 납작 붙어 있다

— 「내 인생의 마추픽추」(『영혼의 북쪽』)에서

"현실의 갈등구조가 절대적 원칙의 실현을 불가능하게 하므로 사건의
진행은 몰락의 구성을 선택하지 않을 수 없다"는 파국적 구성의 규칙처
럼,[5] 이 금속성의 시대에 식물성의 영혼과 생리를 절대적 원칙으로 고집
하는 자들에게 몰락이란 어쩌면 운명적인 것인지도 모른다. 그들이 나무
의 그런 상승의 생리에 따라 내면적으로 확보한 높은 위치는 몰락에 임하
여서는 하강의 고도를 형성해준다. 박용하에게 '배회'와 '항해'는 존재
근거의 몰락이라는 파국에 이르는 하강운동을 수평운동으로 바꾸어주는
동력 전환 장치인 셈이다.

결과적으로는 파국의 운명을 회피한 자가 할 수 있은 변명은 다음과
같은 것이다 : "나는 젊어서 일찍 삶을 끝장내는 데 실패했다. 그것이 내
인생의 유일한 실패다"(「단편들」, 『영혼의 북쪽』). 아무튼 박용하는 파국을
회피, 아니 연기하였는데, 그 이유 가운데 하나는, 드높이 비상할 수 있는
영혼의 자유에도 불구하고 몸은 '대체 휴가'를 내지 않고서는 "토요일도
연휴도 아닌 수요일 북한강에" 빙어 낚시를 갈 수 없다는 사실의 인식일
것이다. 그런데 그런 수평운동은 "우리에겐 조그만 차가 한 대 있었고/들
을 만한 몇 개의 카세트 테이프가 가족처럼 있었네"나 "우리가 가는 북쪽

---

5) 김인환, 앞의책, 같은면. 여기서 말하는 몰락은 존재근거의 몰락, 즉 파국을 가리킨
   다. 소설에서 파국은 사건의 전개가 멈추는 지점이겠지만, 한 인간의 삶에서 파국
   은 단순한 비극적 상황이 아니라 현존이 영점(零點)에 이르게 되는 순간일 것이다.

엔/이박삼일 간 사라지기 좋은/항구 하나가 정박하고 있었네"와 같은 구
절에서 확인되는 대중으로서의 대중적인 삶을, 비록 그 외양에 국한된
것이라 하더라도 수용할 수밖에 없게 한다(「지난해 대진항에서」,『영혼의
북쪽』).6) 대중으로서의 대중적인 삶은 박용하가 그토록 경계하고 비판하
는 "전세계의 오락화"에 전면적으로 노출되고 급속하게 감염될 위험에
처해 있다는 점에서, 그는 '배회'와 '항해'에 특별한 정신의 형식을 개입
시키지 않으면 안 된다. 지금 당장 '불타는 나무'의 삶을 살 수는 없다고
하더라도, 언제나 그 가능성을 잉태한, 적어도 "나무를 보는 사람"으로는
살아가기 위해서는 말이다. 박용하가 선택하고 지속해서 정련하고 있는
정신의 특별한 형식은 바로 아포리즘이다. 그의 텍스트들에 성좌처럼
펼쳐져 있는 그 무수한 아포리즘들은 내면의 수직운동과 외면의 수평운
동을 양 축으로 하여 발생한 벡터(vector)이다. 그 벡터의 방향은 박용하가
'북쪽'이라는 기호표현을 통해 드러내고 싶어하는 어떤 지향이다. 박용
하는 흔히 '내면'과 '영혼'이라는 기호표현으로 그러한 지향의 내용을
나타내는데, 그것들은 항상 어떤 높이의 지향을 가리킨다. 어쩌면 박용하
는 영혼이라는 태양에서 뿜어져 나오는 빛이 아포리즘이라는 돋보기에
의해 초점화되어 세계에 구멍을 내는 그런 힘의 집중을 지나치게 편애하
는지도 모른다(아포리즘에 대한 그의 지독한 집착은 돋보기에 대한 어린아이의
페티시즘과 통할 수도 있다). 그런데 그의 텍스트들에 광채를 부여하는 그
빛나는 아포리즘들은, 한편으로 후기산업사회의 조정 메커니즘에 의해
오염된 언어와 의미를 탕진해야만 도달할 수 있는 텍스트의 '내면'을

---

6) '도로狂'이라는 삶의 한 방식도, 따지고 보면, 후기산업사회에서 허용하는 욕망 충
　족의 전형화된 방식인 '마니아적 양태'를, 긍정적인 뜻에서, 사취(詐取)한 것이라 볼
　수 있다('의미의 사취'는 불세출의 기호학자이자 문화비평가인 롤랑 바르트가 선호하는 특
　별한 의미화 방식의 하나이다).

파괴한다. 다음 작품이 필자에게 인상적으로 다가오는 것도 그러한 사정
과 긴밀히 연관된다.

> 지구 어디든
> 국도가 있는 곳이라면
> 라디오를 들으며
> 천천히 천천히
> 오솔길의 주파수를 찾으리라
>
> 라디오를 들으며……
>
> 코펜하겐 북쪽
> 웰링턴 북쪽
> 산티아고 북쪽
> 속초 북쪽
> 춘천 북쪽
> 달의 북쪽을
> 중고차를 타고 터벅터벅 걸으리라
>
> 지구 어디든
> 환멸을 거쳐 부드러운 이파리 같은 적막에 도착하는
> 국도가 있는 새털구름 저녁이라면
> 천천히 천천히
> 몽상의 주파수를 찾으리라
>
> 라디오를 들으며……

―「북쪽」 전문

　박용하에게는 '7번 국도'만큼이나 본질적이라 할 수 있는 아포리즘이 위의 텍스트에서는 보이지 않는다. 두 번 반복되는 "천천히 천천히"와 "터벅터벅"에서 각각의 음소들이 느릿느릿하게 상호충돌하면서 '배회'의 내재적 리듬으로 전이되어 텍스트의 밑바닥에 가라앉고, /t/ 와 /p/ 소리들의 부단한 반복이 자갈길 위를 천천히 지나가는, 지금은 사라져버린 시골 완행버스의 그 기막힌 낙천주의 리듬을 생성시키는 이 텍스트에는 아포리즘으로는 포착할 수 없는 사물의 물질성이 초대되어 있다.

　박용하는 '영혼의 북쪽'으로 가는 그의 저 유명한 '7번 국도'에 대해 "영혼의 도로"라고도 하고 "내면의 도로"라고도 하며, "내 인생은 7번 국도를 출발해 7번 국도로 돌아가는 거대한 추억의 궁륭이다"라고도 말한다(「7번 국도」, 『영혼의 북쪽』).[7] 그는, 또한, "내가 북쪽으로 간다고 했을

---

7) 7번국도를 박용하만큼 사랑하지는 않지만, 그 국도와 관련하여 필자에게도 역시 박용하만큼의 추억이 있다. 강릉에서 대진까지, 박용하의 표현을 빌리자면, "연곡 주문진 남애 죽도 하조대 같은 애인이 있고 더 북쪽으로 가면 속초 아야진 대대리 거진 화진포 대진 같은 자연의 호텔이 있"는 저 '7번 국도'(「영혼의 북쪽」)! 지금은 거의 고속도로에 가깝게 도로가 미끈하고 반듯하게 닦여 있고, 모든 '애인'과 '자연의 호텔'의 입구가 후기산업사회의 총아 가운데 하나인 관광산업의 세례를 받아 획일화·균질화되어 있지만, 과거에는 처음부터 끝까지 자갈길이었으며, 바다와 도로가 만든 작은 어항과 마을들이 슬레이트지붕과 초가지붕을 둘러쓴, 저마다의 사연을 간직한 듯한 자그마한 집들을 그 마을의 초입에 올망졸망 거느리고 있었다(7번 국도를 타고 가면서 만나는 지명의 중심가는 모두 도로를 따라 형성된 가촌들이다). 그리고 그곳에는 사람들이 살고 있다. 특히, 이른바 수복지구라 불리는 속초와 그 이북의 마을들에는 북에서 내려온, 통일이 되면 누구보다도 빨리 고향으로 돌아가 잃어버린 것들을 되찾을 일념으로 휴전선 가까이 잠정적인 거소를 정한 실향민들이 살고 있다. 밤이면 허름한 선술집에 모여 두고 온 과거와 가난한 현재와 불안한 미래의 중압감 때문에 폭음을 하고는 급기야 악다구니를 벌이는 와중에 쏟아져 나오던 그 거칠면서도 슬픈 이북 사투리들을 필자는 기억한다. 그런데 박용하의 시들을 보면서 한 가지 의문스러운 것은 어째서 그가 '애인'들과 '자연의 호텔'의 이면에 있는 그런 상처와 흠집에 대해서는 단 한마디도 이야기하지 않는가 하는 점이다. 추억의

때 그것은 추억에 닿으려는 연어가 밴쿠버로 간다는 말과 같다"(「영혼의북
쪽」, 『영혼의 북쪽』)고도 말한다. 이처럼 박용하의 '7번 국도'는 '영혼'과
'내면'으로 통하는 길이기도 하지만, 동시에 '추억'으로 거슬러 올라가는,
아니 그 길을 '배회'하는 것 자체가 추억하는 것이게 하는 그런 길이다.
그런데, 놀랍게도 그가 '지금-여기'서 그 '7번 국도'를 달릴 (혹은 걷고 있을)
때, '배회'의 그 터덜거리고 흔들거리는 리듬에 도취되는 그의 텍스트의
공간은 현실의 체험이 아니라, 어떻게도 할 수 없다는 의미에서 근원적인
과거의 회상으로 가득 차는 것 같다. 그렇게 볼 때, 그가 그토록 자주 발음
하는 이른바 그 '내면'이라는 것은 우리가 도달하려고 희망하고 추구하는
우리 자신과 사물의 새로움이 아니라 우리 안에 이미 결정되어 있는 사물
들에 그가 부여하고자 하는 질서의 다른 이름일지도 모른다. 아마도 그것
은 지구 표면에 존재하는 모든 것의 영혼을 파괴하고 타락시키는 후기
산업사회의 폭력에 대응하고자 하는 박용하 나름의 텍스트 실천 방법일
것이다. 그런 방법은 박서원의 경우와는 다르게 그러나 구조적 맥락에서는
동일하게 전위주의의 '이념적 한계'(사회-역사적 내용의 결여)를 초래하게
될지도 모른다. 그렇게 되면 그가 말하는 '내면'이니 '영혼'이니 '추억'이니
하는 기호표현들은 역사와는 다른 영역에서 시간과 공간을 통합하는 어떤
기호내용을 오로지 그 자체 안에 한정하게 될 것이다.
　　자신의 첫 시집 자서에서 박용하는 다음과 같이 고백하였다 : "마음에

모천(母川)이 동일함에도 불구하고, 그가 '지금-여기'까지 흘러온 길이 필자와 다르
기 때문일까? 아마도, 다시 생각해보건대, 그토록 '7번 국도'를 사랑하는 그가 '가
난과, 말 그대로의, 한(恨)'에 찌든 그 국도의 이면 풍경을 모를 리 없을 것이다. 아
니 필자보다도 더욱 생생하게 그 풍경들을 기억하고 있을 것이다. 그리고 그가 진
정으로 사랑하는, 그를 부단히 출발시키면서도 또한 부단히 돌아오게 만드는 그
'거대한 추억의 궁릉'은 바로 고통스러움에도 불구하고 언제나 환하게 다가오는 그
추억의 풍경들의 모항(母港)일 것이다.

들지 않는 세계를 전복시키고자 하는, 어떻게 보면 터무니없는 '욕망', 어떻게든 그 세계를 기우뚱거려, 그래서, 그 부패한 중심을 뒤흔들어 변환시키려는, 전환시키려는 '욕망', 그 '욕망'이 나를 시인으로 이끌었으리라". 그는 자신의 언표의 발화 시점으로부터 20여 년이 지난 현재에도 그러한 욕망을 여전히 간직하고 있는 듯하다. 물론, 자아와 세계의 변화에 대한 열망은 박용하만이 지향하는 특수한 가치라기보다는 진정한 시정신이나 예술작품에 내재하는 보편적 가치일 것이다. 그러나 어떤 가치를 특별히 강조해서 표면에 내세우게 될 때, 그렇게 하는 자의 시 쓰기는 어떤 형태로든 그런 가치에 의해 특별히 긴장되지 않을 수 없다. 그리하여 그러한 긴장이 요구하는 열정적 집중과 철저한 일관성 같은 것이 주체에게 억압으로 작용하는 기존의 질서와 의미체계를 부정하게 하면서 주체를 변화시킴으로써 그 어떤 다른 장소로 안내하게 될 것이다. 모두들 하찮고 보잘것없는 것에 열중하면서, 거기에서 얻을 수 있는 국부적 쾌락만 보장된다면 로봇처럼 관리되어도 상관하지 않을 시대에 시로써 '나'와 '세계'의 변혁을 꿈꾸는 시인의 존재는 아름답다. 그의 '배회' 자체에 내재해 있는 고립의 위험을 경계하면서도 '터벅터벅' '천천히 천천히' 걷는 그의 발걸음에 자꾸 귀를 기울이게 되는 것도 바로 그런 아름다움 때문일 것이다.

4. 자연과 순환에 관한 몽상 : 이정록의 시

이정록의 시를 구성하는 건축술의 비밀은 일련의 과정이 전체의 형상으로 뭉뚱그려진 어떤 현상을 미분하는 분석력과 분석된 요소들 사이의 긴밀할 함수관계를 포착하는 탁월한 해석력에 있다. 흔히 그의 시세계의

특징으로 언급되는 순환론적이며 유기적인 세계 인식이나 상상력은 그
러한 분석력과 해석력의 산물이다. 그것은 그에게 미리 주어져 있어 세계
와 사물을 바라보는 근거가 되게 하는 선험적인 것이 아니라 치밀한 분석
과 유연한 해석을 통하여 비로소 얻어진 귀납적 산물인 것이다. 그는
농촌의 풍경과 사물의 배후로 파고 들어가 그것들의 내부에서 요동치는
생명의 꿈틀거림을 포착해내고 거기에다 자연의 순환론적 질서의 맥락
을 부여해 놓는다. 이제 풍경과 사물들은 그 자체로서 머무르지 않고
제 스스로의 기율과 품위를 지닌 존재자, 나아가 인간이 망각하고 있는
중요한 그 무엇을 상기시키는 알레고리적 상관물이 된다.
　　그런데 이정록의 세 번째 시집『버드나무 껍질에 세 들고 싶다』에 수록
된 시인의 '자서'(自序)를 읽다가 정작 읽어야 할 그의 시편들에로 나아가
지 못하고 다음의 구절에 그만 발목이 잡힌다.

　　　내가 만든 관에 내가 갇힌다.

　　　잡초 무성한 봉분에 새로이 나무 한 그루 자라날 수 있을까? 마을
　　쪽으로 등이 굽은 나무. 봄이 되면 싹눈 환해지는 나무. 그늘보다
　　땔감이 더 제격인, 옹이 많은 나무 한 그루.

　　뭔가 한풀 꺾인 것 같다는 느낌. 이정록의 두 번째 시집『풋사과의
주름살』을 읽은 독자라면, 필자의 그런 느낌에 선뜻 동의할 수 있을 것이
다. 그는 두 번째 시집의 자서에서는 이렇게 말했다.

　　　밤꽃이 진 자리.
　　　그곳이 밤송이의 배꼽이다.
　　　그리고 그 배꼽이. 그 사거리가.

밤톨에겐 門이다.

세상 쪽 환한 가시를 등지고
어둔 內部의 방구들에 붙어살던 밤톨이
쿵, 문밖으로 떨어진다

녀석의 배꼽에 밤색 털이 솟아 있다.
그 터럭 속에서, 환하게
쥐밤나무의 문이 열린다.
내 詩는, 그 문을 들락거리는 性器다.
쥐좆이다.

발기의 끝자리에 밤꽃 향기 무성하리라.

　절제된 운율과 비유의 맥락을 갖춘 한 편의 시로 읽어도 무방할 위의 글에서, 우리는 분석과 해석의 결과로서 얻어진 순환론적·유기적 세계관의 핵심과 거기에서 발생하는 동력학을 확인할 수 있다. "밤꽃이 진 자리"와 "밤송이"와 "밤톨"은 '쥐밤나무'라는 유기적 질서를 갖춘 하나의 소우주를 형성하는 구성적 계기들이다. 그것들은 각각 타자(他者)를 생성시키는 태반이자 그렇게 생성된 타자는 결국 자기 자신에게로 되돌아오는 문(門)이다. 이러한 순환론적·유기적 세계의 역동성에 대한 이해는 기존의 논자들에 의해 이미 해명된 것이어서 그다지 새로울 것은 없다. 여기서 우리의 주목을 끄는 부분은 "내 詩는, 그 문을 들락거리는 性器다./쥐좆이다."라는 화자의 도발적 언표이다. 그러한 언표는, 이어지는 구절에서도 확인되는 것처럼, 무성하면서 지속되는 순환론적 세계에 대한 낙관적 믿음의 표현일 것이다.
　사실 순환론적 세계 인식은 존재와 사물의 영속성에 대한 낙관론적 인식과 불가분의 관계에 있는데, 존재와 사물의 소멸로서의 죽음에 대한 두려움이 거기에서는 망각되거나 해소된다. 그러나 순환론적 세계 인식은 한 순간에 비극적인 세계 인식으로 뒤바뀔 수도 있다. 한 상태의 소멸이나 종식은 그것으로 모든 것이 끝나는 것이 아니라 어떤 다른 상태로 이어진다는 순환론적 전환 속에서 생명의 영속성이 보장되고 그로 인해 소멸 순간의 고통이나 두려움이 해소된다고는 하지만, 그렇게 전환되는 것은 '지금-여기'에서의 나와는 다른 어떤 것이다. 게다가 그 '다른 어떤 것(혹은 상태)'은 '지금-여기'에서 내가 겪은 고통이나 절망으로부터 벗어난 것이라는 보장이 없다. 만약 순환의 고리에서 그 이전 단계와는 전혀 다른 질적 비약이 발생하지 않는다면, 그 순환은 동일한 상황 속에서 이루어지는 맹목적이고 무의미한 반복 이외의 다른 것이 아니게 된다.

　이정록 역시 순환론적 세계 인식에 내재하는 그런 문제점을 모르고 있지 않다. 『풋사과의 주름살』에는 순환론적·유기적 세계 인식에서 벗어나 있는 일련의 시편들이 수록되어 있기 때문이다. 「개미」, 「실직」, 「곰팡이」 등과 같은 시편들은 매우 그로테스크한 분위기를 띠고 있는데, 그것들에서는 순환론적 세계 인식에 기반을 둔 화해와 평형이 해체되고 출구 없이 완강하게 닫혀진 세계 속에서의 절망과 고통의 신음이 배어나온다. 그럼에도 시인이 자서에서 그와 같은 도발적 언명을 피력한 이유는 무엇일까. 흥미롭게도 시인은 두 번째 시집의 뒤 표지에 다음과 같은 말을 남겨놓고 있다.

> 산길을 벗어나 숲 그늘에 앉는다.
> 발끝에, 한 살도 안 된 어린 참나무
> 가을 햇살을 오물거리고 있다.
>
> 한 번도 겨울을 나지 않은 어린것이

무슨 그리움 그리 사무칠까.
살갗에 툭툭 금이 가 있다.

죄다 썩어주마!
어린 참나무 밑동, 상수리 하나
땅바닥 가까이로 주둥이가 열려 있다.

상수리 입이 썩으며
산 하나가 부풀어오른다.

네가 내 실마리다.

위의 글은 앞서 인용한 두 번째 시집 자서의 내용과 거의 완벽하게 조응한다. "어린 참나무 밑동"에 떨어져 있는 상수리 열매 하나가 썩어 없어지면서 "산 하나가 부풀어오"르는 순환론적·유기적 세계! 시인은 그러한 세계의 모습을 가리켜 자신의 "실마리"라고 말한다. 자서 부분의 도발적 언명도 '실마리'란 낱말의 의미내용과 긴밀한 연관이 있다. 다시 말해 시인은 그것에 내재한 문제점에도 불구하고 순환론적 세계 인식을 존재와 사물을 바라보는 자신의 관점으로, 그리고 자신의 시작(詩作)을 이끌어 가는 근본 동력으로 삼고자 한 것이다. 그렇다면 이번 시집의 자서 가운데 "내가 만든 관에 내가 갇힌다"는 비감 어린 언명의 의도는 어디에 있는 것일까(시인의 말에 따르면, 여기서 '관'은 그의 세 번째 시집 자체에 대한 비유이다). 그것은 이제까지 자신의 시세계를 떠받쳐온 중심축인 순환론적 세계 인식의 분열을 의미하는 것은 아닐까. 이것이 바로 그의 세 번째 시집에 접근하는 필자의 문제의식이다.

이정록의 이번 시집에서는 어떤 변화에 대한 욕구와 함께 다짐과 결의의 시적 진술들을 자주 접하게 된다. "모나게 살자/샘이 솟는 곳/차고

맑은 모래처럼//모서리마다/빛나는 작은 칼날/찬물로 세수를 하며//서리
매운 새벽/샘이 솟는 곳/차고 맑은 모래처럼"(「나에게 쓰는 편지」)의 경우
는 올곧은 삶에 대한 자기 다짐을 다룬 것이어서 어떤 변화에 대한 욕구
와는 직접적으로 관련시킬 수 없는 것이지만, 다음과 같은 작품의 경우는
사정이 다르다.

모내기를 끝낸
논배미마다
도랑도랑 신이 나 있다

자라나는 옷을 입은 논과 논
그 단벌의 옷자락. 사이사이

이앙기 바퀴와 사람들의 맨발로
납작해진, 논두렁. 빛난다

저 논두렁처럼
낮고 분명해야 하리라

딛고 지나간 발자국 옆에서
합장을 풀고, 싹을 틔우는 밤콩처럼

한줌의, 식은 재를 열고
몸 세우리라

—「처신」 전문

이 시에서 우선 주목해야 할 부분은 "도랑도랑 신이 나 있다"라는 구절
과 "논두렁, 빛난다"라는 구절이다('도랑도랑'과 같은 형태의 부사어 활용은

이 시인의 장기 가운데 하나이다 : "찰보동찰보동/맹물 넘어가는 저 아름다운 소리", "흙에 코드를 꽂고 주름주름 충전을 하는 굼벵이들", "봄이 되면 한없이 가벼워진 시래기가/스런스런 그네를 타고", "물고기는 (…)강바닥에 이부자리를 깔아놓은 채 사발사발 어둠만 훌쩍거린다"—밑줄, 필자). 논배미에서 일렁이는 신바람과 논두렁에서 번쩍이는 광휘의 구체적 현존과 그 직접성은 도시 문명의 피안에 대한 상징과도 거리가 멀다. 그것은 그 무엇에 대한 피안이라는 상대적 가치를 지닌 것이 아니라 그 자체로서 자율적인 가치를 지닌 어떤 것으로 제시되어 있다. 농촌(시골) 풍경을 구성하고 있는 장면이나 사물들에 대한 섬세한 포착과 그것들 배후에서 숨쉬고 있는 생명의 역동성에 대한 미적 체험의 형상화라는 측면에서 이정록의 시는 일정한 평가를 받아 마땅하다(시적 개성은 서로 다르지만, 시의 계보로 따지자면 그는 박용래의 직계일 것이라고 필자는 생각하는데, 이번 시집 가운데 「봄비 내린 뒤」와 같은 작품은 박용래의 시와 매우 친화적인 모습을 보여 준다). 그런데 시인은 논배미에서 일렁이는 신바람과 논두렁에서 번쩍이는 광휘의 포착에만 머무르지 않고, 작품의 후반부에서는 한 인물의 내심 독백을 덧붙인다. 그 인물은 "(…)밤콩처럼//한줌의, 식은 재를 열고/몸을 세우리라"고 결의한다. "식은 재를 열고"라는 구절에 근거할 때, 그런 결의가 어떤 근본적인 변화에 대한 열망임을 짐작할 수 있다. 그리고 그것이 단순히 인생론적 결의에 머무르는 것이 아니라, 아마도 시인 자신의 작시론과 관련한 결의와도 연결될 것이라고 추론하게 되는데, 그 이유는 바로 다음과 같은 작품 때문이다.

번데기로 살 수 있다면
버드나무 껍질에 세 들고 싶다
한겨울에도, 뿌리 끝에서 우듬지 끝까지
줄기차게 오르내리는 물소리

고치의 올 올을 아쟁처럼 켜고
나는 그 소리를 숨차게 쟁이며
분꽃 씨처럼 늙어갈 것이다
고치 속이, 눈부신 하늘인 양
맘껏 날아다니다 멍이 드는 날갯죽지
세찬 바람에 가지를 휘몰아
제 몸을 후려치는 그의 종아리에서
겨울을 나고 싶다. 얼음장 밑 송사리들
버드나무의 실뿌리를 젖인 듯 머금고
그때마다 결이 환해지는 버드나무
촬촬, 물소리로 울 수 있다면
날개를 달아도 되나요? 슬멋 투정도 부리며
버드나무와 한 살림을 차리고 싶다
물오른 수컷이 되고 싶다

— 「물소리를 꿈꾸다」 전문

　필자에게 이 시는 이정록으로서는 매우 야심적인, 그러나 바로 그것 때문에 많은 문제적 요인들을 내포하고 있는 시도로 읽힌다. 이 시의 핵심 구절은 "물오른 수컷이 되고 싶다"이다. "물오른 수컷"이 암시하는 바, 그것은 왕성한 생명 운동에 대한 욕망 이외의 다른 것이 아니다(여기서 우리는 두 번째 시집의 자서 내용 가운데, "내 詩는, 그 문을 들락거리는 性器다"란 구절을 상기할 필요가 있다). 그런데 그런 욕망이 말 그대로 물이 오르는 것은 놀랍게도 버드나무 껍질 속이다. 이 시에서 버드나무는, 순환론적 세계 인식에 기반을 둔 그의 다른 시편들에서와 마찬가지로 유기적 질서를 갖춘 하나의 소우주인데, 제한된 질서의 범위에 머무르지 않고 그와는 다른 질서 속에 놓여 있는 존재(송사리)와도 교감한다. 그리고 시인은 그런 교감에 참여하기 위해 '번데기'로의 퇴행을 감행하고, 드디어

'분꽃씨'로의 존재 전환을 이룩한다('있다면'과 '~처럼'이라는 문법 요소에서도 확인되다시피, 그것은 가정법상의 일임은 물론이다). 서로 이질적인 세계의 비폭력적이며 유기적인 결합! 필자가 이 시와 관련한 시인의 시적 시도를 야심적이라고 한 이유가 바로 여기에 있다. 그러나 이 시에서 그 결합은 그렇게 매끄럽게 이루어져 있는 것은 아니다. 그것이 제대로 이루어지기 위해서는 그것을 떠받치는 새로운 세계 인식이 절대적으로 필요한데, 이 시에서는 기존의 순환론적 세계 인식을 연장한 것에 불과하기 때문이다.

이정록에게는 어째서 순환론적 세계 인식의 연장 혹은 확산이 필요했던 것일까. 이정록의 『버드나무 껍질에 세 들고 싶다』에서는 그 이전 시집들에서 주도적이었던 순환론적 세계 인식이 매우 위축된 모습으로 나타난다. 이전 시집과 연장선상에 놓여 있는 작품으로는 「매미」, 「축결혼」, 「대추나무」등 세 편에 불과하다. 「대추나무」를 보자.

> 가시만으로 가볍게 겨울을 건널
> 다섯 살바기 대추나무 두 그루에
> 무밭 한 뙈기가 걸쳐 있다
>
> 저, 솜털가시 싯푸른 무 줄거리들
> 눈비 맞으며 말라가리라.
>
> 땅바닥으로 머리를 디미는 시래기의 무게와 옆구리 찢어지지 않
> 으려는 어린 대추나무의 버팅김이
> 떨며 떨리며, 겨우내 수평의 가지를 만든다
>
> 봄이 되면 한없이 가벼워진 시래기가
> 스런스런 그네를 타고, 그해 가을

버팀목도 없이 대추나무는
닷 말 석 되의 대추알을 흐드러지게 매다는 것이다

— 「대추나무」 전문

 "다섯 살바기 대추나무"와 "솜털가시 싯푸른 무 줄거리들"의 위태로운
공존이 계절의 순환 속에서 화해로운 공존으로 전환되는 과정을 형상화
한 이 시는 이정록의 순환론적 세계 인식을 선명하게 보여주는 작품일
것이다. "무 줄거리들"이 눈비 맞으며 말라가다가 "한없이 가벼워진 시
래기"라 되는 과정이나 어린 대추나무가 겨울을 견디고 성장하여 "닷
말 석 되의 대추알을 흐드러지게 매다"는 과정을 바라보는 시인의 시선
에는 동화적 상상력의 따뜻함이 배어 있다. 그러나 그러한 세계는 어둠과
고통 그리고 폭력을 차단시켜야만 가능한 세계이다. 그 세계를 감싸고
있는 조화와 화해의 분위기는 '무 줄거리'와 '대추나무'의 그런 과정이
궁극적으로 무엇을 위한 것인가라는 질문 앞에서는 여지없이 깨어지고
말 성질의 것이다.

 이정록의 『버드나무 껍질에 세 들고 싶다』에는 스스로 공들여 구축한
순환론적·유기적 세계에 균열을 가져올 수도 있는 문제의식에서 출발
한 시들이 여러 편 들어 있어 주목된다. 곤 달걀을 요리로 만들어 파는
음식점에서 목도한 "노란 부리를 내민 채 숨을 거둔/어린 병아리"(「부검
뿐인 生」)와 "날개를 달기 전에 목숨을 놓은 번데기"(「고치 속에서 북을
치다」)와 "오리탕 전문집 그물망 속 오리들"(「새털구름」)을 소재로 한 작
품들이 그러한 것들인데, 이들 작품의 주인공들에게 삶(혹은 생명)의 과정
이란 결코 따뜻하지도 조화롭지도 못하다. "하늘 한 번 우러러본 적이
없는, 부검뿐인 생"에게, "물고기가 통째로 지나가던 목울대/단칼에 떨어
져나가고, 발가락 끝/한 방울의 피까지 식도를 빠져나"온 "진흙덩어리"

에게 순환론적·유기적 질서란 애초에 존재하지 않는 것인지도 모른다.
유사한 맥락에 놓여 있는 다음 작품을 살펴보자.

> 텅 빈 돼지집 천장
> 거미줄이 먼지의 무게를 풀고 있다
> 주인이 떠났어도, 끝내
> 끈기를 놓지 않는 거미줄에서
> 등에 한 마리가 헛발질을 하고 있다
> 이제 등에 진 거미줄을 내려놓을 수 없다
> 끈적임의 슬픔을 마무리하는 잠깐의 발버둥
> 삶이란 결국 못갖춘마디로 정리된다고
> 검정색 사분음표 하나가 끄덕이고 있다
> 거미줄에 붙어 있던 먼지와, 먼지의 껍질들이
> 등에를 감싸안으며 옹관으로 매달린다
> 보잘것없는 목숨 하나가
> 필사적으로 끌어당긴 이승의 끈기를
> 지붕 위 호박 덩굴은 알고 있을까
> 서로를 부둥켜안고 하늘고 가는 덩굴손들
> 꽃도지지 않은 애호박을 따내자
> 진즉 알고 있었다고 맑은 눈물 밀어올린다
> 그 눈물 방울이 솔아 작은 조등이 켜지고
> 호박꽃 여린 꽃잎들이 입술을 닫고 울먹인다
> 밤하늘은 거대한 프라이팬
> 호박부침 한 조각이 노랗게 달아오른다
> 애호박 아홉 개를 먼저 보낸 늙은 호박이
> 그 호박부침 한 조각을 불콰하게 우러르고
> 발버둥이 멎은 옹관 밖으로
> 반딧불이 지나간다

—「반달」 전문

'등에'와 '애호박'의 슬픈 종말을 묘사하고 있는 이 시에서는 이정록이 기대고 있는 순환론적 질서는 여지없이 파괴된다. 그것을 파괴하는 것은 외부에서 개입된 폭력이다. '등에'의 종말을 다룬 전반부의 경우, 등에와 거미의 관계는 갈등과 대립의 관계이다. '거미줄'은 거미에게는 삶의 수단이지만 '등에'에게는 죽음의 함정이 된다. 과연 이들을 화해시킬 수 있는 질서란 어떤 것일까. 애호박의 종말을 다룬 후반부의 경우, 외부에서 가해진 폭력만 없었다만 그것은 하나의 유기적 질서 안에서 그 생명이 순환될 수 있었을 것이다. 도대체 프라이팬 위에서 노랗게 달아오른 호박부침을 자연 상태의 호박의 유기적 질서 안으로 되돌릴 수 있는 질서란 어떤 것일까. 만일 그와 같은 보다 근원적인 질서가 부재한다면, 삶이란 혹은 생명이란 다른 어떤 상태로 변환되면서 영속하는 것이 아니라 "결국 못갖춘마디"에 불과하게 되고 말 것이다. "삶이란 결국 못갖춘마디로 정리된다"는 비극적 세계 인식은 순환론적·유기적 질서에 근거한 낙관적 세계 인식과는 날카롭게 대립되는 것이다. 이정록은 순환론적·유기적 질서에 대한 편애를 쉽게 포기하지 못하는데, 다음 작품의 경우가 바로 그렇다.

> 마루에 앉아 알 껍질을 벗긴다
> 노른자가 한가운데에 있질 않다
> 삶기 전까지 끊임없이 꿈틀거린 까닭이다
>
> 물이 끓어오르자
> 껍질 가까이로 목숨을 밀어붙인
> 보이지 않는 발가락과 날갯죽지
>
> 그 힘줄과 핏빛 눈망울과 미주알을 생각한다
>
> 그 옛날 어미의 뱃속

또는 훨씬 이전의 꿈틀거림이 파도처럼 이어지며
병아리는 알에서 깨어난 뒤에도
한참을 헛다리짚는 것이다

축문과 지방을 쓰고
마루에 앉아서 계란 껍질을 벗기다가
중심에서 멀리 나온 보름달을 만난다

발을 디디려
하얀 발톱을 들이미는 달빛
그 비척거리는 헛발을
달맞이꽃이 받쳐들자, 식은땀인 듯
밤안개가 깔린다

— 「달맞이꽃」 전문

시인은 사자(死者)를 맞이할 제상(祭床)에 올릴 계란의 껍질을 벗기고 있다. 제사란 것이 그렇지 않은가. 그 준비 과정에서 지방의 주인을 추억하고, 문득 나 자신의 죽음과 나아가 죽음 그 자체를 생각하게 되는 것. 그런데 문득 손에 쥔 계란도 하나의 생명임을 깨닫고, 끓는 물 속에서 있었을지도 모를 그 참혹한 발버둥을 생각한다. 온전한 형체조차 가져보지 못한 무정란의 삶은 달걀과 그것의 "보이지 않는 날갯죽지//그 힘줄과 핏빛 눈망울과 미주알"에 대한 상상은 "노란 부리를 내민 채 숨을 거둔/어린 병아리"의 "하늘 한 번 우러러본 적이 없는, 부검뿐인 생"을 다룬 작품과 크게 다르지 않다. 하지만 죽음에 이르기까지의 발버둥이란 것이 결국은 태어날 때의 발버둥과 같은 것이 아니겠느냐는 데 시인의 생각이 미치면서, 이 작품은 새로운 국면으로 전환된다. 죽음에 이르기 직전까지의 발버둥은 알에서 막 깨어난 직후의 발버둥으로, 다시 말해 "보름달"이란 새로운 존재로 다시 태어나기 위한 탄생의 과정으로 전환되고, 그 위태위태한 헛발질이 새로운 존재의 굳건한 발 디딤이 될 수 있도록 달맞이꽃이 받쳐주는 것이다(그런 맥락에서 '밤안개'는 달맞이꽃이 흘린 땀이 아니라 비로소 발을 딛게 된 '보름달'이 안도의 순간에 흘린 미상불 '식은땀'이리라).

결국 이 시인이 「물소리를 꿈꾸다」에서 서로 이질적인 세계의 비폭력적인 결합을 통하여 한층 확대된 유기적 질서의 구축을 시도하고, 시집 자서에서 "내가 만든 관에 내가 갇힌다"는 비감 어린 언명을 피력한 것은 보다 근원적인 질서의 모색과 그러한 모색의 어려움 때문은 아니었을까. 그러한 모색의 어려움을 우리는 충분히 이해할 수 있는데, 보다 근원적인 질서란 세계와 삶에 대한 구원의 빛과 동일한 그 무엇일 것이기 때문이다. 그렇기에 그것은 어쩌면 불가능한 일인지도 모른다. 그럼에도 필자는 이정록의 그러한 모색 혹은 모험에 격려를 보낸다. 그 과정에서 시인은 인간적 충동과 현실 세계의 암흑을 더욱 열정적으로 밝혀낼 수 있을 것이기 때문이다.

기억의 회랑(回廊)에서

— 한국문학사의 맥락과 근대성에 대한 단상

'한국시 100인전'에 대한 소묘

인간의 정신작용 가운데는 기억이란 것이 있다. 만약 인간에게 기억이 존재하지 않는다면, 인간의 삶은 지금과는 전혀 다른 어떤 것이 되었을지도 모른다. 누군가의 이름을 기억하고, 누군가에게 빚진 일이나 상처받은 일을 기억하고, 어떤 물건을 어디에 두었는지 기억하고, 언제 어디에서 누구를 만나기로 되어 있는지 기억하는 것, 그런 것들이 불가능하다면 우리의 삶은 엄청난 혼란의 소용돌이에 빠지게 될 것이다. 한때 화제가 되었던 '밀레니엄 버그'라는 것도 이런 기억의 작용과 결코 무관하지 않다. 인간의 기억 능력은 그것이 다룰 수 있는 정보량이 한정되어 있고, 정보의 내용이라는 것도 세월이 가면서 희미해지기 마련이다. 현대의 과학문명은 컴퓨터라고 하는 기계를 이용하여 인간의 기억능력에 쇄신을 가져왔다. 기계적 장치와 조작을 통해 인간의 수용 능력으로는 도저히 상상조차 할 수 없을 만큼 엄청난 양의 정보를 구축해 놓을 수 있게 되었으며, 세월이 지난다고 하더라도 그 정보의 내용은 결코 희미해지지 않게 된 것이다. 그처럼 엄청난 양의, 그리고 시간의 풍화 작용 속에서도 결코 마모되지 않게끔 철저하고 확실하게 구축된 정보가 재생과정의 문제점으로 인해 제대로 복원될 수 없게 될 가능성과 연관된 것이 바로 '밀레니엄 버그' 증후군이었던 것이다.

기억하고 있는 정보의 양과 그 보존의 항구성에서 인간의 능력이 기계의 그것과는 비교가 되지 않는다 하더라도, 인간의 기억에는 기계의 단순한 물리적 작용과는 구별되는 다른 그 무엇이 있다. 기억에는 암기된 수학 공식을 필요에 의해 불러내는 것과 같은 의지적 기억이 있는 반면에 무심 상태에서 이런저런 우연한 계기로 인해 회상되는 것과 같은 무의지적 기억도 있다. 의지적 기억이 정보 그 자체에 국한된 것이라면, 무의지적 기억은 정보와 함께 그것을 휩싸고 있는 어떤 분위기나 후광 같은 것을 거느린다. 우리의 뇌세포에 저장된 것이 아니라 우리의 육체에 각인된 것, 그것이 바로 무의지적 기억이라 부를 수 있는 것이다. 가령, 누구나 한두 개쯤은 지니고 있을 우리 몸의 상처에 대해 생각해 보자. 그것은 언제나 단순한 생채기 이상의 것이다. 거기에는 과거 어느 시점에서 일어났던 하나의 사건과 관련된 여러 가지 정황과 여러 인물들과의 관계가 중첩되어 있기 마련이다. 거기에는 정서적이며 심리적인 어떤 통증, 아쉬움, 분노, 행복 같은 것들이 뒤섞여 있기 마련이다. 지극히 짧은 한 순간, 그리고 지극히 사소한 하나의 계기에서 촉발되어 우리는 그런 생채기의 이면에 잠재되어 있는 그 깊고 넓은 심층으로 들어가 다시 한 번 우리의 과거를 보고 느끼고 인식하게 되는 것이다.

기억은 우리가 지금 여기에서 마음대로 할 수 없는 것이다. 기억은 언제나 잃어버린 낙원에 대한 기억이다. 어쩌면 이루어졌을지도 모를 행복에 대한 아쉬움, 그리고 그 행복이 이루어지지 못하도록 방해한 것들에 대한 분노가 기억 속에서 함께 어루어져 생생하게 작동한다. 부정하고 해방하는 기억의 힘에 의해 우리는 잃어버린 낙원을 되찾을 가능성을 부여받게 된다. 사물과 타자에 대한 기억이 존재하지 않을 때, 그 사물과 타자는 물론이거니와 우리 존재 자체도 하나의 우연성으로만 남는다. 시간의 풍화 작용 속에서 사물과 타자의 형식이 마모되어 소멸된다고 하더라도, 그것들에 대한 기억은 존재하며 우리는 그것을 간직한다. 어떤 현상이나 운동도 여러 가지 다양한 역학 관계 속에서 마치 사물이 시간 속에서 마모되고 소멸되듯이 그것의 질서와 방향이 실종될 수도 있다. 그러나 이 경우 역시 그것들에 대한 기억은 존재하며 우리는 그것을 간직한다. 우리의 현재는 언제나 우리의 과거와 미래가 함께 만나 형성하는 원환의 일부이다.

그런데 어째서 필자는 밑도 끝도 없이 '기억'과 관련한 개인적인 연상을 잔뜩 풀어놓고 있는 것일까. 그것은 지난 1998년 11월 19일부터 1999년 1월 17일까지 아트선재센터에서 열렸던, '동서문학관'과 '아트선재센터'가 공동으로 기획하여 주최한 '최남선에서 윤동주까지 : 일제하 한국시 100인전'을 보면서 느꼈던 필자 나름의 감회 때문이다. 필자가 그 기획전을 관람한 것은 1999년 1월 17일 오전 11시를 전후한 시각. 그 날이 행사의 마지막 날이었다는 것, 그리고 쌀쌀한 기후와 비교적 이른 시간 탓인지 관람객은 매우 드물었다. 어쩌면 우리 민족의 역사상 가장 어두운 시대를 살았을 여러 문인들의 사진·시집·원고들이 가지런히 진열된 공간을 거닐면서 문득 필자는 김수영(金洙暎)의 다음과 같은 목소리를 떠올렸다.

나는 20대 때 우리나라의 단편집을 접하면 내용도 보기 전에 노랗
게 결은 종이와 칙칙한 활자만을 보고 그리고 제목만을 보고 이상한

애감에 도취된 때가 있었다. 읽기도 전에 먼저 설워졌던 것이다.
이에 대한 반동으로 요즘의 나는 너무 작품의 힘의 가치에만 치중하
고 있는지도 모른다.

　1921년생인 김수영의 20대 때라면, 그 시기는 1940년 무렵이다. 어쩌
면 "노랗게 결은 종이와 칙칙한 활자"는 당시 우리 출판문화의 수준을
가늠하게 해주는, 아니 더 나아가 당시 우리의 정치·경제·사회·문화
모든 분야의 수준을 가늠하게 해주는 지표일지도 모른다. 그리고 김수영
이 도취되었던, "읽기도 전에 먼저 설워졌던" 그 "이상한 애감"은 나라
잃은 시대를 보내야 했던 우리 민족 모두의 고통과 슬픔에 대한 공감과
자기 연민의 감정이었을 것이다. 그렇다면 필자가 전시장을 거닐면서
김수영의 목소리를 떠올린 것은 무엇 때문이었을까. 그것은 필자 역시
그 어떤 이상한 애감을 느꼈기 때문이 아니었을까. 만일 전시된 시집들과
자료들을 보면서 김수영이 말한 그 "이상한 애감"과 동질적인 것을 필자
가 느꼈다면, 그것은 지나친 과장일 것이다. 하지만 전시회의 공간을 거
니는 동안 필자는 나름의 그 이상한 애감으로부터 자유로울 수 없었다.
그리고 깨달았다, 그 공간은 내게 기억의 회랑으로 현상하고 있다는 것
을. 내 몸에 직접 새겨진 것은 아니지만, 아버지나 어머니의 몸에 새겨진
생채기와 그 이면에 잠재된 기억의 층위로부터 나 역시 자유로울 수 없음
을 깨달을 때의 감정 같은 것. 단지 자유로울 수 없음을 넘어서 그 상처와
기억이 마치 유전 인자처럼 내 몸에 새겨지고 피처럼 내 몸을 순환하고
있음을 자각할 때의 그 복잡한 마음의 통증 같은 것. 그렇게 필자는 나름
의 그 이상한 애감의 정체를 파악하게 되면서 빛 바랜 사진들과 "노랗게
결은 종이와 칙칙한 활자"들에서 나직하게 울려오는 소리를 들었다. 성
취되지 못한 행복의 기억, 잃어버린 낙원에 대한 기억, 어쩌면 이루어졌

을지도 모를 행복에 대한 아쉬움, 그리고 그 행복이 이루어지지 못하도록 방해한 것들에 대한 분노가 함께 어루어져 생생하게 작동하고 있는 그 소리들을. 아마도 그 소리들이야말로 한국근대문학 100년의 깊이와 넓이 그리고 그 중량감을 형성하는 본질 구성적인 계기이자 실체일 것이다. 그러니까 "최남선에서 윤동주까지 : 일제하 한국시 100인전"은 문학 관련 자료의 단순한 전시가 아니라 한국근대문학 100년의 전반기로의 초대였으며, 그 전시 공간은 그곳으로 들어가는 기나긴 기억의 회랑이었던 것이다. 이것이 바로 이 글의 모두(冒頭)를 밑도 끝도 없이 기억과 관련한 연상으로 시작할 수밖에 없었던 사정의 이유이다.

한국근대문학 100년의 전반기로 들어가는 기억의 회랑에서 필자가 가장 먼저 들은 것은 파도소리였다. 흔히 신체시의 효시라 일컫는 최남선의 「海에게서 少年에게」에서 울려 퍼지는 그 우렁찬 파도소리.

> 처……ㄹ썩, 처……ㄹ썩, 척, 쏴……아.
> 때린다, 부순다, 무너 버린다,
> 泰山 같은 높은 메, 집채 같은 바윗돌이나,
> 요것이 무어야, 요게 무어야,
> 나의 큰 힘 아느냐, 모르느냐, 호통까지 하면서,
> 때린다, 부순다, 무너 버린다,
> 처……ㄹ썩, 처……ㄹ썩, 척, 추르릉, 콱.

1904년 15세 때에 관비유학생(官費留學生) 선발 시험에 합격하여 20대의 청년들 틈에 끼여 일본에 건너갔고, 1906년 17세 때에는 사비유학(私費留學)으로 재차 도일(渡日)하여 근대화된 일본의 힘을 직접 목격했던 육당 최남선. 1907년 18세 때에 신문관(新文館)을 발족하여 여러 단행본을 내는 한편 1908년 11월 우리나라 최초의 종합 교양지 『소년』을 창간하여 집필·편집·경영 전부를 혼자서 도맡아 했던 한국근대문학의 개척자. 「海에게서 少年에게」에서 울려 퍼지는 그 우렁찬 파도소리는 당시 우리나라에 휘몰아쳤던 역사적 격랑이 일으키는 소리이자 강력한 근대적 힘의 소유를 향한 최남선의 의욕적인 외침일 것이다. 바다가 화자로 되어 있는 이 시에서 바다는 "저 세상 저 사람 모두 미우나/그 중에 똑 하나 사랑하는 일이 있으니/담 크고 순진한 少年輩들이/재롱처럼 귀엽게 나의 품에 와서 안김이로다"라고 말한다. 어떤 절대성마저 부여된 바다와 그것이 사랑하는 소년. 바다를 향한 동경과 그 힘에 대한 매료는 한국근대문학 초창기의 문인들에게서 공통적으로 발견되는 하나의 욕망소(慾望素)였으며, 순진무구하면서도 의욕에 찬 소년의 모습은 당시 문인들의 자화상이기도 했다. 그러나 변화무쌍한 바다는 우리 민족에게 결코 긍정적인 것으로만 다가오지 않았으며, 의욕과 열정에만 휩싸인 소년들은 우리 민족의 문화 보존 능력과 문화 해석 능력과 문화 창조 능력에 대한 기억을 소유하지도 못하였다. 그런 맥락에서, 그리고 나라를 잃는 비극적이고 어두운 상황 속에서 한국근대문학사의 전개는 동경과 공포, 영광과 비참, 추구와 좌절의 드라마일 수밖에 없었다.

열정과 회의, 동경과 좌절의 물보라가 섞여 있는 파도소리와 함께 한국근대문학의 또 다른 개척자들의 모습이 보인다. 이광수, 김억, 황석우. 이광수! 한국근대문학사에서 결코 빼놓을 수 없는 거목. 그러나 그의 변절과 친일행각. 우리로 하여금 항상 사랑과 미움이 동시에 교차하는 감정에 빠지게 하는 그의 삶과 문학은 우리의 사상사적·문학사적 맥락에서 부정될 수 없는 실체이다. 우리는 객관적 이성에 기반을 둔 역사감각에 입각하여 그의 문학과 삶을 검토하고 규정해야 할 것이다. 김억과 황석우는 최남선과 이광수 문학의 교술성(敎述性)에서 벗어나 우리 근대문학에 서정성과 심미적인 색조를 부여한 인물들이다. 특히, 김억은 거의

본능적으로 시에서 운율의 중요성을 깨달아 자신의 시작(詩作)의 근본
원리로 삼았으며, 그의 오산학교 시절 제자인 김소월에게 그 점을 인식시
켜 줌으로써 김소월 시의 개화(開花)의 매개자가 되었다는 점에서 그의
문학사적 업적은 충분히 강조되어야 할 것이다.

　파도소리가 잦아들자 이번에는 필자의 가슴을 뜨겁고 느껍게 하는 함
성이 들린다. 1919년 3월 1일. 그 당시 이 나라 방방곡곡에 울려 퍼졌던
만세 소리. 이어서 이른바 '백조파'라 불리는 박종화·이상화·노자영·
홍사용·박영희 등의 서러운 가락과 고통과 절망의 비명 소리가 들리고,
비록 3·1 운동 이전(1919년 2월)에 발표된 것이기는 하나 우리 기억에는
더욱 선명한 주요한의 「불놀이」 그 "퉁, 탕, 불티를 날리면서 튀어나는
매화포" 소리가 들린다.

　　아아 날이 저문다, 西便 하늘에, 외로운 江물 위에, 스러져가는
　분홍빛 놀 …… 아아 해가 저물면 해가 저물면, 날마다 살구나무
　그늘에 혼자 우는 밤이 또 오건마는, 오늘은 四月이라 파일날 큰길
　을 물밀어 가는 사람소리 …… 듣기만 하여도 흥성스러운 것을, 왜
　나만 혼자 가슴에 눈물을 참을 수 없는고?
　　(중략)

　　저어라 배를, 멀리서 잠자는 綾羅島까지, 물살 빠른 大洞江을 저
　어 오르라. 거기 너의 愛人이 맨발로 서서 기다리는 언덕으로, 고추
　너의 뱃머리를 돌리라, 물결 끝에서 일어나는 추운 바람도 무엇이리
　오. 怪異한 웃음소리도 무엇이리오, 그림자 없이는 '밝음'도 있을
　수 없는 것을── 오오 다만 네 確實한 오늘을 놓치지 말라.

　　오오 사르라, 사르라! 오늘 밤! 너의 빨간 횃불을, 빨간 입술을,
　눈동자를, 또한 너의 빨간 눈물을 ……

주요한의 「불놀이」는 우리 근대시사에서 자유시의 효시로 규정되는 작품임은 누구나 다 아는 사실이다. 형태상의 새로움에 대한 그런 평가도 분명히 중요하지만, 이 시에서는 그 내용에 주목해 보는 것도 필요한 일이다. 이 시에서 화자는 "아아 좀더 强烈한 情熱에 살고 싶다. 저기 저 횃불처럼 엉키는 煙氣, 숨막히는 불꽃의 苦痛 속에서라도 더욱 뜨거운 삶을 살고 싶다고 뜻밖에 가슴 두근거리는 것은 나의 마음"이라고 말한다. 타오르는 불꽃처럼 살고 싶으나 세상은 그런 욕망의 행복한 실현을 완강하게 차단한다. 그리하여 강렬하게 타오르고 싶은 욕망의 강도만큼 그 좌절에서 오는 절망과 슬픔 역시 강화되어 욕망의 "발간 횃불"은 오히려 "빨간 눈물"이 되고 만다. 아직 아무것도 결정된 것이 없기에 무한한 가능성으로 열려 있는, 그러나 시대 현실의 어둠과 외압으로 인해 확고하고 분명한 어떤 길을 앞으로 낼 수 없는 젊음의 망설임과 조바심, 그 욕망의 내출혈. 이러한 맥락에서 이 작품은, 시대와 상황은 달라졌지만 차압당한 젊음, 억압당한 욕망이라는 측면에서 구조적으로 동질적일 수밖에 없었던 7,80년대에 또 다른 젊은 시인들이 보여주었던 젊음의 내출혈의 원조가 된다고 할 수 있을 것이다.

한국근대시사에서 1920년대는 수확의 시대이기도 하였다. 『장미촌』(1920)과 『폐허』(1920), 『백조』(1922), 『금성』(1923) 등의 시 중심 문예지가 발간되어 우리 시의 여러 가지 모색의 바탕이 되었으며, 이는 그 동안에 뿌려진 시의 씨앗이 자라 개화와 결실로 이어지는 계기가 되었다. 박종화의 『흑방비곡』, 변영로의 『조선의 마음』, 주요한의 『아름다운 새벽』이 1924년에 함께 나왔고, 김소월의 『진달래꽃』, 김동환의 『국경의 밤』은 1925년, 한용운의 『님의 침묵』은 1926년에 간행되었다. 또한 1920년대는 교술성과 계몽적 성격이 주조를 이룬 1900년에서 10년대까지의 문학과 구별되는 서정주의(抒情主義) 시대이기도 했다. 이 연대에서 우리는

"① 김소월의 부드럽고 애련한 민요시풍, ② 변영로·이장희의 날카롭고 참신한 감각, ③ 이상화·김동환의 화려하고 격월(激越)한 의욕, ④ 한용운·홍사용의 한 많은 서정시"(조지훈, 「한국현대시사의 관점」, 『조지훈 전집 제3권 : 문학론』, 나남출판, 1996) 등의 시사적 지형도를 그려 볼 수 있는데, 그 시적 성과와 시사적 의의 면에서 김소월의 『진달래꽃』과 한용운의 『님의 침묵』을 특별히 기억하지 않을 수 없다.

        나보기가 역겨워
        가실 때에는
        말없이 고히 보내드리우리다

        寧邊에 藥山
        진달래꽃
        아름따다 가실 길에 뿌리우리다

        가시는 걸음걸음
        놓인 그 꽃을
        사뿐히 즈려밟고 가시옵소서

        나보기가 역겨워
        가실 때에는
        죽어도 아니 눈물흘리우리다

  김소월 시의 특징은 상처받은 고독한 마음·고통·번뇌·혼란·애상 등과 관련한, 매우 짙고 열렬한 애상적 정감에 있다는 사실은 이미 잘 알려진 바이다. 김소월이 20대에 쓴 대부분의 작품은 사랑과 죽음과 이별의 드라마를 형성하는데, 위에 인용한 「진달래꽃」 역시 동일한 성격을 보여준다. '나'를 싫증내고 떠나가는 '님'을 말없이 조용히 보낼 뿐만 아니라 거기에다 꽃까지 뿌리고, 그 꽃을 '사뿐히 즈려밟고' 가라는 소원까지 곁들이며, 심지어 이별의 슬픔으로 솟구치는 눈물마저 참아내는 한 여인. 우리는 이 시를 한 여인의 그러한 마음의 고통과 인고(忍苦)의 정신을 노래한 것으로 이해해 왔다. 그런데 이 시를 조금 다른 방향에서 접근하면, 우리는 작품에 내재된 정감의 깊이와 화자의 슬픔에 좀더 가깝게 다가갈 수 있게 된다. 이 시에서 그러한 심층적인 독법의 매개가 되는 것은 '가다'라는 동사이다. 그것은 작품의 표면적인 의미의 맥락에서는 드러나지 않고 은폐돼 있는 '연인의 죽음'이라는 화자의 발화 상황을 은밀하게 암시해 준다. 우리말에서 '가다'라는 동사의 의미층위에는 이 승의 세계에서 저승의 세계로 떠나간다는 의미가 내포돼 있다. 우리 시사에서 '가다'의 그 같은 의미의 내포를 가장 잘 활용한 시인이 바로 소월이다. 소월은 「님의 말씀」, 「담배」, 「나는 세상 모르고 살았노라」, 「금잔디」 등과 같은 일련의 시들에서 '가다'라는 동사를 모두 이승의 세계에서 저승의 세계로 떠나간다는 의미로 사용하고 있다. 김소월의 「진달래꽃」만을 검토하기 위한 자리가 아니므로 관련 구절들을 다 인용할 수는 없는데, "深深山川에 붙는 불은/가신님 무덤가엣 금잔디"(「금잔디」)라는 구절이 대표적인 경우이다. 이처럼 '가다'는 죽음이란 비극적 사건을 삶의 영역에서 수용하기 위해 사용되기도 하는 말이며, 그 자체로서 인간의 죽음에 대한 시적 표현이 된다. 「진달래꽃」에서 '가다'란 동사의 내포적 의미를 죽음으로 파악하면, 이 시는 소월 초기시의 주제인 사랑과 죽음이란 두 개의 초점 위에 놓여 있는 것이라 파악할 수 있다. 사랑하는 연인의 죽음은 화자로부터의 영원한 떠남을 의미한다. 이 경우, 화자가 연인에게 그 어떠한 호소를 한다고 해도 그것을 막을 수는 없다. 그러한 절대적 이별의 상황에서 화자는 연인을 보낼 수밖에 없으며, '진달래꽃'을 한아름 따서 연인이 '가실 길'에 뿌리는 행위도 지극히 자연스럽다. '가실 길', 그것은 연인이 가야만 하는 필연적이고 절대적인 길이다. 여기서 화자가 뿌리는 꽃이 '진달래꽃'이라는 사실은, 그 행위가 죽은 연인을 위한 것임을 암시한다. 두견새가 피울음을 토해 놓은 것 같다는 시각적 연상 때문에 두견화라고도 불리는 진달래꽃. 그 꽃과 관련한 고사(故事)의 내용은 떠나는 연인에게 뿌려주는 꽃으로 왜 하필이면 진달래꽃이 선택되었는가 하는 의문에 충분한 설명을 제공한다. 이처럼 이 시를 새롭게 읽었을 때, 우리는 어째서 이 시의 제목이 '진달래꽃'이 되었으며 더 나아가 시집의 제목이 되었는가 하는 문제를 파악할 수 있게 된다. 화자의 이별 의식(儀式)에서 중요한 기능을 담당하고 있는 진달래꽃은 그것이 작품의 제목으로 되면서 그러한 의식 그 자체에 대한 일종의 상징으로 기능하게 되는 것이다. 그리고 그것의 상징적 의미는 바로 진혼(鎭魂)이다. 그런 맥락에서 시집 『진달래꽃』은, 길 잃은 원혼의 한을 달래주듯, 나라를 잃고 고향을 잃고 안주할 거처를 잃고 방랑하는 우리 민족의 슬픈 혼을 위로해 주는 진혼가였던 것이다.

한용운의 「님의 침묵」은 김소월의 「진달래꽃」의 경우처럼 시집의 표제작이다. 시집에 수록된 개별 작품들이 각기 하나의 독립된 작품들이면서 동시에 '님의 침묵'을 주제로 하고 있는 하나의 거대한 작품의 구성적 계기로서 작용하는 시집 『님의 침묵』에서, 시인은 부재의 방식으로 현존하는 '님'의 존재에 대한 경험의 모순과 역설을 포용하는 변증법적 상상력을 보여준다.

> 님은 갔습니다 아아 사랑하는 나의 님은 갔습니다.
> 푸른 산빛을 깨치고 단풍나무 숲을 향하여 난 적은 길을 걸어서
> 차마 떨치고 갔습니다.

黃金의 꽃같이 굳고 빛나던 옛 盟誓는 차디찬 티끌이 되어서 한숨
의 微風에 날러갔습니다.
(중략)
우리는 만날 때에 떠날 것을 염려하는 것과 같이 떠날 때에 다시
만날 것을 믿습니다.
아아 님은 갔지마는 나는 님을 보내지 아니하였습니다.
제 곡조를 못이기는 사랑의 노래는 님의 沈默을 휩싸고 돕니다.

밝음과 어둠, 만남과 헤어짐, 희망과 절망 등 모순되는 이미지들이 충돌하면서도 그것들이 다시 "제 곡조를 못이기는 사랑의 노래"로 통합되고 있는 시 「님의 침묵」뿐만 아니라, 시집 『님의 침묵』 전체를 통하여 시인은 굴욕·희생·고통·기다림 등과 같이 영혼이 지니고 있는 모든 생존의 무게를 짊어지면서 삶과 죽음을 일일이 반성하고 인생의 가치와 현세의 의미에 대해 곱씹어 본다. 아마도 "제 곡조를 못이기는 사랑의 노래"나 "그칠 줄을 모르고 타는 나의 가슴"(「알 수 없어요」)은 님이 침묵하는 추악한 현실에 대한 도저한 부정과 그리하여 도달하고자 하는 이상적 인생에 대한 연모와 동경을 가능하게 하는 원동력이자 침묵 속에서도 님이 생생하게 현존할 수 있도록 하는 근거일 것이다. 그것은 우리 민족사에서 어쩌면 가장 어두운 시대였을 나라 잃은 시대를 살았던 모든 영혼들에게 생존에 대한 강렬한 동경과 연모를 품게 해주고, 아울러 인생에 대한 어떤 깨달음으로 나아가게 하는 힘으로 작용하였을 것이다.

1920년대 시의 조류에서 빼놓을 수 없는 또 다른 특질은 사회의식의 자각이다. 『백조』의 폐간을 전후해서 그리고 그 이후 이른바 신경향파적 성향을 보여주었던 김형원·김기진·이상화·김동환·조명희 등을 선구로 하여 임화·김명순·김해강·박팔양·박세영·권환 등이 주로 활동한 프롤레타리아 문학 전성기까지 한국근대시의 한 흐름은 시와 정치의 접

맥 가능성에 대한 모색을 보여주었다. 이러한 경향의 성과로『카프시인집』(1931)이 출간되기도 하였는데, 시인의 사회의식의 각성에 자극을 주었다는 점에서는 나름의 의의가 있으나 문학적 성과의 측면에서는 기대에 미치지 못하였다. 정치층위와 경제층위는 한 시대를 중층적으로 결정하는 매우 중요한 요인들이긴 하지만, 아무래도 문학은 본질적으로 정치층위와 경제층위의 기저에 있는 운명의 형식을 탐색하는 작업일 것이다. 카프 시인들은 자신들의 이념에 근거한 목적의식 때문이기도 하였겠으나 그러한 사실을 지나치게 소홀히 생각하였던 것으로 보인다.

한국근대시사에서 1930년대는 다양한 형태의 시적 실험이 시도되어 결실을 맺음으로써 한국근대시가 거의 완성 단계에 이른 시기였다. 1930년대의 첫머리를 장식한 시인들은 이른바 '시문학파'라 불리는 박용철 · 정지용 · 김영랑 · 신석정 · 이하윤 등이다. 시어의 조탁, 시형식의 세련, 개성적 감각의 형상화라는 측면에서 그들은 우리 시를 일신시키는 데 큰 공헌을 하였다. 특히 정지용과 김영랑은 최남선과 이광수, 주요한과 변영로, 김소월과 한용운의 시대에 이어 우리 시에 중대 전환을 가져오게 한 시인들이다. 김영랑은 '시문학파' 가운데서도 특히 언어의 조탁에 공을 기울인 시인이다.『시문학』창간호에 실린「동백잎이 빛나는 마음」은 그의 시적 특질을 매우 선명하게 보여준다.

> 내 마음의 어딘 듯 한편에 끝없는
>   강물이 흐르네
> 돋쳐 오르는 아침 날 빛이 빤질한
>   은결을 도도네
> 가슴엔 듯 눈엔 듯 핏줄엔 듯
> 마음이 도른도른 숨어 있는 곳
> 내 마음의 어딘 듯 한편에 끝없는

이 작품에서도 볼 수 있듯이 김영랑은 시에서 이야기나 관념을 배제해 버린다. 어떤 심정과 마음의 상태가 이야기나 관념을 해체하여 감정의 언어로 재구성함으로써 사물의 단순성과 신비성을 동시에 드러내주고자 한 것이 김영랑의 시이다. 그 때문에 김영랑의 시에서는 다른 그 무엇보다도 언어의 음악성과 작품의 서정성이 두드러지게 된다. 그러나 김영랑은 언어의 물질성 깊이 침투하는 시의 모험의 극단까지는 나아가지 못하였다. 그의 언어는 매우 탄력적이지만 지나치게 가볍다는 느낌을 주며 개인의 내적인 심리적 동기로 채색되어 있다. 이에 비할 때, 정지용의 시는 감각적 언어의 구현이라는 측면에서는 유사하나 그의 경우는 이미지의 선명성이 훨씬 더 강조된다. 정지용의 대표작 가운데 하나인 「바다 9」는 정지용 시의 특질을 잘 보여준다.

> 바다는 뿔뿔이
> 달어 날랴고 했다
>
> 푸른 도마뱀떼 같이
> 재재발렀다
>
> 꼬리가 이루
> 잡히지 않았다.
>
> 힌 발톱에 찢긴
> 珊瑚보다 붉고 슬픈 생채기!
>
> 가까스루 몰아다 부치고

변죽을 둘러 손질하여 물기를 시쳤다.

이 앨쓴 海圖에
손을 싯고 떼었다.

찰찰 넘치도록
돌돌 구르도록

회동그란히 바쳐들었다!
地球는 蓮닢인양 옴으라들고 ……펴고……

이상에서 보듯 감각적 경험을 선명한 이미지로 고착시키는 데 타의 추종을 불허할 만한 솜씨를 보인 시인이 정지용이다. 이 시에서는 "꼬리가 이루/잡히지 않"는 외부 사물의 역동성과 생동감을 냉정한 조형력으로 이미지화함으로써 언어의 사물화가 이루어진다. "푸른 도마뱀떼 같이/재재발렀"던 바다의 입체적이고 역동적인 움직임은 "海圖"로 평면화되고 "蓮닢"처럼 정태적이 된다(오므라들고 펴는 움직임이 남아 있긴 하지만, 바다가 애초에 지녔던 역동성에 비하면 정태적이라 말할 수 있을 것이다). 정지용의 그런 작시법에는 그 이면에 작동하는 어떤 정신적인 단련 같은 것이 잠재되어 있는데, 그는 그것을 사물의 내재적 본질로 다가가는 데 활용하지 않고 사물이 어떤 한 순간의 평형상태에서 유지되도록 고착화시키고 그로 인하여 스스로 마음의 평정을 얻는 데 이용한다.

1930년대 시의 흐름 가운데 또 하나의 특징적인 경향은 이른바 모더니즘이라 불리는 것이다. 우리는 이 경향을 대표하는 시인으로 이상과 김기림과 김광균을 꼽을 수 있다. 김기림은 위트·풍자·문명비평 등 지적인 요소를 시에 도입하였고, 김광균은 짙은 서정적 애감으로 채색된 도시풍경의 회화(繪畵)를 보여주었으며, 이상은 시와 비시(非詩)의 경계까지 나아갈 만큼 극단적인 시의 실험을 시도하였다. 이들 세 시인 가운데 새로운 시적 실험과 전통적인 요소를 어느 정도 타협시킬 수 있었던 김광균의 시가 작품 자체의 측면에서는 상대적으로 안정감을 준다. 김기림은 작품 자체의 성과 면에서는 그다지 주목할 만한 진경(進境)을 보여주지는 못했다. 그러나 그의 시론은 한국현대시사의 전환점에 놓여 있는 것으로서 아직까지도 많은 시인들이 그의 시론을 참조하여 그것과 일정한 거리를 조정하면서 자신의 시론을 마련하고 있다. 이상은 실험의 극단적인 성격으로 인해 안정감이 있는 작품은 많이 남기지 못하였다. 그러나 그는 우리 시사에서 시조(時調)로부터 가장 멀리 떨어진 곳까지 나아가는 실험을 감행하였다(한국현대시의 형식은 시조와의 거리를 척도로 규정된다고 볼 수 있다. 그런 맥락에서 볼 때, 시조와 가장 가까이 있고, 이상의 실험과 가장 멀리 있는 시인이 김소월일 것이다. 그 밖의 다른 시인들은 김소월과 이상이라는 양극단의 중간 지점들 어디에 그 위치를 정해줄 수 있을 것이다). 그의 그런 실험은 새로운 실험을 모색하는 후대의 시인들이 끊임없이 돌아가는 준거가 되었고, 그들은 그로부터 항상 새로운 시적 직관을 이끌어내 왔다.

1930년대 또 하나의 대표적 흐름은 이른바 '인생파'라 불리는 일군의 시인들이 형성한 경향이다. 유치환·서정주·오장환이 바로 그러한 경향을 대표하는 시인들인데, 그들은 모더니즘의 감각성과 부박성(浮薄性), 그리고 극단적인 기교주의에 반기를 들고 나왔다. 이들 시인들은 존재론적이고 근원적인 삶의 문제, 즉 본능·의지·죽음·고독·유한성 등에 고뇌하고 이를 초극하기 위해 몸부림쳤다. 절대 허무에 근거한 유치환의 준열한 질문과 회의, 육체의 관능에 근거한 서정주의 반항의 몸부림, 오장환의 통곡과 절규는 삶에 대한 근원적 질문방식의 발견과 추구라는 측면에서 우리 시사를 일층 풍요롭게 하였다.

이 밖에도 30년대의 시사에서 결코 빼놓을 수 없는 몇 사람의 시인이 있다. 장만영·노천명·백석은 '시문학'파와 모더니스트들의 중간에 위치하는 당대의 참신한 서정 시인들이었고, 김광섭·이육사·신석초는 모더니스트와 인생파의 중간에 위치하는 시인들이었다. 30년대에 나온 다섯 가지 중요한 시지(詩誌)는 당대의 흐름을 상정적으로 보여주고 있다.『시문학』(1930)과『삼사문학』(三四文學, 1934)과『시인부락』(1936)은 각각 전통파, 현대파, 인생파를 대표하였다. 그리고 당시의 중견과 신예를 망라한 동인지로서 범시단지(汎詩壇誌)인『시원』(詩苑, 1935)과『시학』(詩學, 1939)이 있었는데, 오일도·김상용·모윤숙 등은 전자의 중견으로 활동하였고, 윤곤강·장서언·이용악은 후자의 중견으로 활동하였다.

1930년대의 시의 흐름을 조감하면서 우리는 끝으로 윤동주를 기억하지 않을 수 없다. 그는 국내에서 문단활동을 하지 않았던 까닭에 어떤 일정한 시적 유파에 적절히 포함시킬 수는 없지만, 그의 시가 보여주는 순수성과 구도적 열정은 우리 시사에서 중요한 위치를 점할 것이다.

　　죽는 날까지 하늘을 우러러
　　한 점 부끄러움이 없기를
　　잎새에 이는 바람에도
　　나는 괴로워했다
　　별을 노래하는 마음으로
　　모든 죽어가는 것을 사랑해야지
　　그리고 나한테 주어진 길을 걸어가야겠다

　　오늘밤에도 별에 바람이 스치운다.

우리가 익히 잘 알고 있는 그의「서시」는 순수한 젊은 영혼의 고뇌를 잘 보여준다. 부끄러움 없는 삶을 살겠다는 윤리적 결의는 유가(儒家)적 전통의 핵심을 이루는 것이기도 하지만, 윤동주의 경우는 그러한 결의가 외부에서 주어진 어떤 이념에 근거한 것이 아니라 오로지 젊음의 순수한 열정에서 점화된다는 것이 특징일 것이다. 주어진 길이라는 것은 스스로 모색하고 발견해야 할 어떤 것이란 점에서 아직은 막연하지만, 그 길을 찾고자 하는 열정의 강도는 이 시를 밤하늘의 별빛처럼 아름답게 한다. 그러한 열정은 추악한 현실에 대한 철저한 부정과 그리하여 도달하고자 하는 이상적 인생에 대한 연모와 동경을 가능하게 하는 원동력임은 물론이다. 그리고 그의 비극적이면서도 아름다운 생의 이력은 그 점을 스스로의 운명으로 증명해 보였다.

한국근대문학 전반기로 들어가는 기억의 회랑을 통과하는 끝 지점에서 윤동주의 「서시」를 나직하게 중얼거리는 필자에게 문득 다시 출구가 보였다. 그리고 거기에는 바야흐로 임박해 있는 새로운 세기, 새로운 백년으로 들어가는 문턱의 그림자가 어렴풋하게 함께 비쳤다. 20세기의 100년이 그랬던 것처럼 21세기의 100년 역시 우리에게 엄청난 시련으로 다가올지도 모른다. 그리고 미래란 언제나 우리에게 불확실하고 텅 빈 공허한 공간일 수밖에 없다. 우리는 지금 여기에서 나날의 실천과 실험을 통해 힘겹고 조심스럽게 여러 갈래의 교두보를 닦아가며 조금씩 앞으로 나아갈 수밖에 없을 것이다. 그런 실험과 실천에 시행착오가 수반될 수 있음은 물론이다. 문제는 우리의 지식을 효과적으로 활용하고 우리에게 축적된 기억을 되새김으로써 그러한 시행착오를 줄이는 일이다. 그런 맥락에서 '동서문학관'과 '아트선재센터'가 공동으로 기획하여 주최한 "최남선에서 윤동주까지 : 일제하 한국시 100인전"은 과거로의 단순한 여행의 자리가 아닐 것이다. 그것은 과거와의 정중하고 진지한 대화를 통해 우리의 어제와 오늘을 돌아보고 내일을 전망해보는 침잠과 반성 그리고 다짐의 자리여야 할 것이다. 과거의 기억에 질서와 형식을 부여하는 일은 역사 감각을 단련하는 일과도 통한다. 역사 감각만이 우리의 현실과 미래의 문제와 관련한 토론에서 당위적인 발언과 감정적인 발언을 자제할 수 있게 해준다. 다가오는 새로운 세기에 우리가 앞으로 해결해야 할 과제들 가운데 '경제문제'와 '통일'은 가장 어렵고 중요한 것들 중의 하나일 것이다. 그것들은 당위의 문제이자 현실의 문제이기도 하다. 아니 우리는 오히려 그것이 현실의 문제라는 점에 더욱 무게 중심을 두어야 할 것이다. 지나치게 당위에 근거하게 되면 현실을 객관적으로 관찰하는 이성의 힘을 상실하여 감정적이 되기 십상이다. 경제회복의 과정에서 돌출될 무한 갈등과 통일의 과정에서 야기될 혼란과 희생을 최대한 줄이기 위해서 우리는 우리의 지식과 역량을 체계적으로 조직하고 효과적으로 활용해야만 할 것이다. 그리고 그러한 조직과 활용에 일관성과 객관성을 부여하는 것이 바로 역사 감각일 것이다.

애국계몽기와 근대문학 : 발전론과 이식론

우리 역사의 전개에서 19세기 말에서 20세기 초, 좀더 구체적으로 말하면 1860년대 무렵에서 3·1운동 이전까지 기간은 학계에서 매우 다양한 용어로써 규정돼 왔다. '개화기'·'애국계몽기'·'근대전환기' 등이 바로 그것인데, 어떤 명칭으로 불리든 이 시기를 논의의 대상으로 삼을 경우 우리는 '근대' 혹은 '근대성'이라는 개념으로부터 자유로울 수 없다. 근대 혹은 근대성이라는 용어나 개념이 우리 시대의 자명성을 시대적으로 과거와 구분하게 하는 하나의 표지임은 분명하다. 그러나 그 개념들은 그렇게 단순하게 보아 넘길 수 없는 매우 복잡한 맥락 속에 놓여 있는 것도 사실이다. 그와 같이 복잡한 맥락을 이루는 계기 가운데 하나는

'근대'와 '서구'의 혼동이다. 어쩌면 그 혼동은 '근대'가 서양에 기원을 두고 있기에 필연적인 것이기도 하다.

주지하다시피 애국계몽기는 전근대에서 근대로 전환하는 '근대의 기획'이 가장 왕성하게 시도되었던 시기이다. 그리고 이 시기는 우리 문학이 중세문학에서 근대문학으로 이행하는 시기와 거의 정확하게 겹쳐진다. 여기서 문제는 이행의 성격인데, 그러한 성격 규정에 따라 내재적 발전론과 이식론이 첨예하게 되립되어 왔음은 주지의 사실이다. 우선 이식론의 경우 우리는 그 원형을 임화의 다음과 같은 주장에서 극명하게 확인할 수 있다.

> 갑오 이래로 전개되는 개화의 과정은 구문화의 개조와 유산의 정리 위에 새 문화를 섭취하는 과정이기보다 오로지 구미문화의 일반적인 이식과 모방의 과정이 되는 것이다.
> 그러나 이것이 조선 신문화의 건설의 유일한 길이며 낡은 문화를 구축(驅逐)하는 최대의 방법이었음은 사실이다. (…) 뿐만 아니라 우리가 가장 주목해둘 점 하나는 이러한 일방적인 신문화의 이식과 모방에서도 고유문화는 전통이 되어 새 문화의 형성에 무형으로 작용함은 사실인데 우리에 있어 전통은 새문화의 순수한 수입과 건설을 저해하였으면 할지언정 그것을 배양하고 그것이 창조될 토양이 되지는 못했다는 점이다.[1]

임화의 위와 같은 이식론은 우리 근대문학의 발생론적 기원에 대한 하나의 관점이지만 일단 그점이 사실로서 인정되는 순간 그것은 목적론적 정향점으로 전도된다. 다시 말해 모방과 이식의 원천인 서구(근대)는 그로부터 끊임 없이 자양분을 섭취해야 하고 결국에는 도달해야 할 하나

---

1) 임화, 「개설신문학사」 제17회분.

의 수행적 전범이 되는 것이다. 비록 심정적으로는 못마땅하고 또 실제로
무수한 비난과 비판의 대상이 되어왔음에도 이식론은 근대 혹은 근대문
학과 관련한 논의에서는 언제나 우리를 간섭해왔다. 이러한 이식론을
극복하고자 한 것이 내재적 발전론, 즉 우리의 근대(근대문학)가 내부의
자생적인 힘에서 비롯되었다는 관점이다.

> (…)근대문학은 이행기 동안의 축적이 있어서 이루어졌다. 중세문
> 학의 기본 전제를 오랜 기간에 걸쳐 부정하는 역사적 전환의 결과
> 평등과 자주를 지향하고 현실 인식을 존중하는 근대 민족문학이
> 이룩되었다. 과정을 이행하지 못하고 결과의 한 면만을 과장해 근대
> 문학은 민족문학의 전통과 단절되어 있고 서양문학의 이식이라 한
> 것은 잘못이므로, 그 두 가지 그릇된 관점 시정을 이 책의 과제로
> 삼는다.[2]

조동일 교수의 위와 같은 견해는, 모두 다섯 권으로 기술된 그의≪한국
문학통사≫제3,4권을 중세에서 근대로의 이행기 문학에 대한 기술로 할
애하게 하는 근거가 된다. 그에 따르면, 우리의 근대문학이란 어느 날
갑자기 다른 곳에서 옮겨 심어진 것이 아니라 무려 300년에 가까운 시간
축적 위에서 자생적으로 잉태된 것이다. 이러한 내재적 발전론은 하나의
원칙론, 다시 말해 어떤 문화가 전개되는 과정에서는 전통적인 요인과
외래적 요인이 상호작용하여 새로운 문화가 형성되는 것이며, 이때 새로
운 형성의 토대는 전통적인 요인이고 외래적 요인은 자극의 차원을 넘어
서지 못한다는 논리에 근거하고 있다. 그리고 그것은 그러한 원칙론을
역사적 사실의 맥락에서 증명해 보이려는 다양한 시도로 표현되었다.[3]

---

2) 조동일, 『한국문학통사』 제5권(지식산업사, 1989), 6면.

3) 한국고전문학연구회 편, 『근대문학의 형성과정』(문학과지성사, 1983).

그런데 여기에는 한 가지 문제가 있다. 위의 인용문에서도 확인되듯이, 내재적 발전론은 결국 중세 부정과 근대 긍정의 서사로 귀결되는데, 그렇게 될 때 공들여 구축한 이행의 과정이 근대의 전사(前史)로서 축소될 뿐만 아니라 궁극적으로 도달해야 할 근대가 결국은 외부에 있었다는 것을 인정하게 되는 것이다.4)

근대문학의 성립이라는 관점에서 볼 때, 애국계몽기의 시대적 공간 속에서 가장 왕성한 활동을 펼친 인물을 꼽는다면 그는 아마도 최남선일 것이다. 문화의 어떤 변화나 새로운 성립이라는 것이 한 사람만의 힘으로 되는 것이 결코 아님은 물론이다. 그러나 당시 최남선이 시도한 일련의 실험들을 생략해버린다면 우리 근대문학의 성립과정에서 커다란 결락 부분이 발생하리라는 것도 충분히 수긍할 수 있다. 그런 최남선이 "우렁차게 토하는 기적 소리에/남대문을 등지고 떠나나가서/빨리부는 바람의 형세같으니/날개달린 새라도 못따르겠네"라는 「경부철도노래」는 물론 이른바 신체시의 효시로 알려진 「海에게서 少年에게」를 지었음은 주지의 사실이다.

> 처……ㄹ 썩, 처……ㄹ 썩, 척, 쏴……아.
> 때린다, 부순다, 무너 버린다,
> 泰山 같은 높은 메, 집채 같은 바윗돌이나,
> 요것이 무어야, 요게 무어야,
> 나의 큰힘 아느냐, 모르느냐, 호통까지 하면서,
> 때린다, 부순다, 무너 버린다,
> 처……ㄹ 썩, 처……ㄹ 썩, 척, 추르릉, 콱.

---

4) 구모룡, 「한국비평문학의 근대적 성격과 위상」, 『시와 반시』 1999년 봄호, 215면.

애국계몽기에 시도되었던 최남선의 다양한 추구와 실험에 대해서는 다양한 평가가 가능하겠으나 대체로 다음과 같은 정한모 교수의 견해로 수렴된다고 볼 수 있을 것이다.

> 육당의 시가는 이러한 시와 창가의 혼거시대의 산물이라 할 수 있지만 유독 그 형태면에서만은 근대시로서의 모습을 갖추고 있었다. 육당의 시가는 이러한 용어와 형태면에서 시사적 의의를 지니고 있다. 그가 근대시의 출발기에서 더 나아가지 못하고 시조의 세계로 후퇴한 것은 그의 한계와 지향으로 보아 당연한 귀결이라 할 수 있지만 전근대적인 시조를 위해서는 하나의 부흥이었고 육당은 그러한 공헌면에서 또한 평가되고 있다.5)

정한모 교수의 위와 같은 문학사적 평가는 정형률에서 완전히 벗어난 자유시형의 정립을 우리 근대시의 성립과정으로 보는 관점에 입각해 있으며, 우리는 그것을 충분히 받아들일 수 있다. 그러나 필자가 관심을 갖는 것은 시의 형태로써 드러난 현상적인 측면이 아니라 최남선의 심층 내면의식이다. 다시 말해 애국계몽기의 시대적 공간 속에서 그토록 열정적으로 다양한 추구와 실험을 시도하고 문화사업을 펼쳤던 그의 내면적 동기에 대한 검토가 요청된다는 것이다. 그러한 내면적 동기는 크게 특별한 것이 아니라 의외로 단순하다. 15세에 관비유학생으로 일본에 건너갔다가 돌아와 17세에 다시 사비유학으로 재차 도일해야 했던 그 강력한 이끌림. 일본의 근대화된 풍경이 그에게 그 어떤 자극적인 요인도 되지 못했다면 그는 결코 두 번씩이나 일본으로 건너가지 않았을 것이고, 고국에 돌아와서 그의 활동도 사뭇 달랐을 것이다. 문제의 핵심은 그의 일본의 근대화된 제도

---

5) 정한모, 『한국현대시문학사』(일지사, 1988), 241면.

와 풍경의 체험에서 이루어진 의식의 전도 혹은 가치의 전도 현상이다. 최남
선은 그러한 전도를 다음과 같이 우회적으로 표현했다.

> 선배들아, 우리를 눈 찡그리지 말라. 우리는 그대들처럼 여름에
> 핫옷 입고 지낼 수 없노라. 지금도 전 모양대로 관솔켜서 밤을 빛내
> 고 지낼 수 없노라. 그대의 좋아하는 바가 반드시 우리의 좋아하는
> 바가 아니요, 그대의 옳다 하는 것이 반드시 참으로 옳은 것이 아님
> 을 생각하고, 우리의 경솔하다 할 모반을 서량(恕諒)할지어다. 모든
> 주권이 다 우리의 손에 옮겨와 있음을 생각할 지어다.6)

최남선은 자신의 내면 의식에서 이루어진 가치의 전도 현상을 가리켜
선배(전통)들에 대한 '모반'이라 표현하고 있다. 그러한 '모반'이 '바다'와
'소년'에게 거의 절대적인 가치를 부여한 「해에게서 소년에게」와 철도에
대한 찬가인 「경부철도 노래」를 짓게 하였음을 우리는 어렵지 않게 추론
할 수 있다. 그런데, 위의 인용문에서 또 한가지 주목되는 부분은 '모반'
이라는 낱말 앞에 놓여 있는 "경솔하다"라는 수식어이다. 문맥상 '경솔하
다'는 평가는 선배들의 그것인데, 여기서 우리는 자신의 내면 의식에서
이루어진 가치의 전도 현상에 대한 최남선의 자의식을 발견할 수 있다.
최남선이 일본 체험을 통해 목도한 근대적 제도들과 그것들을 둘러싼
힘의 가치를 인정함으로써 발생한 가치의 전도는 그러한 전도 이전의
관점에서 볼 때 매우 값비싼 대가를 치러야 하는 것이었다. 그 대가란
바로 자기 부정이다. 새롭고 낯선 것을 가치론적으로 보다 우월한 것으로
받아들였을 때 거기에는 오래되고 친숙한 것에 대한 부정이 수반될 수밖
에 없다. 물론, 어느 것이 더 우월한 가치인가 하는 문제는 보다 심층적이

---

6) 최남선, 「아관(我觀)」, 『육당 최남선 전집』, 150면.

고 다원적인 논의가 필요할 것이다. 그러나 당시의 최남선으로서는 거대한 파도처럼 위력적인 실감으로 다가오는, 새롭고 낯설지만 강력한 그 힘을 인정할 수밖에 없었을 것이다. 결국, 내면에서 이루어진 가치의 전도를 외면화시켜 '모반'이라는 사건으로 묘사하고 거기에 '경솔하다'는 수식어를 그가 덧붙였던 것은 그러한 전도의 과정에서 치러야만 했던 자기 부정에 대한 자의식 때문이었을 것이다.

최남선을 통해 살펴본 내면 의식의 가치 전도는 대체로 일본 체험으로써 근대적인 것의 위력을 목도했던 당시 지식인들에게 일어난 일반적인 현상이었을 것이다. 앞서도 지적했듯이 그러한 가치의 전도 과정에는 자기 부정과 그에 따른 자의식이 수반될 수밖에 없었는데, 그러한 자의식의 유무 혹은 강도를 측정하는 일은 우리 근대문학사의 내용에 대한 평가와도 연결될 수 있을 것이다.

> 조선 민족은 적어도 과거 오백 년 간은 공상과 공론의 민족이었습니다. 그 증거는 오백 년 민족생활에 아무것도 남겨놓은 것이 없음을 보아서 알 것입니다. 과학을 남겼나, 부를 남겼나, 철학, 문학, 예술을 남겼나, 무슨 자랑될 만한 건축을 남겼나, 또 영토를 남겼나, 그네의 생활의 결과에는 남은 것이 하나도 없고, 오직 송충이 모양으로 선대의 정신적, 물질적 유산을 다 팔아먹었을 뿐이외다.[7]

가치 전도에 따른 자기 부정을 이처럼 강력하게 토로한 예를 필자로서는 달리 찾기 어렵다. 민족의 선각자로서 계몽(근대화)의 교사로서 이광수가 보여준 여러 가지 역할과 업적들은 그의 가치 전도의 강렬함과 철저함에서 비롯한 것이리라. 동시에 그가 친일의 길로 나아갈 수밖에 없었던

---

7) 이광수, 「민족개조론」, 『광수전집』 권 17, 206면.

것은 가치의 전도 과정에서 필연적으로 수반된 자기부정에 대한 자의식을 거의 갖지 않았었기 대문이라 보아도 크게 틀린 말은 아닐 것이다. 이러한 이광수의 경우와는 달리 우리 근대문학 이식론의 원조인 임화는 다음과 같은 양상을 보여준다.

> 이 불행은 어디서 왔느냐? 하면 그것은 결코 우리 문화전통이나 유산이 저질의 것이기 때문이 아니다. 단지 근대문화의 성립에 있어 그것으로 새문화 형성에 도움이 되도록 개조하고 변혁해놓지 못했기 때문이다. 그것은 우리의 자주정신이 미약하고 철저하지 못했기 때문이다.[8]

위의 인용문에서 보듯 임화는 우리 전통문화가 '저질의 것'이 아님을 분명히 인식하고 있었다. 그런데도 그는 위의 인용문보다 앞서 인용한 부분에서는 "우리에 있어 전통은 새문화의 순수한 수입과 건설을 저해하였으면 할지언정 그것을 배양하고 그것이 창조될 토양이 되지는 못했다"고 주장했었다. 임화의 그러한 양면적인 인식은 스스로 모순을 노출하고 있음은 물론이다. 그렇다면 임화의 주장대로 우리의 전통문화가 '저질의 것'이 아니었음에도 불구하고 "새문화의 순수한 수입과 건설을 저해하"는 요인으로 작용한 이유는 무엇일까. 임화는 그 이유를 "우리의 자주정신이 미약하고 철저하지 못했기 때문이"라고 주장한다. 여기서 '자주정신'이란 말은 매우 모호한 표현이다. 그럼에도 우리는 문맥상 그 의미를 구체화해 볼 수 있는데, 그것은 바로 '응전력의 결여'일 것이다. 임화는 우리 전통문화의 나름의 가치를 인식했지만, 동시에 그것이 새로운 것을 주체적으로 수용할 수 있는 토대로서는 역부족이라고 인식한 것이다.

---

8) 임화, 앞의 글.

'자주정신'이라는 은유적 표현도 바로 그러한 인식의 소산이라 보아도 무방할 것이다. 결국 임화는 문화적 차이의 문제를 곧바로 가치론적 우열의 문제로 전환하였는데9), 그러한 전환이야말로 이 글에서 주목하고 있는 가치 전도의 구체적 양상이라 할 수 있다.

가치의 전도가 이루어지면 차이에 대한 인식이 마비된다. 가라타니 고진의 논법을 빌리자면 차이가 은폐된다. 다시 말해 서구적 근대의 입장에서 전통(자신)을 바라보게 되는 현상이 빚어지는데, 이미 주체가 되어버린 타자의 관점에서 객체가 되어버린 자신을 부단히 동일화하게 되는 것이다. 이와 같이 역전된 주객관계의 동일화 과정이 우리 근대화의 한 양상을 보여준다는 것이 필자의 생각이다.

> 우편소가 새로 생긴 것을 이웃사람들은 그게 무엇인지 몰라서 잔뜩 겁을 집어먹고 있었다. 짐승같이 늘어선 전봇대에는 노상 잉 하는 소리가 들리었다. 그것은 전신줄을 감은 사기 안에다 귀신을 잡아넣어서 그런 소리가 무시로 난다는 것이고 그리고 우편소 안에는 무슨 이상한 기계를 해 앉히고 거기서는 무시로 괴상한 소리가 들리었다.10)

이기영의 『고향』에 나오는 이 대목을 우리는 내면 의식의 가치 전도가 이루어지기 전의 근대적인 것에 대한 반응의 예로 제시할 수 있다. 내면 의식상의 주객이 전도되기 전의 관점에서 새롭고 낯선 것은 우선 이상하고 괴상하게 보이는 것이 당연하다. 그리고 그것이 이상하고 괴상하게 보이는 것은 그것이 무엇인지 모르기 때문이다. 그것이 무엇인지 알게

---

9) 김윤식, 「우리 근대문학 연구의 한 방향성」, 『한국문학의 근대성 비판』(문예출판사, 1993), 30면.
10) 이기영, 『고향』, 118면.

된다면 결코 이상하거나 괴상하게 보이지 않게 될 것이다. 그런데, 여기서 문제는 그것이 무엇인지 알게 되는 과정에서 주객의 전도 혹은 가치론적 역전이 동반된다는 것이다. 물론, 그러한 앎의 과정과 전도의 과정이 꼭 필연적이어야 할 근거나 이유가 있는 것은 아니다. 그럼에도 불구하고, 현실적으로 그러한 현상이 엄연한 역사적 사실로서 발생한 것이 우리뿐만 아니라 모든 비서구사회의 공통적인 양상일 것이다. 그리고 어쩌면 그것은 그 과정이 점진적으로 진행되었기에 그러한 사정이 은폐된 서구 사회에서도 동일하게 발생한 양상일지도 모른다.

이상에서 필자는 우리 근대문학의 성립과정 더 나아가 우리의 근대화 과정에 내재해 있다고 판단되는 내면의식의 가치전도 문제를 살펴보았다. 그 과정에서 본의 아니게 우리 근대문학의 이식론을 공공연히 인정하는 결과를 초래했는지 모른다. 현재 우리 사회는 전근대적인 것과 근대적인 것 그리고 탈근대적인 차원이 겹쳐진 매우 이상하고 괴상한 시대와 사회 속에서 살고 있다. 근대에 내재한 문제성을 엄연히 파악하고 있음에도 생존의 측면에서 근대화의 고삐를 늦출 수 없고, 또한 우리의 주체성을 확보하기 위해서는 근대를 극복해야만 하는 모순적인 상황이 바로 우리의 현실이다. 이러한 모순을 극복하기 위한 방법을 이론적으로 모색하는 일은 분명 우리에게 시급하고 절박한 문제일 것이다. 그러한 모색과 실천을 위해서 우리에게 요구되는 것은 오늘날 우리에게는 자명하게 여기지는 근대의 주술적 마법의 기원을 철저하게 탐색하는 일일 것이다. 설혹 그 기원을 찾아가는 과정에서 우리의 역사적 상처가 도지고 심지어 우리가 스스로 알고 있는 것보다 더 참혹한 우리의 모습을 만나게 된다고 할지라도 그것은 결코 회피할 수 없는 일일 것이다.

우리 근대문학의 성격은 "외세에 저항하는 문학이되 다른 한편으로는 봉건적 잔재 극복을 위해 노력하는 문학, 그러면서도 민족국가 건설을 이념으로 하는 문학"이라는 3중의 맥락 위에 놓여 있다는 것은 주지의 사실이다. 이러한 3중의 맥락은 애국계몽기의 과제가 놓여 있던 맥락과도 크게 다르지 않을 것이다. 우리 근대문학의 기원을 추적하는 작업은 우리 근대문학의 이념과 더 나아가 애국계몽기에 활발하게 논의되었던 '근대의 기획' 자체를 오늘의 시점에서 점검해보는 일과도 연결될 것이다. 그리고 우리 근대문학의 내재적 발전론은 그러한 작업의 결과물들이 축적되는 가운데 비로소 빛을 발할 수 있을 것이다.

북한문학의 이해 : 엄호석의 문학관에 대하여

엄호석은 1940년대 후반부터 활동하기 시작한 북한의 대표적 문학 이론가이자 비평가이다. 그는 1912년 2월 22일 함경남도 홍원에서 태어났다11). 그의 할아버지는 말총으로 갓을 만들어 파는 직업을 가지고 근근히 살았으나 아버지는 닭 장사와 소 장사를 하여 집안을 일으켜 세웠다. 자서전에서 "내가 출생하여 19살 때까지 아버지는 논 3000평을 소작으로 주고 밭 3000평을 머슴 한 사람을 고용하여 소 한 마리를 매고 자작하였다. 그러므로 나의 미성년시절에는 형의 아들까지 16명 내외였으나 계량(繼糧)은 되었다. 그 우에 아버지는 약 15리 떨어진 방진이라는 어촌에 배 한 척과 자금을 대주고 해사(海事)를 하여 잡은 명태를 판매하군 하였다"고 회상한 데에서도 알 수 있듯이 엄호석은 크게 넉넉하지는 않았지

---

11) 이 글에서 기술된 엄호석의 전기는 『조선문학』 2000년 5월호(통권 631호)에 실린 최길상의 글을 참고로 하여 재정리한 것이다.
　　최길상, 「평론가적 재능과 열정, 예술적 감각」, 『조선문학』 2000년 5월호, 17면~23면.

만 비교적 여유 있는 유년 시절을 보냈다. 서당에서 한문공부를 하던 8살 때에 3·1 만세운동을 목격하였고 소학교 6학년 때에는 소년동맹에도 참가하였다. 중학교를 다니다 중퇴를 하였으나 그것은 경제적인 이유 때문이 아니라 아버지의 반대 때문이었다. 그는 아버지의 반대를 무릅쓰고 도장을 훔쳐 입학청원서에 찍고 함흥공립고등보통학교에 입학했다. 1929년에 일어난 광주학생운동은 당시 젊은 학도들에게 큰 자극이 되었음은 이미 우리가 알고 있는 역사의 사실인데, 엄호석 역시 커다란 자극을 받았다. 그 해 12월 엄호석은 학생군중 시위운동을 조직하는 모임에 참가하였다가 그로 인해 체포되어 20일 동안 갇혀 있다가 풀려났다. 그 사건으로 인해 퇴학당한 그는 서울로 가서 새로운 모색을 시도하였으나 여의치 않자 일본 도쿄로 건너갔다. 일본에서 그는 노동운동가들과 관계를 맺으며 맑스-레닌주의 서적을 접하였고 1930년 7월에는 무산자 신문지국 사건과 관련하여 체포되어 구류 당하기도 하였다. 일제의 탄압과 극심한 생활고로 인해 일본에서의 생활이 불가능하게 되자 그는 1931년 귀국하여 고향으로 돌아왔으나 아버지가 하던 사업은 모두 망하여 집안은 영락해 있었다. 그 후 홍원노조에 가입하여 야학운영과 계몽사업에 열중하면서 지하투쟁에 나서 출판선전물을 제작하는 등 반일사상을 고취하는 데 앞장서다가 일경에 체포되어 서대문형무소와 대전형무소를 전전하며 4년 동안 감옥생활을 하였다. 출옥 후에는 소년시절부터 애호하여 온 문학에 몸을 바칠 것을 결의하고 상경하여 6,7년간 문학평론과 프랑스문학을 공부하였다. 그러다 1945년 스스로 "8·15광복은 일제경찰에게 항상 쫓겨다니며 신변의 위협과 생활난으로 허덕이던 나에게 있어서 참으로 삶의 출로를 열어준 사변이었다"고 회고한 광복을 맞았고, 1946년에는 함흥에서 발간된 함남도문예총기관지『예술』의 주필을 맡았다. 그 후 1947년 평양으로 옮겨 문예총기관지 주간『문화선전』과 월간『문학예술』의 부주필, 1948년 말부터는 내각 서적출판지도국 단행본 부장 등을 역임하였고, 1954년 말부터는 조선작가동맹출판사 책임주필로 일하다가 당시 출판사의 개편에 따라『청년문학』주필로 일하였다. 엄호석은 1940년대 후반부터 평론활동을 시작하여 40여 년 동안『문학소론』(1950년, 문예총출판사),『문예의 기본』(1951년, 국립도서출판사) 이외의 많은 공동 저서들을 출간하였고 각종 신문과 잡지에 70여 편의 문학평론과 수필을 발표하였다.

이상에서 개괄적으로 살펴 본 엄호석의 전기적 사실 가운데 가장 흥미로운 것은 사회운동의 좌절 속에서 문학에 헌신할 것을 결의하였다는 점이다. 6, 7년 동안 이루어진 문학수업의 내력은 정확히 파악할 수 없으나 구체적인 문학활동이 전무했던 그가 광복 이후 정치적 행보를 밟지 않고 평론가로서 열정적으로 활동했다는 것은 엄호석과 관련한 논의에서는 특별히 주목해야 할 대목이다. 우리는 그의 여러 평론들에서 문학의 사회적 의미에 대한 나름의 굳은 신념, 문학에 대한 뜨거운 열정과 폭넓고도 깊은 이해를 발견할 수 있기 때문이다.

1955년『조선문학』4월호에서 북한의 시인 홍순철은「근로자들의 계급적 교양과 문학평론」이라는 글의 서두를 이렇게 시작하고 있다.

> 사상 전선의 일익을 담당하는 문학 평론의 전투적 과업은 무엇보다도 우리 당의 정책과 지시들을 실생활에 반영하며, 우리 문학의 가일층의 장성 및 융성을 적극적으로 촉진시키는 데 있다.
> 특히 오늘 전후 인민 경제 3개년 계획의 초과완수와, 장엄한 사회주의 건설을 지향하는 투쟁에 있어서 우리 문학 평론이 놀아야 할 중심 과업의 하나는, 어느 때보다도 작가 및 광범한 인민 대중의 사회주의적 계급적 교양의 무기로 되어야 하는 거기에 있다.
> 우리 문학 평론은 당의 끊임없는 배려와 현명한 지도에 의하여

> 이런 또는 저런 형태로 발로된 무사상성, 정치적 무관심, 심미주의,
> 부르죠아 민족주의, 꼬쓰모뽈리찌즘 등 온갖 적대적 반동 사상을
> 분쇄 격파하였으며, 사회주의를 위한 적극적 사상적 정치적 투쟁에
> 서 발전 강화되었다.[12]

위의 인용문에서도 확인되는 바이지만, 이미 다 알다시피 북한 문학은
'인민 대중의 사회주의적 계급적 교양'에 그 초점이 맞추어져 있다. 특수
성과 전형성, 작가와 시대정신, 미학적인 것과 비속 사회학적인 것의 구
분, 도식주의 극복, 생활 진실의 형상화와 관련한 다양한 논의들도 바로
'인민 대중의 사회주의적 계급적 교양'의 효과적 실천을 위한 것이다.
홍순철의 글은 엄호석의 "사회주의 리얼리즘과 우리 문학"에 대한 비판
을 목적으로 씌어진 것인데, 그는 자신의 글의 결미를 이렇게 장식한다:
"그러므로 문학평론가들은 무엇보다도 당 정책과 결정에 정통하여야 할
것이며 이를 구현시키기 위하여 자체의 계급적 의식 수준을 부단히 제고
하여야 할 것이며, 우리 문학 평론은 무엇보다도 근로자들을 사회주의적
정신으로 교양하는 과업과 연결시켜서 사회주의 리얼리즘의 기치를 고
수하며 이를 풍부화시켜야 할 것이다."[13] 홍순철은 엄호석의 글이 이른
바 인민 대중의 사회주의적 계급적 교양을 심화시키는 데 문제가 있다고
보고 엄호석 자신부터 당성을 단련하여 제고해야 한다고 주장하고 있다.

---

12) 홍순철, 「근로자들의 계급적 교양과 문학평론」, 『조선문학』 1955년 4월호. 이 글에
　　인용된 부분은 이선영·김병민·김재용 들이 편한 『현대문학비평자료집』(태학사,
　　1993)에 근거하였다. 북한에서 발간된 잡지와 신문에 실린 글들을 인용한 경우, 모
　　두 여덟 권으로 되어 있는 세 분의 공동편저에 근거하였으면 '자료집'이라 약칭하
　　고 그 권수를 밝혀 전거를 밝히기로 한다.
　　자료집3, 381면.
13) 자료집3, 392면.

1946년 5월에 후보당원으로 입당하였다가 그 해 7월에 정당원이 된 엄호석의 글에서 간접적으로라도 사회주의 체제에 대한 회의의 기미가 발견되지는 않는다. 그는 인간의 생활을 가장 이상적인 상태로 이끌 수 있는 구체적인 실천 방법이 맑스-레닌주의에 있다고 믿었으며, 그러한 이상적 상태에 도달하기 위해 예술 분야에서 취할 수 있는 유일한 방법이 사회주의 리얼리즘의 통일적 지향에 있다고 확신하였다. 그의 문학관의 특질은 바로 그러한 믿음과 확신에 근거한 문학 작품의 예술적 특수성의 옹호와 그것의 이상적 발현에 대한 모색에 있었다. 엄호석은 홍순철의 주장과 같은 것들을 교조주의적 도식주의 경향이라고 비판하였는데, 평론가로서 엄호석의 필생의 목표는 북한 사회 내부에서 문학 창작 및 평론과 관련한 온갖 교조주의와 도식주의에 대한 부정과 저항이었다.

홍순철은 엄호석의 "사회주의 리얼리즘과 우리 문학"이 인민 대중의 교양을 심화시키는 데 문제가 있다고 지적하였지만, 그러한 문제와 관련한 엄호석의 생각은 다음에서 볼 수 있는 것처럼 훨씬 폭넓고 섬세한 것이었다.

> 어휘의 정확성과 풍부성, 문장의 다양한 구성과 그 음악적 음영, 이것은 다만 작품의 형상에 예술적 생동성을 부여하며 따라서 작품의 사상성을 심오화하는 점에서만 중요한 것이 아니다. 그것은 또한 그 자체로서 인민들의 교양에 중요한 의의를 가지고 있다. 즉 문학 작품은 그 형상을 통하여 인민들을 사상적으로 교양할 뿐 아니라, 그들의 미학적 취미를 배양하여 줌과 동시에 무엇보다 언어를 가르쳐 주고 있다. 인민들은 그 정치 문화적 장성에 따라 사색의 세계와 정서의 세계가 날로 풍부하여 가며 따라서 그에 알맞은 풍부하고 다양한 언어적 표현 수단을 문학 작품에서 기대하고 있다.[14]

---

14) 자료집3, 377면.

엄호석은 문학의 사회적 기능이 인민들의 사상적 교양에만 있는 것이 아니라 정서적 교양에도 있는 것으로 보았다. 필자가 볼 때 엄호석의 문학관을 집약해 놓은 글인 "문학 평론에 있어서의 미학적인 것과 비속 사회학적인 것"(『조선문학』 1957년 2월호)[15]에서 인민들의 교양의 문제와 관련하여 매우 흥미로운 생각을 보여준다. 그 글의 내용 가운데에는 '동맹 제17차 상무 위원회의 결정서'에서 "우리 문학이 계급적 교양의 무기로 되어야 한다"는 구호 아래 비판을 한 작품들에 대한 반성적 재고의 주장이 들어 있다. 특히 관심을 끄는 것은 이순영의 시 「노을」에 대한 엄호석의 평가이다. 이해를 돕기 위해 「노을」의 첫 절을 인용하면 다음과 같다.

하얀 목화 송이에
저녁 노을 붉게 물드네.
그 총각이 지날 때면
내 얼굴도 붉어지지만
그 총각은 몰라 주네.
노을에 물든 줄로 아는지
— 그러니 그러니
　노을을 원망할 밖에 …

엄호석은 위의 시가 훌륭하다고는 할 수 없지만 그렇다고 타매의 대상이 될 작품은 아니라고 주장한다. 왜냐하면 "작품 전체를 가지고 특별히 흠잡을 수가 없을 뿐 아니라 반대로 우리 서정시가 종래에 노래하지 않은 감정 영역을 개척하고 있는 새로운 장르로서 우리의 주목을 끌고 있"기 때문이라는 것이다.[16] 여기서 더 나아가 엄호석은, "우리 청년들은 유모

---

15) 자료집4, 122면~149면.

러스하고 경쾌한 사랑의 감정과 인연이 없는 무미건조한 사람들이 아니며 정서적 문맹도 아니다. 무미건조한 정서적 문맹은 바로 이러한 감정 영역과 담을 쌓은 극단의 금욕주의자이며 도학자인 결정서뿐이다”라고 함으로써 ‘결정서’의 논리를 강하게 비판하고 있다.[17] 결정서의 논리는 “노력하는 젊은 청년들이 지지리 땀만 흘리고 유쾌한 사랑의 노래나 휘파람도 곁눈질도 하지 말아야” 한다는 논리와 같으며 그런 것이야말로 교조주의적 도식주의의 대표적 경우라고 엄호석은 생각한 것이다.[18]

당시의 북한 사회에서의 여타 다른 평론가들과 비교할 때, 인민 교양의 문제와 관련한 엄호석의 탄력적인 사고는 그의 문학관에 근거하고 있다. 엄호석은 문학 예술의 기본 대상은 현실 일반이 아니라 ‘인간’이며 더 나아가 ‘인간의 생활’이라고 본다. 사회의 모든 생활 측면과 사회적 제반 관계를 자체 속에 구현한 역사적이며 구체적인 ‘산 인간’이 그가 생각하는 문학 예술의 대상이며, 그것이 바로 문학 예술이 갖는 특수성의 중요한 내용 항목이다. 엄호석이 볼 때, “작가는 무엇보다 현실에서 인간에게 중심 주목을 돌리면서 인간의 정치 도덕적 문제, 즉 인간 문제를 제기하거나 해결하는 데로 지향한다.”[19] 엄호석은 문학에 대한 고리키의 규정을 받아들여 문학을 넓은 의미의 ‘인간학’이라고 지칭한다. 엄호석에 따르면, 문학 작품에서는 “생산경제적” 분야만이 아니라 그것을 포함한 “정치도덕적”, “문화생활적”, “세태윤리적” 분야 등 복잡하고 다면적인 분야들에 관계된 인간을 기본 대상으로 삼게 된다. 따라서 ‘사회주의 투사’(새로운 유형의 인간)를 묘사할 때나 또는 지주나 자본가를 묘사할

---

16) 자료집4, 146면.

17) 앞의 책, 같은 부분.

18) 자료집4, 147면.

19) 자료집4, 127면.

때나 그들의 부정적이거나 긍정적인 성격이 순수하며 선천적인 '인간성'에서 기인한 것으로 묘사해서는 안 되며, 복잡하고 다면적인 분야들이 얽혀 있는 제관계들에 대한 객관적인 관찰을 통해 구축한 전형적 환경과의 관련 속에서 묘사해야만 한다.

문학 예술을 넓은 의미의 '인간학'으로 규정하는 엄호석이 가장 경계한 것은 앞서도 언급했듯이 교조주의적 도식주의이다. 사회의 발전은 변증법적 법칙에 따라 발전하지만 문학작품에서 개별적 인물들의 성격은 직접적으로 변증법적 법칙에 따라 발전하는 것이 아니다. 개별적 인물들의 성격은 자기의 개인적 운명의 복잡한 과정을 통하여 발전한다. 변증법적 법칙은 그러한 개인적 운명 발전의 배후에서 거기에 작용할 뿐이다. 엄호석은 개별적 인물의 성격 발전의 이러한 특성을 문학 예술의 특수성의 하나로 파악한다.[20] 또한 엄호석은 "예술작품은 작가의 사상과 영혼, 정열과 기질이 흘러 들어가 맺혀진 아름다운 생명체이며 꽃다운 향기"라고 주장한다.[21] 유기적 문학관의 일단을 내비치기까지 하는 엄호석은 문학에서 사상은 예술적 형식과의 "유기적 통일" 속에 있다고 믿는다. 따라서 문학 작품의 사상은 내용과 형식의 혼연한 통일체로서의 형상에 대한 다면적 분석을 통해 복잡하게 파악될 수 있을 뿐이다. 그런데 엄호석이 볼 때 교조주의적 도식주의에 가담하는 문학평론가들은 그러한 특수성을 망각하고 작품에서 사상을 기계적으로 떼어내는 것이 보통이다. 그들은 문학 작품을 예술적 형상의 총체로서 분석하지 않고 몇 가지 준비된 사회적 정치적 규범으로 갈래갈래 분해하여 버림으로써 작품에 '예술적인 것'을 전혀 남겨 놓지 않는다. 그러한 분해 앞에서는 작품의 '예술적

---

20) 자료집4, 141면.

21) 앞의 책, 142면.

진수'가 짓밟혀지며 그 생활과 향기가 사라져 버리기 마련이다. 심지어 그들은 문학 작품들을 '전투적'인 것과 '비전투적'인 것 '호소적'인 것과 '비호소적'인 것으로 기계적으로 갈라놓는가 하면 '주제의 적극성'에 부합되는 작품, 즉 중요한 사회적 현상의 본질이 명백한 작품이라면 예술적 성과 여부를 막론하고 추켜세운 반면에, 생활의 다른 측면을 묘사한 작품은 예술적 성과가 있을 때에도 작가의 사상성을 의심하기까지 한다. 여기서 '중요한 사회적 현상의 본질'이란 당시 북한 사회의 중요한 정치 사회적 이슈였던 '노동의 새로운 관계', '그를 통한 인간의 새로운 장성', '새로운 형태의 증산 경쟁 운동', '새 것과 낡은 것과의 투쟁' 등과 같은 것들이다. 엄호석은, 문학 작품의 평가가 중요한 정치 사회적 이슈의 수용 여부에 대한 단순한 판단에 근거해서는 안 된다고 보았다. 그에게 있어 문학 작품의 평가 기준은 작가가 제기한 문제의 예술적 심오성의 정도 즉 미학적 기준이었다. 엄호석은 문학 작품을 평가하기 위해서는 언제나 개별적 작품의 미학적 분석에 근거해야 하며 그러한 분석을 통해 해당 작품의 "예술적 우수함"과 "예술적 졸렬함"을 변별해내야 한다고 믿었다. 이러한 신념에 근거하여 그는 문학의 성과를 역사적으로 서술하는 문학사 기술의 방법에 있어서도 사회학적 일반화가 아니라 개별 작품들의 충분한 미학적 분석을 보장하도록 하는 정당한 미학적 일반화의 방법이 제고되어야 한다고 주장했다.[22]

　인민성과 계급성을 기반으로 하는 북한의 미학과 제반 예술은 사상성의 최고 심급인 당성에 의해 지도되며 일정 기간의 상황 변화에 따른 지침을 하달 받는다. 그러한 상황에서는 예술의 특수성에 대한 집중적이고도 섬세한 탐구나 주장은 아무래도 위축되기 십상이다. 그럼에도 부단

---

22) 자료집4, 133면.

히 개별 작품들에 대한 충분한 미학적 분석의 보장을 주장하고, 작품의 판단 기준으로 예술적 성과를 강조하며, 형식을 내용으로부터 분리하는 것과 내용을 형식으로부터 분리하는 것을 똑같이 형식주의로 규정하여 내용과 형식의 혼연한 통일체로서의 문학 작품에 대한 다면적 분석을 요구하고, 시에 대해 언급하면서 '경쾌한 사랑의 감정'의 가치를 소중하게 여기며 작품의 아름다운 절주(節族)와 여운을 논하는 평론가를 만난다는 것은 분명 이채로운 일이다. 그런데 예술의 자율성의 이념에 육박하는 문학예술의 특수성에 대한 그토록 섬세하고 폭넓은 이해를 지녔던 엄호석이 자신이 택한 사회의 체제에 대해 어떤 회의를 가졌던 것은 아니었다.

> 사회를 위하여 인간들의 개성을 희생시키는 것은 자본주의 사회의 제거할 수 없는 법칙이다. 거기에서는 인간들은 자본주의적 이윤 증식을 위한 생산의 한 자료로 취급되며, 모든 사회적 질곡 밑에서 자기의 개성을 발현시키지 못하고 반대로 변질되고 불구화된다. 그와 반대로 우리 사회에서는 인간들의 개성의 무한한 발전을 보장하고 촉진하고 있다.[23]

인류가 실험했던 사회주의의 이상은 현실 사회주의의 몰락과 함께 실패한 것이라고 역사는 기록하고 있지만, 1950년대 엄호석은 당시의 사회주의 실험이 "인간들의 개성의 무한한 발전을 보장하고 촉진"할 수 있다고 믿었던 듯하다. 그러한 그의 믿음은 '사회주의 리얼리즘'을 "사회주의를 건설하는 사람들의 문학인 동시에 사회주의를 지향하고 그 승리를 위하여 투쟁하는 사람들의 문학이다"라고 정의하는 데에서도 잘 드러난다.[24] 엄호석은 인간들의 개성의 무한한 발전을 보장하고 촉진하기 위한

---

23) 자료집3, 374면.

24) 앞의 책, 360면.

정치 사회적 실험인 사회주의가 그 목표를 달성하기 위해서는 체제 안에 어떤 보안 장치를 마련해야 하며 그것이 바로 예술(문학)이라고 믿었던 것으로 보인다. 사회과학은 사회적 모순과의 투쟁이라는 갈등만을 연구 대상으로 삼지만 문학은 인간의 사회적 생활이 복잡하게 얽힌 모든 분야에 걸쳐 있는 갈등을 대상으로 삼는다고 그는 생각하였다. 따라서 문학에서 갈등은 그 어떤 사회적 현상의 본질의 천명뿐 아니라 동시에 선과 악, 정직성과 위선, 관후와 인색 등 다양한 인간 성품의 임의의 심리적 특징들도 천명해야 한다는 것이 그의 문학적 신념이었다. 어쩌면, 앞에서 살펴 본 것처럼, 엄호석이 교조주의적 도식주의를 그토록 경계한 것도 그와 같은 편협한 폐쇄주의 아래에서는 인간이 자기의 개성을 발현시키지 못하고 반대로 변질되고 불구화된다는 판단에 근거한 것이었는지도 모른다.

이상에서 필자는 1950년대에 발표된 엄호석의 평론들을 중심으로 그의 문학관의 특질을 살펴보았다. 필자가 확인한 엄호석의 평론은 1963년까지 발표된 것들인데,『조선문학』1963년 12월호에 발표한「계급 교양과 사회주의적 사실주의」라는 글에서 그는 "한 인간의 생명이 얼마나 존귀하며 그것을 구하기 위하여 모든 집단이 떨쳐나설 수도 있고 그 죽음이 혁명에 막대한 손실을 줄 수도 있는 그런 가치를 가지고 있다고 인정하는 인도주의적 관점"에 근거하여 작품들을 분석하고 있다.[25] 그런데 1967년은 북한 사회에서 엄호석이 그토록 경계했던 교조주의적 도식주의가 팽배하기 시작하는 시점이다. 과연 엄호석의 그러한 '인도주의적 관점'과 '예술적 특수성에 대한 신념'은 어떤 모습의 굴절을 겪게 되었을까. 이 의문에 대한 탐색은 차후로 미루기로 한다.

---

25) 자료집6, 191면.

자동판매기와 얼음 송곳
— 문화산업시대의 글쓰기와 책읽기에 대하여

1

비정상적인 것이 완전히 일소된 것은 아니지만, 과거에 비하면 참으로 많은 것이 정상화되었다는 생각이 든다. 일반 기업이나 백화점 직원보다 더 친절하고 상냥한 구청 직원들의 모습만 하더라도 이전 같았으면 꿈도 꾸지 못했을 놀라운 변화이다. 그토록 권위적이고 강압적으로 보이던 경찰 관련 종사자들도 거리에서 마주치면 썩 자연스럽지는 않으나 그렇다고 영 어색하지만은 않은 미소를 지어 보일 줄 안다. 사회의 편의 시설도 지금 공사하고 있는 지하철 구간이 8호선인지 9호선인지 분간이 되지 않을 만큼 과거보다는 훨씬 더 풍부해져 가고 있다. 어쩌다 모처럼 나가 보는 외국에서도 부러운 것이 전혀 없지는 않지만 적어도 두렵다거나 기가 죽는다거나 하지는 않는다. 이 또한 우리 사회와 생활 현실의 발전상에 대한 증표일 것이다. 행복하고 만족스럽고 신나는 듯한 표정이 넘치는 상업광고들을 보다 보면 마치 우리 사회가 더 이상 고민하고 걱정할

일이 없는 제법 괜찮은 복지민주사회로 진입한 것 같은 환각에 빠지게
된다.

정상화의 괄목할 만한 진전 이면에는 많은 문제점이 잠복해 있음도
물론이다. 오늘날 우리 사회는 서로 상이한 시간대의 상이한 양상이 동시
적으로 공존하는 기이한 현상을 보이고 있다. 다시 말해 전근대적인 것과
근대적인 것과 탈근대적인 것이 하나의 장(場) 안에서 뒤섞여 들끓고 있
는 것이다. 한쪽에서는 여전히 그 현실적인 힘을 놓치지 않고 있는 봉건
잔재들의 청산을 위한 근대 계몽적 이성의 강화가 역설되고 있다. 개개인
의 의식을 포함한 우리 사회의 많은 부분이 보다 주도면밀한 근대적 이성
에 의해 더욱 철저히 계몽되어야 한다는 것이다. 동시에 한쪽에서는 근대
의 계몽적 이성 자체에 대한 계몽이나 심지어 그것의 폐기 처분과 관련한
탈근대적 담론들이 인구에 회자되고 있다. 산업화의 진행이 우리보다는
훨씬 빠른 서구 사회로부터 수입된 것들이기는 하지만, 우리 사회 역시
상당 부분 후기산업사회의 정보공학적 구조로 재편되어 가고 있고 그
재편과정이 더욱 가속화되리라는 점에서 그런 수입은 실제 수요의 증가
에 따른 당연한 귀결이라 할 것이다. 근대와 탈근대라는 문제의 초점만으
로는 포착되지 않는, 나라 잃은 시대의 불행한 유산들도 문제이다. 적당
히 눈치보기, 건성건성 대충하기, 맵시 있는 마무리의 결여 등 예속된
자의 비주체적 무관심과 무책임에서 비롯한 행동 양식들이 여전히 불식
되지 못하고 있는 실정이다.

우리 사회에 내재해 있는 부정적·문제적 양상들을 꼽다 보면 떠오르
는 말이 있다. '모든 것이 불리한 상황에서는 가장 나쁜 것을 파악하는
일이 최선'이라는 말이다. 생각해 보면, 외형상의 후기산업사회로의 진입
에도 불구하고 여전히 잔존하고 있는 전근대적 악습이나 나라 잃은 시대
의 불행한 유산들은 시급하게 청산되어야 하고, 또 그러기 위해서는 깨어

있는 정신의 철저한 성찰과 과단성 있는 의지가 필요한 것은 당연한데, 모든 것이 불리한 오늘 우리의 상황에서 가장 나쁜 것은 아닐 수도 있다고 여겨진다. 그것들은 우리 사회의 정상화에 반하는 속성을 띠고 있어서 문제의 포착이 비교적 용이할 뿐만 아니라 정상화 그 자체의 진전과 함께 충분히 해소될 수 있는 성질의 것이기 때문이다. 그렇다면 '가장 나쁜 것'은 과연 어떤 것일까? 그것은 바로 정상화의 진전과 함께 거의 정확하게 동시적으로 진행되고 있는 왜곡화이며, 그 구체적인 내용은 사회화이다.

오늘날 사회의 통합은 기계화(자동화)를 수단으로 효율성의 극대화를 목표로 진행되고 있다. 기계 장치는 제 2 의 자연인 사회의 주된 풍경이다. 이제 우리는 거의 모든 일상 생활에서 기계 장치와 접촉한다. 한마디로 기계는 우리의 운명이 되어버렸다. 그런데 우리의 운명인 기계들은 불손하며 거칠다. 캔 음료 자동판매기의 경우를 보라. 돈(동전)을 건네주면(투입하면) 그것들은 물건을 던지듯이 떨어뜨리고 우리는 굴욕적이게도 고개를 숙이고 허리를 굽혀 그 물건을 집는다. 그런 행위는 신을 모시는 숭배의식처럼 모든 사람들에 의해 끊임없이 반복된다. 기계를 다루는 사람에게 요구되는 기계적인 움직임 속에는 파시즘적 학대의 폭력성과 과격성이 들어 있다. 음식점에서 그릇들이 놓이는 모습을 관찰해 보라. 그릇을 놓는 손길들이 하나같이 불손하고 거칠다. 그것은 커피 자판기에서 컵이 떨어지는 모습과 크게 다르지 않다. 자동차나 냉장고의 문을 여닫는 사람들의 행동을 관찰해 보라. 그 역시 하나같이 불손하고 거칠다. 그것은 일정한 시간이 경과하면 사정없이 닫히는 자동문이나 갑자기 완강하게 막아서는 지하철 출입구의 자동차단막의 움직임과 흡사하다. 그런 행동들의 원인은 어떤 특별한 상태의 감정에 있지 않다. 말 그대로 그것은 기계적이고 기능적인 동작일 뿐이다. 기계화의 환경은 우리의 내면 신경까지 지배한다. 그러한 지배를 통해 도대체 우리가 어떤 영향을 얼마나 부단하게 받는지 의식하지 못한다면 우리는 오늘의 현실을 바르게 읽어내지 못할 것이다.

어쩌다 가족과 함께 들르는 백화점에서 보게 되는 끔찍한 풍경이 있다. 주차장 입구에서 고객들을 마중하는 백화점 여직원. 늘씬한 체형에 고운 용모, 화사한 유니폼에 매혹적인 화장을 한 그 여직원의 기계적인 안내 동작을 보면서 우리는 우리 현존재의 불행한 운명과 대면하게 된다. 자동 차단 막대에 교차해서 칠해 놓은 검은색과 노란색의 페인트 도색과 그 여직원의 화장이 다를 바가 무엇이며, 그 기계적인 반복 운동이 서로 다를 바가 또한 무엇이란 말인가. 그 여직원의 화장은 그녀만의 개성의 표현이 아니다. 다시 말해 그녀는 자신의 얼굴 화장의 주체가 결코 아니다. 그 화장의 주체는 바로 사회이며, 하나의 현상으로서의 화장과 나아가 그녀 자신은 사회의 전체주의적 그물망의 한 매듭인 셈이다. 효율성의 극대화를 목표로 하는 사회의 전체주의적 통합은 사물과 인간을 물질 생산을 위한 전체 체계의 부분 계기로서 규정하게 된다. 이제 사물과 인간의 가치는 생산과정의 기술공학적 요구에 따라 평가될 뿐이다. 이러한 상황에서 인간 주체는 그 자체로 살아 있는 목적이 아니라 하나의 단순한 생산수단으로 전락하게 된다.

인간의 삶 혹은 사회생활은 이제 경험의 축적으로 설명할 수 없게 된다. 극단적인 사회화가 총체적으로 진행된 사회상황 속에서 경험이라는 범주 자체가 사멸한다. 사회 속에서 이루어지는 모든 활동은 기계적이 된다. 기계적인 움직임이란 그것을 작동에만 제한시키는 형식이다. 그러한 형식은 동작이나 행동의 잉여를 용납하지 않는다. 잉여는 작동 순간에 의해 곧바로 소비되지 않기 때문이다. 경험의 고통과 황홀도 사라지고 죽음의 절대성도 소멸하게 된다. 한 인간 주체의 죽음은 기계의 낡은 부품이 교체되듯이 사회의 부분적 교체 과정 속으로 통합되는 것이다.

오늘날 사회의 총체적 연관관계로부터 자유로울 수 있는 것은 아무것도 없다. 그러나 그러한 불행의 자명성이 그것에 대한 묵인의 변명이 되어서는 안 된다. 결국 침묵에 의해 보호된 채 그 불행은 비판당하지도 않고 계속 지속될 것이기 때문이다. 오늘날 작가나 시인은 그러한 불행의 자명성 앞에서 침묵하지 않고 발언을 하려는 사람들이다. 문학은 그러한 발언을 매개하는 역설적 제도이다. 문학 행위는 기존의 공식(언어·양식·문체)에 따라 글을 쓰는 것, 다시 말해 시처럼 보이는 것이나 소설의 관습(제도)에 따르는 어떤 것을 만드는 것이지만, 문학을 창작한다는 것은 그러한 관습을 경멸하면서 그것을 초월하고자 하는 활동이기 때문이다. 요컨대 문학은 그 자체의 한계를 노출하고 비판함으로써, 그리고 기존의 것과는 다르게 쓸 때 과연 무엇이 일어날 것인지를 시험함으로써 살아남는 제도이다. 시인이나 작가의 글쓰기가 창조적 언어활동에 고유한 부정성의 경험이자 동시에 증거가 되어야 하는 이유도 바로 여기에 있다.

2

조너선 컬러(Jonathan Culler)가 쓴 『문학의 이론』에는 음울한 농담을 담은 삽화 하나가 실려 있다. 삽화는 제법 부유한 사람의 집으로 보이는 한 거실을 보여준다. 거실에 한 남자가 오른손에 반쯤 읽은 책을 든 채로 쓰러져 있고 정황으로 미루어 그는 아마도 죽은 것 같다. 죽음의 순간이 어떠했는지는 자세하게 알 수 없으나 작은 도자기와 화분을 올려놓는 탁자가 쓰러져 있고 그 위에 놓여 있던 것들이 바닥에 떨어져 깨어져 있는 것으로 보아 죽음의 순간이 상당히 고통스러웠던 것으로 짐작된다.

신고를 받고 달려온 사복 경찰관으로 여겨지는 두 사내도 보인다. 한 사람은 허리를 굽혀 죽은 남자의 손에 들려 있는 책을 들춰보고 있다. 다른 한 사람은 죽은 사내의 부인으로 판단되는 여자와 대화를 하고 있는데, 아마도 사건의 정황을 듣고 있는 것이리라. 삽화의 하단에는 죽은 남자의 부인이 경찰관에게 보고한 사건 정황의 요약으로 추정되는 다음의 문장이 따옴표로 묶여 제시되어 있다 : "아무런 전문적인 준비 없이 두 시간 동안 줄곧 책만 읽었어요." 추리소설의 맥락에서라면 부인이 한 말의 진실성에 대해 우선 검토해보아야 하겠지만, 그 삽화는 추리소설의 맥락과는 크게 관련이 없는 것으로 보이므로 우리는 부인의 진술을 그대로 믿어도 무방할 것이다. 요컨대 그 삽화가 말하고자 하는 바는 이런 것이다 : 한 사내가 죽었고, 죽기 전에 그는 아무런 전문적인 준비 없이 두 시간 동안 줄곧 책만 읽었다. 그 삽화의 핵심은 어떤 사태의 그로테스크한 과장에 있다. 그것이 보는 이로 하여금 씁쓸한 웃음을 자아낸다. 아마도 두 시간 동안 줄곧 책만 읽었다고 해서 사람이 죽는 일은 좀처럼 벌어지지 않을 것이다. 그러나 오늘날 책을 읽는다는 것은 어떤 '전문적인 준비'를 필요로 하는 일이고, 그런 일만을 무려 두 시간 동안 줄곧 한다는 것은 무척 고통스러울 수도 있다는 사실에 우리는 어렵지 않게 동의할 수 있다. 부인의 진술 가운데 '책'을 '현대시'로 바꾸게 될 경우, 우리의 동의는 훨씬 강화될 것이다. 일반적인 어떤 내용의 책보다는 현대시가 훨씬 더 많은 그리고 어려운 '전문적인 준비'를 요구할 터이고, 그런 현대시를 읽는 일은 다른 성격의 책을 읽는 일보다 훨씬 고통스러운 일에 속할 것이기 때문이다.

컬러의 책은 옥스퍼드대학 입문총서의 하나로 기획된 것이다. 따라서 그 책은 전략적으로 이미 예견된 한정된 범위의 독자를 대상으로 하고 있다. 다시 말해 이른바 '전문적인 준비'를 위한 입문서인 그 책은 앞으로 누군가를 죽음으로 몰고 갈지도 모를 그런 책을 쓸 예비 저자들을 대상으로 한 것이다. 위에서 소개한 삽화가 비록 음울하긴 하지만 어떻든 농담으로 받아들여질 수 있는 근거도 그와 같이 예견된 독자의 성격에 있다 할 것이다. 그런데 그 삽화는 씁쓸한 웃음이 아닌 불쾌감과 분노를 유발할 가능성도 다분히 있다. 아무런 전문적인 준비 없이 두 시간 동안 줄곧 책만 읽다가 죽은 그 남자와 이런저런 맥락에서 동일한 범주에 속할 수도 있는 사람들이 바로 그런 불쾌감과 분노의 주인공들일 것이다. 아무튼 위의 삽화는, '현대시와 대중'이라는 화제가 포괄할 수 있는 문제들을 간접적으로나마 매우 흥미롭게 시사해준다. '현대시와 대중'이라는 화제가 하나의 문제 영역에 포섭될 수 있는 것은, 그것이 현대시(의 난해성)에 대한 독자(대중)의 뿌리깊은 불신과 무관심을 전제로 하고 있기 때문이다.

'현대시와 대중'이라는 화제를 우리는 '현대시와 독자'라는 화제로 바꾸어 볼 수도 있는데, 후자의 경우에도 시대 상황이라는 것이 필연적으로 부수될 수밖에 없긴 하지만 전자의 경우처럼 그렇게 강요되지는 않는다. 그런 차이는 '독자'와 '대중'이라는 두 기호 자체의 차이에서 비롯되는 것이다. '독자'는 특수하게 제한된 어떤 의미영역에 구애받지 않는, 이런저런 문맥에서 비교적 탄력적으로 사용될 수 있는 좀더 느슨한 용어이다. 이에 비해 '대중'은 구체적이면서도 특수한 사회구조와 시대상황을 전제로 하고 있는, 바꾸어 말하면 그 사회구조와 시대상황 자체에서 파생된 용어이다. '현대시'라는 용어와 '대중'이라는 용어가 접속사에 의해 한 문맥 안에 놓이게 될 때, 그 두 용어 자체의 의미와 그런 만남을 통해 이루어지는 맥락의 의미는 어떤 특별한 전제를 강요한다. 그 전제는 흔히 '스펙터클 사회', '대중사회', '후기산업사회' 등의 용어들로 규정되는, 오늘날 우리가 속해 있는 시대의 상황과 밀접한 관련이 있다. 따라서 '현대시와 대중'이라는 화제와 관련하여 좀더 생산적인 논의를 하기 위해서는 그 화제 자체가 강요하고 있는 어떤 전제에 대해 먼저 생각해 보아야만 할 것이다. 그런 전제에 대한 검토가 선행되지 않을 경우, 그 화제는 '현대시의 난해성과 독자의 불신'이라는 해묵은 논란거리 수준을 결코 넘어서지 못하게 될 것이다.

'현대시와 독자'가 아닌 '현대시와 대중'을 현대시와 관련한 논의의 문제틀로 설정할 경우, 앞서도 언급했듯이 거기에는 특별한 어떤 전제가 놓이게 된다. 그 전제는 '대중'이라는 개념 속에 이미 내재되어 있다. 대중이란 무엇인가? 다수 대중이다. 모든 민주주의적 담론이 주장하다시 피 대중은 권력과 힘의 원천이다. 이때의 대중은 정치적 맥락에서 말하는 다수이다. 그러한 정치적 의미의 대중은 집단 이념과 조직의 집중을 통해 정치적 이념과 행동의 주체가 된다. 그런데 '대중'이라는 동일한 기호표 현으로 불리는 다른 범주는 시장 경제 체제에 속해 있는 대중이다. 정치 적 의미의 대중이 권력과 힘의 원천이듯이 경제적 의미의 대중은 이익의 원천이다(이익의 원천인 경제적 의미의 대중 역시 궁극적으로는 권력과 힘의 원천이 될 수 있다. 다수의 고정 독자층을 거느리고 있는 베스트셀러 작가의 권력과 힘은 그러한 사실을 웅변적으로 보여준다). 그것은 대체로 구체적인 조직과 이념적 지향성을 가지고 있지 않은 상태의 다수로서 대단히 산만 하고 다양하다. 이러한 산만함과 다양함에 따른 정체의 불투명성은 시장 경제의 메커니즘을 작동하게 하는 시장의 목적에도 부합된다. 시장이 필요로 하는 것은 어떤 특정한 목적에 따라 움직이는 다수가 아니라 여러 가지 상징 조작에 대하여 한없이 열려 있는 다수이기 때문이다.

시장의 논리는 인간을 단순화한다. 시장 경제 체제에 예속된 대중은 그와 같이 단순화된 인간들의 집합이다. 대중 속의 인간은 어떤 보편적인 이념에 근거한 것이 아니라 단순화된 평균치의 인간이다. 이때 인간은 시장경제가 만들어낸 욕망과 그 충족체계라고도 말할 수 있다. 대중들이 전반적으로 궁핍한 생활 상태를 넘어서게 된 산업사회에서 많은 상품은 긴급하고 절박한 필요를 충족시켜 주는 것이 아니다. 대체로 대량생산물인 그런 상품은 실제 사용가치와는 아무런 관련이 없다. 그처럼 그다지 필요로 하지 않는 것을 사게 하려는 경우에 판매전략은 필수적인 것이 되고, 가치의 유일한 척도는 얼마나 이목을 끄는가 또는 얼마나 포장을 잘하는가에 달려 있게 된다. 이러한 맥락에서 흥미와 센세이셔널리즘은 판매전략의 가장 대표적인 방법이자 기술이라 할 수 있다.

문화산업 영역에서의 상품인 문화생산물들의 경우에도 사정은 크게 다르지 않다. 문화산업은 특히 대중들의 여가 시간을 획일적 생산물로 채워버린다. 실질적이고 구체적인 필요와는 크게 상관이 없는 문화상품은 대중의 심리적인 욕구에 대응하는 데에서 그 의미를 갖는다. 대중의 심리적 욕구는 바로 시장경제가 만들어낸 것이고, 부단한 흥미유발과 센세이셔널리즘을 통해 관리되고 조작되는 것이다. 그것의 내용항목은 이미 시장의 메커니즘이 분류를 끝낸 것들이다. 소비자인 대중이 직접 분류할 그 무엇은 더 이상 남아 있지 않다. 이를테면 모차르트의 음악은 '자동차 여행을 위한…', '명상을 위한…', '태아를 위한…', '아침에 듣는…' 등의 분류 세목에 따라 하나의 작품 전체에서 도려낸 부분들이 효율적인 기능을 구심점으로 하여 재구성된다. 그처럼 재구성된 상품을 소비하는 대중은 모차르트의 음악 그 자체를 듣거나 즐기는 것이 아니다. 모차르트의 음악 그 자체는 운전이나 명상을 더 잘하기 위한, 혹은 아침에 홀로 남은 주부가 한 잔의 커피를 마시면서 신문을 보는 동안의 분위기 조성을 위한 보조수단으로 전락하게 된다. 그대로 두었으면 제한된 수용에 한정되었을지도 모를 모차르트의 음악이 시장 메커니즘의 작동에 의해 보다 많은 사람들에게 다가갈 수 있게 되었다고 보는 것은 지나치게 순진한 생각일 것이다. 피상적인 관점에서는 문화산업이 대중들의 기회를 확대한 것처럼 보일지도 모르나, 실제로는 모차르트의 음악 그 자체와의 만남을 통해 얻게 되었을지도 모를 진정한 행복감의 기회가 박탈되었기 때문이다.

앞에서 판매전략의 가장 대표적인 방법이라 지적한 흥미유발과 센세이셔널리즘은 그대로 문화상품의 구성원리가 된다. 문화산업의 대표적인 상품인 영화는 그러한 사정을 잘 보여준다. 검토의 대상으로 어떤 영화를 고르든지 사정은 크게 다르지 않은데, 여기서는 폴 베호벤 감독의 「원초적 본능」(Basic Instinct)을 검토해 보기로 하자. 이 영화는 섹스의 절정 상태에서 여자가 얼음 송곳으로 남자를 난자하여 죽이는 엽기적인 살인 장면으로부터 시작된다. 언제나 그렇듯이 경찰이 도착했을 때는 이미 범인은 사라진 뒤이고 사건 현장에는 피해자의 싸늘한 시신만 남아 있다. 추리서사의 기본적인 패턴대로 영화의 시간은 사건 발생 시점으로부터 현재진형으로 전개되지만 범인을 색출하기 위한 탐문은 사건 발생 이전으로 거슬러 올라간다. 수사과정에서 피해자의 애인이 밝혀지고, 살해 방식이 그녀가 쓴 소설의 내용과 일치한다는 사실에 수사의 초점이 모아진다. 그녀는 영화를 이끌어 가는 두 개의 중추 가운데 하나이다(나중에 다시 언급하겠지만 다른 하나는 살인의 도구로 사용된 얼음 송곳이다). 그녀는 영문학과 심리학 복수전공자로서 버클리를 수석으로 졸업한 재원이다. 게다가 억만장자에 특출한 미모를 지녔으며 뇌쇄적인 성적 매력으로 넘칠 뿐만 아니라 양성애자이기도 한, 지극히 매력적이면서도 복잡하고 심지어 위험한 그런 여자이다. 이 영화의 여타 다른 구성 요소들은 그녀의 그런 캐릭터를 구심점으로 하여 긴장과 이완의 코드에 따라 회전한다. 사실 이 영화에 동원된 여러 가지 에피소드들과 장면들은 이미 어디선가 본 듯한 것들이다. 히치콕의 여러 영화들, 「보디 히트」(Body Heat), 그리고 제목이 구체적으로 떠오르지 않는 이런저런 범죄영화들과 성애영화들과 활극들의 여러 장면과 에피소드들을 제작진은 적절히 따다가 대단히 기술적으로 교묘하게 조합해낸다. 이 영화의 강점은 바로 그런 조합의 세련성에 있다. 그런 점에서 우리는 이 영화를 이른바 혼성모방의 대표적 사례로 꼽을 수도 있을 것이다. 제작진은 이미 다른 영화에서 사용된 낡은 고안품들을 마치 얼음 송곳의 끝처럼 뾰족하게 갈아서 새로이 만든 고안품들과 교묘하게 조합해낸 것이다(아마도 지금 이 순간에도 할리우드의 어디에선가 열리고 있을 제작회의에서 핵심 의제는 새로운 고안품 만들기, 기존의 고안품들을 보다 강력한 효과로 변형하기, 그리고 이들 양자를 기술적으로 조합하기 세 가지일 것이다. 그리고 그 목표는 새로운 흥미유발과 센세이셔널리즘인데, 이는 기존의 틀을 벗어나지 않으면서 새로운 효과를 창출해야 한다는 끊임없는 압력에 대한 반응일 것이다). 관객들로 하여금 지속적으로 흥미를 유발시키면서 긴장을 놓지 못하게 하는 다른 요소는 범인 알아맞히기이다. 제작진은 여러 가지 속임수를 통해 영화가 종결될 때까지 두 명의 용의자 가운데 누구 한 사람을 범인으로 쉽사리 골라내지 못하게 만든다. 그러나 이 영화에서 누가 진짜 범인인가 하는 것은 그다지 중요하지 않다. 누가 범인이든 범행의 동기가 인간의 운명이나 욕망과 관련한 문제를 진지하게 건드리지 못하기 때문이다. 범인 알아맞히기는 엽기적인 살인 장면이나 농도 짙은 침실 장면 등과 함께 제작진이 고안해낸 자극제에 불과하다. 그것들은 영화에서 범인이 피해자를 향해 휘두르는 얼음 송곳과도 같다. 제작진은 그런 자극제들을 철저하게 계산된 순간마다 관객들에게 주입한다. 이 영화의 마지막 장면은 침대 밑에 떨어져 있는 얼음 송곳을 보여준다. 당장이라도 흉기로 변해버릴 것 같은 끝의 예리함과 얼음 덩어리를 깨는 도구로서 그 차갑고도 강력한 이미지는 이 영화의 제작 의도를 지배하는 전략의 은유이다. 무수한 영화들의 무수한 장면에 배치된 자극제들에 단련된 관객은 더욱 강렬한 자극을 기대하기 마련이다. 관객들의 그런 기대욕구는 역설적으로 차가운 얼음 덩어리와도 같다면 같을 것이다. 그리고 그 얼음덩이를 깨는 도구로서 얼음 송곳처럼 적절한 것은 달리 없을 것이다.

「원초적 본능」은, 여타 다른 영화는 물론이거니와 문화상품이 대체로 그렇듯이, 관객이 줄거리를 놓치지 않으면서도 사건의 흐름에서 자유롭게 빠져 나와 이런저런 상상과 반성을 할 수 있는 여지를 남겨놓지 않는다. 관객은 제공된 속임수들 앞에서 한순간도 멍청해서는 안 되며, 제작진이 자극제로 고안해낸 것 중 어떤 것도 놓쳐서는 안 된다. 관객은 장면들을 하나하나 따라가면서 그것들이 제공하고 선전하는 기민성을 그 스스로도 보여야 하는 것이다. 오늘날 문화소비자들로서 대중의 자발성이나 상상력이 위축된 이유를 굳이 어떤 심리적 메커니즘에서 찾을 필요는 없을 것이다. 문화상품 자체가 그것의 객관적인 속성에 따라 대중의 그런 능력을 불구로 만들어버린 것이다. 문화상품의 속성은, 그것을 충분히 즐기기 위한 민첩성과 관찰력과 상당한 사전 지식을 요구하면서도 소비자로 하여금 적극적으로 사유하는 것을 불가능하도록 만든다는 데 있다. 그때그때 신경을 곤두세우지 않더라도 소비자의 긴장은 어느 정도 유지되지만 자유로운 상상을 위한 공간은 남겨져 있지 않다(대중소설이나 요즘 대중의 선풍적인 인기를 끌고 있는 컴퓨터 게임들 역시 동일한 메커니즘의 회로에 포섭되어 있다). 문화산업의 생산물은 여가시간에도 소비가 활발히 이루어지기를 노린다. 개개의 문화생산물은 모든 사람들을 일하는 시간과 마찬가지로 휴식시간에도 잡아놓는 거대한 경제 메커니즘의 일환이다. 바로 이런 점이 문화산업 스스로가 자랑하고 있는 소비자의 긴장 이완이나 해소의 기능을 문화산업이 제대로 충족시키고 있는가에 대해 의문을 제기하도록 만든다.

3

어느 문예지의 권두 칼럼에서 김우창 교수가 지적했다시피, 90년대 이후 발견되는 한국문학의 여러 증후들은 문학이 세상과 더불어 미묘하게 바뀌고 있음을 느끼게 한다. 앞서도 지적했듯, 오늘의 '현대시'의 문제들을 검토하는 문제틀로서 '현대시와 독자'가 아닌 '현대시와 대중'이라는 화제가 설정되고 또 그것이 자연스러워 보이는 것은 그와 같은 미묘한 변화와도 무관하지 않을 것이다. 아무튼 김우창 교수는 그처럼 바뀌는 현실을 생각하게 하는 시대를 대표하는 시집으로 황지우의 『어느 날 나는 흐린 酒店에 앉아 있을 거다』(1998)를 꼽고 있다. 그 시집이 과연 시대를 대표하는지는 논란의 여지가 있겠지만, 바뀌는 현실을 생각하게 하는 시집이라는 점에서는 폭넓은 동의를 얻어낼 수 있을 것이다.

> 그러므로, 어느 날 나는 흐린 酒店에 혼자 앉아 있을 것이다
> 완전히 늙어서 편안해진 가죽부대를 걸치고
> 등뒤로 시끄러운 잡담을 담담하게 들어주면서
> 먼 눈으로 술잔의 水位만을 아깝게 바라볼 것이다
>
> 문제는 그런 아름다운 廢人을 내 자신이
> 견딜 수 있는가, 이리라
>
> ──「어느 날 나는 흐린 酒店에 앉아 있을 거다」에서

위의 시에서 시인은 불원간 도래할 자신의 미래상을 그려 보이고 있다. 그러면서 그는 어떤 에너지의 상실에 대해 한탄한다. 김우창 교수가 지적했다시피, 가죽부대는 젊음을 잃어버린 육체를 말하는 것이겠지만, "술잔의 수위"도 그렇거니와 그것은 단순히 점점 늙어간다는 의미에서 인생

의 축소만을 가리키는 것은 아니다. 위에 인용된 구절의 앞쪽에서 시인은 아프리카 기민(饑民)들의 사진이 걸려 있고, "사랑의 빵을 나눕시다"라는 포스터(그 밑에는 가족이 낸 성금을 표시하는 난이 마련되어 있다)가 걸려 있는 딸아이의 방을 나와 "바깥을 거닌다"고 말한다. 가족의 참여를 호소하는 "성금란"을 외면하고 바깥을 거니는 시인의 모습에서 우리는 세상을 향한 정치적이고 인도주의적인 에너지로부터 소원해진 자신에 대한 시인의 자괴감을 읽게 된다. 위에 인용된 시를 표제작으로 한 시집 이전에 씌어진 황지우의 시들에서 우리는 당대의 정치적·문화적 현실의 지형도와 관련한 정치적 드라마를 엿볼 수 있었다. 그것들에 어떤 활력을 부여하는 것은 유머와 아이러니였다. 그는 그러한 말투에서 비롯하는 독특한 거리 감각과 전통적인 시의 규칙을 따르지 않는 다양한 시적 발화의 실험을 통해 우리 시대의 거짓된 질서와 형상을 풍자했었다. 위에서 시인은 "등뒤로 시끄러운 잡담을 담담하게 들어주면서/먼 눈으로 술잔의 水位만을 아깝게 바라볼 것이다"라고 말한다(아마도 젊은 시절의 황지우라면 '시끄러운 잡담'의 시적 수용을 통해 거짓 질서에 사로잡힌 현실의 지형학을 보여주고자 했을 것이다). 그러면서 시인은 "흐린 주점"에 앉아 있을 자신을, 자신이 그처럼 "아름다운 廢人"이 되어 가는 것을 괴로워한다.

「어느 날 나는 흐린 酒店에 앉아 있을 거다」는 단순히 개인적인 시는 아니다. 그것은 우리 사회의 일반적인 상황을 말하고 있는 시이다. 이 시의 의미론적 매듭점은 '흐린 주점'이고, 이 시가 우리 사회의 일반적인 상황을 말하고 있다는 판단의 근거는 '주점'의 사회학적 의미에 있다. 그러한 맥락에서 우리는 황지우 시의 영향사(影響史)에 있어 중요한 하나의 계기가 되고 있는 김수영이 말한 '주점'과 황지우의 "흐린 주점"을 연결하여 생각해볼 수 있을 것이다. 김수영은 그의 유명한 시론인 「시여, 침을 뱉어라」에서 이렇게 말한 바 있다.

(…)나의 판단으로는 아무리 너그럽게 보아도 우리의 주변에서는 기인이나 바보얼간이들이, 자유당 때하고만 비교해보더라도 완전히 소탕되어 있다. 부산은 어떤지 모르지만, 서울의 내가 다니는 주점은 문인들이 많이 모이기로 이름난 집인데도 벌써 주정꾼다운 주정꾼 구경을 못한 지가 까마득하게 오래된다. 주점은커녕 막걸리를 먹으러 나오는 글쓰는 친구들의 얼굴이 메콩 강변의 진주를 발견하기보다도 더 힘이 든다. 이러한 '근대화'의 해독은 문학주점에만 한한 일이 아니다.

앞의 인용문 앞쪽에서 김수영은 지나치게 주도면밀하게 조직되어 가고 있는 현대 사회에서 "사람이 고립된 단독의 자신이 되는 자유에 도달할 수 있는 간극(間隙)이나 구멍"의 중요성에 대한 로버트 그레이브스의 말을 인용하고 있다. 인용문에서 김수영이 말하는 '근대화'는 지나치게 주도면밀하게 조직된 사회의 형상과 관련이 있다. 따라서 그가 말하는 '주점'은 그레이브스의 문맥에 나오는 '간극'이나 '구멍'과 유비 관계에 있다 할 것이다. '기인'이나 '바보얼간이들'이나 '주정꾼다운 주정꾼'은 동일한 범주에 속하는 형상들인데, 이는 주도면밀하게 조직된 지배질서의 척도에서 볼 때 병적인 것, 병든 것, 빗나간 것, 미친 것으로 규정되고 분류되는 것이다. 그것들은 지배질서의 허위와 편협함을 뒤집기 위해 지배적인 세계상을 왜곡하여 형상화해냈던 카프카적 '변신'의 상관물들이다. 건강해 보이는 지배 질서가 사실은 병든 것임이 판명되는 순간 이제까지 병적인 것으로 치부되던 것이 오히려 진정으로 건강한 어떤 것을 위한 회복 세포임이 드러난다. '문학주점'에서 "주정꾼다운 주정꾼" 이 사라져 가는 현실에 대한 김수영의 개탄은 그러한 회복 세포의 소멸에 대한 경고일 것이다. 이러한 맥락에서 볼 때, 김수영의 웅변조의 개탄과 '흐린 주점'에 홀로 앉아 나직이 내뱉는 황지우의 독백과도 같은 탄식은 발화의 방식은 다르지만 그 언표의 내용은 동일한 것이라 할 수 있다. 「어느 날 나는 흐린 酒店에 앉아 있을 거다」에서 시인의 괴로움은 개인적인 것이기도 하지만, 문제는 시인의 그런 괴로움을 오늘의 상황 자체가 그렇게 할 수밖에 없는 것이 되게 한다는 데 있다. 요컨대 시인을 둘러싼 상황 전체가 흐린 주점과 같은 것이다.

　나라 잃은 시대와 그 이후의 정치적 상황이 우리 근대문학에 특권적 지위를 부여해 왔음은 주지의 사실이다. 국권의 상실, 근대적 국가의 건설, 분단, 산업화, 정통성이 부재하는 권위주의 정권 등의 사건으로 점철된 한국의 현대 정치사는 우리 문학에 높은 정치적 사명을 부여했던 것이다. 한편으로 우리 근대문학에 부여된 특권적 지위의 한 원인은 근대적 사회의 미성숙에 있었다고도 볼 수 있다. 다양한 분야의 전문 지식이 아직 성숙되지 못한 상태에서 문학이 그와 같은 결여 부분을 채워주는 역할을 해야만 했고, 그러한 필요가 우리 문학의 위치를 높게 설정하는 것을 가능하게 했던 것이다. 그러나 우리 사회의 근대화 진전과 함께 전문적·기술적 지식이 번성하면서 사회 경영과 산업 기술의 전문적 필요를 충족시키지 못하는 문학은 권위를 상실할 수밖에 없게 되었다. 정치사의 맥락에서도 과거 사회와는 비교할 수 없는 민주화의 진전으로 인해 우리 문학의 특권적 지위의 한 가지 중요한 구성적 계기였던 정치적 참여와 관련한 의사소통의 역할이 약화될 수밖에 없게 되었다. 이는 나라 잃은 시대 이후 우리 문학이 담당해왔던 한 가지 중요한 기능의 상실을 의미한다. 우리 문학이 담당했던, 정치적 참여와 관련한 의사소통의 역할은 이제 여론 조사나 사회 조사 그리고 통계에 근거하여 이를 분석하고 종합하는 사회과학이 떠맡게 된 것이다. 이처럼 전문화된 세계, 그리고 그것이 시장경제의 법칙에 통제를 받는 세계에서 문학은 소비주의 경제 속으로 편입되고 결국에는 유흥이나 오락의 보조물이 된다.

90년대와 함께 시작된 바, 문학이 세상과 더불어 미묘하게 바뀌고 있다는 증후에 대한 검토는 우리 문학의 미래를 전망해 보기 위해서는 필수적으로 요청되는 작업일 것이다. 김수영은 이미 30여 년 전에 현재 진행되고 있는 변화의 증후들을 감지하고 경계하였다. 그러나 그는 현실에서 감지되는 빙산의 일각과도 같은 징후들을 역설적이게도 독서 체험을 통해 구체화하였다는 인상이 짙다. 이에 비해 황지우는 자신을 둘러싸고 있는 '흐린 주점'의 시대를 체감하고 있을 뿐만 아니라 심지어 그런 시대를 돌파해갈 어떤 가능성에 대해 절망하고 있다(김우창 교수가 지적하고 있듯이 최근 황지우의 시에는 그런 절망에 대한 우울한 탐닉의 기미가 있는 것도 사실이다).

4

최근 어느 문예지는 '프랑스 현대시의 동향'이라는 기획특집을 마련하고 있다. 이 특집란의 한 필자는 독자들의 무관심으로 날로 감소되어가는 시집 판매 현황이 세계적인 현상임을 지적하면서, 프랑스에서 진행되고 있는바, 사향길을 걷고 있는 시의 운명에 한탄하는 대신 시를 은밀한 폐쇄성으로부터 탈피시켜 개방시키려는 보다 긍정적이고 적극적인 시도들에 대해 소개하고 있다. 현재 프랑스에서는 거리나 시장, 카페, 역, 상점, 병원, 공원, 학교, 또는 공연장이나 콘서트홀, 회사나 학교 식당 등에서 시 낭송회를 개최하기도 하고, 버스 정류장의 벽이나 서점, 미술관, 시청 등에 시를 게시한다. 시를 함께 나누기 위한 일환으로 시를 우편함에 넣거나 인터넷에 띄우기도 하고, 가방이나 식탁보, 우편엽서, 봉투, 세금 계산서 등에 인쇄하기도 한다. 시의 활성화를 위해 강구된 그런 방안들이 아주 의미가 없지만은 않을 것이다. 어쩌면 프랑스에서 진행되고 있는 것과 같은 현대시의 구체적인 활성화 방안을 우리도 시도해야 할 것이며 아마도 하게 될 것이다. 그럼에도 필자는 그러한 모든 현실적인 방안의 강구와 시도에 앞서 독자 대중과 시인이 속해 있는 우리 시대의 상황에 대해 먼저 철저하게 반성해야 한다고 믿는다. 황지우는 우리 시대를 '흐린 주점'의 시대라고 말하였고, 그것은 나름으로 이 시대의 증후를 드러내고 있다. 그러나 그것은 한편으로 지나치게 낭만적인 묘사라는 느낌을 받게 하는 것도 사실이다. 우리 시대는 광기에 휩싸인 것과도 같다. 그런 시대에 조심스럽게 적응하려는 사람은 자신을 광기의 협조자로 만드는 우를 범할 수도 있다. 현대시는 이 광기의 시대에 저항하며 시대의 광기를 저지하려 해야 할 것이다.

『한줌의 도덕』에서 아도르노는 「산과 깊은 골짜기 사이에서」라는 노래에 대해 언급하고 있다. 그 노래의 내용은 기분 좋게 풀을 뜯어먹다가 사냥꾼에 의해 사격을 당한 두 마리의 토끼가 자신이 아직도 살았다는 생각이 들자 거기서 도망친다는 것이다. 노래의 이야기에서 아도르노는 "이성은 절망과 과잉 속에서 견뎌낼 수 있다"는 가르침을 깨달았다고 고백한다. 아도르노 자신의 깨달음과는 무관하게 우리 나름으로 이 이야기를 생각해 볼 수도 있을 것이다. '흐린 주점'의 시대, 아니 광기에 휩싸인 이 시대에 살고 있는 우리는 사격을 당한 토끼와 같은 상태는 아닐까? 그러나 그 무엇이 우리로 하여금 아직 살아 있다는 생각을 들게 할 것인가? 우리가 도망칠 수 있는 것은 살아 있다는 자각이 있고 난 다음의 일일 것이다.

새미비평신서 8. 텍스트에서 경험으로

인쇄일 초판 1쇄 2000년 11월 05일
          2쇄 2015년 03월 03일
발행일 초판 1쇄 2000년 11월 10일
          2쇄 2015년 03월 03일

편 저 강 웅 식
발행인 정 진 이
발행처 새미
등록일 1994.03.10, 제17-271호

서울시 강동구 성내동 447-11 현영빌딩 2층
Tel : 442-4623~4 Fax : 442-4625
www. kookhak.co.kr
E- mail : kookhak2001@hanmail.net
ISBN 978-89-5628-055-4 (93800)
가 격 19,000원

★ 새미는 국학자료원 의 자매회사입니다.
★저자와의 협의 하에 인지는 생략합니다.